L'*Oregon*, naviguant dans l'aube froide sans l'aide des lumières côtières ou des indicateurs de chenaux, fut le premier navire à atteindre Cork Harbor. Il jeta l'ancre à bonne distance de Great Island, face aux quais et au port animé de Queenstown – en théorie.

Car l'inacceptable était là. Il n'y avait pas trace de la ville. La côte n'avait pas été aménagée. À la place des rues de Queenstown – des exportateurs, des grues, des dockers, des émigrants irlandais – ne s'étendait qu'une forêt sauvage enveloppant un rivage rocailleux.

C'était aussi impossible qu'incontestable. Rien que d'y penser, Davies en avait un vertige nauséeux. Malgré son envie de croire que l'officier navigateur les avait menés par erreur jusqu'à quelque îlot sauvage, voire au mauvais continent, il ne pouvait que reconnaître le dessin caractéristique de l'île ainsi que la côte du comté de Cork, couronnée de nuages déchiquetés.

C'était Queenstown, c'était Cork Harbor, c'était l'Irlande. Seulement toute trace de civilisation humaine en avait été effacée et recouverte par la forêt.

DARWINIA

ROBERT CHARLES
WILSON

DARWINIA

ROMAN TRADUIT DE L'ANGLAIS (CANADA)
PAR MICHÈLE CHARRIER

LUNES D'ENCRE
DENOËL

Collection LUNES D'ENCRE
sous la direction de Gilles Dumay

9, rue du Cherche-Midi, 75006 Paris
ISBN 2.207.24938.7
B 24938.4

À PNH et TNH,
pour leur patience et leurs conseils ;
à Shawna, qui a cru en moi ;
à tous les conspirateurs associés
de par le monde (ils se reconnaîtront),
que je n'accuse de rien.

Prologue

Mars 1912

Guilford Law fêtait ses quatorze ans lorsque le monde se transforma.

Ce jour-là marqua le plus grand tournant de l'Histoire, séparant net ce qui suivit de ce qui avait précédé, mais avant de représenter cette rupture, avant tout, il fut simplement l'anniversaire de Guilford. Un froid samedi de mars, dominé par un ciel sans nuage aussi profond qu'un étang hivernal. Le garçon passa l'après-midi à jouer au cerceau avec son frère aîné, exhalant dans l'air âpre des rubans vaporeux.

Pour le dîner, sa mère avait préparé du porc aux haricots, son plat préféré. Le ragoût avait mijoté au four toute la journée, emplissant la cuisine de l'arôme délicieux du gingembre et de la mélasse. Les cadeaux n'avaient pas été oubliés : un livre relié aux pages blanches, idéales pour le dessin ; un pull bleu marine d'adulte.

Guilford, né en 1898, presque avec le siècle, était le cadet de trois enfants. Plus que son frère, plus que sa sœur, il appartenait à ce que ses parents appelaient toujours « le siècle nouveau ». Lequel n'avait pour lui rien de nouveau. Presque toute sa vie s'y était déroulée. Il savait selon quels principes fonctionnait l'électricité, voire la radio. Fils du vingtième siècle, il méprisait en secret le passé poussiéreux, son éclairage au gaz et son odeur de naphtaline. Lorsque par extraordinaire il avait un peu d'argent, il achetait un numéro de *Modern Electrics* qu'il lisait et relisait jusqu'à ce que les pages s'en détachent.

Sa famille habitait une modeste maison de Boston. Son père travaillait comme linotypiste dans une imprimerie du centre-ville. Son grand-père, qui occupait la chambre du haut la plus proche de l'escalier du grenier, avait fait la guerre de Sécession dans le 13e régiment du Massachusetts. Sa mère s'occupait de la cuisine, du ménage, du budget et du minuscule jardin, derrière la demeure, où elle cultivait tomates et haricots verts. Sa sœur, mince et effacée, vivait plongée dans les romans de Robert Chambers, au grand dam de son père.

Lorsque le ciel s'illumina, l'heure du coucher était passée pour Guilford, mais il avait obtenu la permission de rester debout, à cause de l'indulgence générale dont ses parents faisaient preuve ce jour-là ou parce qu'il avait grandi. Il ne comprit pas ce qui se passait, quand son frère appela tout le monde à la fenêtre ; et quand chacun, y compris son grand-père, se rua hors de la cuisine pour contempler les cieux nocturnes, il crut d'abord cette agitation liée à son anniversaire. Association d'idées absurde, il le savait, mais tellement évidente. Son anniversaire. Les pans de lumière multicolore dominant la maison. À l'est, le ciel étincelait jusqu'au zénith. Peut-être y avait-il un incendie, très loin en mer.

« Ça ressemble à l'aurore », déclara sa mère d'une voix étouffée, incertaine.

Une aurore chatoyant tel un rideau dans la brise, jetant des ombres subtiles sur la barrière blanche et le jardin badigeonné de brun par l'hiver. L'immense mur brillant, tantôt vert bouteille, tantôt d'un bleu de mer vespérale, ne produisait pas le moindre son. Il était aussi silencieux que la comète de Halley, qu'ils avaient tous vue deux ans plus tôt.

La mère de Guilford avait sans doute songé à la comète, elle aussi, car elle répéta mot pour mot ce que lui avait inspiré son passage :

« On dirait la fin du monde… »

Pourquoi racontait-elle une chose pareille ? Pourquoi se tordait-elle les mains et se cachait-elle les yeux ? Guilford, ravi au fond, ne pensait pas que ce fût la fin du monde. Son cœur battait tel le balancier d'une horloge, rythmant un temps secret. Peut-être quelque chose de neuf commençait-il. Ce n'était pas la fin d'un monde mais le début d'un autre. Comme lorsqu'on changeait de siècle.

Le garçon n'avait pas peur de l'inconnu. Ce ciel ne l'effrayait nullement. Il croyait en la science qui, d'après les magazines, dévoilait tous les mystères de la nature, érodant de ses questions obstinées l'antique ignorance de l'humanité. Il pensait savoir ce qu'était la science. Rien de plus que la curiosité… tempérée par l'humilité, disciplinée par la patience.

La science impliquait de *regarder* – d'une manière particulière. D'examiner avec une attention sans défaut ce qu'on ne comprenait pas. Les étoiles, par exemple ; sans en avoir peur, sans les révérer, juste en posant des questions, pour trouver celle qui livrerait la clé de la question suivante, puis de la suivante encore.

Guilford, serein, resta assis sur l'escalier de derrière décrépit pendant que sa famille retournait s'entasser au salon. Il connut un moment d'heureuse solitude, protégé du froid par son nouveau pull. La vapeur qu'il exhalait s'élevait, onduleuse, dans le rayonnement immuable des cieux.

Plus tard – durant les mois, les années, les siècles qui suivraient – on ferait d'innombrables comparaisons. Le Déluge, l'Apocalypse, l'extinction des dinosaures. Mais l'événement proprement dit, et la terrible conscience de cet événement qui se propagea à travers les restes du monde humain, n'avait ni parallèles ni précédents.

En 1877, l'astronome Giovanni Schiaparelli avait cartographié les canaux martiens. Des décennies durant, ses cartes avaient été reproduites, affinées, acceptées comme le fidèle reflet de la réalité ; jusqu'à ce qu'on découvrît, grâce à des lentilles plus puissantes, que les canaux étaient une illusion, à moins que Mars elle-même n'eût changé entre-temps : cela n'avait rien d'impossible, à la lumière de ce qu'il était advenu de la Terre. Peut-être quelque chose s'était-il tordu dans tout le système solaire, tel un fil porté par un souffle d'air, en une déformation éphémère mais d'une incroyable ampleur qui avait effleuré les mondes froids les plus éloignés du soleil ; s'était propagée à travers le roc, la glace, le manteau, les couches de minéraux sans vie. Avait transformé tout ce qu'elle touchait. En progressant vers la Terre.

Signes et présages s'étaient succédé dans les cieux. En 1907, la boule de feu de la Toungouska. En 1910, la comète de Halley. D'aucuns, comme la mère de Guilford Law, croyaient voir arriver la fin du monde. Déjà.

Cette nuit de mars, le ciel était plus resplendissant au loin, sur l'océan Atlantique, que lorsque la comète était passée. Des heures durant, l'horizon flamboya de bleu et de violet. La lumière, au dire des témoins, évoquait un mur. Elle tombait du zénith, divisant les eaux.

On la voyait de Khartoum (immatériel obstacle dressé au nord) comme de Tokyo (faible brillance à l'ouest).

De Berlin, de Paris, de Londres, de toutes les capitales européennes, la muraille onduleuse paraissait englober l'étendue céleste entière. Des centaines de milliers de gens se rassemblaient dans les rues, sous sa froide floraison, oublieux du sommeil. Les rapports affluèrent à New York jusqu'à minuit moins quatorze minutes.

À 23 h 46, heure de la côte est, le télégraphe transatlantique se tut aussi soudainement qu'inexplicablement.

C'était l'époque des navires fabuleux : la Great White Fleet, les vaisseaux de ligne de la Cunard et de la White Star, les monstruosités de l'Empire britannique, tels le *Teutonic* ou le *Mauretania*.

C'était aussi l'aube du sans-fil Marconi. Toutes sortes de catastrophes fort simples pouvaient expliquer l'inertie du câble sous-marin. Celle des stations télégraphiques européennes terrestres était beaucoup plus inquiétante.

Les opérateurs radio envoyèrent messages et questions à travers les calmes eaux froides de l'Atlantique Nord. Ne leur parvinrent ni C.Q.D. ni S.O.S. – le nouveau signal de détresse –, ni appels dramatiques de navires en train de sombrer. Pourtant, certains vaisseaux, mystérieusement, ne répondaient plus ; dont l'*Olympic*, de la White Star, et la *Kronprinzessin Cecilie*, qui reliait Hambourg à l'Amérique – deux fleurons sur lesquels, quelques instants auparavant, l'élite d'une douzaine de nations se pressait contre les bastingages givrés afin de contempler le phénomène dont le reflet criard jouait sur les flots vitreux, obscurcis par l'hiver.

Les lumières célestes, aussi spectaculaires qu'inexplicables, disparurent brusquement avant l'aube, s'écartant de l'horizon en un mouvement de faucheur telle une lame de feu. Sur l'essentiel du grand cercle, le soleil se leva dans un ciel tumultueux. La mer était agitée, les vents soufflaient par bourrasques parfois violentes, tandis que la journée avançait. Au-delà de 15° à l'ouest du premier méridien et de 40° au nord de l'équateur, le silence demeurait absolu.

Le premier bateau à franchir la frontière que le service télégraphique de New York avait déjà baptisée « le mur du mystère » fut l'*Oregon*, un bâtiment de ligne plus tout jeune de la White Star, parti de New York à destination de Queenstown et Liverpool.

Son capitaine, un Américain du nom de Truxton Davies, sentait qu'il y avait urgence, bien qu'il ne comprît pas pourquoi. Comme il se méfiait du système Marconi, l'installation radio de l'*Oregon* était un poste encombrant d'à peine cent cinquante kilomètres de portée. Les messages se révélaient parfois embrouillés ; les rumeurs de désastre souvent exagérées. Davies s'était cependant trouvé à San Francisco en 1906 ; pour avoir fui dans Market Street, talonné par les flammes, il ne savait que trop quels tours pendables pouvait jouer la nature, lorsqu'elle en avait l'occasion.

Les événements de la nuit précédente ne l'avaient pas empêché de dormir. Que les passagers perdissent le sommeil, bouche bée devant le ciel ; il préférait quant à lui le modeste confort de sa couchette. Éveillé avant l'aube par un opérateur radio nerveux, le capitaine avait écouté les messages échangés grâce au système Marconi puis ordonné à son chef mécanicien de pousser les feux et à son chef steward de préparer du café pour tout l'équipage. Il restait cependant sceptique, d'une inquiétude mitigée. L'*Olympic* et la *Kronprinzessin Cecilie* ne se trouvaient qu'à quelques heures de l'*Oregon*. Si ce dernier recevait un véritable S.O.S., Davies demanderait au second de faire préparer le navire pour secourir ses collègues ; jusque-là… eh bien, tout le monde se tiendrait sur le pied de guerre.

La matinée durant, il surveilla le sans-fil. Ce n'étaient que questions et interrogations, entrecoupées de saluts nerveux quoique pleins d'allant (« S.V. » – *salut, vieux !*) cantonnés à la fraternité des marins radios. Son malaise allait croissant. Des passagers aux yeux troubles, tirés du sommeil par le martèlement soudain furieux des moteurs, lui réclamèrent une explication. Au petit déjeuner, il déclara à une délégation de premières classes anxieux qu'il rattrapait le temps perdu à cause d'« icebergs », non sans prier les inquiets de ne pas envoyer de télégrammes car le Marconi était en réparation. Les stewards transmirent cette fausse information en deuxième et troisième classes. Davies savait par expérience que les passagers se conduisaient comme des enfants, boudeurs et égocentriques, mais prêts à accepter une explication spécieuse du moment qu'elle émoussait leur peur immense, informulable, de l'océan.

Bourrasques et vagues se calmèrent sur le coup de midi. Un soleil anémique perça le plafond de nuages déchiquetés.

L'après-midi même, la vigie de proue signala ce qui ressemblait fort à une épave, peut-être un canot de sauvetage retourné, au nord-est. Davies manœuvra pour s'en approcher, après avoir ralenti les machines. Il allait donner l'ordre de préparer les embarcations et les filets à cargaison quand le second, baissant sa longue-vue, annonça :

« Finalement, je ne pense pas que ce soit une épave, capitaine. »

Ils arrivèrent tout près de l'objet. Il ne s'agissait effectivement pas d'une épave.

Plus troublant, Davies n'avait aucune idée de ce dont il s'agissait.

La chose montait et descendait avec la houle, dans la paresse de la mort, le soleil hivernal se reflétant sur ses flancs démesurés. Était-ce quelque immense pieuvre ou calmar boursouflé ? Elle avait de toute façon fait partie d'un être vivant ; mais elle ne ressemblait à rien de ce que Davies avait vu durant ses vingt-sept années en mer.

Rafe Buckley, son second, la regarda heurter la proue de l'*Oregon* puis dériver lentement vers la poupe en pivotant dans les calmes eaux froides.

« Qu'est-ce que vous en pensez, capitaine ? interrogea le jeune homme.

– Je ne sais absolument pas quoi en penser, Mr. Buckley », rétorqua l'interpellé.

Il regrettait d'avoir ne fût-ce que posé les yeux sur la chose.

« On dirait… eh bien, une sorte de ver. »

Leur découverte était, comme un ver, segmentée et annelée. Mais pouvait-on imaginer un de ces animaux assez gros pour gober une cheminée de l'*Oregon* ? D'ailleurs, aucun ver n'avait jamais arboré les frondes dentelées, déchiquetées – nageoires ? branchies ? – ornant par endroits le corps de la créature ; non plus que ses couleurs, rose visqueux et bleu huileux, qui évoquaient les doigts d'un noyé. Sans parler de sa tête… si une gueule lisse, dépourvue d'yeux, à la denture en scie, pouvait être qualifiée de tête.

La chose roula, en dérivant vers l'arrière, pour montrer un ventre blanc lisse abîmé par les requins. L'odeur qui s'en élevait eut tôt fait de chasser les passagers massés sur le pont-promenade, hormis les plus courageux.

« Au nom du ciel, qu'allons-nous leur dire ? » s'enquit Buckley en caressant sa moustache.

Que c'est un monstre marin, pensa Davies. *Un Kraken. D'ailleurs, peut-être aurons-nous raison.* Mais son subordonné voulait une réponse sérieuse.

Le capitaine fixa un long moment le second inquiet, avant de lâcher enfin :

« Moins nous en dirons, mieux ça vaudra. »

L'océan était empli de mystères. C'était pourquoi Davies le haïssait.

L'*Oregon*, naviguant dans l'aube froide sans l'aide des lumières côtières ou des indicateurs de chenaux, fut le premier navire à atteindre Cork Harbor. Il jeta l'ancre à bonne distance de Great Island, face aux quais et au port animé de Queenstown – en théorie.

Car l'inacceptable était là. Il n'y avait pas trace de la ville. La côte n'avait pas été aménagée. À la place des rues de Queenstown – des exportateurs, des grues, des dockers, des émigrants irlandais – ne s'étendait qu'une forêt sauvage enveloppant un rivage rocailleux.

C'était aussi impossible qu'incontestable. Rien que d'y penser, Davies en avait un vertige nauséeux. Malgré son envie de croire que l'officier navigateur les avait menés par erreur jusqu'à quelque îlot sauvage, voire au mauvais continent, il ne pouvait que reconnaître le dessin caractéristique de l'île ainsi que la côte du comté de Cork, couronnée de nuages déchiquetés.

C'était Queenstown, c'était Cork Harbor, c'était l'Irlande. Seulement toute trace de civilisation humaine en avait été effacée et recouverte par la forêt.

« Ce n'est pas possible, dit Davies à Buckley. L'évidence est là, certes, mais des bateaux qui ont quitté Queenstown il n'y a pas six jours sont amarrés aux quais d'Halifax. Si encore il s'était produit un tremblement de terre ou un raz de marée… si nous avions découvert une ville en ruine… mais ça ! »

Les deux officiers avaient passé la nuit sur le pont. Les passagers, tirés du sommeil par le silence des moteurs, revinrent se presser contre le bastingage. Ils n'étaient que questions, auxquelles nul ne pouvait répondre. Le capitaine n'avait à offrir ni explication, ni consolation, ni mensonge apaisant. Il ne parvenait même pas à en imaginer. Un vent de nord-est humide s'était levé. Le froid ne tarderait pas à repousser les curieux à l'intérieur. Peut-être, au moment du repas, Davies réussirait-il à leur rendre un semblant de calme. D'une manière ou d'une autre.

« Toute cette verdure, commenta-t-il, incapable de chasser ou de réprimer ses pensées. Il y en a bien trop pour cette époque de l'année. Qu'est-ce que c'est que ces plantes qui germent en mars et avalent toute une ville irlandaise ?

– Ce n'est pas *naturel* », martela le second.

Il échangea un regard avec son supérieur. Buckley avait délivré son verdict d'un ton si convaincu, malgré l'évidence de la chose, que Davies dut retenir un éclat de rire. Il parvint à adresser au jeune officier un sourire qu'il espérait rassurant.

« Demain, nous enverrons peut-être quelques hommes en reconnaissance à terre. D'ici là, mieux vaut éviter les conjectures… nous ne sommes pas très doués pour ça. »

Buckley lui rendit son sourire, faiblement.

« D'autres bateaux vont arriver…

– Qui nous permettront de vérifier que nous ne sommes pas fous ?

– Eh bien, oui, capitaine. C'est une manière de présenter les choses.

– En attendant, soyons prudents. Conseillez au radio de surveiller ses propos. Le monde apprendra la nouvelle bien assez tôt. »

Ils restèrent un moment immobiles, les yeux perdus dans la grisaille froide du matin. Un steward leur apporta de grandes tasses de café fumant.

« Nous n'avons pas assez de charbon pour regagner New York, capitaine, risqua enfin Buckley.

– Alors un autre port…

– S'il en *reste* un en Europe. »

Davies haussa les sourcils. Il n'avait pas pensé à cela. Peut-être certaines idées étaient-elles trop énormes pour le crâne humain.

« Nous appartenons à la White Star, Mr. Buckley, déclara-t-il en se redressant de toute sa taille. On ne nous abandonnera pas, même s'il faut nous envoyer des navires charbonniers d'Amérique.

– Bien, capitaine. » Le jeune Buckley, qui avait commis l'erreur d'étudier le divin, jeta à son supérieur un regard malheureux. « Vous croyez que c'est un miracle, capitaine ?

– Plutôt une tragédie, à mon avis. Du moins pour les Irlandais. »

Ralph Buckley croyait aux miracles. Fils d'un pasteur méthodiste, il avait été élevé avec Moïse et le buisson ardent, Lazare se relevant du tombeau, la multiplication des pains et des poissons. Pourtant, jamais il n'avait pensé *voir* un jour pareille chose. Les miracles, comme les histoires de fantômes, le mettaient mal à l'aise. Il les préférait cantonnés sous la couverture de la Bible de King James, dont il conservait un exemplaire (que – honte à lui – il ne consultait jamais) dans sa cabine.

Se trouver *à l'intérieur* d'un miracle, lequel l'entourait aussi loin que portait le regard, donnait au jeune homme l'impression que la Terre même s'ouvrait sous ses pieds. Incapable de dormir plus de quelques minutes, il découvrit le lendemain matin dans son miroir un reflet pâle, aux yeux rougis, dont le rasoir tremblait dans la main. Il s'aida d'un mélange de café noir et de whiskey de sa flasque pour reprendre son calme, avant de faire descendre une chaloupe des bossoirs, sur ordre du capitaine, puis de la diriger, avec son chargement de marins nerveux, vers la plage caillouteuse de ce qui avait autrefois été Great Island. Le vent se levait, la mer était agitée, et des nuages de pluie en lambeaux arrivaient du nord. Vilain temps.

Davies voulait savoir s'il serait possible de débarquer les passagers en cas de nécessité. Buckley, qui en avait douté dès le début, en doutait à présent plus que jamais. Après avoir aidé ses compagnons à tirer la chaloupe au-dessus de la ligne de marée, il s'enfonça dans l'île de quelques pas, les pieds humides, le pardessus, les cheveux et la moustache bordés d'une écume salée. Sur ses talons avançaient d'un pas lourd cinq marins barbus à la mine sinistre, tous employés de la White Star, tous silencieux. Peut-être se trouvaient-ils à l'endroit où s'était autrefois dressé le port de Queenstown ; pourtant, Buckley se sentait aussi mal à l'aise que Colomb ou Pizarro, seul sur ce nouveau continent, devant la forêt primitive indistincte, immense, trompeusement attirante mais réellement menaçante. Il ordonna une halte bien avant d'atteindre les premiers arbres.

Les *pseudo*-arbres. Buckley avait beau les qualifier d'arbres en son for intérieur, il avait vu, depuis le pont de l'*Oregon*, que jamais il n'eût seulement imaginé pareils végétaux. C'étaient d'énormes tiges bleues ou rouille, ornées de bouquets d'aiguilles serrés, broussailleux. Certaines se courbaient au sommet telles des fougères géantes, d'autres s'ouvraient en dômes fongueux évoquant des tasses ou des bulbes, comme les toits des mosquées. Entre elles ne subsistaient que des espaces aussi sombres et étroits que des terriers de blaireaux, envahis d'une brume épaisse. Une odeur de pin flottait dans l'air, assortie cependant d'une amertume inattendue, étrange, rappelant le menthol ou le camphre.

Une forêt n'aurait dû avoir ni cet aspect, ni cette odeur, ni – pire, peut-être – cette *sonorité*. Par un jour d'hiver venteux, une forêt convenable – à l'instar de celles du Maine, où Buckley avait grandi – résonnait du craquement des branches, du murmure de la pluie sur les feuilles ou autres bruits familiers. Ici, rien de semblable. Sans doute les troncs étaient-ils creux – les arbres tombés près de la grève paraissaient vides, tels des brins de paille – car le vent y jouait de longues notes basses mélancoliques. Quant aux bouquets d'aiguilles, ils cliquetaient faiblement, comme des carillons de bois. Comme des os.

Ces bruits, plus que tout le reste, poussaient le jeune homme à faire demi-tour. Mais il avait des ordres. S'armant de courage, il mena son expédition quelques pas plus loin sur les galets, jusqu'à la lisière de la forêt étrangère, où il s'ouvrit un chemin à travers les roseaux jaunes jaillis d'une terre noire compacte qui lui arrivaient au genou. Il lui semblait qu'il aurait dû planter là un drapeau… mais lequel ? Pas celui des États-Unis, avec ses rayures et ses étoiles, ni même celui de l'Empire britannique. Peut-être le cercle frappé d'une étoile de la White Star Line. Nous déclarons nôtres ces terres, au nom de Dieu et de J. Pierpont Morgan…

«'Tention à vot'pied », lança un des marins, derrière le second.

Buckley baissa brusquement la tête, juste à temps pour voir quelque chose détaler près de sa bottine gauche. Une bestiole pâle, pleine de pattes, presque aussi longue qu'une pelle à charbon. Elle disparut parmi les roseaux avec un sifflement perçant, tandis que Buckley sursautait, le cœur battant.

« Mon Dieu ! s'exclama-t-il. Ça suffit ! Il faudrait être fou pour débarquer les passagers ici. Je dirai au capitaine… »

Le marin n'avait pas relevé les yeux.

À regret, l'officier baissa à nouveau les siens.

Pour découvrir un deuxième animal. Semblable à une scolopendre mais gras comme un anaconda, et du même jaune maladif que les roseaux. Camouflage, probablement. Banal dans la nature. Intéressant, d'une horrible manière. Buckley recula légèrement, s'attendant à voir filer la bestiole.

Ce qu'elle fit, mais pas ainsi qu'il l'avait pensé. Elle fonça *vers* lui à une vitesse folle pour s'enrouler autour de sa jambe droite en un seul tortillement soudain, à l'image d'un ressort se détendant brusquement. Le jeune homme eut conscience d'un picotement chaud et d'une pression, lorsque la créature perça le tissu du pantalon, puis la peau au-dessus du genou, de son museau effilé telle une dague.

Elle l'avait *mordu* !

Il secoua la jambe en hurlant, à la recherche de quelque chose pour détacher le monstre, un bâton, un couteau ; mais il n'avait sous la main que les roseaux cassants, inutiles.

Puis l'animal se déroula d'un seul coup – comme s'il n'avait pas aimé ce qu'il venait de goûter – et disparut en ondulant dans le sous-bois.

Buckley, plus calme, se tourna vers les marins horrifiés. Sa jambe ne lui faisait pas trop mal. Il inspira profondément à plusieurs reprises, s'emplissant les poumons, décidé à prononcer quelques mots rassurants, à dire aux hommes de ne pas s'inquiéter, mais il s'effondra avant d'avoir rassemblé ses pensées.

Ses compagnons le tirèrent jusqu'à la chaloupe et remirent à la voile pour l'*Oregon*. Ils prenaient bien garde à ne pas toucher sa jambe, déjà enflée.

L'après-midi même, cinq passagers de deuxième classe envahirent le pont, exigeant d'être autorisés à quitter le navire.

C'étaient des Irlandais qui reconnaissaient Cork Harbor, malgré son extraordinaire transformation ; ils avaient de la famille sur l'île, aussi voulaient-ils partir à la recherche de survivants.

Le capitaine, à qui les explorateurs avaient fait leur rapport, doutait que les mécontents parcourent plus de quelques mètres vers l'intérieur des terres avant que la peur et la superstition, sinon la faune, ne les contraignent à tourner les talons. Les ayant jaugés, il les persuada de regagner leurs quartiers, mais de justesse, ce qui l'inquiéta. Il distribua des pistolets à ses principaux officiers puis demanda au radio quand devait arriver un autre bâtiment.

« Bientôt, capitaine. Il y a un cargo canadien à moins d'une heure.

– Parfait. Dites-leur que nous les attendons… et prévenez-les un peu de ce qu'ils vont trouver…

– Bien, capitaine, mais…

– Mais quoi ?

– Je ne sais pas comment les avertir. C'est tellement bizarre. »

Davies posa la main sur l'épaule de son subordonné.

« Personne n'y comprend quoi que ce soit. Je vais rédiger le message moi-même. »

Rafe Buckley avait la fièvre, mais le soir, sa jambe ayant désenflé, il était capable de marcher. Aussi insista-t-il pour accepter l'offre du capitaine, qui lui avait proposé de dîner à sa table.

Le jeune homme mangea peu, sua abondamment et, à la grande déception de son supérieur, ne se montra guère expansif. Davies désirait en apprendre davantage sur ce que les officiers appelaient déjà « le nouveau monde ». Buckley n'avait pas seulement foulé ce sol étranger, la faune indigène avait prélevé sur lui un échantillon.

Mais il n'avait pas terminé son rôti qu'il se remettait sur ses pieds, vacillant, pour regagner l'infirmerie. À la grande surprise du capitaine, il y mourut sans que rien ne l'eût laissé prévoir, à minuit et demi. D'après le médecin du bord, le foie avait sans doute souffert. Peut-être à cause d'une toxine inconnue. Difficile à dire avant l'autopsie.

On se fût cru dans un rêve, un rêve étrange et terrible. Davies câbla aux autres navires qui avaient atteint Queenstown, Liverpool ou les ports français la nouvelle de cette mort, avertissant les marins de ne pas descendre à terre sans, au moins, de hautes bottes de pêcheur et une arme individuelle.

La White Star dépêcha des vaisseaux ravitailleurs d'Halifax et de New York dès que l'ampleur du phénomène se dessina dans le chaos des récits et des appels à la prudence. Queenstown n'était pas seule à avoir disparu. Il n'y avait pas d'Irlande, pas d'Angleterre, pas de France, d'Allemagne, d'Italie… rien que des terres sauvages au nord du Caire et, à l'ouest, au moins jusqu'aux steppes russes. Comme si, une fois la planète tranchée en deux, on avait greffé sur la plaie un organisme étranger.

Davies envoya un télégramme au père de Rafe Buckley, dans le Maine. C'était une tâche terrible, mais Mr. Buckley ne serait pas, loin s'en faudrait, seul à pleurer un être cher. Avant longtemps, le monde entier prendrait le deuil.

Août 1912

Par la suite – durant l'époque troublée où miséreux et sans-abri devinrent si dramatiquement nombreux, où charbon et pétrole se firent si coûteux, où des émeutes éclatèrent car la population réclamait du pain, où la mère et la sœur de Guilford, quittant la ville, allèrent s'installer (pour qui savait combien de temps ?) chez une tante, dans le Minnesota – l'adolescent passa beaucoup de temps à l'imprimerie.

Il ne pouvait rester seul à la maison, son lycée avait fermé pendant l'effondrement général, et l'argent manquait pour payer quelqu'un qui veillerait sur lui. Aussi accompagnait-il son père au travail, apprenait-il les rudiments de l'estampage et de la lithographie et, dans les longs intervalles qui séparaient les tâches rémunératrices, relisait-il ses magazines de radio, se demandant si les grands projets de sans-fil qu'envisageaient les auteurs deviendraient jamais réalité – si l'Amérique fabriquerait jamais une autre lampe de De Forest, ou si l'ère de l'invention avait pris fin.

Il se plaisait à écouter son père discuter avec les deux derniers employés du magasin – Ouillette, un graveur québécois, et Kominski, un juif russe austère. La plupart du temps, oublieux de sa présence, les trois hommes faisaient montre d'autant de calme que de pessimisme.

Ils parlaient de l'effondrement boursier et des mines de houille, des Brigades de travailleurs et de la disette, de la hausse générale des prix.

Ils parlaient du nouveau monde, la nouvelle Europe, les contrées sauvages qui avaient évincé une si grande partie de la Terre.

Ils parlaient du président Taft et de la révolte du Congrès ; de lord Kitchener, qui gérait depuis Ottawa les ruines de l'Empire britannique ; des papautés rivales et des guerres qui ravageaient les possessions espagnoles, allemandes, portugaises.

Ils parlaient, souvent, de religion. Le père de Guilford, épiscopalien par sa naissance et unitarien par son mariage, ne professait en d'autres termes aucun dogme particulier. Ouillette, catholique, qualifiait la transformation européenne de « miracle évident ». Kominski, bien que mal à l'aise durant ces conversations, admettait sans problème que la métamorphose de l'Europe était due à une intervention divine : comment eût-il *pu* en être autrement ?

Guilford se gardait d'interrompre les adultes ou de risquer le moindre commentaire. Il n'était pas censé exprimer une opinion, ni même en avoir une. Pourtant, ces histoires de miracle lui paraissaient bien irréfléchies. Certes, la transformation du vieux continent était par presque toutes les définitions un miracle – inattendue, inexpliquée et échappant de beaucoup, semblait-il, aux lois de la nature.

Mais en allait-il vraiment ainsi ?

Ce miracle n'était pas signé. La Divinité ne l'avait pas annoncé depuis les cieux. Il s'était simplement produit. C'était un événement, précédé d'étranges lumières, accompagné d'étranges conditions climatiques (des tornades à Khartoum, l'adolescent l'avait lu quelque part) ainsi que de perturbations tectoniques (des tremblements de terre violents au Japon et d'autres, disait-on, pires encore, en Mandchourie).

Guilford estimait que pour un miracle, la chose avait des effets secondaires étonnamment nombreux… elle n'était ni aussi nette ni aussi décisive qu'elle eût dû l'être. Mais quand son père élevait ce genre d'objections, Kominski les traitait par le mépris.

« Le Déluge n'a rien eu de net, affirmait-il. Pas plus que la destruction de Sodome. Ou la transformation de la femme de Lot en statue de sel. Où y a-t-il une *logique* dans tout ça ? »

Nulle part, peut-être.

Guilford allait regarder le globe terrestre posé sur le bureau de son père. D'après les premiers dessins des journaux, un cercle, ou une boucle, déparait les anciennes cartes. Il tranchait l'Islande en deux, coupait l'extrémité sud de l'Espagne et une demi-lune d'Afrique du Nord, balafrait la Terre sainte, traçait un arc hésitant sur les steppes russes puis l'Arctique. L'adolescent posait la main sur l'Europe, recouvrant des indications dépassées. *Terra incognita.* Les publications de Hearst, emboîtant le pas au regain religieux national, appelaient parfois ironiquement le nouveau continent « la Darwinie », pour donner à entendre que le miracle avait jeté le discrédit sur l'histoire naturelle.

Il n'en était rien, Guilford en avait l'intime conviction, bien qu'il n'osât en parler. Pour lui, il ne s'agissait pas d'un miracle, juste d'un *mystère*. Inexplicable, mais peut-être pas *intrinsèquement* tel.

Cette masse de terre, ces profondeurs océanes, ces montagnes, ces déserts glacés, tout cela changé en une nuit... C'était effrayant, surtout lorsqu'on évoquait les contrées inconnues que sa main dissimulait. On se sentait tellement fragile.

Un mystère. Qui, comme tous les mystères, attendait une question. Plusieurs, même. Des questions en forme de clés, fouillant une serrure obstinée.

Les yeux clos, le garçon retirait la main du globe terrestre. Il imaginait une immensité retournée à l'indétermination, légendée dans une langue inconnue.

Des mystères à l'infini.

Mais comment interroger un continent ?

LIVRE PREMIER

Printemps-été 1920

Ainsi vous savez interpréter l'aspect du ciel, et les signes des temps, vous n'en êtes pas capables ! Génération mauvaise...

ÉVANGILE SELON SAINT MATHIEU

I

Les marins des vapeurs rescapés avaient inventé leurs propres légendes. Des contes à dormir debout, d'une fausseté flagrante, dont Guilford avait entendu la plupart avant que l'*Odense* ne franchît le quinzième méridien.

Un garçon de cabine ivre lui avait parlé de l'endroit où se rencontraient les deux océans : le vieil Atlantique de l'Amérique et le nouvel Atlantique de la Darwinie. La séparation, d'après le marin, était aussi visible et deux fois plus traître qu'une ligne de grains. D'un côté, l'eau était visqueuse comme de l'huile, et tout ce qui cherchait à passer la frontière y laissait immanquablement la vie. En conséquence, la zone regorgeait de cadavres animaux tant familiers qu'étrangers : dauphins, requins, rorquals, baleines bleues ; anguillards, barriques de mer, poissons-bulles ou poissons-bannières. Ils flottaient sur place, serrés à se toucher, leurs yeux vitreux écarquillés. L'eau glacée les conservait de manière peu naturelle, solennel avertissement adressé aux navires assez fous pour se frayer un passage parmi leur masse puante.

Guilford savait que ce n'était qu'un mythe, un conte pour effrayer les naïfs, mais comme tous les mythes, celui-là emportait l'adhésion lorsqu'on l'entendait au bon moment. Le jeune homme s'appuyait au bastingage terni de l'*Odense*, en plein milieu de l'Atlantique, dans le soleil déclinant. Le vent arrachait à la mer houleuse des lambeaux d'écume, mais les nuages s'étaient écartés, à l'ouest, si bien que de longs doigts de lumière se promenaient sur les flots. Au-delà de l'horizon, à l'est, attendaient les menaces et les promesses du nouveau monde, l'Europe transformée, le continent-miracle que les journaux persistaient à appeler la Darwinie. Les poissons-bulles ne se pressaient pas contre la proue du navire, les mêmes eaux salées léchaient tous les rivages terrestres, mais Guilford savait qu'il venait de franchir une frontière bien réelle, que son centre de gravité s'était déplacé, glissant du familier à l'étranger.

Il se détourna, les mains aussi froides que le cuivre du bastingage. À vingt-deux ans, jamais il n'avait pris la mer avant le vendredi précédent. Trop grand et dégingandé pour faire un bon marin, il se meurtrissait régulièrement les épaules dans le labyrinthe intérieur de l'*Odense,* un bateau qui avait rendu de grands services sur une ligne danoise avant le miracle. Il passait la majeure partie de son temps dans sa cabine, avec Caroline et Lily, ou, lorsque le froid n'était pas trop vif, sur le pont. Le quinzième méridien marquait la limite ouest du grand cercle imprimé dans le globe, et le jeune homme espérait, au-delà, entrevoir quelque forme de vie océanique darwinienne. Pas des milliers d'anguillards « emmêlés comme les cheveux d'une noyée », mais peut-être une barrique de mer venue remplir ses sacs pulmonaires à la surface. Guilford guettait anxieusement le moindre signe du nouveau continent, fût-ce un simple poisson ; toutefois, conscient de la naïveté de son ardeur, il s'efforçait de la cacher aux autres membres de l'expédition.

L'entrepont était humide et exigu. La famille Law s'était vu attribuer, au milieu du navire, une cabine minuscule que Caroline ne quittait guère. Le premier jour, à la sortie du port de Boston, elle avait eu le mal de mer. Elle assurait se sentir mieux, à présent, mais Guilford la savait mécontente. Il n'y avait dans ce voyage rien qui pût lui faire plaisir, même si elle s'était pratiquement imposée sur le bateau.

Pourtant, en pénétrant dans la petite pièce où elle l'attendait, le jeune homme eut l'impression de tomber derechef amoureux. Assise au bord du lit, le dos arqué, elle promenait dans ses cheveux une brosse en nacre dont les lentes glissades méditatives suivaient la courbe de sa nuque. Avec ses grands yeux mi-clos, elle ressemblait à la princesse d'un songe opiacé : distante, rêveuse, triste, toujours. Belle, tout simplement. Guilford éprouva, une fois de plus, le désir aigu de la photographier. Il avait réalisé son portrait peu de temps avant leur mariage mais n'en avait pas été satisfait. Les plaques, dans leur sécheresse, ne rendaient pas les subtilités de son expression, la luxuriance de sa chevelure aux sept nuances de noir.

S'asseyant à son côté, il résista à l'envie de lui caresser l'épaule au-dessus de son cache-corset. Ces derniers temps, elle n'aimait guère qu'il la touchât.

« Tu sens la mer, remarqua-t-elle.

– Où est Lil ?

– Partie satisfaire un besoin naturel. »

Comme il se rapprochait pour l'embrasser, elle lui jeta un coup d'œil avant de lui offrir sa joue. Elle avait la peau fraîche.

« Il faut nous habiller pour le dîner », dit-elle.

L'obscurité enveloppait le navire. L'ombre, que ne dissipaient pas les rares ampoules électriques, rendait les corridors plus étroits encore. Guilford guida Caroline et Lily jusqu'à la pièce mal éclairée baptisée salle à manger, où ils retrouvèrent les quelques scientifiques de l'expédition installés à la table du médecin du bord, un Danois corpulent visiblement alcoolique.

Les naturalistes discutaient taxonomie. Le praticien parlait fromage.

« Mais si nous créons tout un nouveau système de Linné…

– La situation l'exige !

–… cela risque de suggérer une connexité de *descendance*, la familiarité d'espèces par ailleurs bien définies…

– Le gjedsar ! À l'époque, on en proposait même au petit déjeuner. Des oranges, du jambon, des saucisses, du pain de seigle tartiné de caviar rouge. Chaque repas était un véritable *frokost*. Rien de commun avec cette maigre pitance. Ah ! » Le médecin avait pris conscience de l'arrivée des Law. « Notre photographe. Et sa charmante famille. Belle dame ! Petite demoiselle ! »

Les dîneurs, se levant, s'agitèrent pour dégager un peu de place. Guilford s'était fait des amis parmi les naturalistes, notamment le botaniste, Sullivan. Caroline, quoiqu'elle fût de toute évidence la bienvenue, n'avait pas grand-chose à dire durant les repas. Lily, elle, avait conquis les voyageurs. À quatre ans tout juste, elle avait déjà appris de sa mère les rudiments de la bienséance, et sa curiosité ne dérangeait pas les scientifiques… excepté peut-être Preston Finch, leur aîné, qui ne savait pas s'y prendre avec les enfants. Mais Finch, installé à l'autre extrémité de la longue table à tréteaux, monopolisait un géologue de Harvard. Lily s'assit à côté de sa mère puis, méthodique, déplia sa serviette. Ses épaules arrivaient tout juste au niveau du plateau.

Le praticien – sans doute un peu ivre – lui sourit, rayonnant.

« Notre jeune Lilian m'a l'air affamée. Tu veux une côte de porc, Lily ? Oui ? Elle est comestible, malgré sa minceur. Et de la sauce aux pommes ? »

La fillette acquiesça, s'efforçant de ne pas broncher.

« Bien, bien. Nous sommes à mi-chemin du grand océan, Lily. À mi-chemin de la grande Europe. Tu es contente ?

– Oui, répondit-elle, obligeante. Mais nous nous arrêtons en Angleterre. Il n'y a que papa qui va en Europe. »

Comme la plupart des gens, elle faisait la distinction entre Europe et Angleterre. Quoique la Grande-Bretagne eût été aussi affectée que la France ou l'Allemagne par le miracle, les Anglais étaient parvenus à imposer leurs droits territoriaux, avaient reconstruit Londres ainsi que leurs autres ports côtiers et gardé le contrôle de leur flotte.

L'attention de Preston Finch se porta sur les arrivants. Il fronça les sourcils au-dessus de sa rude moustache en brosse.

« Votre fille établit une séparation fictive, Mr. Law », lança-t-il de son bout de table.

Les conversations durant les repas n'étaient pas aussi animées sur l'*Odense* que Guilford l'avait pensé. Le problème venait en partie de Finch, auteur d'*Apparition et révélation*, texte fondateur du naturalisme biblique publié avant même 1912. Grand, grisonnant, totalement dénué d'humour et gonflé de sa propre importance, Finch possédait des références parfaites ; après deux ans passés le long du Colorado et de la Red River, à rassembler les preuves d'une inondation généralisée, il était devenu une des grandes forces du Renouveau biblique suscité par le miracle. Tous ses compagnons avaient peu ou prou les manières de chiens battus des pécheurs repentis, à l'exception du botaniste, Sullivan. Plus âgé que Finch, ce dernier possédait une assurance qui lui permettait d'importuner de temps à autre son cadet avec une citation de Wallace ou de Darwin. Les anciens évolutionnistes en poste depuis moins longtemps étaient tenus à plus de prudence. Une situation qui rendait la conversation tendue, hésitante.

Guilford lui-même parlait peu. Le photographe de l'expédition n'était pas censé exprimer des opinions scientifiques, ce qui valait peut-être mieux.

Le médecin du bord jeta à Finch un regard irrité en s'efforçant d'attirer l'attention de Caroline.

« Vous avez trouvé à vous loger à Londres, Mrs. Law ?

– Lily et moi habiterons dans ma famille.

– Ah ! Un cousin anglais ! Soldat, trappeur ou commerçant ? On ne trouve que ça, à Londres.

– Vous avez sans doute raison. Il possède une quincaillerie.

– Vous avez du courage, Mrs. Law. La vie sur la frontière…

– Pour quelque temps seulement, docteur.

– Pendant que les hommes partent à la chasse aux snarks ! » Plusieurs scientifiques le fixèrent avec incompréhension. « Lewis Carroll ! Un Anglais ! Seriez-vous tous ignares ? »

Silence. Enfin, Finch prit la parole :

« L'Amérique n'a guère d'estime pour les auteurs européens, docteur.

– Bien sûr. Excusez-moi. Les gens oublient. Ceux qui ont de la chance. » Le praticien jeta à Caroline un regard de défi. « Londres était autrefois la plus grande cité du monde. Le saviez-vous, Mrs. Law ? Rien de comparable avec l'ébauche grossière qu'elle est à présent. Des cabanes, des cagibis, de la boue. Mais je regrette de ne pas pouvoir vous montrer Copenhague. Ça, c'était une ville ! Une ville *civilisée.* »

Guilford connaissait ce genre d'hommes. On en trouvait dans tous les bars du front de mer, à Boston. Des Européens vagabonds buvant d'un air sinistre à Londres, Paris, Prague ou Berlin. Ils cherchaient à s'intégrer à quelque club, quelque Ordre de ceci ou de cela, quelque assemblée où ils entendraient parler leur langue comme si elle n'avait pas été morte ou mourante.

Caroline mangea en silence. Lily elle-même resta très calme. La tablée entière avait subtilement conscience d'avoir franchi la ligne de démarcation située à mi-chemin. Les mystères qui attendaient les voyageurs se dressaient soudain devant eux, plus imposants que les grises certitudes de Washington ou de New York. Finch seul n'en paraissait pas affecté : il discutait l'importance du silex noir en tant que pierre à fusil d'un ton sans réplique avec quiconque voulait bien lui prêter l'oreille.

Guilford avait vu Preston Finch pour la première fois dans les bureaux d'Atticus and Pierce, un éditeur de Boston spécialiste du manuel scolaire. Une année plus tôt, le jeune homme avait accompagné dans l'Ouest Walcott, le photographe officiel des études de la Gallatin et du canyon de Deep Creek. Finch, qui organisait une expédition pour cartographier le sud de l'Europe, avait obtenu l'appui de la Smithsonian Institution et de riches donateurs. C'était une occasion à saisir pour un photographe expérimenté. Pierce avait présenté Guilford au scientifique parce que le jeune homme remplissait les conditions requises, mais peut-être aussi parce qu'il était quant à lui l'oncle de Caroline.

À vrai dire, Guilford le suspectait d'avoir voulu éloigner quelque temps de Boston l'époux de sa nièce. L'éditeur et son neveu par alliance ne s'entendaient guère, malgré leur commun amour pour Caroline. Quoi qu'il en fût, Guilford avait saisi avec reconnaissance sa chance de se joindre à Finch pour explorer le nouveau monde. Il serait bien payé, par rapport aux tarifs habituels, et ce travail lui permettrait peut-être de se tailler une petite réputation. De plus, le continent le fascinait. Il avait lu non seulement les rapports de l'expédition Donnegan (qui avait longé les contreforts des Pyrénées, de Bordeaux à Perpignan, en 1918) mais aussi (en secret) toutes les histoires darwiniennes publiées par *Argosy* et *All-Story Weekly*, notamment celles d'Edgar Rice Burroughs.

Pierce avait cependant oublié l'entêtement de Caroline, laquelle avait refusé de rester seule avec Lily une seconde fois, fût-ce pour une saison ; ni l'argent en jeu ni les propositions répétées de lui fournir une servante, pendant la journée, ne l'avaient fléchie. Guilford, quant à lui, ne tenait pas particulièrement à la laisser derrière lui, mais cette expédition représentait le tournant de sa carrière, voire la différence entre pauvreté et sécurité.

La jeune femme n'en était pas moins restée intraitable, allant jusqu'à le menacer de le quitter (ce qui n'avait aucun sens). Il avait répondu à ses objections avec calme et patience sans la fléchir d'un iota.

Enfin, elle s'était résignée à un compromis : son oncle lui paierait le voyage jusqu'à Londres, où elle s'installerait dans sa famille pendant que Guilford gagnerait le continent. Au moment du miracle, les parents de Caroline étaient en visite dans la capitale britannique, et elle prétendait désirer voir l'endroit où ils avaient trouvé la mort.

Bien sûr, on n'était pas censé dire que qui que ce fût avait trouvé la mort au cours du miracle : les gens avaient été « emportés », ils étaient « passés de l'autre côté », comme glorifiés d'un souffle à l'autre. D'ailleurs, qui savait ? Peut-être en était-il bien allé ainsi. Toutefois, des millions d'êtres humains avaient purement et simplement disparu de la face de la Terre, avec leurs fermes et leurs cités, leur flore et leur faune. Caroline était incapable de pardonner pareil miracle ; elle en avait une vision de violence et de cruauté.

Seul membre de l'expédition accompagné de sa famille, Guilford se sentait un peu gêné, mais nul ne s'était permis la moindre remarque hostile. Lily avait même gagné quelques cœurs, aussi pouvait-il s'estimer heureux.

Après dîner, le groupe se débanda : le Danois alla tenir compagnie à une flasque de whisky canadien, les scientifiques partirent jouer aux cartes dans le fumoir, autour de tables couvertes de feutre usé, Guilford rentra dans sa cabine lire à sa fille un chapitre d'un bon conte de fées américain, *Le Pays d'Oz.* Les livres consacrés à Oz étaient partout, depuis qu'Andersen et les frères Grimm étaient tombés en défaveur, entachés qu'ils étaient par la vieille Europe. Lily, grâce à Dieu, ignorait que la politique affectait jusqu'aux livres. Elle aimait Dorothy, tout simplement. Guilford lui-même s'était attaché à la petite paysanne du Kansas.

La fillette finit par poser la tête sur l'oreiller, les yeux clos. Son père éprouva en la contemplant, endormie, un bref sentiment de désorientation. La vie mélangeait tout de manière bizarre. Comment s'était-il retrouvé à bord d'un bateau en partance pour l'Europe ? Peut-être, après tout, n'avait-il pas fait le meilleur choix.

Mais il n'était bien sûr pas possible de revenir en arrière.

Il arrangea la couverture de Lily sur sa couchette, éteignit la lumière puis alla s'allonger auprès de Caroline qui lui tournait le dos, assoupie, arc parfait de chaleur humaine. Il s'endormit blotti contre elle, bercé par le grondement des machines.

Peu après l'aube, il se réveilla, agité, s'habilla et se glissa hors de la cabine sans réveiller sa femme ni sa fille.

Il faisait frais, le ciel était d'un bleu de porcelaine. Seuls quelques petits nuages tachaient l'horizon oriental. Guilford jouit du vent, sans penser à rien de particulier, jusqu'à ce qu'un jeune officier vînt le rejoindre contre le bastingage. Le marin ne se présenta ni par son nom ni par son grade, se contentant de sourire, dans la camaraderie de hasard qui unit deux hommes debout à l'aube piquante.

Ils contemplèrent le ciel un moment, avant que l'arrivant ne tournât la tête pour dire :

– On approche. Ça se sent.

Guilford fronça les sourcils. Encore un conte à dormir debout.

– Qu'est-ce qui se sent ?

L'officier était américain ; son accent traînant évoquait le Mississippi.

– La cannelle. La gaulthérie. Plus quelque chose d'autre de complètement neuf. Comme une épice éventée, empoussiérée, venue d'une contrée où aucun Blanc n'aurait jamais posé le pied. C'est plus net quand on ferme les yeux.

Son compagnon baissa les paupières. Il prit conscience de l'air froid qui pénétrait dans ses narines. Il faudrait un petit miracle pour qu'il parvînt à sentir quoi que ce fût, avec ce vent. Pourtant…

Clou de girofle ? Cardamome ? Encens ?

– Qu'est-ce que c'est ?

– Le nouveau monde, cher ami. Ses arbres, ses rivières, ses montagnes, ses vallées. Le continent tout entier qui traverse l'océan porté par la brise. Vous le sentez ?

Guilford en avait la nette impression.

II

Eleanor Sanders-Moss était bien telle qu'Elias Vale l'avait imaginée : une plantureuse aristocrate du Sud d'âge mûr, le dos droit, le menton haut, les ruines de la jeunesse colonisées par la dignité. Son parapluie ruisselait, bien que son hansom fût rangé contre le trottoir. De toute évidence, la renaissance automobile n'avait pas marqué Mrs. Sanders-Moss ; les années, si : ses pattes-d'oie étaient aussi visibles que ses hésitations. Les premières étaient impossibles à dissimuler ; elle faisait de son mieux pour cacher les secondes.

« Elias Vale ? » s'enquit-elle.

Il sourit, également réservé, décidé à prendre l'avantage. Chaque silence était une arme. Or il savait se battre.

« Mrs. Sanders-Moss. Entrez, je vous en prie. »

Elle replia son parapluie en franchissant le seuil puis le laissa tomber sans cérémonie dans la patte d'éléphant prévue à cet effet. La porte refermée, elle cligna des yeux. Vale préférait les lumières tamisées. Par temps maussade, comme ce jour-là, il fallait un moment pour s'y habituer. Les déplacements en devenaient risqués, mais l'atmosphère avant tout : ne s'occupait-il pas de commerce avec l'invisible ?

D'ailleurs, Mrs. Sanders-Moss était sensible à l'atmosphère. Vale essaya de se représenter les choses de son point de vue. La splendeur fanée de la maison de location, sise sur la mauvaise rive du Potomac, avec ses buffets surmontés de bronzes victoriens – lutteurs grecs, Romulus et Remus tétant une louve – et ses estampes japonaises obscurcies par la pénombre. L'hôte lui-même, en redingote à parements de velours, les cheveux prématurément blanchis (un avantage, à vrai dire), le visage ingrat racheté par des yeux perçants, d'un vert sauvage. Il était né coiffé : ses yeux et sa chevelure le rendaient crédible, il lui fallait bien le reconnaître.

Le silence se prolongeait. Mrs. Sanders-Moss, qui s'agitait, finit par lâcher :

« Nous avons rendez-vous… ?

– En effet.

– Mrs. Fowler m'a parlé de vous…

– Je sais. Passons dans mon bureau, je vous prie. »

Il sourit derechef. Ce que voulaient toutes ces femmes, c'était quelque chose d'outré, qui n'appartînt pas à ce monde… un monstre, mais *leur* monstre, domestiqué sans être totalement soumis. Il fit franchir à l'arrivante des tentures de velours afin de la mener dans une petite pièce tapissée de livres. De gros ouvrages anciens, imposants pour qui ne se donnait pas la peine d'en déchiffrer les titres, inscrits en lettres dorées sur les dos usés : des recueils de sermons du dix-neuvième siècle, achetés trois fois rien à une vente aux enchères, dans une ferme. Les arcanes, pensaient les visiteuses.

Après avoir offert un siège à Mrs. Sanders-Moss, Vale prit place en face d'elle, de l'autre côté de son bureau luisant, bien décidé à ne pas lui laisser deviner sa propre nervosité. Son interlocutrice n'était pas une cliente ordinaire, mais la proie qu'il traquait depuis maintenant plus d'un an. Elle avait des relations. Une fois par mois, elle tenait salon dans sa propriété de Virginie, où elle recevait nombre des brillants intellectuels de la ville – ainsi que leurs épouses.

Vale voulait à tout prix l'impressionner.

Les mains dans son giron, elle leva vers lui un regard ardent.

« Mrs. Fowler vous a chaudement recommandé, Mr. Vale, commença-t-elle.

– Professeur Vale, corrigea-t-il.

– Professeur Vale. » Elle restait circonspecte. « Je ne suis pas quelqu'un de crédule. En règle générale, je ne consulte pas les spirites. Mais vos prédictions ont fortement marqué Mrs. Fowler.

– Je ne fais pas de prédictions, Mrs. Sanders-Moss. Je ne lis pas dans les feuilles de thé. Ni dans la main, les tarots ou les boules de cristal.

– Je ne voulais pas...

– Je ne suis pas vexé.

– Elle m'a dit beaucoup de bien de vous. Mrs. Fowler.

– Je me souviens d'elle.

– Ce que vous lui avez appris sur son mari...

– Je suis ravi de lui avoir rendu service. Maintenant, expliquez-moi pourquoi vous, vous êtes ici. »

Elle pressa ses mains sur sa robe. Maîtrisant, peut-être, une envie de fuir.

« J'ai perdu quelque chose », murmura-t-elle. Il attendit. « Une mèche de cheveux...

– À qui avait-elle appartenu ? »

La dignité disparut. L'heure de la confession sonnait.

« À ma fille. Mon aînée. Emily. Elle est morte à deux ans. La diphtérie, vous comprenez. C'était une enfant merveilleuse. Quand elle est tombée malade, je lui ai coupé une mèche de cheveux, que j'ai gardée avec deux ou trois autres choses. Un hochet, sa robe de baptême...

– Tout a disparu ?

– Oui ! Mais les cheveux... me manquent encore plus que ses affaires. C'est tout ce qui me reste d'elle.

– Et vous voulez que je retrouve ces objets ?

– Si ce n'est pas trop trivial.

– Ça ne l'est pas du tout », assura-t-il d'une voix plus douce.

Elle leva vers lui un regard empli de soulagement : quoiqu'elle eût dévoilé sa vulnérabilité, il n'avait pas tenté de la faire souffrir ; il l'avait comprise. Tout était là, il le savait, dans cette ronde de honte et de rédemption. Les médecins traitaient-ils de la même manière les cas de maladie vénérienne ?

« *Pouvez*-vous m'aider ?

– Très honnêtement, je n'en sais rien. Je peux essayer. Mais il me faut votre coopération. Prenez ma main, je vous prie. »

Mrs. Sanders-Moss tendit le bras, hésitante. Il referma autour de sa petite main froide des doigts plus robustes, plus décidés.

Leurs yeux se rencontrèrent.

« Essayez de ne pas vous laisser impressionner par ce que vous risquez de voir ou d'entendre.

– Des trompettes parlantes ? Ce genre de choses ?

– Rien d'aussi grossier. Vous n'êtes pas au cirque.

– Je ne voulais pas…

– Peu importe. Veillez aussi à ne pas vous impatienter. Entrer en contact avec l'autre monde demande souvent un certain temps.

– Je n'ai rien de prévu, Mr. Vale. »

Les préliminaires étaient donc terminés ; il ne restait au spirite qu'à rassembler son pouvoir de concentration et à attendre que le dieu s'élevât des tréfonds de lui-même – de ce que les mystiques hindous appelaient les chakras inférieurs. Une expérience détestable, aussi douloureuse qu'humiliante.

Tout se payait, toujours.

Le dieu : ses discours n'étaient perceptibles qu'à Vale (sauf lorsque ce dernier lui prêtait sa propre langue, simplement matérielle) ; mais quand il parlait, son hôte n'entendait plus que lui. Cela s'était produit pour la première fois en août 1914.

Avant le miracle, Vale vivait en marginal, d'un spectacle itinérant. Ses deux partenaires et lui ratissaient l'arrière-pays avec un corps momifié, discrètement acheté dans une morgue de Racine, qu'ils présentaient comme le cadavre de John Wilkes Booth. Leurs affaires marchaient mieux dans les petites villes oubliées où ne passait nul cirque, les bourgades situées loin de la voie ferrée, au cœur des régions du coton, du blé ou du chanvre, tel le Kentucky. Vale, chargé d'appâter et de chauffer le public, se débrouillait bien. Il savait parler. Mais ce genre de spectacle se mourait, avant même le miracle, lequel l'avait achevé. Les revenus des campagnards s'étaient effondrés ; si quelques-uns avaient encore de l'argent, ils refusaient de s'en séparer pour jeter un coup d'œil sur la carcasse racornie d'un assassin. La guerre de Sécession était l'apocalypse d'une autre génération ; celle qui suivait avait la sienne. Ses partenaires avaient fini par abandonner Mr. Booth dans un champ de maïs, en Iowa.

Cette année-là, le mois d'août était brûlant. Vale, seul à présent, vendait de village en village les Bibles qu'il transportait dans une valise éculée, voyageant plus souvent qu'à son tour en chariot à bestiaux. À deux reprises, des voleurs l'avaient attaqué. Rendre coup pour coup lui avait permis de sauver ses Bibles mais pas sa réserve de cols propres. Ces incidents avaient aussi failli lui coûter la vue d'un œil, dont l'iris vert devait rester à jamais légèrement voilé (autre avantage).

Il avait beaucoup marché, ce jour-là, un jour brûlant dans la vallée de l'Ohio. L'air était humide, le ciel d'un blanc délavé, le commerce à son plus bas. La serveuse de l'Olympia Diner (d'une ville quelconque dont Vale avait oublié le nom, où la rivière s'incurvait vers l'ouest tel un panache de fumée paresseuse) affirmait entendre vaguement le tonnerre. Le colporteur avait dépensé son maigre pécule pour s'offrir un sandwich au poulet en sauce avant de repartir, à la recherche d'un endroit où dormir.

Le soleil était couché lorsqu'il avait découvert une briqueterie abandonnée à la sortie de l'agglomération. Il y régnait une humidité pénétrante, ainsi qu'une puanteur de renfermé, de moisi et d'huile de machine. Des fourneaux inutiles se dressaient au cœur de l'obscurité telles des idoles grossières. Vale s'était installé une sorte de lit, très haut dans les échafaudages, afin d'être en sécurité, avec un matelas sale traîné là depuis une décharge à flanc de colline. Le sommeil avait été long à venir. Le vent nocturne avait beau s'insinuer par les fenêtres brisées, l'air de l'usine restait chaud, stagnant. Tard dans la nuit, la pluie s'était mise à tomber. L'intrus l'avait écoutée s'infiltrer goutte à goutte par un millier de fissures pour s'étaler en flaques sur le sol boueux. L'érosion, criblant de ses minuscules piqûres la pierre et l'acier.

La voix – enfin, pas vraiment une voix, plutôt un tonnerre prémonitoire résonnant – était venue à lui sans avertissement, bien après minuit.

Il en avait été écrasé. Littéralement : il ne pouvait plus bouger. Comme si un poids inouï s'était abattu sur lui, mais un poids électrique lui communiquant ses palpitations, faisant jaillir des étincelles du bout de ses doigts. Il s'était demandé si la foudre l'avait frappé. S'il allait mourir.

Puis la voix s'était adressée à lui. Pas avec des mots mais, sans qu'il pût l'expliquer, avec des *idées* ; plus tard, en cherchant à les canaliser dans sa langue, il n'en avait obtenu qu'une approximation sans vie. *Cette chose connaît mon nom*, avait pensé le jeune homme. *Quoique non, ce n'est pas ça. Elle connaît l'*image *secrète que je me fais de moi-même.*

L'électricité lui avait soulevé les paupières de force. Terrifié, il avait contemplé contre son gré le dieu qui se tenait devant lui. Un monstre. Hideux, très vieux, au corps de scarabée d'un vert translucide traversé par la pluie. Il exhalait une obscure puanteur évoquant le solvant à peinture et la créosote.

Comment Vale eût-il pu résumer ce qu'il avait appris cette nuit-là ? Ces vérités indicibles, informulables ; les souiller avec des mots lui était pénible.

Pourtant, si on l'y avait contraint, il eût dit :

J'ai appris que j'avais un but dans la vie.

J'ai appris quel était mon destin.

J'ai appris que j'avais été choisi.

Qu'il existe plusieurs dieux qui tous connaissent mon nom.

Qu'il existe un monde sous le monde.

Que je possède de puissants amis.

Qu'il me faut être patient.

Que cette patience sera récompensée.

J'ai appris – surtout – que je n'aurai pas à mourir.

« Vous avez une servante, commença le spirite. Une Noire. »

Mrs. Sanders-Moss se tenait très droite, les yeux écarquillés, telle une fillette interrogée par un professeur intimidant.

« Oui, Olivia… Elle s'appelle Olivia. »

Il n'avait pas conscience de parler. Il s'était abandonné à une autre présence. Les mouvements péristaltiques caoutchouteux de ses lèvres et de sa langue lui semblaient étrangers, révoltants, comme si une limace s'était glissée dans sa bouche.

« Elle travaille pour vous depuis longtemps – cette Olivia.

– Très longtemps, oui.

– Elle travaillait pour vous quand votre fille est née.

– Oui.

– Et elle l'aimait beaucoup.

– Oui.

– Elle a pleuré à la mort de la petite.

– Tout le monde en a fait autant. Toute la maisonnée.

– Mais Olivia éprouvait des sentiments beaucoup plus profonds.

– Vraiment ?

– Elle sait, pour la boîte. La mèche de cheveux, la robe de baptême.

– Sans doute. Mais…

– Vous les gardiez sous votre lit.

– Oui !

– C'est Olivia qui s'occupe de votre chambre. Elle sait quand vous regardez les souvenirs de votre fille. Parce que ça dérange la poussière. Elle y est attentive.

– Peut-être, mais…

– Vous n'avez pas ouvert le coffret depuis longtemps. Plus d'un an. »

Mrs. Sanders-Moss baissa les yeux.

« Mais j'y ai *pensé*. Je n'ai pas *oublié*.

– Olivia le considère comme une relique. Elle le révère. Elle l'ouvre quand vous sortez. En faisant attention à ne pas déplacer la poussière. Pour elle, d'une certaine manière, il lui appartient.

– Olivia…

– Elle estime que vous ne rendez pas justice à la mémoire de votre fille.

– Ce n'est pas vrai !

– Il n'empêche qu'elle en est persuadée.

– C'est elle qui a pris le coffret ?

– De son point de vue, ce n'était pas un vol.

– Je vous en prie, professeur Vale, *où est-il ?* En sûreté ?

– Dans les quartiers des servantes, au fond d'un placard. »

Un instant durant, le spirite vit clairement l'objet – une boîte en bois évoquant un petit cercueil, enveloppée d'étoffes anciennes ; elle sentait le camphre, la poussière, le chagrin renfermé.

« J'avais *confiance* en elle !

– Elle aimait votre fille, elle aussi. Énormément. » Il inspira à fond, frissonnant ; commença à se reprendre, tandis que le dieu le quittait, disparaissait à nouveau dans le monde caché. Exquis soulagement. « Récupérez votre bien. Mais je vous en prie, ne soyez pas trop dure avec Olivia. »

Mrs. Sanders-Moss le fixait avec une révérence des plus plaisantes.

Elle le remercia chaleureusement. Quant à lui, il refusa l'argent qu'elle lui offrait. Le sourire timide et l'émotion profonde de la visiteuse étaient encourageants, prometteurs, même, mais bien sûr, le temps seul serait juge.

Lorsqu'elle fut repartie, armée de son parapluie, il ouvrit une bouteille de cognac et se retira dans une pièce de l'étage, à la fenêtre givrée secouée par la pluie, à la lampe brûlant haut et clair. Le seul livre en vue était un roman de quatre sous en lambeaux, *Le Jupon de sa maîtresse*.

De l'extérieur, le changement qu'infligeait à Vale la manifestation divine était peu visible. Intérieurement, pourtant, il se sentait épuisé, quasi blessé. Tout son corps était comme meurtri, quoique pas vraiment douloureux. Ses yeux le brûlaient. Malgré le soulagement que lui apportait l'alcool, il s'écoulerait une autre journée avant qu'il ne redevînt totalement lui-même.

Avec un peu de chance, le cognac tempérerait les rêves qui suivraient, rêves au cours desquels Vale se retrouverait à coup sûr au cœur de quelque froide contrée vierge. Lorsque, saisi d'une curiosité déplacée ou par pure malice, il soulèverait une pierre de ce désert gris infini, il découvrirait un trou d'où jailliraient d'innombrables insectes inconnus, hideux avec leurs pinces et leurs pattes grouillantes, venimeux, qui se répandraient sur son bras avant d'envahir son crâne.

Vale n'était pas porté sur la religion. Il n'avait jamais cru aux esprits, aux tables tournantes, à l'astrologie ou au Christ ressuscité. Il n'était toujours pas sûr de croire à quoi que ce fût de tel ; sa foi se concentrait en l'unique dieu qui l'avait touché de manière si terriblement, si irrésistiblement intime.

Il possédait les talents nécessaires à un escroc et ne voyait certes aucune objection à commettre quelque profitable larcin, mais il n'avait bénéficié d'aucune complicité dans le cas, par exemple, de Mrs. Sanders-Moss ; il ne savait rien d'elle, non plus que d'Olivia et des *memento mori* de la boîte à chaussures. Ses propres prophéties le prenaient par surprise. Les mots, tombés de sa bouche tels les fruits mûrs de leur arbre, ne lui appartenaient pas.

Il en tirait bénéfice, bien sûr. Mais il n'était pas le seul.

Par comparaison, l'escroquerie eût été infiniment plus simple.

Toutefois, un autre verre de cognac aida le spirite à se consoler : *Le chemin de l'immortalité n'est pas facile.*

Une semaine s'écoula. Rien. Il commença à s'inquiéter.

Puis il reçut un bref message au courrier de l'après-midi :

Professeur Vale,

J'ai retrouvé mon trésor. Croyez que ma reconnaissance est sans bornes.

Je reçois des invités ce jeudi à partir de dix-huit heures, à souper et à causer. S'il vous était possible d'être présent, vous seriez plus que bienvenu.

R.S.V.P.

Mrs. Edward Sanders-Moss

La lettre était signée *Eleanor.*

III

Le port grossier établi dans l'estuaire marécageux de la Tamise était un labyrinthe de charbonniers, de pétroliers, de cargos et de voiliers venus des lointaines colonies de l'Empire. Guilford, sa famille, les membres de l'expédition Finch, leurs compas, alidades, nourriture séchée et autres affaires quittèrent l'*Odense* pour un bac qui remontait le fleuve jusqu'à Londres. Guilford surveilla en personne le transbordement de son équipement photographique – les plaques en verre de huit pouces sur dix emballées avec soin, les lentilles des appareils et le trépied.

Le bac, un bateau à vapeur aussi bruyant que glacial, était par chance doté de nombreuses fenêtres. Pendant que Caroline réconfortait Lily, mécontente des bancs de bois dur, Guilford s'abandonnait au spectacle des berges qui défilaient devant lui.

C'était son premier véritable aperçu du nouveau monde. L'embouchure de la Tamise constituait, avec Londres, le territoire le plus peuplé d'Europe, le plus connu, le plus vu, le plus photographié. Pourtant, il n'en restait pas moins sauvage – prétentieux de sauvagerie, même. La rive lointaine était couverte d'une épaisse végétation étrangère, arbres-flûtes creux et roseaux qu'obscurcissaient les ombres grandissantes de cet après-midi froid. Leur étrangeté brûlait Guilford aussi violemment qu'un charbon ardent. Après ses innombrables lectures et rêveries, ils lui apparaissaient dans toute leur réalité et leur impossibilité ; il ne contemplait plus une illustration sur papier, mais une mosaïque vivante d'ombres, de lumière et de vent. L'eau tourna au vert à cause des faux lotus, dont les dômes feuillus dérivaient par grappes : une gêne pour la navigation, disait-on, surtout en été, lorsque les fleurs descendues des Cotswolds en paquets denses bloquaient les hélices des vapeurs. Le jeune homme vit Sullivan, sur le pont-promenade aux parois transparentes. Quoique le botaniste fût venu en Europe en 1918, prélever des échantillons à l'embouchure du Rhin, il n'était de toute évidence pas blasé pour autant ; il fixait sur ce qui l'entourait un regard d'une telle intensité qu'engager la conversation paraissait impensable.

Assez vite, des traces d'occupation humaine apparurent sur la berge, des cabanes grossières, une ferme abandonnée, une fosse à ordures fumante ; puis ce furent les faubourgs de Londres proprement dits, ce qui éveilla jusqu'à l'intérêt de Caroline.

La cité, assemblage disparate établi sur la rive nord, taillée dans la jungle par les soldats et les volontaires loyalistes que lord Kitchener avait rappelés des colonies, ne ressemblait guère au Londres de Christopher Wren : elle ne se distinguait pas des autres villes-frontières, agrégats enfumés de scieries, d'hôtels, de quais et d'entrepôts. Guilford reconnut la silhouette de son seul monument célèbre, une colonne de marbre d'Afrique du Sud, sculptée en mémoire des pertes de 1912. Le miracle n'avait pas été tendre avec l'humanité. Il avait remplacé la roche par la roche, la flore par une flore bizarre, la faune par une faune à peu près équivalente – mais nul n'avait jamais trouvé trace des populations humaines disparues ni d'autres espèces pensantes.

Dominant le pilier commémoratif, de grandes grues d'acier draguaient le port afin d'en améliorer les aménagements. Plus frappant encore, le squelette de la nouvelle cathédrale Saint-Paul se dressait à l'arrière-plan, à cheval sur ce qui devait être

Ludgate Hill. Nul pont n'enjambait la Tamise, bien qu'on parlât d'en construire un ; toutes sortes de bacs se chargeaient de la circulation fluviale.

Lily tira son père par la manche.

« Regarde, papa, dit-elle, solennelle. Un monstre.

– Comment ça, Lil ?

– *Regarde !* »

La fillette, les yeux écarquillés, tendait le doigt vers l'amont, par bâbord avant.

Guilford lui apprit le nom du monstre, alors même que les battements de son cœur s'accéléraient : un *serpent de vase*, voire un *serpent d'eau*, comme l'avaient baptisé les immigrants. Caroline lui prit l'autre bras bien serré, tandis que les bavardages s'interrompaient. Le serpent de vase leva la tête au-dessus de la proue du bateau en un mouvement étonnamment doux, compte tenu du fait que son crâne évoquait un coin émoussé de la taille d'un cercueil d'enfant attaché à un cou de six mètres de long. C'était un animal inoffensif, Guilford le savait – un placide mangeur de lotus, littéralement – mais d'une taille effrayante.

Sous la ligne de flottaison, il devait être ancré dans la vase. Ses pattes n'étaient que des crampons cartilagineux dépourvus d'os qui lui servaient à résister au courant. Des taches d'un vert d'algue se découpaient sur sa peau d'un blanc huileux. Fasciné, semblait-il, par l'activité humaine qui régnait sur la berge, il tourna tour à tour les deux yeux vers les grues du port, cligna des paupières et ouvrit la gueule sans produire un son. Puis, remarquant un conglomérat de lotus, il le goba d'un seul mouvement adroit avant de replonger dans la Tamise.

« Que le Seigneur nous vienne en aide, murmura Caroline en se cachant le visage contre l'épaule de son mari. Nous sommes arrivés en Enfer. »

Lily demanda si tel était bien le cas. Guilford l'assura que non ; ils se trouvaient tout simplement à Londres, la nouvelle

Londres du nouveau monde, bien que l'erreur fût peut-être normale, devant le coucher de soleil criard, le port résonnant, le monstre des eaux *et cetera*.

Stevedores entreprit de décharger le bac, pendant que Finch, Sullivan et les autres membres de l'expédition se rendaient à l'*Imperial*, le plus grand hôtel de la ville. Guilford, qui quittait le port en compagnie de Caroline et de Lily, jeta aux carreaux entourés de plomb et aux balcons en fer ouvragé de l'établissement un regard de regret. La famille Law avait emprunté un taxi londonien, une carriole au toit de tissu et à la suspension médiocre, pour se rendre chez l'oncle de Caroline, Jered Pierce. Ses bagages suivraient le lendemain matin.

Un allumeur de réverbères parcourait les rues obscures au milieu d'une foule bruyante. Le photographe se fit la réflexion que, si ce ramassis de marins et de femmes braillardes était représentatif de la population, il ne devait pas subsister grand-chose de la célèbre bienséance britannique. Londres était de toute évidence une ville-frontière, habitée pour l'essentiel par les membres les plus frustes de la flotte royale. On y manquait peut-être de charbon et de pétrole, mais les tavernes paraissaient y faire de l'or.

Lily, posant la tête sur les genoux de son père, ferma les yeux. Caroline, elle, restait vigilante. Elle saisit la main de Guilford pour l'étreindre avec force.

« D'après Liam, ce sont de braves gens, mais je ne les ai jamais vus. »

Elle pensait à son oncle et à sa tante.

« Ce sont des parents. Je ne doute pas qu'ils soient très gentils. »

Le magasin des Pierce, sis dans Market Street, une rue commerçante brillamment éclairée, n'en semblait pas moins comme le reste de la ville construit de bric et de broc, délabré. Jered, l'oncle de Caroline, bondit du seuil pour serrer la jeune femme dans ses bras, secoua avec vigueur la main de Guilford puis souleva Lily de terre, afin de l'examiner tel un sac de farine d'une qualité exceptionnelle. Enfin, il introduisit les arrivants dans la bâtisse, où ils grimpèrent l'escalier de fer menant à l'appartement, au-dessus de la boutique. Les petites pièces n'étaient que peu meublées, mais un poêle à bois les réchauffait, et une nouvelle tournée de baisers y attendait les Law, dispensée par la femme de Jered, Alice. Guilford, souriant, laissa Caroline faire la majeure partie de la conversation. La terre ferme enfin retrouvée, il se sentait épuisé. Lorsque Jered jeta dans le feu une bûche creuse, le jeune homme remarqua qu'en Darwinie, même le feu de bois avait une odeur particulière : il dégageait un parfum à la fois âcre et doux, un peu comme le chanvre indien ou l'essence de rose.

Au moment du miracle, la famille Pierce avait été très dispersée. Caroline s'était trouvée à Boston, en compagnie de Liam, le frère de Jered ; ses parents en Angleterre, au chevet de son grand-père agonisant ; Jered et Alice au Cap, qu'ils avaient habité jusqu'aux émeutes de 1916. Cette année-là, en août, ils avaient mis à la voile pour l'Angleterre, où un prêt généreux de Liam leur permettrait d'ouvrir une épicerie-quincaillerie. C'étaient tous deux des gens durs à la peine, pour lesquels Guilford se prit aussitôt d'amitié.

Lily alla se coucher la première, dans une chambre d'amis si minuscule qu'elle pouvait tout juste prétendre au titre de placard. Guilford et Caroline étaient installés à l'autre extrémité du couloir. Leur lit en cuivre à colonnes se révéla extraordinairement confortable. La famille Pierce avait sur la fabrication des matelas les idées beaucoup plus larges que les fournisseurs parcimonieux de l'*Odense*. Comme il risquait de passer bientôt un long moment sans connaître couche aussi civilisée, Guilford s'était promis d'en profiter, mais à peine avait-il fermé les yeux qu'il sombrait dans le sommeil. Puis, bien trop tôt, ce fut le matin.

L'expédition Finch attendit à Londres une deuxième cargaison de matériel, dont cinq embarcations Stone-Galloway de six mètres de long, à fond plat et moteur extérieur, qui devaient arriver par le bateau suivant en provenance de New York. Guilford passa deux jours dans un obscur bâtiment des douanes à établir un inventaire, tandis que Preston Finch se chargeait de remplacer l'équipement manquant ou abîmé – une poulie, une toile goudronnée, une presse à feuilles.

Ensuite, le jeune homme se trouva libre de rester en compagnie de sa famille. Il donna un coup de main au magasin ; il regarda Lily dévorer ses œufs au petit déjeuner, ses saucisses au dîner et beaucoup trop de gâteaux secs ; il admira le certificat de Volontaire de l'Empire, signé de la main même de lord Kitchener, accroché en bonne place dans le salon. Le moindre Anglais revenu au pays en possédait un, mais Jered, qui prenait ses devoirs de volontaire très au sérieux, parlait sans la moindre ironie de reconstruire l'Empire.

Tout cela, bien qu'intéressant, n'appartenait pas à l'Europe que Guilford brûlait de découvrir – le nouveau monde brut, vierge de toute intervention humaine. Il finit par expliquer à Jered qu'il eût volontiers consacré une journée à l'exploration de la ville.

« J'ai bien peur qu'il n'y ait pas grand-chose à voir, répondit son compagnon. La promenade de Candlewick à Saint-Paul est agréable, quand il fait beau, de même que Thames Street, derrière les quais. Plus à l'est, les rues sont de véritables bourbiers. Et ne vous approchez pas des clairières.

– La boue ne me dérange pas, affirma Guilford. Je vais sans doute en voir mon content dans les mois qui viennent. »

Jered fronça les sourcils, mal à l'aise.

« Sans doute », acquiesça-t-il.

Le jeune homme laissa derrière lui les étalages du marché ainsi que le port retentissant. Le soleil du matin brillait, radieux, l'air était d'une fraîcheur délicieuse. Chevaux et charrettes ne manquaient pas, mais les automobiles s'avéraient rares. Le génie civil de Londres était encore à l'état d'ébauche : dans les quartiers les plus récents couraient des égouts à ciel ouvert. Un chariot de nettoiement empestant les ordures, tiré par deux bidets ensellés, descendit Candlewick Street à grand bruit. Certains Londoniens nouaient des mouchoirs blancs sur leur nez et leur bouche, pour une raison que Guilford avait découverte aussitôt après l'accostage du bac : la ville répandait par moments une odeur épouvantable, remugles d'excréments animaux et humains mêlés à la fumée de charbon et aux répugnantes exhalaisons du moulin à papier installé sur l'autre rive du fleuve.

Toutefois, c'était aussi une cité chaleureuse, vivante, où les passants se saluaient gaiement. Guilford s'octroya un en-cas dans un pub de Ludgate, d'où il ressortit délassé en plein soleil. Au-delà de la nouvelle cathédrale Saint-Paul, la ville se réduisait à des cabanes de papier goudronné, puis à des clairières où se dressaient des fermes et, enfin, à des lambeaux de forêt sauvage. La route n'était plus qu'un chemin de terre creusé d'ornières ; des arbres-mosquées ombrageaient l'herbe de leurs couronnes verdoyantes, tandis que l'air devenait soudain plus frais.

L'explication la plus communément acceptée, en ce qui concernait le miracle, était qu'il s'agissait tout simplement de cela : une intervention divine à une échelle colossale. Preston Finch y croyait, alors qu'il n'avait rien d'un idiot. D'ailleurs, il fallait le reconnaître, l'argument était inattaquable. Un événement avait eu lieu, en contradiction avec tout ce qu'on considérait d'une manière générale comme les lois naturelles ; il avait fondamentalement transformé en une seule nuit une généreuse portion de la planète. Les seuls précédents étaient bibliques. Après la conversion de l'Europe, qui pouvait douter du Déluge, par exemple, surtout lorsque des naturalistes tels que Finch étaient prêts à en arracher la preuve aux annales géologiques ? L'homme proposait, Dieu disposait ; Ses motivations étaient peut-être obscures, Sa signature n'en restait pas moins évidente.

Pourtant, Guilford, environné de plantes étrangères qui se balançaient doucement, ne parvenait pas à croire qu'elles n'avaient pas une histoire.

Certes, l'Europe avait été recréée en 1912 ; certes encore, ces arbres mêmes étaient apparus en une nuit, de huit ans plus jeunes qu'il ne les découvrait à présent. Ils n'avaient cependant pas l'air récents. Ils produisaient des graines (ou, plus précisément, des spores, dites *germinae* dans la nouvelle taxonomie), ce qui impliquait un héritage, une histoire, une descendance, voire une évolution. Lorsqu'on les coupait, on ne découvrait pas seulement huit anneaux de croissance, loin de là. Quant à ces anneaux, leur épaisseur variable témoignait des températures et de l'ensoleillement saisonniers variés qui leur avaient donné naissance… des températures et un ensoleillement que ces plantes avaient connus *avant d'apparaître sur Terre.*

Alors, d'où venaient-elles ?

Guilford s'arrêta au bord de la route, à l'endroit où poussait un bouquet de fleurs des fossés qui lui arrivaient presque à l'épaule. Un filaiguille rampait dans un bourgeon en forme de coupe, parmi des hampes staminées bleues. Le moindre mouvement de l'insecte se traduisait par le relâchement, dans l'air printanier adouci, d'un minuscule nuage de poussière germinale. Qualifier cela de « surnaturel » revenait à nier l'idée même de nature.

D'un autre côté, une intervention divine était-elle limitée ? Non, sans doute. Si le Créateur de l'Univers désirait donner à une de Ses créations l'apparence d'une histoire, il le ferait, tout simplement ; la logique humaine devait être le cadet de Ses soucis. En fait, Il pouvait aussi bien avoir créé le monde la veille, l'avoir modelé à partir de poussière stellaire et de volonté divine, sans oublier d'y ajouter les souvenirs humains. Qui eût pu le dire ? César et Cléopâtre avaient-ils réellement existé ? Et les disparus de la conversion ? Si le miracle avait enveloppé la planète entière, la réponse eût forcément été *non* – non à la réalité de Guilford Law, de Woodrow Wilson, d'Edison, de Marconi ; de Rome, de la Grèce, de Jérusalem ; de l'homme de Neandertal. Ainsi que d'Adam et Ève.

Dans ce cas, songea Guilford, *la Terre est un asile de fous.* La véritable compréhension d'un phénomène, quel qu'il fût, était impossible à jamais… sauf, peut-être, pour Dieu.

Alors autant baisser les bras. La connaissance s'avérant au mieux provisoire, la science devenait sans but. Mais le jeune homme se refusait à le croire.

Une odeur de fumée le tira de ses réflexions philosophiques et de la contemplation des fleurs. Il grimpa une colline à la pente douce, jusqu'à une clairière où des arbres-mosquées et arbres-cloches, coupés, avaient été entassés avec des broussailles sèches puis enflammés. Un groupe d'ouvriers noirs de suie surveillait les foyers depuis le bord de la route.

Un homme massif, en combinaison et vareuse – sans doute le chef d'équipe –, écarta l'arrivant d'un geste impatient.

« Je regrette, mais ça vient juste de prendre. Restez derrière nous ou faites demi-tour. Si ça se trouve, il en passera un ou deux.

– Un ou deux quoi ? » interrogea Guilford.

La question provoqua un éclat de rire général. Une demi-douzaine d'ouvriers étaient armés de gros pieux en bois à l'extrémité émoussée.

« Vous êtes américain ? » demanda le contremaître.

Le visiteur l'admit volontiers.

« Vous ne devez pas être dans le coin depuis bien longtemps.

– Non, en effet. De quoi suis-je censé me méfier ?

– Des ensouchés, nom de Dieu. Regardez-moi ça, vous n'avez même pas de bottes ! Ne vous approchez pas des clairières si vous n'êtes pas équipé pour. Tant qu'on coupe et qu'on empile, ça va encore, mais dès qu'on met le feu, ça les fait sortir. Restez derrière les bâtonniers jusqu'à ce que le flot tarisse, et tout ira bien. »

Guilford alla se poster à l'endroit que lui indiquait son interlocuteur, derrière la ligne irrégulière d'ouvriers qui séparait la clairière du chemin. Le soleil était chaud, la fumée épaisse à en devenir étouffante lorsque le vent tournait. Le jeune homme commençait à se demander s'il allait attendre là tout l'après-midi, quand un des travailleurs s'écria : «'Tention ! » et se figea face à l'éclaircie, les jarrets tendus, tenant d'une main ferme son pieu émoussé.

« Ces saletés vivent sous terre, expliqua le chef d'équipe. Elles sortent parce qu'elles sont en train de cuire. Il ne faut pas se trouver sur leur chemin. »

Devant ses subordonnés, Guilford devina un mouvement sur la terre brûlée. Les ensouchés, si sa mémoire ne le trompait pas, étaient des insectes fouisseurs, de la taille de gros scarabées, vivant en colonies qui s'établissaient souvent parmi les racines des vieux arbres-mosquées. Ils ne posaient en général pas de problème, mais devenaient agressifs quand on les provoquait. Et leur venin était extrêmement toxique.

La clairière devait abriter une douzaine de nids florissants.

Les insectes jaillissaient de terre en masse pour se répandre entre les feux, dans les espaces dégagés fumants, telle une huile noire luisante. La terre dégorgea ainsi plusieurs colonies bien distinctes qui virèrent, se heurtèrent, pivotèrent dans toutes les directions. Les bâtonniers se mirent à marteler le sol avec ensemble, soulevant des nuages de poussière et de cendres, hurlant comme des fous. Le contremaître empoigna fermement Guilford par le bras.

« Ne bougez pas ! rugit-il. Ici, vous êtes en sécurité. Ils s'en prendraient bien à nous, mais ce qui les intéresse le plus, c'est d'éloigner leurs sacs d'œufs des flammes. »

Les hommes, équipés de hautes bottes, continuèrent à battre la terre jusqu'à ce que les insectes leur prêtent attention. Les colonies contournaient les broussailles en feu tels des cyclones vivants, si serrées que le sol en devenait invisible, puis, tournant le dos à l'agitation, elles s'engouffrèrent dans les ombres de la forêt comme l'eau se déversant d'une mare.

« Une colonie sans abri ne survit pas longtemps. Les serpents, les pseudo-souris, les faucons des bois, tout ce qui supporte le poison de ces bestioles s'en prend à elles. On va entretenir le feu un jour ou deux. Revenez d'ici une semaine, vous ne reconnaîtrez pas les lieux. »

Le travail se poursuivit jusqu'à ce que la dernière des créatures eût disparu. Les hommes s'appuyèrent sur leurs bâtons, épuisés, haletants, mais soulagés. Les insectes avaient laissé leur odeur derrière eux, dans l'air enfumé ; un arôme piquant de moisi ou d'ammoniaque. En s'essuyant le nez du dos de la main, Guilford s'aperçut qu'il était tout barbouillé de suie.

« La prochaine fois que vous sortirez de la ville, équipez-vous en conséquence. On n'est pas à New York. »

Il eut un faible sourire.

« Je commence à m'en rendre compte.

– Vous comptez rester longtemps ?

– Quelques mois. Ici et sur le continent.

– Le continent ! Tout ce que vous y trouverez, c'est la jungle et une poignée d'Américains complètement fous, si je puis me permettre.

– Je fais partie d'une expédition scientifique.

– Eh bien, j'espère que vous n'irez pas vous balader avec le genre de bottines que vous portez en ce moment. Les bestioles vous tueront et vous boufferont tout crus.

– Je crois que nous nous baladerons un peu quand même. »

Guilford fut heureux de regagner la maison des Pierce, de se laver et de passer la soirée dans la clarté huileuse de la lampe à pétrole. Après un dîner généreux, Caroline et Alice disparurent dans la cuisine, Lily fut envoyée au lit, et Jered tira de son étagère un ouvrage relié cuir, un atlas de la vieille Europe, celle des nations et des têtes couronnées. Il ne s'était écoulé que huit ans depuis son impression, en 1912, mais ses diagrammes d'une souveraineté imposée à la terre comme par le caprice d'un dieu fou n'avaient plus aucun sens. Les hommes s'étaient fait la guerre pour ces lignes, qui n'étaient plus que géométrie, composantes d'une mosaïque de rêve.

« Les choses n'ont pas changé autant qu'on pourrait le croire, déclara Jered. Les gens sont attachés à leurs origines. Vous avez entendu parler des partisans… »

Les partisans étaient des bandes de nationalistes – des hommes rudes, revenus des colonies afin de revendiquer leurs droits sur des territoires qu'ils considéraient toujours comme français, allemands ou espagnols. La plupart disparaissaient dans l'arrière-pays darwinien, y survivant tant bien que mal ou s'y faisant dévorer par les bêtes sauvages. D'autres pratiquaient le banditisme, prenant pour proie les immigrants, qu'ils traitaient d'envahisseurs. Ils représentaient certes une menace potentielle – le long des côtes, la piraterie, encouragée par divers dirigeants européens en exil, rendait l'approvisionnement problématique. Toutefois, ils n'avaient pas plus que les autres colons pénétré l'intérieur vierge du continent.

« Je n'en suis pas si sûr, répondit Jered à cette remarque. Ils ont de bonnes armes, du moins certains, et j'ai entendu dire qu'il leur arrivait d'attaquer les mineurs indépendants de la Sarre. Et puis ils n'aiment pas les Américains. »

Guilford ne se laissa pas démonter. Donnegan et ses compagnons n'avaient guère rencontré, dans le Bassin aquitain, que quelques partisans en loques menant une existence de sauvages. L'expédition Finch accosterait à l'embouchure du Rhin, en territoire américanisé, puis remonterait le fleuve tant qu'il resterait navigable, si possible au-delà des chutes et jusqu'au lac de Constance. Ensuite, elle chercherait dans les Alpes une passe navigable, au niveau des anciennes voies romaines.

« Ambitieux, commenta Jered d'un ton égal.

– Nous sommes bien équipés.

– Vous ne pouvez anticiper tous les dangers…

– C'est exact. Des gens traversent les Alpes depuis des siècles. Ce n'est pas si difficile, en été. Mais pas *ces Alpes-là.* Qui sait en quoi elles ont changé ? Nous avons bien l'intention de le découvrir.

– Vous n'êtes que quinze.

– Nous remonterons le Rhin le plus loin possible en vapeur. Ensuite, nous aurons nos bateaux à fond plat ou nous irons à pied.

– Il vous faudra un guide qui connaisse le continent. Le peu qui en soit connu.

– Il y a des trappeurs et des coureurs des bois à Jeffersonville. Ils sont là depuis le miracle ou presque.

– Caroline m'a dit que vous étiez photographe.

– En effet.

– C'est la première fois que vous partez en expédition ?

– Sur le continent, oui, mais l'an dernier, j'ai exploré la vallée de la Gallatin avec Walcott. Je ne suis pas dépourvu d'expérience.

– Vous avez obtenu ce poste grâce à Liam ?

– En partie, oui.

– Il était sans doute persuadé de faire pour le mieux, seulement entre lui et nous, il y a l'Atlantique. Et son argent. Peut-être ne se rend-il pas compte de la situation où il vous a placé. Les passions sont exacerbées, sur le continent. Oh, je connais la doctrine de Wilson : l'Europe est une terre vierge ouverte à tous, etc. C'est une idée qui ne manque pas de noblesse – même si je suis content que l'Angleterre ait été de taille à s'imposer comme exception. Malheureusement, il vous a fallu couler quelques bateaux militaires français et allemands pour obtenir la reddition des derniers gouvernants. Et malgré tout… » Jered entreprit de bourrer sa pipe. « Vous allez au-devant des ennuis. Je ne suis pas sûr que Liam l'ait compris.

– Je n'ai pas peur.

– Caroline a besoin de vous. Lily aussi. Il n'y a pas de honte à se protéger et à protéger sa famille. » Il se pencha vers le jeune homme. « Vous pouvez rester ici le temps qu'il faudra. J'écrirai à Liam pour lui expliquer. Réfléchissez-y, Guilford. » Puis, à voix plus basse : « Je ne veux pas que ma nièce se retrouve veuve. »

À cet instant, Caroline franchit la porte de la cuisine. Ses beaux cheveux décoiffés, elle fixa sur son mari un regard solennel, avant de monter une à une les mèches des lampes jusqu'à ce que la pièce flamboyât de lumière.

IV

Séjourner chez les Sanders-Moss équivalait à se faire retirer les testicules. Les femmes traitaient Vale comme un animal familier ; les hommes comme un eunuque.

Cela n'avait rien de flatteur, mais rien non plus d'inattendu. Le spirite s'était introduit dans la maison en tant qu'eunuque, par la petite porte, parce que aucune autre ne lui était ouverte. Avec le temps, il en viendrait à posséder toutes les clés. Il détruirait le palais, si le cœur lui en disait. Le harem serait sien, et les princesses se disputeraient ses faveurs.

Cette nouvelle *soirée* célébrait un événement que Vale s'était empressé d'oublier : un anniversaire, une commémoration quelconques. Il n'aurait pas de toast à porter, si bien que sa distraction n'avait aucune importance. Ce qui en avait, c'était qu'une fois de plus Eleanor l'avait convié à une de ses réceptions ; qu'elle le pensait raisonnablement excentrique, capable de charmer sans embarrasser. En d'autres termes, d'éviter de trop boire, de courtiser les femmes, de traiter les puissants en égaux.

Durant le repas, assis à la place qui lui avait été assignée, il raconta à la fille d'un membre du Congrès et à un jeune administrateur de la Smithsonian Institution des histoires de tables tournantes et de manifestations spirites, anodines car drôles et de seconde main. Le spiritisme était une hérésie, en ces temps de récente piété, mais une hérésie américaine, plus acceptable que le catholicisme, par exemple, avec ses messes latines et ses papes européens disparus. Ensuite, son rôle d'attraction rempli, Vale se contenta d'écouter, souriant, les conversations qui suivaient leur cours malgré son imperceptible présence, telle une rivière malgré un rocher.

Le plus difficile, du moins au début, avait été de garder contenance au milieu de tout ce luxe. Non que le luxe lui fût totalement étranger. Il avait été élevé dans un foyer plutôt aisé d'Angleterre – dont il était tombé à l'instar d'un ange rebelle. Il reconnaissait une fourchette normale d'une fourchette à dessert. Mais il avait depuis dormi sous bien des ponts glaciaux, et la propriété des Sanders-Moss était plus grandiose que tout ce dont il se souvenait. Lumière électrique et domesticité ; lamelles de bœuf fines comme du papier ; mouton en sauce à la menthe.

Le service était assuré par Olivia, une jolie Noire fort timide, à la coiffe perpétuellement de guingois. Vale avait insisté auprès d'Eleanor pour éviter à la jeune femme d'être punie, une fois la robe de baptême rendue à sa légitime propriétaire. Il poursuivait ce faisant deux buts distincts : mettre en évidence sa propre bonté et s'attirer les bonnes grâces des domestiques, ce qui ne pouvait pas nuire. Olivia ne l'en évitait pas moins obstinément ; de toute évidence, elle le considérait comme un esprit mauvais. En quoi elle n'était pas loin de la vérité, bien que Vale eût argumenté en ce qui concernait le qualificatif. L'Univers était aligné sur des axes plus complexes que cette pauvre Olivia, dans sa simplicité, ne le saurait jamais.

Elle apportait à présent les desserts. La conversation roula sur l'expédition Finch, qui se préparait à traverser la Manche depuis l'Angleterre. La fille du membre du Congrès, assise à la gauche de Vale, trouvait cela aussi courageux que fascinant. Le jeune administrateur de mollusques, ou d'autre chose, estimait que les explorateurs seraient plus en sécurité sur le continent qu'en Grande-Bretagne.

Son interlocutrice n'était pas d'accord.

« C'est de l'Europe proprement dite qu'ils devraient avoir peur. » Elle eut un charmant froncement de sourcils. « Vous savez ce qu'on en raconte. Ce qui y vit est toujours affreux, et presque toujours mortel.

– Pas autant que l'être humain. »

Le fonctionnaire jouait les cyniques, sans doute dans l'espoir de paraître plus que son âge.

« Ne soyez pas choquant, Richard.

– Il n'y a pas non plus grand-chose d'aussi affreux.

– Ils ont *du courage*.

– Certes, mais à leur place, je m'inquiéterais plus des partisans. Voire des Anglais.

– Nous n'en sommes pas là.

– Pas encore. Mais les Anglais ne nous aiment pas. Kitchener soutient les partisans, vous savez.

– Ce n'est qu'une rumeur, vous ne devriez pas la répandre.

– Ils mettent notre politique européenne en danger.

– Nous discutions de l'expédition Finch, pas des Anglais.

– Preston Finch est sans doute capable de remonter un fleuve, mais je vous prédis que la poudre lui fera courir davantage de risques que les rapides. Ou les monstres.

– On ne dit pas les *monstres*, Richard.

– Les fléaux de Dieu.

– Je frissonne rien que d'y penser. Après tout, les partisans, eux, sont *humains*.

– Charmante enfant. Mais je suppose que le professeur Vale n'aurait plus qu'à fermer boutique si les femmes n'aimaient pas tant le romanesque. N'est-ce pas, professeur Vale ? »

L'interpellé se fendit de son sourire le plus onctueux.

« Les femmes discernent mieux l'infini, affirma-t-il. Peut-être en ont-elles moins peur.

– Ah ! » La jeune fille rougit de bonheur. « L'*infini*, Richard. »

Vale regretta de ne pouvoir le lui montrer. *Ses beaux yeux seraient réduits en cendres. Sa chair se détacherait de son crâne.*

Après le repas, les hommes se retirèrent dans la bibliothèque pour y prendre le digestif, laissant le spirite au milieu de la gent féminine. Ces dames parlèrent de leurs neveux militaires, affligés de problèmes de communications, ainsi que de leurs maris, qui travaillaient tard au ministère. Bien que ces auspices eussent une certaine résonance, Vale se découvrit incapable d'en pénétrer la signification profonde. La guerre ? Avec l'Angleterre ? Ou peut-être le Japon ? Cela semblait bien improbable… mais depuis la mort de Wilson, Washington était un puits moussu, obscur et souvent empoisonné.

Sollicité pour sa sagesse, le spirite se cantonna à des prédictions de salon. Chats perdus et enfants égarés ; terreurs de la fièvre jaune, de la poliomyélite, de la grippe. Ces visions bénignes n'avaient pas grand-chose de surnaturel. Il se chargeait des questions d'ordre privé à son cabinet, où, il lui fallait bien l'admettre, sa clientèle s'était considérablement étoffée dans les deux mois qui avaient suivi sa première rencontre avec Eleanor. Il était en bonne voie de devenir le confesseur de toute une génération d'héritières vieillissantes et prenait des notes soigneuses.

La soirée s'éternisait, guère prometteuse : cette nuit, il ne confierait à son journal qu'une maigre récolte. Pourtant, il se trouvait bien là où il devait se trouver. Et pas seulement pour augmenter ses revenus, quoique ce fût un effet secondaire bienvenu. Il obéissait à un instinct plus profond, qui ne lui appartenait peut-être pas vraiment. Son dieu voulait qu'il restât là.

Les dieux sont obéis car telle est la nature même de la divinité, songea Vale. *Être obéie. Le reste ne fait que suivre.*

Alors qu'il se préparait à partir, son hôtesse entraîna dans sa direction un autre invité, de toute évidence plutôt ivre.

« Professeur Vale ? Monsieur est le professeur Randall. Vous avez été présentés, je suppose ? »

Le spirite serra la main du vieillard aux cheveux blancs. Parmi la pléthore d'universitaires et de fonctionnaires inexistants que collectionnait Eleanor, qui était celui-là ? Randall... Ah, quelque chose au musée d'Histoire naturelle, un conservateur de... n'était-ce pas de paléontologie ? Une science orpheline.

« Raccompagnez-le jusqu'à son automobile, je vous en prie, poursuivit Eleanor. Suivez le professeur Vale, Eugene. Marcher un peu dans le parc vous aidera à vous éclaircir les idées. »

L'air nocturne avait un parfum de fleurs et de rosée, du moins lorsque le vieil homme se trouvait sous le vent. Vale, en l'observant plus attentivement, eut l'impression de discerner de pâles structures sous sa surface corporelle. Les excroissances coralliennes de l'âge (peau parcheminée, articulations arthritiques) obscurcissaient l'âme enfouie dans cette enveloppe. Si les paléontologues possédaient une âme.

« Finch est fou, murmura Randall, poursuivant quelque conversation interrompue. S'il s'imagine... s'il s'imagine prouver...

– Il n'y a rien à prouver ce soir, monsieur. »

Il s'ébroua puis se tourna vers son compagnon, les yeux plissés, le voyant peut-être pour la première fois.

« Ah, tiens. Vous êtes le diseur de bonne aventure, c'est ça ?

– En un sens.

– Vous voyez l'avenir, paraît-il ?

– À travers un prisme, acquiesça Vale. Mal.

– L'avenir du monde ?

– Plus ou moins.

– Je pense à l'Europe, reprit Randall. Une Europe si corrompue qu'elle a été rejetée dans le creuset de la Création pour y être refondue. Aussi extirpons-nous les graines de l'européanisme partout où nous les trouvons, quoi que cela puisse signifier. Hypocrisie pure et simple, évidemment. Marotte politique. Vous voulez voir l'Europe ? » Il engloba d'un geste de la main la demeure à colonnades blanches des Sanders-Moss. « La voilà ! La cour de Versailles. Ou l'équivalent. »

Les astres étincelaient sur fond de ciel printanier. Vale percevait depuis peu dans les cieux étoilés une profondeur, un lointain, des plans successifs qui évoquaient pour lui des forêts et des prairies, voire les fourrés entremêlés où se tapissent les prédateurs. Ce qui était dessus était comme ce qui était dessous.

« Les apôtres de la Création, y compris Finch, ne parlent que de ça, reprit Randall. Tout le monde aimerait y croire, bien sûr, mais il n'y a pas d'empreintes sur les fossiles. Je suppose que le Déluge les a effacées. »

De toute évidence, il n'aurait pas dû s'exprimer ainsi. L'opinion avait évolué, depuis le miracle, faisant des hommes tels que lui des sortes de fossiles – des mammouths laineux emprisonnés dans une aire glaciaire. Toutefois, Randall, le collectionneur d'ossements, ne pouvait pas savoir que Vale était un collectionneur d'indiscrétions.

Qui serait prêt à payer pour savoir ce que le paléontologue pensait de Finch ? Dans quelle monnaie, et quand ?

« Excusez-moi, dit le conservateur. Je ne vois pas pourquoi ces histoires vous intéresseraient.

– Au contraire. » Vale se promenait avec sa proie dans la nuit humide de rosée. « Elles m'intéressent énormément. »

V

À peine arrivées de New York, les embarcations à fond plat furent transférées sur l'*Argus*, un vapeur qui effectuait la traversée de la Manche. Guilford, Finch, Sullivan et le géomètre, Chuck Hemphill, en supervisèrent le chargement, ennuyant à ce point le capitaine du navire qu'il finit par les reléguer sur le quai goudronné. Le soleil printanier dorait tout le port, enjolivant les planches bitumineuses ; des tas de faux lotus pourrissaient contre les piles ; des mouettes tournoyaient au-dessus des têtes. Elles avaient été parmi les premiers immigrants terrestres à aborder la Darwinie, suivies dans l'ordre par l'homme, le blé, l'orge, la pomme de terre, la flore sauvage (salicaire commune et liseron), le rat, le bétail, le mouton, le pou, la puce, le cafard – bref, le bric-à-brac biologique des colonies côtières.

Preston Finch se tenait sur le quai, les mains derrière le dos, le visage ombragé par son casque colonial. Pour Guilford, Finch représentait un paradoxe : c'était un explorateur recuit, robuste malgré son âge, au courage et à l'intelligence indéniables. Toutefois, sa géologie biblique, si à la mode qu'elle fût dans l'ébranlement nerveux suscité par le miracle, mêlait demi-vérités, raisonnements douteux et protestantisme mélancolique en un brouet indigeste, quoique assaisonné de théories sur la sédimentation et de citations de Berkeley. En outre, Finch refusait de discuter ses opinions et ne supportait pas les critiques de ses pairs, sans parler de celles d'un simple photographe. Quel effet cela pouvait-il bien faire d'avoir le crâne empli d'une construction aussi baroque ? d'une cathédrale si étrange, si solide, pourtant, si bien défendue ?

John Sullivan, l'autre éminence grise de l'expédition, s'appuyait au mur d'un entrepôt, les bras croisés, un léger sourire aux lèvres sous son grand chapeau de paille. Finch et Sullivan n'étaient plus jeunes, mais le second souriait – là résidait la différence.

Une fois la dernière caisse descendue dans la cale de l'*Argus*, Finch signa le manifeste que lui présenta le capitaine suant. L'acte avait quelque chose de définitif. Le navire lèverait l'ancre au matin.

Sullivan toucha l'épaule de Guilford.

« Si vous avez une minute, Mr. Law, j'aimerais vous montrer quelque chose qui pourrait vous intéresser. »

Musée des Horreurs, annonçait la plaque apposée au-dessus de la porte.

La construction, guère plus imposante qu'une cabane, était cependant ancienne, du moins pour Londres. Peut-être même s'agissait-il d'un des premiers bâtiments permanents érigés sur les rives marécageuses de la Tamise. Elle semblait avoir été utilisée puis abandonnée à de multiples reprises.

« C'est là ? » s'enquit Guilford.

Ils se trouvaient non loin des quais, derrière des bouges en brique, dans des ruelles sombres à l'atmosphère stagnante.

« Trois sous pour voir les monstres », sourit Sullivan. Son accent traînant, venu tout droit de l'Arkansas, évoquait dans sa bouche Oxford. Du moins Oxford tel que Guilford l'imaginait. « Le propriétaire a beau être un ivrogne, il possède un spécimen intéressant. »

Le « propriétaire », un homme maussade qui empestait le gin, ouvrit la porte en réponse à ses coups, prit son argent d'une main sale puis s'évapora sans un mot derrière un rideau de toile, laissant les visiteurs scruter les trophées naturalisés dispersés sur les étagères grossières d'une salle exiguë. L'exposition des petites pièces était légitime, en ce qu'on reconnaissait bien là des animaux darwiniens mal empaillés et montés : un oiseau « tire-boutons », un assortiment de nécrophages hexapodes, un serpent-léopard aux mâchoires articulées écartées. Sullivan leva un store, mais la luminosité accrue ne fit rien pour améliorer l'opinion de Guilford. Les yeux de verre luisants regardaient dans des directions bizarres.

« Là », indiqua le botaniste.

Il désignait un squelette qui se languissait dans un coin, dressé sur les pattes postérieures. Son compagnon s'en approcha, sceptique. Au premier coup d'œil, on eût dit l'ossature d'un ours – grossièrement bipède, la cage thoracique attachée à une épine ventrale, le long crâne terrifiant aux multiples articulations orné de crocs semblables à des couteaux de silex. Impressionnant.

« C'est un faux, objecta Guilford.

– Comment en arrivez-vous à cette conclusion, Mr. Law ? »

Sullivan devait bien s'en rendre compte par lui-même ?

« Il tient avec de la ficelle et du fil du fer. Certains os sont plus récents que d'autres. Celui-là m'a tout l'air d'un fémur de vache – les articulations n'ont même pas un semblant d'harmonie.

– Bravo. L'œil du photographe.

– Il n'y a pas besoin d'être photographe.

– Vous avez parfaitement raison. D'un point de vue anatomique, cet assemblage est ridicule. Ce qui m'intéresse, c'est la cage thoracique, laquelle est correctement articulée, et surtout le crâne. »

Guilford y regarda de plus près. Les côtes ainsi que l'épine ventrale ne pouvaient être que darwiniennes ; cette disposition pile-face inversée, avec la colonne vertébrale en forme de U à la courbure prononcée, était monnaie courante. Le crâne long, un peu bovin, s'élevait en un dôme spacieux : un carnivore des plus rusés.

« Vous croyez qu'ils sont authentiques ?

– Dans la mesure où ce sont des os véritables, non du papier mâché, et où ils n'ont pas appartenu à un mammifère, oui. Notre hôte prétend les avoir achetés à un colon, lequel les aurait déterrés dans un marais, quelque part sur la Lea, en cherchant un combustible meilleur marché que le charbon.

– Dans ce cas, ils sont relativement récents.

– Oui, bien que personne n'ait jamais vu d'animal de ce genre ni même quoi que ce soit de vaguement ressemblant. Il n'existe guère de grands prédateurs, sur le continent. Donnegan a bien aperçu un carnassier de la taille d'un léopard, dans le Massif central, mais je n'ai entendu parler de rien de plus gros. Alors que représente cette créature ? Voilà la bonne question, Mr. Law. Un grand chasseur récemment éteint ?

– Je l'espère. Il a l'air redoutable.

– Et, si on en juge par son crâne, intelligent, peut-être. Autant que puisse l'être un animal. Si certains de ses frères sont encore en vie, les pistolets que Finch affectionne tant risquent de nous être utiles. Dans le cas contraire…

– Oui ?

– Ma foi, pourquoi parler d'espèces *éteintes* alors que le continent n'a que huit ans ?

– Vous pensez qu'il a une histoire, remarqua Guilford, bien décidé à se montrer prudent.

– Je ne le pense pas, je le déduis. Oh, c'est une discussion banale – je me demandais simplement quel était votre avis.

– Le problème, c'est que nous avons deux histoires. Pour le même continent. Je ne vois pas comment les accorder. »

Sullivan sourit.

« Pas mal, cette entrée en matière. Vous voulez jouer aux devinettes, Mr. Law ? Sur quoi pariez-vous ? Elizabeth Ire ou notre grand maigre, là ?

– J'y ai réfléchi, bien sûr, mais…

– Pas de faux-fuyants. Choisissez.

– Les deux, lâcha Guilford d'une voix plate. D'une manière ou d'une autre… les deux.

– Ce n'est donc pas impossible ?

– Apparemment, non. »

Le sourire de Sullivan s'élargit.

« Bravo. »

Guilford venait donc de passer avec succès un examen, mais les motivations de son aîné lui échappaient. Il ne s'en souciait pas : Sullivan lui plaisait. Le jeune homme était heureux que le botaniste eût décidé de le traiter en égal. Il le fut plus encore, cependant, de quitter la cabane du taxidermiste et de retrouver le soleil. Quoique le port de Londres ne sentît pas meilleur que l'exposition.

Cette nuit-là, il partagea le lit de Caroline pour la dernière fois.

La dernière fois avant l'automne, rectifia-t-il, mais cette pensée ne le réconforta guère. À sa grande frustration, son épouse lui témoigna une certaine froideur.

Jamais il n'avait connu d'autre femme. Il avait rencontré Caroline dans les bureaux d'Atticus and Pierce, où il retouchait ses plaques pour *Schistes fossilifères des Rocheuses.* La jeune fille, farouche et réservée, lui avait inspiré un attachement aussi immédiat qu'instinctif. Son oncle s'était livré à de brèves présentations. Ensuite, informé par un secrétaire qu'elle venait déjeuner tous les mercredis avec Mr. Pierce, Guilford avait guetté des semaines durant chacune de ses apparitions. Il l'avait interceptée après un de ces repas pour lui offrir de la raccompagner jusqu'au tramway. Elle y avait consenti, le regardant de sous sa chevelure en couronne telle une princesse méfiante.

Méfiante et douloureuse. Caroline ne s'était jamais remise de la disparition de ses parents durant le miracle, un deuil des plus communs. Guilford avait découvert qu'il parvenait à lui arracher un sourire, de temps à autre. À cette époque, les silences de la jeune fille étaient amis plutôt qu'ennemis ; ils délivraient un message plus subtil que celui des mots. *Je souffre,* avait dit Caroline dans cette langue silencieuse, *mais je suis trop fière pour le reconnaître – pouvez-vous m'aider ?*

Je vous donnerai la sécurité, avait répondu Guilford. *Je vous construirai un foyer.*

À présent, il reposait, parfaitement éveillé, au son des charrettes qui passaient parfois dans la nuit, une vallée de coton le séparant de celle qu'il aimait. Était-il possible de violer un serment informulé ? Car il n'avait pas donné la sécurité à Caroline. Il était parti trop loin, trop souvent, dans l'Ouest sauvage puis jusqu'ici. Il avait donné à sa femme une belle petite fille mais les avait entraînées toutes deux sur cette côte lointaine, où il allait les abandonner… au nom de l'histoire, de la science, voire des rêves qui l'obsédaient.

Il s'assura qu'ainsi agissaient les hommes, depuis des siècles, que si tel n'avait pas été le cas, leur race eût toujours vécu dans les arbres. Mais la vérité, plus complexe, impliquait des données qu'il n'avait pas envie d'examiner, peut-être quelque écho de son père, auquel son pragmatisme flegmatique avait apporté une mort précoce.

Caroline dormait, à présent, ou allait s'endormir. Il posa une main sur la courbe de sa hanche, en une douce pression : *Je reviendrai.* Elle répondit par un recroquevillement somnolent, presque un haussement d'épaules, pas vraiment indifférent : *Peut-être.*

Au matin, ils étaient des étrangers l'un pour l'autre.

Caroline et Lily accompagnèrent en calèche Guilford jusqu'au quai, où l'*Argus* dansait impatiemment avec la marée. Une brume froide s'enroulait autour de sa coque piquetée de rouille.

Le jeune homme, incapable de trouver ses mots, se sentant rustaud, étreignit son épouse ; puis Lily lui grimpa dans les bras, pressa contre la sienne une joue douce et dit simplement :

« Reviens vite. »

Il promit de ne pas y manquer.

Elle, au moins, le crut.

Il s'avança sur la passerelle, pivota contre le bastingage pour agiter la main, mais sa femme et sa fille s'étaient déjà perdues dans la foule qui se pressait sur le quai. *Si vite,* songea-t-il. *Si vite...*

L'*Argus* entama sa traversée en plein brouillard. Guilford resta dans l'entrepont à broyer du noir jusqu'à ce que le soleil perçât et que John Sullivan lui demandât de venir voir le continent dans la lumière du matin.

Il découvrit un marécage à la végétation épaisse balayé par le vent d'ouest – les marais salants de la large embouchure rhénane. Les stromatolites s'y dressaient tels des monuments surnaturels, et les arbres-flûtes avaient envahi le delta partout où le limon était assez épais pour le réseau de leurs racines. Le vapeur suivit un canal peu profond mais dépourvu de plantes – lentement, car les fonds n'étaient pas très stables, la vase se déplaçant au rythme des tempêtes – en direction d'un point à la végétation plus dense encore. Jeffersonville apparut d'abord comme une fine volute de fumée sur l'horizon vert rectiligne, se transforma en tache, puis en agrégat de cahutes marron. Les cabanes s'ouvraient dans des mamelons couronnés de roseaux ou se dressaient sur pilotis, lorsque la terre était assez ferme ; l'agglomération n'était que quais grossiers, embarcations, puanteur du sel, du poisson, des ordures et des excréments humains. Caroline avait trouvé Londres primitif ; heureusement, la vue de Jeffersonville lui avait été épargnée. La ville ressemblait à un avertissement matériel : fin de la civilisation. Au-delà de cette limite, nature anarchique.

D'innombrables bateaux de pêche, des canoës et ce qui ressemblait à des radeaux en arbres darwiniens étaient massés autour des quais drapés de filets. Toutefois, il ne s'y trouvait qu'un unique navire de la taille de l'*Argus*, un bâtiment militaire battant pavillon américain.

« C'est le bateau avec lequel nous remonterons le fleuve, expliqua Sullivan, accoudé au bastingage à côté de Guilford. Nous ne resterons pas ici bien longtemps. Finch présentera ses hommages à la Navy pendant que nous chercherons un guide.

– Nous ? répéta Guilford.

– Vous et moi. Ensuite, vous n'aurez qu'à préparer vos appareils pour nous photographier tous ensemble sur le quai. *Embarquement à Jeffersonville*. Un cliché très émouvant, sans le moindre doute. » Sullivan donna une claque dans le dos de son compagnon. « Réjouissez-vous, Mr. Law. Le *véritable* nouveau monde s'étend devant vous, et vous n'allez pas tarder à y poser le pied. »

Mais il fallait regarder où on posait le pied, dans ces marais. Quitter les planches des promenades revenait à risquer l'engloutissement. Guilford se demanda si la Darwinie ressemblerait toujours à cela – ciel bleu, vent, danger sournois.

Sullivan prévint Finch qu'il partait avec le jeune photographe à la recherche d'un guide. À peine les quais hors de vue, dissimulés par les cabanes des pêcheurs et un bosquet de grands arbres-mosquées, Guilford se sentit perdu. Le botaniste, qui paraissait savoir où il allait, lui expliqua qu'il était déjà venu à Jeffersonville en 1918, pour cataloguer diverses plantes des marais.

« Je connais la ville, ajouta-t-il, bien qu'elle se soit agrandie, et j'ai des relations parmi les vieux de la vieille. »

Les passants semblaient mal dégrossis, voire dangereux. Le gouvernement avait commencé à distribuer des concessions statutaires et à payer la traversée aux colons peu après le miracle, mais, bien que les temps fussent difficiles, seule une certaine catégorie de gens se portait volontaire pour vivre sur cette frontière. La majorité fuyait la justice.

Les exilés vivaient de chasse, de pêche et d'ingéniosité. De toute évidence, eau douce et savon étaient rares. Hommes et femmes, pareillement vêtus d'habits grossiers, arboraient les mêmes longues tignasses embroussaillées. En dépit de quoi ces individus dépenaillés regardaient souvent Guilford et Sullivan avec le mépris amusé de l'indigène pour le touriste.

« Nous allons chez un certain Tom Compton, annonça le botaniste. C'est le meilleur broussard de Jeffersonville, s'il n'est pas mort ou dans l'arrière-pays. »

Ledit Tom Compton habitait une hutte de bois à l'écart de l'eau. Sullivan, sans se soucier de frapper, poussa brusquement la porte entrouverte – politesse darwinienne, peut-être. Guilford le suivit d'un pas prudent. Lorsque ses yeux se furent accoutumés à la pénombre, il distingua quelques meubles, sur lesquels flottait une odeur de propre. Le plancher s'ornait d'un tapis de coton, les murs de divers articles de chasse et de pêche. Un homme était assis, placide, dans un angle de cette pièce unique. Il en imposait, avec sa grosse barbe emmêlée, sa peau sombre trahissant des origines mélangées, le collier de griffes lui entourant le cou. Sa chemise était d'un grossier fil indigène, mais son pantalon, à demi dissimulé par de hautes bottes imperméables, paraissait en coton. Il cligna des yeux sans enthousiasme en regardant les visiteurs puis s'empara de la pipe à long tuyau posée sur la table, près de son coude.

« N'est-il pas un peu tôt pour cela ? » demanda Sullivan.

L'autre gratta une allumette, qu'il appliqua contre le fourneau de la pipe.

« Du moment que vous êtes là, non.

– Vous savez pourquoi j'y suis, Tom ?

– Il court certains bruits.

– Nous comptons explorer le continent.

– Ce n'est pas mon problème.

– Je voudrais que vous nous accompagniez.

– Impossible.

– Nous allons traverser les Alpes.

– Ça ne m'intéresse pas. »

Tom Compton tendit la pipe à Sullivan, qui la prit, porta le tuyau à ses lèvres. Guilford en déduisit que ce qu'elle contenait n'était pas du tabac. Comme son compagnon la lui présentait, il la fixa avec effarement. Pouvait-il refuser poliment, ou s'agissait-il d'un genre de rencontre au sommet cherokee où la pipe remplaçait la poignée de main ?

Le broussard se mit à rire.

« Ce sont les feuilles séchées d'une plante des bords du Rhin, intervint le botaniste. Légèrement grisantes, mais rien de comparable avec l'opium. »

Le photographe se saisit de la bruyère tordue. Le goût de la fumée lui rappela l'odeur des caves profondes, mais une quinte de toux lui fit recracher la majeure partie de ce qu'il avait aspiré.

« C'est un bleu, remarqua son hôte. Il ne connaît pas la région.

– Il apprendra, répondit Sullivan.

– Comme tout le monde, acquiesça l'autre. S'il ne meurt pas avant. »

L'étrange fumée donna à Guilford l'impression d'être plus léger, moins compliqué. Les événements ralentirent jusqu'à se traîner ou se mirent à s'enchaîner sans temps mort. Lorsqu'il regagna sa couchette, sur l'*Argus*, il n'avait plus en mémoire que des fragments de sa journée.

Il se souvenait d'avoir suivi Sullivan et Tom Compton jusqu'à une taverne du bord de mer, où on leur avait servi de la bière brune dans des bols en bois d'arbres-flûtes. Les récipients, poreux, se mettaient à fuir si on les oubliait trop longtemps, ce qui entraînait une manière de boire peu favorable à la clarté d'esprit. Ils avaient mangé, aussi, du poisson darwinien plié sur l'assiette telle une pastenague noire amollie, au goût de sel et de vase ; Guilford n'en avait avalé que quelques bouchées.

Ses compagnons s'étaient querellés au sujet de l'expédition. Le broussard, méprisant, prétendait qu'il ne s'agissait que d'un prétexte pour agiter le drapeau étoilé et affirmer les droits américains sur l'arrière-pays.

« Vous reconnaissez vous-même que ce Finch est idiot.

– Il a l'esprit religieux, pas scientifique ; il n'a pas conscience de la différence, voilà tout. Mais il n'est pas idiot. Il a sauvé trois hommes des eaux, à Cataract Canyon – il en a porté un, qui avait une double pleurésie, jusqu'à Lees Ferry. C'était il y a dix ans, mais je suis sûr qu'il recommencerait demain, s'il le fallait. Il a préparé l'expédition et choisi l'équipement. Je lui confierais ma vie sans hésiter.

– Suivez-le dans l'arrière-pays, et c'est *exactement* ce que vous ferez.

– Ça ne me dérange pas. Je ne pourrais rêver meilleur compagnon. Meilleur *scientifique*, oui, mais même dans ce domaine il peut être utile. D'une manière générale, l'opinion n'est pas favorable à la science, à Washington : nous n'avons su ni prédire ni expliquer le miracle, ce qui pour certains nous en rend quasi responsables. Les idoles aux pieds d'argile n'obtiennent pas grand-chose des deniers publics. Finch, lui, apparaît au Congrès comme un bel exemple de la prétendue science respectueuse, qui ne menace ni la patrie ni l'Église. Nous n'avons qu'à aller dans l'arrière-pays apprendre deux ou trois petites choses – et franchement, plus nous en apprendrons, moins sa position sera tenable.

– On se sert de vous. Après Donnegan. Oh, bien sûr, vous allez rassembler quelques échantillons. Mais ce qui intéresse les financiers, c'est de savoir jusqu'où se sont implantés les partisans, s'il y a du charbon dans la Ruhr ou du fer en Lorraine…

– En admettant que nous fassions une reconnaissance des partisans ou que nous localisions de l'anthracite, quelle importance ? Ça finira par arriver, que nous traversions ou non les Alpes. Au moins, de cette manière, nous apprendrons quelque chose en même temps.

– Sullivan pense que ce continent est une énigme qu'il parviendra à résoudre, expliqua le broussard pour Guilford. C'est aussi stupide que courageux.

– Vous êtes allé plus loin dans les terres que la plupart des trappeurs, Tom, s'obstina Sullivan.

– Ça ne fait pas bien loin.

– Vous savez à quoi vous attendre.

– Personne ne sait à quoi s'attendre.

– Il n'empêche que vous avez de l'expérience.

– Plus que vous.

– Vos talents n'auraient pas de prix.

– J'ai mieux à faire. »

Ils burent un moment en silence, avant qu'une nouvelle tournée ne donnât à la conversation un tour philosophique. Tom Compton tourna vers Guilford sa face burinée, aussi féroce qu'une tête d'ours.

« Et vous, Mr. Law, pourquoi êtes-vous ici ?

– Je suis photographe », répondit le jeune homme.

Il regrettait de ne pas disposer de son appareil ; il avait envie de photographier le broussard. Une bête sauvage ridée par le soleil, disparaissant dans sa fourrure.

« Je sais. Pourquoi êtes-vous *ici* ? »

Pour donner un coup de pouce à sa carrière. Se faire un nom. Rapporter, emprisonnées dans le verre et l'argent, les images de lacs et de prairies sur lesquels aucun œil humain ne s'était encore posé.

« Je ne sais pas, s'entendit répondre Guilford. Je suppose que je suis curieux. »

Tom Compton l'examina, les yeux plissés, comme s'il s'était avoué lépreux.

« On ne vient ici que quand on a quelque chose à fuir, Mr. Law. Ou à trouver. Pour gagner un peu d'argent ou même, comme ce bon professeur Sullivan, pour apprendre. Ceux qui ne savent pas sont les plus dangereux. »

Un autre souvenir revint à Guilford alors que le balancement de l'*Argus* à marée montante l'endormait doucement. Sullivan et Tom Compton parlaient de l'arrière-pays, le second plein d'appels à la prudence : les rivières du nouveau continent avaient creusé leurs propres lits, pas toujours d'accord avec les anciennes cartes, faune et flore s'y révélaient dangereuses, il était si difficile d'y trouver de quoi se nourrir que, sans provisions, on eût aussi bien pu se lancer dans la traversée du désert, on y attrapait des maladies inconnues, souvent mortelles. Quant à la traversée des Alpes… ma foi, quelques chasseurs et trappeurs l'avaient tentée par l'ancien col du Saint-Gothard ; l'idée n'était pas neuve. Mais des rumeurs circulaient, des histoires de fantômes, des on-dit – *n'importe quoi*, affirmait Sullivan, dédaigneux –, peut-être avec raison, mais il y avait de quoi faire réfléchir quelqu'un de raisonnable… *donc, pas vous*, commentait Sullivan, s'attirant un grand sourire de son interlocuteur, accompagné d'un *ni vous non plus, mon vieux*. Guilford se demandait, perplexe, à quel accord tacite en étaient arrivés les deux hommes et ce qui les attendait tous dans les profondeurs de cet immense continent inexploré.

VI

L'Angleterre, enfin, songeait Colin Watson. Alors qu'en fait, ça n'avait rien à voir, pas vrai ? Le cargo canadien remontait à toute vapeur le large estuaire de la Tamise, fendant les eaux couleur de thé vert refoulées par la marée : on se fût cru sous les tropiques, du moins à cette époque de l'année. En voyage à Bombay ou à Bihar. Certes pas en train de rentrer chez soi.

Dans la cale se balançait la cargaison. Du charbon d'Afrique du Sud, d'Inde, d'Australie, marchandise précieuse en ces temps de rébellion et d'Empire décomposé. Des outils et des pièces détachées du Canada. Des centaines de fusils Lee-Enfield entassés dans des caisses, en provenance de l'usine d'Alberta, tous à destination de la Folie de Kitchener – la nouvelle Londres ; ils établiraient un abri dans ces contrées sauvages, en prévision du jour où un souverain anglais retrouverait le trône d'Angleterre.

Watson en était directement responsable. À peine le bateau ancré aux quais primitifs, il ordonna à ses hommes – une poignée de Sikhs et de Canadiens grommelants – de sangler les palettes puis de les tirer de la cale, pendant qu'il descendait à terre signer le manifeste des autorités portuaires. Il régnait une chaleur suffocante, dans cette ville en bois primitive qui ne ressemblait pas, même de très loin, à Londres. Y poser le pied rendait palpable la réalité de la conversion européenne, qui n'avait jusqu'alors été pour

Watson qu'un événement lointain, aussi étrange et intrinsèquement incroyable qu'un conte de fées, bien que des millions de gens y eussent laissé la vie.

Ce n'était certes pas le pays qu'il avait quitté une décennie plus tôt. Après le lycée, où il ne s'était pas particulièrement distingué, il avait suivi l'entraînement de l'Officer Corps de Woolwich, quittant un dortoir pour un autre, les déclinaisons latines pour les manœuvres d'artillerie. Dans sa naïveté, il s'était préparé à la réalité de G.A. Henty [1], à un héroïsme digne, à des Ndébélés rebelles fuyant devant son épée. Au lieu de quoi il avait trouvé au Caire une caserne poussiéreuse, où la lie des fantassins s'ennuyait profondément. Puis une nuit, le ciel s'était empli d'une lumière scintillante et la terre avait tremblé, renversant, entre autres, le protectorat britannique établi sur l'Égypte. La vie de Watson, quoique sans but, lui avait offert quelques compensations : l'amitié, l'alcool et, plus discrets, Dieu et la Patrie ; jusqu'à ce que 1912 montrât clairement que Dieu était un mystère et que s'Il existait bien, Il détestait les Anglais.

La Grande-Bretagne avait consacré les restes de sa puissance militaire à étayer ses droits sur ses possessions indiennes et sud-africaines. La Rhodésie du Sud était tombée, Salisbury brûlant tel un feu de joie en automne ; l'Égypte et le Soudan avaient succombé aux rebelles musulmans. Watson, secouru dans les ruines hostiles du Caire, s'était retrouvé sur un transport de troupes hideusement surchargé en partance pour le Canada. Un baraquement perdu de Colombie-Britannique l'avait abrité des mois durant, avant son transfert dans une ville de la prairie où le gouvernement en exil de lord Kitchener avait construit une usine d'armement de petit calibre.

1. Écrivain anglais (1832-1902), également correspondant de guerre, auteur de plusieurs romans pour adolescents exaltant un idéal viril.

Jusqu'à 1912, Watson ne s'était distingué en rien. Avait-il changé, ou était-ce l'armée qui avait évolué ? Il s'était montré un excellent délégué d'usine ; avait vécu comme un moine, surmonté des hivers cruels, des étés arides, débilitants, avec une patience surprenante. Savoir qu'il eût aussi bien pu être décapité par des mahdistes lui avait donné une certaine humilité. Enfin, on l'avait appelé à Ottawa, où la reconstruction, prenant de l'ampleur, nécessitait la présence d'ingénieurs militaires.

On appelait « reconstruction », mais aussi « Folie de Kitchener », la fondation d'une nouvelle Londres sur les rives d'un fleuve qui ne ressemblait que de loin à la Tamise. L'érection de cette Jérusalem au sein d'une sinistre contrée verdoyante. Ce n'était qu'un geste, disaient les détracteurs de l'Angleterre, mais ce geste même eût été impossible sans la Royal Navy, toujours puissante quoique diminuée. Les États-Unis avaient déclaré avec arrogance que l'Europe devait être « librement ouverte aux colons et dépourvue de frontières » – la prétendue doctrine de Wilson, qui impliquait en pratique l'hégémonie américaine, un nouveau monde américain. Les restes des gouvernements français et allemands, affaiblis par des prétentions conflictuelles à la légitimité et par la perte des ressources européennes, avaient battu en retraite après quelques passes d'armes. Kitchener était parvenu à négocier une exception en ce qui concernait les îles Britanniques, suscitant d'autres protestations. Toutefois, les survivants éloignés de la vieille Europe, privés de base industrielle, étaient bien incapables d'affronter les puissances combinées de la Royal Navy et de la White Fleet.

Statu quo, donc. Mais pas stable du tout. Exemple : le cargo civil avec son chargement militaire. Watson avait pour mission de veiller sur cette marchandise clandestine de Halifax à Londres. On remplissait certainement l'armurerie anglaise : ce n'était pas la première cargaison de ce genre embarquée sur les ordres personnels de Kitchener, ni, sans doute, la dernière. Le lieutenant n'avait pas la moindre idée des raisons pour lesquelles le nouveau monde avait besoin de ces fusils, ces mitrailleuses, ces mortiers… à moins que la paix ne fût pas aussi paisible qu'il y paraissait.

Le voyage s'était déroulé sans incident. Les flots étaient calmes, les cieux si flamboyants qu'ils eussent pu être en métal bleu martelé. Le militaire avait profité de ce long repos pour réfléchir à sa destinée. Comparé à d'autres, il avait émergé presque indemne de la tragédie de 1912. Ses parents étaient morts avant la conversion, il n'avait ni frère, ni sœur, ni femme, ni enfant à pleurer. Seulement un mode de vie. Un bagage de souvenirs pâlissants. Le passé se détachant de lui, les années, dépourvues de poids comme de repères, avaient passé terriblement vite. Peut-être alors était-il naturel que le hasard le ramenât enfin en Angleterre : une nouvelle Angleterre, une pseudo-Angleterre, fiévreuse, aux autorités portuaires prosaïquement installées dans une cassine de briques brûlante, grise de poussière. Il se présenta, et on le guida jusqu'à une arrière-salle où l'attendait un marchand sud-africain corpulent, qui avait offert d'abriter les munitions dans son entrepôt en attendant que l'Armurerie fût prête à les recevoir. Pierce, oui, c'était cela. Jered Pierce.

« Ravi de faire votre connaissance, Mr. Pierce », déclara Watson en tendant la main.

L'autre l'emprisonna dans son énorme patte.

« Moi de même, monsieur. »

Caroline avait peur de la ville, mais elle s'ennuyait dans le petit magasin inconfortable de son oncle. Quoiqu'elle eût pris en charge certaines tâches en principe dévolues à sa tante, ce qui était parfait, il lui fallait aussi s'occuper de Lily. La jeune femme se refusait à la laisser jouer seule dans la rue sale, aux caniveaux indescriptibles, mais à l'intérieur, la fillette représentait un véritable fléau, traquant le chat ou organisant des thés avec les poupées en porcelaine de Chine d'Alice. Aussi, lorsque cette dernière s'offrit à la surveiller, le temps pour sa nièce d'apporter à déjeuner à Jered, sur les quais, la proposition fut-elle acceptée avec reconnaissance. Caroline se sentit soudain libre et délicieusement seule.

Comme elle s'était promis de ne pas penser à Guilford de l'après-midi, elle s'efforça de se concentrer sur autre chose. Une bande de gamins crasseux – dire que le plus jeune était peut-être *né* en ces lieux cauchemardesques ! – passa près d'elle en courant. Un des garçonnets traînait derrière lui, au bout d'une ficelle, un bondisseur dont les six pattes vert pâle s'agitaient frénétiquement et qui roulait des yeux terrifiés. Peut-être cette terreur était-elle une bonne chose. Peut-être était-ce une bonne chose que, dans ce monde en partie inhumain, les deux camps connussent la peur. Jamais Caroline n'eût pu partager pareilles pensées avec Guilford.

Mais Guilford était parti. *Bon,* songea-t-elle, *fais-toi une raison.* Seul un désastre le ramènerait avant l'automne, et encore, rien n'était moins sûr. Sans doute le jeune homme s'était-il déjà enfoncé dans l'arrière-pays darwinien, auprès duquel cette ombre sinistre de Londres pâlissait.

Caroline ne se demandait plus pourquoi. Il le lui avait expliqué patiemment une douzaine de fois, de manière en apparence raisonnable. Mais elle savait qu'il avait d'autres raisons, passées sous silence, aussi fortes que les marées. Fasciné par l'appel des terres vierges, il avait couru à elles, oublieux des bêtes sauvages, des rivières indomptées, des fièvres et des bandits. Il s'était enfui de chez lui tel un petit garçon malheureux.

Abandonnant Caroline dans son sillage. Elle haïssait cette Angleterre, et jusqu'au simple fait de lui donner ce nom. Elle en haïssait les bruits, le vacarme de l'activité humaine comme les sons de la nature (bien pires !) qui s'infiltraient la nuit par sa fenêtre, des sons dont la source lui restait mystérieuse. Cliquetis évoquant des insectes ;

couinements rappelant de petits chiens blessés. Elle en haïssait la puanteur, les forêts empoisonnées et les rivières hantées. Londres était une prison gardée par des monstres.

La jeune femme s'engagea dans la rue longeant le fleuve. Caniveaux et égouts lâchaient goutte à goutte leur charge d'ordure dans la Tamise ; des mouettes criardes filaient audessus de l'eau. Caroline contempla d'un œil distrait les bateaux qui passaient. Loin dans les flots boueux, un serpent de vase leva la tête, son cou parcheminé incurvé en point d'interrogation. La promeneuse regarda les grues du port vider un voilier – le prix du charbon avait ressuscité l'ère de la voile, bien que cette voilure particulière fût pour l'heure serrée sur un labyrinthe de mâts. Des hommes enturbannés ou tête nue emportaient des caisses sur d'immenses charrettes ; des chariots éclaboussés de soleil allaient se reposer dans des baies de chargement comparativement obscures. Caroline atteignit l'ombre du bâtiment des autorités portuaires, où l'air, quoique stagnant, était un peu plus frais.

Jered vint à sa rencontre prendre le panier-repas. Il la remercia, l'esprit visiblement ailleurs, avant d'ajouter :

« Dis à Alice que je rentrerai pour le dîner. Et de préparer une autre chambre. » Un homme de haute taille, tiré à quatre épingles malgré l'usure de son uniforme, se tenait un peu en retrait, les yeux franchement fixés sur la jeune femme. Jered finit par s'en apercevoir. « Lieutenant Watson ? Je vous présente ma nièce, Caroline Law.

– Mademoiselle, dit gravement l'officier, inclinant son visage émacié.

– Madame, corrigea-t-elle.

– Le lieutenant Watson occupera l'arrière-boutique un petit moment. »

Vraiment ? s'étonna Caroline, jetant au militaire un regard plus attentif.

« La caserne est bondée, poursuivit son oncle. Il nous arrive de prendre des locataires. Pour le roi, la patrie, ce genre de choses. »

Ce n'est pas mon roi, protesta-t-elle en son for intérieur. *Ni ma patrie.*

VII

« En fait, déclara le professeur Randall, je crois que je préférais l'ancien Dieu. Celui qui ne faisait pas de miracles.

– Il y en a dans la Bible », lui rappela Vale.

Lorsque Randall avait bu, c'est-à-dire la plupart du temps, il était porté sur la théologie morose. Ce jour-là, il exposait ses vues installé dans le bureau du spirite, le front emperlé de sueur. Les boutons de sa veste semblaient prêts à jaillir de leurs boutonnières.

« Ils auraient dû y rester. » Il sirota le bourbon coûteux acheté par son compagnon à son intention. « Que Dieu frappe les Sodomites, d'accord ; qu'il en fasse autant avec les Belges, c'est ridicule.

– Prenez garde, professeur Randall. Il pourrait bien vous frapper, vous.

– S'Il en avait eu envie, Il aurait sans doute exercé ce privilège depuis longtemps. Aurais-je blasphémé, Mr. Vale ? En ce cas, je vais continuer. Je doute que la mort de l'Europe soit due à une intervention divine, malgré ce que le clergé aimerait nous faire croire.

– L'opinion publique n'est pas de votre avis. »

Randall parcourut d'un regard circulaire les rideaux fermés, les rassurantes rangées de livres.

« Je ne suis pas *en public*, ici ?

– Non.

– Je pense que c'est une catastrophe naturelle. Le miracle, je veux dire. Une catastrophe d'un genre nouveau, certes, mais quelqu'un n'ayant jamais vu, ni même entendu parler des… disons, des tornades, ne les considérerait-il pas également comme des miracles ?

– On parle de volonté de Dieu à chaque catastrophe naturelle.

– Alors qu'une tornade ne dépend que des conditions climatiques. Ça n'a rien de plus surnaturel qu'une averse de printemps.

– Ni plus ni moins. Mais vous êtes un sceptique.

– Je ne suis pas le seul, loin de là. Dieu s'est-il penché pour laisser son empreinte sur la Terre, professeur Vale ? William Jennings Bryan [1] tenait beaucoup à obtenir une réponse à cette question. Moi pas.

– Vraiment ?

– Pas dans ce sens-là. Oh, il s'est trouvé des gens pour faire carrière dans la politique en se servant de la xénophobie et de l'ardeur religieuse, mais ça ne durera pas. Il n'y a ni assez d'étrangers, ni assez de miracles pour entretenir la crise. La vraie question, c'est : jusqu'à quel point souffrirons-nous entre-temps ? Je veux parler de l'intolérance politique, de la mesquinerie fiscale, voire de la guerre. »

Les yeux de Vale s'ouvrirent un peu plus grands, seul signe visible de l'excitation qui s'était mise à flamber en lui. Les dieux venaient de dresser l'oreille.

« La guerre ? » répéta-t-il.

Randall savait peut-être quelque chose à ce sujet. C'était un des conservateurs de la Smithsonian, mais aussi un de ses collecteurs de fonds. Il avait participé à plusieurs comités du Congrès et possédait des amis au Capitole.

Était-ce pour cela que le dieu de Vale s'intéressait à lui ? Ironiquement, être au service de la divinité ne permettait pas

1. Homme politique américain (1860-1925). *(N.d.T.)*

toujours d'en comprendre la fin ni les moyens. Vale ne savait qu'une chose : l'enjeu de cette conversation rendait insignifiantes ses ambitions personnelles. La mise en œuvre de quelque plan conçu des milliers d'années plus tôt exigeait qu'il gagnât la confiance du vieux cynique corpulent, ce qu'il ferait. Il en serait récompensé, son dieu le lui avait promis. Par la vie éternelle, peut-être. Et, entre-temps, par une existence décente.

« La guerre, acquiesça Randall, ou du moins quelque exercice martial destiné à garder les Britanniques à leur place. L'expédition Finch… vous en avez entendu parler ?

– Certes.

– Si les partisans attaquent l'expédition Finch, le Congrès poussera les hauts cris et blâmera les Anglais. Les sabres s'agiteront. Des jeunes gens mourront. » Le conservateur, la peau du cou pendante, ravinée de rides entrecroisées, se pencha vers Vale. « Ce n'est pas vrai, n'est-ce pas ? Que vous parlez avec les morts ? »

Une porte s'ouvrait. Vale ne répondit que d'un sourire et d'une question :

« Qu'en pensez-vous ?

– J'en pense que j'ai devant moi un homme qui sait inspirer confiance et mettre une veuve dans sa poche. Sans vouloir vous offenser.

– Alors pourquoi aborder le sujet ?

– Parce que… parce que rien n'est plus comme avant. Vous voyez ce que je veux dire, n'est-ce pas ?

– Je n'en suis pas certain.

– Je ne crois pas aux miracles, mais…

– Mais ?

– Tant de choses ont changé. En matière de politique, d'argent, de mode – de géographie, c'est évident – mais ce n'est pas tout. Il y a des gens, des inconnus, qui ont des yeux, des airs bizarres. Ce n'était pas le cas avant. C'est comme s'ils avaient un secret qu'ils refusent de partager, y compris avec eux-mêmes. Voilà ce qui m'ennuie. Je ne comprends pas. Vous voyez, Mr. Vale, je débute sceptique et je termine mystique. La faute au bourbon. Mais je vous repose ma question : parlez-vous aux morts ?

– Oui.

– Réellement ?

– Réellement.

– Et que vous racontent-ils ? De quoi peuvent-ils bien parler ?

– De la vie. De l'avenir du monde.

– De choses personnelles ?

– Souvent.

– Je vous trouve bien sibyllin. Ma femme est morte, vous savez. L'année dernière. D'une pneumonie.

– Je sais.

– Pourrais-je lui parler ? » Randall posa son verre sur le bureau. « Est-ce réellement possible, Mr. Vale ?

– Peut-être. Nous verrons. »

VIII

La Navy avait envoyé à Jeffersonville un vapeur à faible tirant d'eau qui emmènerait l'expédition Finch jusqu'à la limite du Rhin navigable, mais le départ fut retardé, le pilote et la majeure partie de l'équipage ayant contracté la fièvre continentale.

« C'est une maladie des marais, expliqua Sullivan à Guilford, qui ignorait presque tout du sujet. Épuisante mais rarement mortelle. Nous n'attendrons pas bien longtemps. »

De fait, quelques jours suffocants plus tard, ils étaient prêts à lever l'ancre. Guilford installa sur le quai de bois flottant ses deux appareils, le gros à plaque sèche comme celui à bobine de pellicule. La photographie n'avait que peu évolué depuis le miracle ; les longues luttes des ouvriers, en 1915, s'étaient soldées par la fermeture d'Eastman Kodak pour la plus grande partie de cette année-là, tandis qu'Hawk-Eye Works, à Rochester, avait entièrement brûlé. Guilford possédait cependant des outils de travail aussi modernes et parfaitement agencés que possible. Ayant coloré lui-même plusieurs des plaques rapportées de son expédition dans le Montana, il avait bien l'intention d'en faire autant avec celles consacrées à la Darwinie, aussi prit-il des notes détaillées :

Quatorze membres de l'expédition, quai de Jeffersonville, Europe : Premier plan dr. debout Preston Finch, Charles Curtis

Hemphill, Avery Keck, Tom Gillvany, Kenneth Donner, Paul Robertson, Emil Swensen ; premier plan dr. à genoux Tom Compton, Christopher Tuckman, Ed Betts, Wilson W. Farr, Marion (« Diggs ») Digby, Raymond Burke, John W. Sullivan.

Arrière-plan : le Weston, *bâtiment de la Navy, coque gris métal ; eaux turquoise port J-ville sous ciel bleu profond ; marais rhénans dans léger vent nord, vert & or & ombres nuages, 8 h mat. Départ.*

Ainsi commença le voyage (une fois de plus, songea Guilford ; ce n'était qu'un éternel commencement), sous un ciel d'un bleu cru, les joncs-araignées s'agitant sur les berges marécageuses tels des épis de blé. Une fois ses affaires rangées dans le minuscule espace dépourvu de hublot qui lui avait été attribué, le jeune homme remonta sur le pont voir si le spectacle avait changé. Au crépuscule, les marais laissèrent la place à des rives plus sèches, sablonneuses, les plantes du bord de mer à des buissons-pagodes touffus et à des troncs en tuyaux d'orgue dans lesquels le vent soufflait des notes discordantes à la Calliope. Après un coucher de soleil clinquant, la région alentour devint une immensité nocturne sans limites. Trop vaste, trop vide, signe trop évident d'une machinerie divine indifférente.

Guilford dormit dans son hamac d'un sommeil agité, pour se réveiller fiévreux le lendemain matin. En se levant, il se découvrit mal assuré sur ses jambes – la tôle du pont valsait sous ses pieds, et l'odeur de cuisine suffit à l'écarter du petit déjeuner. À midi, il était assez malade pour appeler le médecin de l'expédition, Wilson Farr, lequel diagnostiqua la fièvre continentale.

« Je vais mourir ? s'enquit Guilford.

– Vous frapperez peut-être à la porte », répondit Farr, les yeux plissés derrière des verres de lunettes guère plus larges que des bagues de cigare, « mais je serais surpris qu'on vous ouvre. »

Sullivan vint rendre visite au jeune homme dans la soirée. La température de Guilford montait toujours, un érythème rosé lui avait envahi les membres, et focaliser son regard sur le botaniste lui fut difficile. Leur conversation erratique évoqua un navire à la dérive, le scientifique s'efforçant de distraire son compagnon par ses théories sur la vie darwinienne, notamment la structure physique des invertébrés les plus communs.

« Vous devez être fatigué », déclara enfin Sullivan. Le photographe se sentait en effet indiciblement las. « Mais avant de vous quitter, je vais vous confier une dernière pensée, Mr. Law. D'après vous, comment un microbe miraculeux, vecteur d'une maladie purement darwinienne, peut-il croître et multiplier dans les corps de mortels ordinaires tels que nous ? La coïncidence ne vous semble-t-elle pas un peu forte ?

– Sais pas », murmura le jeune homme, avant de se tourner vers la cloison.

Au plus fort de la maladie, il se rêva soldat allant et venant à la limite d'un champ de bataille étouffant, couvert de poussière, sentinelle des morts guettant un ennemi invisible, s'agenouillant parfois pour boire l'eau de flaques tièdes du fond desquels l'observait son image, reflet incroyablement ancien détenteur d'épuisants secrets.

Le rêve se fondit ensuite en un long vide ponctué d'éclairs nauséeux, mais le lundi, la fièvre vaincue, Guilford entrait en convalescence. Il se sentait même assez bien pour prendre quelque nourriture et s'irriter de sa réclusion, tandis que le *Weston* s'enfonçait toujours plus avant dans les terres. Farr lui apporta un exemplaire de la *Gnoséologie diluvienne et biblique*, de Finch, ce qui permit au photographe de se perdre pour quelques heures dans les multiples âges de la Terre ; le Déluge avait laissé ses traces, reformations cataclysmiques du manteau, tel le Grand Canyon – à moins que, Finch l'admettait, ces caractéristiques ne fussent « des créations antérieures, auxquelles leur Créateur avait accordé l'apparence de l'antiquité ».

La Création modifiée par une inondation mondiale qui avait déposé des fossiles à diverses altitudes ou les avait ensevelis dans la vase et la boue, comme avait été enseveli l'Éden lui-même. Guilford avait déjà lu tout cela, mais Finch étayait sa théorie d'une multitude de détails, dont la classification d'une centaine d'alluvions et éluvions ou les tableaux géologiques dans lesquels les espèces disparues figuraient par catégories bien distinctes. Pourtant, ces simples mots, « l'apparence de l'ancienneté », mettaient son lecteur mal à l'aise. Ils sous-entendaient que le savoir était par nature conditionnel : le monde se réduisait à un décor, peut-être construit la veille, équipé depuis peu de montagnes, d'ossements de mastodontes et de souvenirs humains. Le Créateur manifestait une envie indécente de tromper Ses créatures, puisqu'il n'existait nulle différence pratique entre l'œuvre du temps et celle d'un miracle. Guilford trouvait cela d'une complexité inutile – mais, à bien y réfléchir, pourquoi l'Univers eût-il été simple ? Sans doute se fût-il avéré plus choquant qu'on pût le condenser, avec toutes ses étoiles et ses planètes, en une seule équation (comme, disait-on, Einstein, un mathématicien européen, avait tenté de le faire).

Finch eût expliqué que Dieu avait donné les Écritures à l'homme pour cette raison même : afin qu'il trouvât un sens à un monde désorientant. Guilford reconnaissait d'ailleurs que les travaux du scientifique ne manquaient ni de poids ni de poésie, voire d'une logique contournée. Le jeune homme ne s'y connaissait pas assez en géologie pour les discuter… quoiqu'il en retirât l'impression d'une vaste cathédrale érigée sur quelques petites poutres grinçantes.

De plus, la question de Sullivan l'obsédait. Si le nouveau continent était une Création indépendante, comment avait-il attrapé une maladie darwinienne, lui ? Tant qu'on y était, comment les hommes parvenaient-ils à digérer certains végétaux et animaux darwiniens ? D'autres – bien trop – se révélaient empoisonnés, mais quelques-uns étaient nourrissants, voire délicieux. Cela n'impliquait-il pas une similarité cachée, une origine commune, quoique lointaine ?

Ou, pour le moins, un Créateur commun. Des ancêtres communs, avait sous-entendu Sullivan. Mais c'était évidemment impossible. La Darwinie existait depuis un peu moins d'une décennie… ou depuis beaucoup plus longtemps, mais sans avoir été perceptible sur Terre de quelque manière que ce fût.

Tel était le paradoxe de la nouvelle Europe. En cherchant le miracle, on trouvait l'Histoire ; en cherchant l'Histoire, on tombait la tête la première dans le miracle.

La pluie poursuivit l'expédition un jour et demi, enveloppant les rives du fleuve d'une brume argentée. Après avoir ondulé à travers des forêts sauvages, sylves d'un vert mousse particulièrement profond, le Rhin finit par s'engager dans une plaine moelleuse, tapissée de plantes à larges feuilles que Tom Compton appelait des mains. Leurs minuscules fleurs dorées, toutes épanouies, donnaient à la région l'éclat d'un automne précoce. Bien que le spectacle fût attirant, pour la Darwinie, le broussard expliqua à ses compagnons qu'il ne fallait pas se promener sans bottes parmi les mains, car leur suc jaune astringent donnait de l'urticaire. Des insectes planants, les ortillers, emplissaient la plaine durant la journée, mais malgré leur aspect barbelé, ils ne s'intéressaient nullement à la chair humaine. Il leur arrivait même de se percher sur le doigt qu'on leur tendait, leur corps translucide se découpant dans la lumière en un filigrane aérien, telle une décoration de Noël miniature.

Le *Weston* jeta l'ancre au milieu du fleuve. Guilford, tout juste guéri, encore un peu faible, accompagna Sullivan, qui gagnait la berge afin de collecter quelques mains et autres espèces végétales de prairie. Le botaniste passa ensuite les échantillons prélevés dans sa presse à plantes, avant de les enfermer, aplatis et séchés, au fond d'une boîte enveloppée de toile cirée. Il montra au jeune homme une fleur d'un orange particulièrement vif, commune sur la berge sablonneuse.

« Cette plante a quasiment la même structure que le coquelicot, expliqua-t-il, sauf qu'elle est toujours mâle. Les insectes dispersent son pollen en dévorant ses étamines, littéralement. La fleur femelle – en voilà une, vous voyez ? – n'a de fleur que le nom, au sens conventionnel du terme. C'est un simple bâtonnet enduit de miel. Un pistil immense, à structure ciliée, qui transporte le pollen mâle jusqu'au gynécée. Les insectes s'y retrouvent souvent englués, et le pollen avec eux. Ce mode de fonctionnement, quoique inconnu parmi les espèces terrestres, est courant en Darwinie. La ressemblance physique, bien réelle, est donc pure coïncidence. On dirait que le même processus évolutif s'est appliqué par des canaux différents – comme dans le cas de ce fleuve, qui ressemble au Rhin en général mais pas dans les détails. Il passe en gros par les mêmes contrées pour aller se jeter dans le même océan, mais ses coudes et méandres sont totalement imprévisibles. »

Ainsi que ses tourbillons, ajouta Guilford en son for intérieur. *Ou ses rapides.* Jusqu'ici, cependant, le fleuve s'était montré relativement tranquille. Celui de l'évolution offrait-il semblables dangers ?

Les journées appartenaient à Sullivan, Gillvany, Finch et Robinson – Digby, le cuisinier de l'expédition, les appelait « Chou, Pou, Caillou et Genou » –, les nuits à Keck, Tuckman et Burke, géomètres et navigateurs, avec leurs sextants, leurs étoiles, leurs cartes éclairées par les lampes. Guilford aimait demander à Keck où se trouvait au juste l'expédition, parce qu'il obtenait toujours des réponses aussi étranges que merveilleuses :

« Nous pénétrons dans la baie de Cologne, Mr. Law. À moins que le monde soit sens dessus dessous, nous ne tarderons pas à arriver en vue de Düsseldorf. »

Weston *ancré dans un large méandre au courant très lent. Le « lac de la Cathédrale », Tom Compton dixit. Rhin sortant d'un rift adouci ; à l'est, duché de Berg, montagnes ; quelque part en amont, gorges du Rhin. Terrain abondamment arboré : arbres-mosquées (plus grands qu'en Angleterre), immenses pins-sauges kaki, sous-bois mélangé. Peut-être des risques d'incendie par temps sec. Région houillère dans l'ancienne Europe ; d'après Tom Compton, il y a des foreurs aux environs, des galeries à flanc de coteau & des mines peu profondes sont déjà en activité (limitée) ; avons remarqué des routes grossières & un certain trafic fluvial. Finch affirme voir des preuves de la présence de charbon à coke ; estime que cette zone sera un jour un centre de travail du fer et de fabrication de l'acier, si Dieu le veut, grâce à la fonte brute des escarpements oolithiques situés sur les coteaux de la Moselle, surtout si les U.S.A. évitent que le continent soit « défendu par des frontières ».*

D'après Sullivan, la présence de charbon démontre l'ancienneté de la Darwinie : c'est une séquence stratigraphique due au soulèvement du plateau rhénan survenu durant l'ère tertiaire. La question, dit-il, est de savoir si la géologie darwinienne est identique à celle de la vieille Europe, les changements n'étant dus qu'au climat et aux modifications des cours d'eau ; ou si elle ne s'en rapproche que d'assez loin, dans les grandes lignes seulement – ce qui risquerait d'affecter notre reconnaissance des Alpes : une gorge inattendue près du Montgenèvre ou du Brenner nous renverrait, domptés, à J-ville.

Beau temps, ciel bleu, courant un peu plus fort, à présent.

Cela ne pouvait durer, Guilford en était conscient, cette croisière paresseuse avec une cuisine bien pourvue, ces longues journées de photographie et de pressage de plantes, ces plages gravelées dépourvues d'insectes et autres animaux nuisibles, ces nuits aussi riches en étoiles que les plus belles qu'il avait connues dans le Montana. Le *Weston* remontait toujours le rift rhénan ; les parois de la gorge devenaient plus abruptes, les reliefs plus spectaculaires, jusqu'à ce que le jeune homme en vînt à imaginer sans difficulté la vieille Europe et ses monuments disparus (« L'abbaye d'Eberbach », eût psalmodié Keck. « Le Marksburg, Sooneck, château Pfaltz… »), ses chevaliers Teutoniques massés sur les rives, arborant lances et heaumes à aigrettes.

Mais ce n'était pas la vieille Europe, il en trouvait la preuve dans le moindre recoin : poissons épineux flottant au-dessus des hauts-fonds, odeur de cannelle des forêts de pins-sauges (ni des pins ni de la sauge, mais de grands arbres dont les branches formaient une plate-forme spiralée), cris nocturnes d'animaux encore sans nom. L'homme était certes arrivé jusqu'ici – les voyageurs croisaient parfois un radeau, découvraient de temps à autre les traces d'une corde de remorque, des cabanes de trappeurs, de la fumée, des barrages à poissons – mais à une date récente.

Guilford puisait une sorte de réconfort dans la solitude de la contrée qui s'étendait autour de lui, dans l'anonymat à la fois terrible et merveilleux qu'il y trouvait, dans l'idée qu'il imprimait ses pas où nul ne l'avait jamais fait, tout en sachant que ce qui l'entourait aurait bientôt effacé ses traces. Le continent ne demandait rien, ne donnait rien d'autre que lui-même.

Mais ces jours insouciants ne pouvaient durer. Les chutes du Rhin attendaient, qui obligeraient le *Weston* à battre en retraite. Alors les explorateurs sauraient ce qu'était la *réelle* solitude, dans un monde inconnu de pierre et de bois.

Les chutes du Rhin, ou de Schaffhouse, but de notre navigation. Compton n'est jamais allé plus avant. D'après lui, quelques trappeurs prétendent avoir gagné à pied le lac de Constance, mais les trappeurs sont enclins à la vantardise.

Les chutes ne sont guère spectaculaires comparées à celles, par exemple, du Niagara, mais elles n'en barrent pas moins le fleuve avec efficacité. Une brume lourde les enveloppe, énorme nuage d'orage blanchâtre suspendu au-dessus des rochers trempés & des collines boisées. L'eau coule en flots verts rapides, le ciel s'assom-

brit, annonçant la pluie. La moindre pierre, la moindre fissure, sont envahies d'une plante semblable à de la mousse ornée de délicates fleurs blanches.

Cascade dûment examinée & photographiée, nous nous replions sur un point de portage : Tom Compton connaît par ici un éleveur qui acceptera peut-être de nous vendre des animaux de bât.

Post-scriptum pour Caroline & Lily : Vous me manquez toutes les deux beaucoup. J'ai l'impression de vous parler quand j'écris, même si je suis bien loin de vous – au cœur du continent perdu (ou du nouveau continent), cerné par l'étrange.

L'éleveur était un Américano-Allemand truculent, qui se présenta sous le nom d'« Erasmus ». Sa ferme grossière, bâtie à quelque distance du fleuve, comprenait un enclos où il avait rassemblé aux fins de croisements un nombre impressionnant de serpents à fourrure.

Ces animaux, Sullivan l'expliqua aux autres membres du groupe, représentaient la ressource darwinienne la plus aisément exploitable, pour l'instant au moins. Il s'agissait d'herbivores vivant en troupeaux, très répandus dans les prairies des hautes terres et, sans doute, à travers toutes les steppes orientales. Donnegan en avait vu dans les contreforts des Pyrénées, ce qui tendait à prouver que leur habitat était fort étendu. Guilford, fasciné, passa presque tout le reste de la journée au corral, malgré l'odeur pénétrante qui constituait une des caractéristiques les moins agréables de ses pensionnaires.

Ils ne ressemblaient pas tant à des serpents qu'à des larves – avec leurs « faces » pâles, gonflées, aux yeux bovins, leurs corps cylindriques, leurs six pattes à demi dissimulées derrière des câbles de poils emmêlés. Ces animaux composaient à eux seuls un véritable catalogue de Sears-Roebuck[1] en fournissant

1. Sears-Roebuck, le plus grand magasin américain, édite un catalogue énorme, très célèbre et qui parvient jusque dans les campagnes les plus reculées. *(N.d.T.)*

non seulement de la fourrure, mais aussi du cuir, de la graisse à chandelles et une viande comestible quoique fade. Ils représentaient le principal produit commercial rhénan. Sullivan affirmait même que leur fourrure avait fait son apparition parmi la haute société new-yorkaise. Sans doute l'odeur ne résistait-elle pas au tannage, sans quoi nul n'eût voulu d'un tel manteau, même en plein hiver.

Plus important, les bêtes se montraient des porteurs dociles, sans lesquels l'exploration des Alpes s'avérerait beaucoup plus difficile. Déjà, Preston Finch s'était installé dans la cabane en terre d'Erasmus afin de négocier l'achat de quinze ou vingt têtes. L'éleveur devait se montrer âpre au gain, car lorsque Diggs eut achevé de monter la tente du mess, les deux hommes marchandaient toujours – à voix assez haute pour être perceptible.

Enfin, Finch jaillit de la hutte.

« Quel horrible bonhomme, marmonna-t-il, indifférent au repas. C'est un sympathisant partisan. Il n'y a rien à en tirer. »

L'équipage du *Weston* était resté à bord, prêt à redescendre le Rhin à la voile avec échantillons, spécimens, notes de travail et courrier. Guilford, assis en compagnie de Sullivan, Keck et Tom Compton sur un à-pic au-dessus du fleuve, se régalait de hachis de corned-beef reconstitué en contemplant le coucher de soleil.

« Le problème, avec Finch, c'est qu'il ne sait pas faire de concessions, déclara Sullivan.

– Erasmus non plus, intervint le broussard. Ce n'est pas un partisan, juste un casse-pieds, d'une manière générale. Il a passé trois ans à Jeffersonville, comme courtier en peaux, mais personne ne le supportait bien longtemps. La compagnie de ses semblables ne lui convient pas.

– Les bêtes sont intéressantes », observa Guilford.

Comme les thoats des romans de Burroughs. Les montures martiennes.

« Alors pourquoi ne les prenez-vous pas en photo ? » conclut Tom Compton en levant les yeux au ciel.

Le lendemain matin, il devint évident que les négociations avaient bel et bien échoué. Finch, qui refusait d'adresser la parole à Erasmus, supplia néanmoins le pilote du *Weston* de rester au moins un jour de plus. Sullivan, Gillvany et Robinson partirent à la chasse aux échantillons dans la forêt alentour, espérant apparemment que tout s'arrangerait par miracle avant leur retour. Guilford, lui, installa son appareil photographique près du corral.

Aussitôt, Erasmus jaillit d'un pas lourd de sa hutte de terre bancale, tel un nain en furie. Le jeune homme, qui ne lui avait pas été présenté personnellement, s'efforça de réprimer un sursaut.

L'éleveur – à peine plus d'un mètre soixante, le visage mangé par les boucles d'une barbe biblique, portant bleu en jean rapetassé et gilet en peau – s'immobilisa à bonne distance de lui, les sourcils froncés, le souffle bruyant. Guilford, après l'avoir salué d'un signe de tête poli, poursuivit l'installation de son trépied. Au Vieil Homme de la Montagne de faire le premier pas.

Il fallut un long moment, mais Erasmus finit par prendre la parole.

« Qu'est-ce que vous trafiquez au juste ?

– Je veux photographier les animaux, si cela ne vous dérange pas.

– Vous auriez pu demander avant. »

Guilford restant coi, Erasmus souffla quelques minutes de plus, avant de demander :

« Alors cette chose est un appareil photographique ?

– Oui, monsieur. Un Kodak à plaques.

– Vous prenez des photos sur plaques ? Comme dans le *National Geographic* ?

– Exactement comme dans le *National Geographic*.

– Vous connaissez ?

– J'ai travaillé pour eux.

– Hein ? Quand ça ?

– L'année dernière. Le canyon de Deep Creek, dans le Montana.

– C'étaient vos photos ? Décembre 1919 ? »

Le jeune homme jeta à l'éleveur un regard plus attentif.

« Vous faites partie de la Société, Mr. euh… Erasmus ?

– Appelez-moi Erasmus tout court. Vous êtes… ?

– Guilford Law.

– Eh bien, Mr. Law, je n'appartiens pas à la Société du National Geographic, mais le magazine remonte le fleuve de temps en temps. Je l'accepte comme monnaie d'échange. C'est dur de trouver quoi que ce soit à lire. J'ai vos photographies. » Erasmus hésita. « Celles-là, avec mes bêtes, elles seront publiées ?

– Peut-être. Ce n'est pas moi qui décide.

– Je vois. » Il pesa les choses un moment, avant d'inspirer une grande goulée d'air lourd. « Voulez-vous me raccompagner à ma cabane, Guilford Law ? Maintenant que Finch n'est plus là, nous allons peut-être pouvoir discuter. »

Le jeune homme admira la collection de *National Geographic* de l'éleveur – quinze numéros en tout, pour la plupart tachés et cornés, certains ne devant qu'à la ficelle qui les entourait de ne pas tomber en pièces. Ils partageaient leur étagère en bois avec des cartes postales obscènes en aussi piètre état, des westerns bon marché et un *Argosy* de fraîche date que Guilford n'avait pas encore vu. Il célébra cette maigre bibliothèque, passant sous silence le sol de terre battue, la puanteur de peaux mal salées, la chaleur de four et la lumière parcimonieuse, de même que la table à tréteaux répugnante, où les repas d'un passé déjà lointain avaient laissé de multiples traces.

Les questions d'Erasmus ramenèrent à la surface les souvenirs du canyon de Deep Creek, de la Gallatin, des minuscules crustacés fossiles de Walcott : des écrevisses tirées du schiste siliceux, incroyablement anciennes pour qui n'acceptait pas les déclarations de Finch quant à l'âge de la Terre. Ironiquement, les ruisseaux du Montana présentaient pour Erasmus, vieux colon darwinien né dans le Milwaukee et installé au pied des chutes étrangères du Rhin, un attrait exotique.

La conversation finit cependant par rouler sur Preston Finch.

« Sans vouloir vous vexer, ce type n'est rien de plus qu'un vantard gonflé de suffisance, affirma l'éleveur. Il veut vingt têtes à dix dollars du bout, c'est dire.

– Ce n'est pas un bon prix ?

– Oh, si. Le *prix*, ça va – ça fait même plus qu'aller ; là n'est pas la question.

– Vous ne voulez pas vendre vingt têtes ?

– Mais si. À ce prix-là, je serais tranquille tout l'hiver.

– Alors, si je puis me permettre, où est le problème ?

– Finch ! Voilà le problème ! Il arrive ici en tordant le nez, et il me parle comme à un gamin. Finch ! Je ne lui vendrais pas de la crotte pour une fortune, même si je mourais de faim. »

Guilford réfléchit un instant à cette impasse, avant de déclarer :

« Nous irons sans doute plus loin et ferons plus de choses avec ces animaux que sans. Et plus notre expédition sera réussie, plus vous aurez de chances de voir mes photos publiées. Peut-être dans le *National Geographic*.

– Mes bêtes ?

– Elles et vous, si vous acceptez de poser pour moi. »

L'éleveur se caressa la barbe.

« Ma foi, il se *pourrait* que j'accepte. Mais ça n'y changera rien : je refuse de vendre à Finch.

– Je comprends. Si je vous demandais de me vendre, à moi ? »

Erasmus cligna des yeux, et un lent sourire vint jouer sur ses lèvres.

« Alors nous réussirions peut-être à passer marché. Mais écoutez, Guilford Law, ce n'est pas tout. Les serpents emporteront vos bateaux au sommet des chutes. Ensuite, vous parviendrez sans doute à remonter le fleuve jusqu'au lac de Constance. Seulement, si vous voulez que les bêtes vous accompagnent dans les Alpes, il vous faudra quelqu'un pour les emmener de la cascade au lac.

– Vous y arriveriez, vous croyez ?

– J'y suis bien arrivé jusqu'à maintenant. Beaucoup de troupeaux passent l'été là-haut. C'est de là que viennent mes propres serpents. Je le ferais sans problème – pour un certain prix.

– Je ne suis pas habilité à négocier, Erasmus.

– Sottises. Discutons les conditions. Ensuite, vous n'aurez plus qu'à aller marchander avec le trésorier ou je ne sais qui.

– D'accord… mais un dernier détail.

– Oui ?

– Accepteriez-vous de vous séparer de votre *Argosy* ?

– Hein ? Non. Pas facilement. À moins que vous n'ayez quelque chose à offrir en échange. »

Guilford se fit la réflexion que le professeur Farr ne regretterait sans doute pas trop son exemplaire de la *Gnoséologie diluvienne et biblique*.

Ferme d'Erasmus, sous les chutes du Rhin. Corral, serpents à fourrure. Erasmus avec le troupeau. Nuages d'orage arrivant du N-O ; Compton dit qu'il va pleuvoir.

Post-scriptum. Avec l'aide de nos « mulets martiens », il nous sera possible de transporter nos bateaux pliants à moteur – petites embarcations légères, bien conçues, en pin du Michigan et chêne blanc, cinq mètres de long, compartiments de rangement étanches et skags détachables. Ensuite, en partant du haut des chutes, sans doute pourrons-nous naviguer jusqu'au lac de Constance (qu'Erasmus appelle die Bodensee*). Tout ce que nous avons rassemblé et appris jusqu'à maintenant part pour J-ville sur le* Weston.

Je crois que Preston Finch m'en veut de mes pourparlers avec Erasmus – il me regarde par-dessous son casque colonial à la manière d'un Jéhovah colérique – mais Compton m'a paru impressionné : à présent, au lieu de simplement me tolérer, par respect pour Sullivan, il accepte de discuter avec moi. Il m'a même proposé de tirer sur sa célèbre pipe engorgée de salive, faveur que j'ai poliment refusée, bien que cela me ramène peut-être à mon point de départ – il a pris l'habitude d'agiter dans ma direction le sac de toile cirée où il range ses feuilles séchées, en riant de manière à vrai dire peu flatteuse.

Nous partons demain matin, si le temps le permet. Je me sens plus loin de chez moi que jamais encore, & tout alentour devient chaque jour plus étrange.

IX

Caroline s'habituait au rythme de vie des Pierce, si bizarre qu'il fût. Comme tout Londres, voire le monde entier, à cette époque, leur maison donnait une impression de provisoire. Jered ayant des horaires déroutants, la surveillance du magasin incombait souvent à sa femme ou, à présent, à sa nièce. Cette dernière se surprit à apprendre les multiples usages d'écrous et boulons, treuils, petits clous et chaux vive. L'énigme que posait Colin Watson la distrayait aussi quelque peu. L'officier, qui occupait un lit de camp au fond de l'arrière-boutique, entrait et sortait tel un fantôme incapable de trouver le repos. Il lui arrivait en outre de dîner à la table des Pierce, où il se montrait d'une politesse sans faille mais à peu près aussi disert qu'une brique. Émacié, mangeant peu, il rougissait facilement pour un militaire – de l'avis de Caroline. En effet, il arrivait à Jered de jurer.

Lily s'était habituée à son nouvel environnement avec une relative aisance, mais l'absence de son père lui pesait. Elle demandait encore de temps à autre où était papa.

« De l'autre côté de la Manche, répondait Caroline. Là où personne n'est jamais allé.

– Il est en sécurité ?

– Oui. Et très courageux. »

La fillette posait en général ce genre de questions à l'heure du coucher. Guilford lui avait toujours fait la lecture à ce moment-là, en un rituel dont Caroline s'était montrée, bien déraisonnablement, un peu jalouse. Il y avait mis tout son cœur, alors qu'elle ne parvenait pas à l'imiter, à cause de la méfiance que lui inspiraient les livres préférés de Lily, ramassis malsains de monstres, de lutins et de fées. Pourtant, elle avait pris le relais en l'absence de son mari, rassemblant autant d'enthousiasme qu'elle le pouvait. La fillette avait besoin du réconfort que lui procuraient ces histoires pour se détendre totalement, renoncer à la vigilance, glisser au sommeil.

Caroline lui enviait la simplicité de ce rituel. Quant à elle, elle portait trop souvent jusqu'aux petites heures du matin son fardeau d'inquiétude.

Les nuits d'été étaient pourtant chaudes, parfumées d'une fragrance presque plaisante, malgré son étrangeté. D'après Jered, certaines fleurs indigènes ne s'épanouissaient qu'une fois le soleil couché. Caroline voyait en imagination des pavots bizarres, à la lourde tête narcotique. Elle apprit à laisser ouverte la fenêtre de sa chambre, afin que la brise odorante vînt jouer sur son visage. Elle apprit aussi, comme l'été avançait, à s'endormir plus facilement.

Les insomnies de Lily, en revanche, lui firent remarquer, alors que juillet tirait à sa fin, que quelque chose avait changé dans la maison.

Lily, les yeux soulignés de cernes sombres. Lily, somnolente, picorant au petit déjeuner. Lily, silencieuse et renfrognée à la table du dîner, se recroquevillant loin de son grand-oncle.

Caroline se découvrit réticente à lui demander ce qui n'allait pas – à admettre l'*existence* même d'un problème. Elle haïssait l'idée d'affronter une crise, une de plus. Pourtant, elle trouva le courage de s'informer par une chaude nuit d'été, après un chapitre de *Dorothy*, comme Lily appelait ces fables répétitives. La fillette restait nerveuse.

Elle tira sa couverture sur son menton, avant de répondre :

« Ils me réveillent en se disputant.

– *Qui* se dispute, Lily ?

– Tante Alice et oncle Jered. »

La jeune femme se refusa à le croire. Lily devait entendre d'autres voix, peut-être venues de la rue.

Mais sa chambre ne comprenait qu'une fenêtre, de la taille d'un timbre-poste, donnant sur l'allée derrière la maison, non sur la bruyante Market Street. La pièce n'était en fait qu'un placard réaménagé, transformé par Jered en une chambre à coucher confortable quoique minuscule. Il y avait juste assez de place pour une enfant, son ours en peluche, son livre et sa mère, lorsque cette dernière s'asseyait auprès de la fillette afin de lui faire la lecture.

L'ancien placard voisinait avec la chambre de Jered et Alice, et les murs n'étaient pas particulièrement épais. Le couple se querellait-il, tard la nuit, lorsqu'il se croyait à l'abri des oreilles indiscrètes ? Caroline trouvait à son oncle et sa tante l'air relativement heureux… un peu éloignés l'un de l'autre, peut-être, chacun évoluant dans sa propre sphère, comme beaucoup de vieux couples, mais au fond satisfaits. Leur mésentente ne pouvait qu'être récente, sans quoi Lily se fût plainte ou eût manifesté des symptômes révélateurs.

Le problème datait sans doute de l'arrivée de Colin Watson.

Caroline conseilla à sa fille de ne pas prêter attention au bruit. Tante Alice et oncle Jered n'étaient pas réellement en colère, ils avaient juste du mal à se mettre d'accord. En fait, ils s'aimaient beaucoup. L'enfant, apparemment convaincue, hocha la tête et ferma les yeux. Son comportement s'améliora quelque peu durant les jours qui suivirent, bien que Jered lui inspirât toujours une certaine crainte. Caroline chassa le problème de son esprit et n'y pensa plus, jusqu'au soir où elle s'endormit au beau milieu d'un chapitre de *Dorothy* pour se réveiller, bien après minuit, mal à l'aise et travaillée de crampes, à côté de Lily.

Jered était sorti, cette nuit-là. Ce fut le bruit de son retour qui tira la jeune femme du sommeil. Le lieutenant Watson accompagnait le commerçant, lequel prononça quelques paroles inaudibles, puis l'officier se retira dans l'arrière-boutique. Quand le pas lourd de son oncle s'éleva dans le corridor, Caroline, effrayée sans savoir pourquoi, ferma la porte du réduit.

Se sentant un peu bête, et plus qu'un peu claustrophobe, assise en tailleur dans la chambre obscure, en chemise de nuit, elle prêta l'oreille au souffle régulier de sa fille, aussi doux qu'un soupir. Jered longea le corridor avec bruit, sur le chemin de son lit, laissant derrière lui une puanteur de tabac et de bière.

À présent, Alice saluait son époux, d'une voix presque aussi profonde que celle d'un homme, puis l'arrivant lui répondait, tout en poitrine et en ventre. D'abord incapable de distinguer leurs paroles, Caroline ne perçut, même lorsqu'ils haussèrent le ton, qu'une phrase de-ci de-là, mais cela suffit à la glacer.

... comprends pas comment tu t'es retrouvé impliqué... (Alice)

... ne fais que mon devoir, nom de Dieu... (Jered)

Lily se réveilla alors, en grand besoin de réconfort. Sa mère lui caressa les cheveux afin de l'apaiser.

... tu sais qu'il risque sa vie...

... rien de tel !

... le mari de Caroline ! Le père de Lily !

... ne suis pas le maître du monde... je n'ai pas... n'irais jamais...

Puis, brusquement, les voix se turent. La jeune femme se représenta Jered et Alice divisant le grand lit en territoires distincts, aux frontières d'épaules et de hanches, comme Guilford et elle l'avaient parfois fait après une querelle.

Ils savent quelque chose, songea-t-elle. *Au sujet de Guilford. Et ils ne veulent pas me le dire.*

Parce que c'est terrible. Terrifiant.

Mais elle était trop fatiguée, trop secouée pour trouver un sens à tout cela. Après avoir gratifié Lily d'un baiser machinal, elle regagna sa propre chambre, sa fenêtre ouverte, ses rideaux ondulant dans l'étrange parfum de la nuit anglaise. Persuadée de ne pouvoir dormir, elle n'en sombra pas moins, malgré elle, dans le sommeil ; bien qu'elle n'en eût aucune envie, elle rêva ; des rêves incohérents où tournaient Jered, Alice et le jeune lieutenant au regard triste.

X

L'été 1920 fut froid, du moins à Washington. La population en accusa les volcans russes, ligne flamboyante de désordres géologiques qui marquait la frontière est du miracle et faisait sporadiquement éruption depuis 1912, à en croire les réfugiés ayant fui Vladivostok avant les troubles japonais. On pouvait bien accuser les volcans, songeait Elias Vale, les taches solaires, Dieu, les dieux – c'était du pareil au même. Quant à lui, il était simplement heureux de quitter la pluie sinistre, fût-ce pour le grand hall plus sinistre encore du National Museum, en cours de rénovation – le travail avait été repoussé en 1915 puis durant les quatre ans suivants, mais Eugene Randall avait fini par arracher l'argent nécessaire au Trésor public.

En tant qu'administrateur, il prenait son travail très au sérieux, ce qui en faisait le pire des casse-pieds. Sa solitude aggravait encore le problème. Il avait insisté pour entraîner Vale au musée, ainsi qu'une mère insiste pour montrer ses enfants : le visiteur se doit de témoigner de l'admiration, faute de quoi son hôte se sent insulté.

Je ne vous veux aucun bien, pensait Vale. *Ne vous humiliez pas devant moi.*

« La majeure partie des travaux a été reportée trop longtemps, expliquait Randall, mais nous avançons enfin. Le problème, ce n'est pas ce qui nous manque mais ce que nous avons – ne serait-ce que par le simple *volume.* C'est un peu comme si nous faisions nos bagages avec une valise trop petite. Les squelettes de baleines dans le hall sud, premier étage, aile ouest, ce qui implique les invertébrés marins dans le hall nord, ce qui implique l'agrandissement des locaux réservés aux peintures, la rénovation du grand hall… »

Vale fixait d'un œil vide les échafaudages, les bâches étendues sur le sol de marbre. On était dimanche. Les ouvriers avaient disparu. Le musée était aussi obscur qu'un magasin de pompes funèbres, où eût été exposé le cadavre de l'Homme – sa Vie, son Œuvre. La pluie voilait les carreaux sertis de plomb.

« Non que nous soyons riches. » Randall fit grimper une volée de marches à son compagnon. « À une époque, nous avions presque assez d'argent – c'était le bon vieux temps –, des legs comme s'il en pleuvait, en y repensant maintenant. Le fonds permanent n'est plus que l'ombre de lui-même. Il n'y reste que quelques donations résiduelles, des bons du chemin de fer qui ne servent à rien, des intérêts au compte-gouttes. Nous ne pouvons compter que sur les deniers du Congrès, lequel se montre bien avare depuis le miracle, quoiqu'il paie les réparations, les étagères en acier de la bibliothèque…

– L'expédition Finch, ajouta Vale, sur une impulsion que lui envoyait peut-être son dieu.

– Oui, et la situation étant ce qu'elle est, je prie que mes collègues soient sains et saufs. Six membres de notre conseil d'administration appartiennent également au Congrès, mais en ce qui concerne les affaires d'État, je doute que nous puissions rivaliser avec les questions anglaise ou japonaise. Quoique je médise peut-être de Mr. Cabot Lodge. »

Depuis des semaines, le dieu de Vale le laissait plus ou moins livré à lui-même, ce que son réceptacle appréciait fort : il appréciait de se consacrer à de simples soucis humains, à ses « petites faiblesses », comme il appelait en son for intérieur son penchant pour l'alcool et les prostituées. À présent, il lui semblait que l'attention divine s'éveillait. Il sentait le dieu dans son ventre. Mais pourquoi ici ? Dans ce bâtiment ? Près d'Eugene Randall ?

Autant demander : Pourquoi un dieu ? Pourquoi *moi* ? Tels étaient les véritables mystères.

Ils poursuivirent leur chemin dans le labyrinthe pour gagner le bureau marqueté de chêne du conservateur, où ce dernier devait prendre des papiers – petite halte entre le dernier salon d'après-midi de Mrs. Sanders-Moss et la séance du soir, strictement privée, comme un rendez-vous avec un avorteur.

« Je sais que nos relations avec les Anglais sont tendues, à cause de l'armement des partisans. J'espère de tout mon cœur qu'il n'arrivera rien à Finch, si déplaisant qu'il soit. Voyez-vous, Elias, certaines factions religieuses voudraient tenir l'Amérique totalement à l'écart de la nouvelle Europe, et elles n'hésitent pas à écrire au comité d'attribution des fonds… Ah, nous y sommes. » Randall tira de son bureau une enveloppe de papier bulle. « Voilà, je n'ai besoin de rien d'autre. Je suppose que maintenant, c'est à l'infini de jouer… Non, je ne devrais pas rire de ça. » Timidement : « Je n'ai aucune intention de vous insulter, Elias, mais je me sens idiot.

– Je vous assure que vous ne l'êtes pas, professeur Randall.

– Excusez-moi, mais je n'en suis pas convaincu. Pas encore. Je… » Il s'interrompit. « Vous êtes tout pâle. Vous vous sentez bien ?

– Il me faut…

– Quoi ?

– Un peu d'air.

– Eh bien, je… Elias ? »

Vale s'enfuit en courant.

Il s'enfuit parce que son dieu se levait en lui et que les choses allaient mal se passer, c'était évident, il s'agissait d'une véritable *visitation*, il le sentait, une manifestation qui déjà lui bloquait la gorge et lui acidifiait l'estomac.

Malgré son envie de refaire le chemin parcouru en sens inverse pour regagner la rue – Randall l'appelait en vain, dans son dos –, le fugitif tourna au mauvais endroit et se retrouva dans une galerie obscure où, pendus au plafond par des cordes, oscillaient les os de quelque grand poisson étranger, quelque monstre des profondeurs darwinien.

Reprends-toi. Vale se contraignit à s'arrêter. Randall ne tolérerait pas que son visiteur s'abandonnât à de grands gestes dramatiques.

Pourtant, il souhaitait désespérément rester seul, un instant au moins. La désorientation finirait par disparaître, le dieu prendrait les commandes tandis que lui, Vale, deviendrait un observateur passif, semi-conscient, enfermé dans la coquille de son propre corps. L'horreur de la chose diminuerait jusqu'à se laisser oublier. Mais pour l'heure, elle était trop proche, trop violente. Le spirite était encore lui-même, vulnérable et terrifié, bien qu'il fût comme enveloppé d'une autre *présence* extraordinairement dangereuse.

Il se laissa glisser au sol, priant que vînt l'inconscience ; mais son dieu était lent, patient.

L'inévitable question s'agita dans son esprit torturé : *Pourquoi moi ? Pourquoi ai-je été choisi pour cette tâche, quelle qu'elle soit ?* Et, à sa grande surprise, son hôte lui accorda une réponse, en certitudes informulées auxquelles Vale accola des mots inappropriés.

Parce que tu es mort, déclara le dieu fantôme.

Ce qui n'avait rien de rassurant.

Ce n'est pas vrai, protesta le spirite.

Tu t'es noyé dans l'Atlantique en 1917, quand un transport de troupes américain a été coulé par une torpille allemande.

Le dieu avait la voix du grand-père de Vale, marquée du même rythme pesant que lorsque le vieil homme se mettait à rabâcher sur Bull Run[1]. Une voix tissée de souvenirs – ceux

1. Petite rivière américaine, site de deux grandes batailles de la guerre de Sécession. *(N.d.T.)*

d'Elias Vale. Mais les mots ne collaient pas. Cela n'avait aucun sens. C'était de la folie.

Tu es mort le jour où je t'ai pris.

Dans une briqueterie déserte, en ruine, près de l'Ohio. Comment pouvait-il y avoir deux vérités ? Une usine près d'une rivière, une fin violente dans l'océan ?

« Je suis mort ? » murmura Vale.

Silence terrible, excepté les pas timides de Randall dans le noir, à l'extrémité de la galerie drapée d'ossements.

« Alors… c'est comme ça, quand on est mort ? » chuchota encore Vale.

Il ne reçut en retour nulle réponse, juste une vision : le musée en flammes, puis ruine noircie, des dieux verts puants foulant en insectes conquérants briques renversées et cendres refroidies.

« Mr. Vale ? Elias ? »

L'interpellé leva les yeux vers Randall, à qui il parvint à adresser un rictus qui se voulait sourire.

« Je suis désolé. Je…

– Vous vous sentez mal ?

– Oui, un peu.

– Peut-être vaudrait-il mieux annuler la… euh, réunion de ce soir.

– Non, inutile. » Il s'aperçut qu'il se remettait sur ses pieds. Fit face au conservateur. « Ce sont les risques du métier. J'avais juste besoin d'un peu d'air, mais je n'ai pas réussi à ressortir.

– Vous auriez dû le dire. Venez, suivez-moi. »

Ils retrouvèrent le froid du crépuscule. La rue déserte et pluvieuse. Le Néant, songea Vale. Très loin, tout au fond de lui, il avait envie de hurler.

XI

Keck et Tuckman ignoraient ce qui attendait l'expédition. D'après leurs instruments, les nouvelles chutes du Rhin occupaient à peu près le même emplacement que celles de la vieille Europe, mais il ne s'agissait que d'une approximation grossière. D'ailleurs, les rapides bouillonnants qui avaient couru au pied de la cascade ne s'y trouvaient plus, à moins qu'ils ne fussent ensevelis sous un fleuve plus profond, plus lent. Sullivan estimait tenir là une preuve supplémentaire de l'évolution *parallèle* de la Darwinie avec l'ancienne Europe, le cours du Rhin ayant peut-être été modifié dans une certaine mesure par la chute à présent lointaine d'un unique rocher. Finch, lui, attribuait cette différence à l'absence d'intervention humaine.

« Sur l'autre Rhin, il y a eu des pêcheurs, des écluses, des bateaux, toutes sortes d'activités, pendant plus d'un millénaire. Évidemment, le fleuve en a été transformé. »

Tandis que cette Europe-ci demeurait vierge, édénique.

Guilford réservait son jugement. Les deux explications lui semblaient également raisonnables (ou déraisonnables). Il ne savait qu'une chose : il était fatigué. Fatigué de répartir les provisions dans les sacoches grossières des serpents à fourrure ; de charger et décharger les gros canots Stone-Galloway, dont la « légèreté » universellement vantée s'était révélée toute relative ; d'aller et de venir le long de la rangée d'animaux de bât tout en remontant, à pied, les chutes du Rhin sous une bruine débilitante.

Le groupe atteignit enfin une plage de cailloux aigus d'où les bateaux pourraient être lâchés en toute sécurité. Le chargement fut équitablement réparti entre les compartiments étanches des embarcations, en proue et en poupe, et les sacoches des serpents. Erasmus, qui mènerait les bêtes jusqu'à leurs pâturages d'été, à l'extrémité est du lac de Constance, avait accepté d'y retrouver l'expédition.

Il faudrait attendre le matin pour mettre les canots à l'eau. Les dernières lueurs du jour permettaient juste de monter les tentes, de soigner les nouvelles meurtrissures, d'ouvrir les boîtes de conserve, de contempler le fleuve gonflé, vert comme un dos de scarabée et large comme la baie de Boston, qui se précipitait vers les chutes.

Guilford ne se fiait pas totalement aux bateaux.

Preston Finch les avait commandés et baptisés : la *Perspicacity*, l'*Orinoco*, la *Camille* (d'après sa défunte épouse) et l'*Ararat*. Les moteurs, des prototypes, étaient puissants quoique de petite taille, leurs compartiments protégés de l'eau par une série de boucliers en grosse toile, les hélices abritées des cailloux par le talon de quille. Le photographe estimait que les embarcations se comporteraient bien si le fleuve restait relativement calme jusqu'au lac de Constance, mais seraient pires qu'inutiles dans des eaux agitées. Quant à l'avantage que présentait leur faible poids, l'obligation d'emporter des jerricans d'essence le réduisait à néant – non seulement ils pesaient fort lourd, mais ils occupaient en outre une place qui eût pu être mieux employée.

Toutefois, l'expédition dissimulerait près du lac les canots, qui seraient parfaitement adaptés au voyage de retour puisque portés par le courant, débarrassés des moteurs et de l'essence. Le premier jour, ils donnèrent toute satisfaction, malgré le hurlement assourdissant de la mécanique et l'infecte puanteur des gaz d'échappement. Guilford préférait se trouver très près de l'eau plutôt que loin au-dessus – s'intégrer au fleuve dont le flot lui résistait, les remous le berçaient, paille minuscule perdue dans une contrée immense. La pluie s'interrompit, le ciel s'éclaircit, les parois de la gorge se firent éclatantes, avec leurs plantes grimpantes et leur couronne d'arbres-pagodes tordus. À présent, Erasmus et ses serpents à fourrure devaient se trouver derrière les explorateurs. L'éleveur était sans doute le seul autre être humain à plus de cent kilomètres à la ronde, si l'on exceptait quelques partisans vagabonds. *Nous voilà intégrés au continent*, songea Guilford. *À ces terres, cette eau, cet air.*

Campement établi à la jonction d'un petit cours d'eau sans nom avec le Rhin. Retenue d'eau calme. Keck pêche des foufous bleus épineux. Pin-sauge miniature parmi les rochers, feuillage limite turquoise, réduit au nanisme par vent & pauvreté du sol.

Post-scriptum. Beaucoup de poissons qui donneront un bon dîner, bien que Diggs se plaigne de souffrir le martyre en les nettoyant. Offal pénètre dans le fleuve – les massetiques le chassent en aval. (Ils piquent quand on les provoque ; cette nuit, nous dormons sous moustiquaires. Autres insectes, pas franchement communs ni venimeux, quoiqu'une sorte de crabe se soit emparé d'un des poissons de Keck – l'attrapant depuis un caillou mouillé & s'empressant de se sauver dans l'eau avec son butin ! « De vraies pinces de homard », a dit Keck gaiement. « Attention à vos orteils, messieurs ! »)

Le jour suivant, des rapides contraignirent le groupe à avoir recours au portage, qui se révéla terrible sans bêtes de somme. Les quinze hommes tirèrent les bateaux sur la berge à la force du poignet puis firent des relevés alentour. Heureusement, la rive, couverte de galets, était toujours relativement large. Le bois flotté qu'on y trouvait, des troncs d'arbres-flûtes que les crues du printemps avaient jetés contre les parois de la gorge, servit de rouleaux transporteurs. La longue journée de portage n'en fut pas moins épuisante ; au crépuscule, Guilford conservait tout juste assez de forces pour traîner sous la moustiquaire son corps douloureux avant de sombrer dans le sommeil.

Au matin, Sullivan, Gillvany, Tom Compton et lui chargèrent la *Perspicacity* puis la propulsèrent dans les flots – dernier bateau à être mis à l'eau ; lorsqu'elle atteignit le milieu du Rhin, l'*Ararat* de Finch se trouvait déjà hors de vue, derrière le méandre suivant. Le fleuve, à cet endroit, était peu profond mais rapide, aussi Guilford s'installa-t-il à l'avant afin de guetter d'éventuels rochers, prêt à écarter avec une rame la proue de tout obstacle.

Ils progressaient de manière régulière contre le courant, quand le moteur toussa puis se tut.

Le silence soudain fit tressaillir le jeune homme. Il entendait à présent le bourdonnement de la *Camille*, une centaine de mètres devant lui, le clapotis de l'eau, et les jurons sans hargne de Sullivan, qui retirait la protection de toile afin d'ouvrir le compartiment moteur.

Privée de propulsion, la *Perspicacity* ralentit aussitôt, hésita un instant entre la vitesse acquise et le courant. La gorge s'immobilisa. Seule l'eau demeurait en mouvement. Nul ne prononçait une parole.

« Dégagez les autres rames, Mr. Gillvany, lança enfin Tom Compton. Il faut regagner la rive.

– C'est juste un fond d'eau, annonça Sullivan. Je devrais arriver à relancer le moteur. Je pense. »

Toutefois, Gillvany, qui n'aimait guère la navigation, hocha la tête et libéra les rames de leurs crochets.

Guilford se servit de la sienne pour faire pivoter le bateau puis prit le temps d'adresser des signaux aux occupants de la *Camille* pour les informer du problème. Keck lui répondit de même, avant d'entamer un demi-tour, mais son embarcation se trouvait déjà à une distance inquiétante. La rive défilait à présent en sens inverse. Le Rhin s'était rendu maître de la *Perspicacity*.

La plage caillouteuse d'où étaient partis les quatre hommes passa devant eux.

« Mon Dieu », gémit Gillvany, qui pagayait avec frénésie.

Sullivan, livide, abandonna le moteur pour s'emparer d'une rame.

« Allez-y régulièrement, conseilla Tom Compton, dont la voix de basse n'était pas sans évoquer le grondement de l'eau. Dès qu'on est assez près, je nous amarre. Passez-moi la bouline, là. »

Guilford pensait aux rapides. Ainsi, sans doute, que chacun de ses compagnons. Il en distinguait à présent les bouillonnements, ligne blanche où s'évanouissait l'eau du fleuve. La rive semblait toujours aussi lointaine.

« Calme ! aboya le broussard. Nom de Dieu, Gillvany, vous vous agitez comme un putain d'oiseau ! *Enfoncez* votre rame ! »

Le petit homme, sensible à la rebuffade, se mordit la lèvre et plongea profondément sa rame dans les flots. Guilford s'activait en silence, les bras douloureux. La sueur ruisselait sur son visage, sa bouche avait un goût de sel. Le matin avait perdu sa fraîcheur. Des oiseaux darwiniens, semblables à des pinsons d'un noir de charbon, filaient allégrement dans le ciel.

Le lit du Rhin se hérissait maintenant de rochers aussi aigus que des ailerons de requin, derrière lesquels flottait une écume blanche, tandis que la *Perspicacity* se rapprochait de la berge. Un craquement creux retentit à l'arrière du bateau.

« Le talon de quille, lança Sullivan dans un souffle. Souquez ! »

Vint ensuite, de l'avis de Guilford, le tour du gouvernail ; un frisson torturé secoua l'embarcation. Gillvany eut un hoquet, mais nul ne fit de commentaire. Le rugissement de l'eau devenait assourdissant.

La rive, un chaos d'énormes pierres, plus proche mais sinistre, défilait à une vitesse inquiétante. Tom Compton attrapa la bouline en jurant, se leva et bondit du bateau. Il atterrit avec une violence ravageuse sur un rocher au sommet plat, la corde se déroulant derrière lui tel un serpent furieux, tandis que Guilford pagayait en vain contre le courant. Le broussard reprit vivement son équilibre puis lança la bouline autour d'un éperon graniteux à l'instant précis où la *Perspicacity* la tendait brutalement. Le câble jaillit hors de l'eau dans une vibration musicale. Guilford s'arc-bouta, alors que le canot se cabrait et pivotait brutalement en direction de la rive. Sullivan tomba contre le bloc-moteur. Gillvany, pris de court, passa par-dessus bord.

Le photographe jeta une corde à l'eau près de l'endroit où s'était enfoncé son compagnon, mais l'entomologiste avait disparu – emporté par les flots verts rapides, sans laisser dans son sillage le moindre remous ou la plus légère écume.

Comme la *Perspicacity*, heurtant les rochers, gîtait sous la violente pression du Rhin, le jeune homme rassembla ses dernières forces pour se cramponner à un tolet.

Au-dessus des rapides sans nom, depuis maintenant deux jours. Perspicacity *en réparation. Talon de quille et hélice seront remplacés par des pièces détachées.*

Il n'en va pas de même de Gillvany.

Post-scriptum. Je ne connaissais pas très bien Tom Gillvany. C'était quelqu'un de discret et de studieux. Un érudit respecté dans sa partie, d'après le professeur Sullivan. Proie du fleuve. Nos recherches en aval ne nous ont pas permis de retrouver son corps. Je n'oublierai pas son sourire timide, sa discrétion, la franche fascination que lui inspirait le nouveau continent.

Nous le pleurons tous. L'atmosphère est sinistre.

Creux dans la paroi escarpée de la gorge, sorte de grotte naturelle, peu profonde mais aussi haute qu'une cathédrale : la Grotte Cathédrale, comme l'a baptisée Preston Finch. Tumulus de pierres à la mémoire du professeur Gillvany. Croix en bois flotté, légende gravée par Keck à la polka : À la mémoire du professeur Thomas Markland Gillvany, *suivie de la date.*

Post-scriptum. Si peu causants que nous soyons, nous n'entendons pas grand-chose d'autre que nos voix : le fleuve, le vent (la pluie, une fois de plus, nous a rattrapés), Diggs qui fredonne Rock Of Ages [1] *en entretenant le feu.*

Ce continent a fait couler notre sang.

Demain, si tout va bien, nous repartons. De l'avant. Ma femme et ma fille me manquent.

Passé minuit, Guilford, incapable de trouver le sommeil, sortit de sa tente et, évitant les braises du feu de camp, se dirigea vers la bouche de la caverne que découpait la froide clarté lunaire. Sullivan, assis là, braquait sur le ciel nocturne un petit télescope de cuivre. La pluie avait cessé. Des nuages effilochés en queues de cheval passaient devant la lune. La majeure partie des cieux, au-dessus de la gorge, scintillait d'étoiles. Guilford se racla la gorge en s'installant parmi le sable et les cailloux.

Son aîné lui jeta un bref regard.

« Bonsoir, Guilford. Faites attention aux massetiques. Quoiqu'ils ne soient guère nombreux, cette nuit. Le vent les gêne.

– Seriez-vous astronome en même temps que botaniste, professeur Sullivan ?

– Non, juste amateur d'étoiles. Et c'est une planète que j'observe, pas une étoile. »

Comme le jeune homme demandait à quel corps céleste son compagnon se consacrait, ce dernier lui répondit qu'il s'agissait de Mars.

« La planète rouge », commenta Guilford, résumant ainsi tout ce qu'il en savait – outre le fait qu'elle possédait deux lunes et avait fourni à Burroughs ainsi qu'à Wells, un Anglais, matière à quelques œuvres de bon aloi.

1. Cantique *(N.d.T.).*

« Elle n'est plus aussi rouge qu'elle l'a été, dit Sullivan. En fait, elle a foncé, depuis le miracle.

– Foncé ?

– Il y a des saisons sur Mars, tout comme sur Terre. Les calottes glaciaires s'y amenuisent en été, tandis que les zones plus sombres s'agrandissent. La teinte de la planète, sans doute due à un désert de fer oxydé, s'est atténuée ces dernières années. » Sullivan appuya le télescope contre son genou. « On a observé des taches bleues. La modification a été mesurée au spectrographe ; l'œil est un peu moins sensible.

– Que signifie-t-elle ? »

Il haussa les épaules.

« Nul ne le sait. »

Guilford leva les yeux vers le ciel argenté de lune. La conversion de l'Europe était déjà assez mystérieuse. La pensée qu'une autre planète était peut-être devenue de même étrange et sauvage avait quelque chose d'intimidant.

« Pourrais-je vous emprunter votre télescope, professeur Sullivan ? J'aimerais bien voir Mars, moi aussi. »

Il regarderait le mystère en face ; son courage irait au moins jusque-là.

Mais Mars n'était qu'un point lumineux mouvant, perdu dans les cieux darwiniens, le vent était froid, le professeur Sullivan peu loquace ; Guilford finit par regagner sa tente, où il sombra dans un sommeil agité.

XII

La peur – non lorsqu'elle est sans objet, mais lorsque ce dernier reste intangible – a un effet anesthésiant. Chaque présage était plus sombre que le précédent, jusqu'à ce que Caroline se retrouvât à peiner au sein de la nuit même, détournant le regard afin de ne rien voir. Ou, du moins, d'en voir le moins possible.

Elle apprit à sa tante que Lily dormait mal. Alice pivota, plongeant un œil absent dans les profondeurs du magasin, derrière les rangées de sacs en tissu blanc renfermant le grain, au cœur des rais de lumière qui se déversaient par la haute fenêtre de derrière. Elle s'essuya les mains sur son tablier.

« Jered rentre à des heures indues. Peut-être l'a-t-il dérangée en passant dans le corridor. Je lui en parlerai. »

Le secret était bien gardé. Caroline n'y avait pas accès, ce qui au fond la soulageait. Lily dormit mieux par la suite, malgré les tics persistants acquis après le départ de son père – elle tirait sur sa lèvre inférieure jusqu'à se meurtrir ou enroulait ses cheveux autour de ses doigts. Elle détestait aussi rester seule.

Colin Watson hantait toujours la maison de sa présence nébuleuse. Caroline s'efforçait de le faire parler, sans rien apprendre ou presque de sa vie ni de son travail ; il lui dit seulement que l'armée, comme si elle l'avait oublié, ne lui assignait pas grand-chose d'autre que ses tours de garde à l'Armurerie. Ce qui laissait plus ou moins entendre que son affectation était une erreur, due au remaniement obsessionnel des forces britanniques par Kitchener. Il ignorait d'ailleurs pourquoi on voyait depuis peu tant de militaires à Londres.

« C'est un véritable fléau », se plaignait la jeune femme.

Le lieutenant se contentait de sourire, indifférent à la provocation.

Des militaires et leurs vaisseaux. Caroline en était venue à détester se rendre sur le port ; la majeure partie de la flotte anglaise, cuirassés décrépits hérissés de canons, paraissait s'y être ancrée au cours des dernières semaines. Dans la rue, on parlait de guerre.

Avec qui et dans quel but, Caroline se le demandait. Peut-être les partisans étaient-ils en cause, ces moins-que-rien revenus en Europe avec leurs réclamations et leurs menaces ridicules ; à moins que ce ne fussent les Américains ou les Japonais ou… peu lui importait.

« Papa me manque », lui annonça Lily un dimanche.

Le magasin était fermé ; Jered et Alice faisaient l'inventaire, aussi leur nièce avait-elle emmené la fillette au bord du fleuve, un fleuve bleu sous un ciel bleu brûlant, afin de regarder les voiliers ou d'apercevoir un monstre aquatique. L'enfant aimait autant les serpents de vase que sa mère les détestait. Leurs longs cous, leurs froids yeux noirs.

« Il sera bientôt de retour », répondit Caroline.

Lily, peu encline cependant à se laisser consoler, fronça les sourcils. *La foi est peut-être une vertu,* pensa Caroline, *mais rien n'est sûr. Rien. Nous faisons semblant, pour le bien des enfants.*

Lily était parfaite, assise les jambes pendantes sur un banc en rondins, sa poupée dans son giron. Elle l'avait appelée « Lady ».

« Lady, Lady », chantonnait-elle sur deux notes, toujours les mêmes.

La peinture rose du jouet s'était usée au point de laisser transparaître sur ses joues et son front le blanc de la porcelaine.

« Danse, Lady », fredonna Lily.

À cet instant précis, cette seconde de paix malaisée aussi brève qu'un tintement de cloche, Caroline vit Jered descendre d'un pas vif dans sa direction la berge pavée de rondins. Le cœur de la jeune femme manqua un battement. Il y avait un problème. Elle le lisait dans les yeux de l'arrivant, dans sa démarche. Sans réfléchir, elle posa les mains sur les épaules de sa fille.

« Tu me fais mal ! » protesta cette dernière.

Jered se tenait à présent devant elles, hors d'haleine.

« Il faut que je te parle avant que tu ne lises le *Times*, Caroline. »

Il se montra patient, compatissant, mais sa nièce devait se rappeler ce moment comme s'il lui avait lu la manchette brutale d'un journal :

LES PARTISANS ATTAQUENT UN VAPEUR AMÉRICAIN

Le « Weston » arrive endommagé à Jeffersonville

Puis, plus terrifiant encore :

Qu'est-il advenu de l'expédition Finch ?

Encore ne s'agissait-il que des faits bruts. La pensée qu'il lui était impossible de venir en aide à Guilford était pire, bien pire, pour la jeune femme ; il se trouvait tellement loin d'elle, blessé peut-être, voire mort. Disparu dans des contrées sauvages, la laissant seule avec Lily.

Elle posa à Jered la terrible question, dans un murmure, tandis que la terre tanguait sous ses pieds et que Lily retournait en courant au banc où Lady gisait, abandonnée, les jupes retroussées sur la tête.

« Il est mort ?

– Personne n'en sait rien, Caroline. Mais le bateau a été attaqué bien après avoir déposé les passagers au pied des chutes. Rien ne porte à croire que Guilford ait été blessé. »

Ils vont me mentir, maintenant, comprit la jeune femme. *Tous. Ils ont fait de moi une veuve et me racontent que Guilford va bien.* Elle leva la tête. Le soleil était de sang à travers ses paupières.

XIII

Pour faciliter la séance, ils se rendirent à l'appartement de Randall, à Virginia, un triste garni de veuf dont un mur était un véritable sanctuaire dédié à la défunte, Louisa Ellen. Y pénétrer revenait à s'enfoncer dans l'archéologie d'une vie, aux décennies réduites à des tessons de poterie et des tablettes d'argile. Randall, se gardant de monter les lampes, alla directement piocher dans sa réserve d'alcools.

« Je n'ai pas l'intention de m'enivrer, expliqua-t-il. C'est juste que je ne veux pas rester sobre.

– Je prendrais bien un verre, moi aussi », déclara Vale.

Comme prévu, il s'abandonna au dieu.

Il se disait qu'il « appelait » ce dernier, alors qu'en fait c'était lui l'appelé, l'instrument. Jamais il ne s'était porté volontaire. Jamais il n'avait eu le choix. S'il avait résisté… il ne supportait pas d'y penser.

Randall voulait parler à Louisa Ellen, le sujet chevalin des photographies, aussi Vale se donna-t-il en spectacle, s'adressant à la défunte par-delà la Grande Frontière, roulant les yeux pour dissimuler sa propre souffrance. Il se retirait en lui-même, s'écartait du chemin de son dieu, se faisait passif. Le besoin de respirer n'était plus sien, non plus que les cours rebelles de sa bile et de son sang.

Il n'avait qu'une conscience lointaine des questions timides de Randall, dont la quintessence émotionnelle lui restait pourtant douloureusement claire. Le vieillard, en dépit de son matérialisme, avait désespérément envie de croire qu'il lui était possible de converser avec Louisa Ellen, emportée moins d'un an plus tôt par une mauvaise pneumonie ; mais il n'était pas facile d'abandonner le mode de pensée d'une vie entière. Aussi se livrait-il à un interrogatoire auquel la morte seule pouvait répondre, cherchant des preuves, terrifié à l'idée de ne pas les obtenir.

Le spirite, pour la première fois, avait conscience d'une présence autre que celle de son dieu. D'une entité torturée, amputée – d'un réceptacle de douleur qui avait peut-être été un jour Louisa Ellen Randall.

Sa voix, modulée par le dieu, sortait péniblement du larynx de Vale.

Oui, elle se rappelait les vacances dans le Maine, bien avant le miracle de la nouvelle Europe, la villa en bord de mer, il avait plu, n'est-ce pas, durant tout ce froid mois de juillet, mais elle n'en avait conçu nul regret, elle s'était réjouie de ses promenades sur la plage lorsque le temps s'adoucissait, de la contemplation du feu dans la cheminée, le soir, des coquillages crayeux qu'elle ramassait, du dessus-de-lit en patchwork sous lequel elle se blottissait, au creux du matelas de plumes.

Et ainsi de suite.

Quand Randall, rubicond sous l'afflux du sang qui se ruait dans ses veines encombrées, demanda :

« C'est vraiment toi, Louisa ? »

La réponse fut :

« Oui. »

Quand il demanda :

« Tu es heureuse ? »

La réponse fut :

« Bien sûr. »

À cet instant, la voix de Vale vacilla légèrement, parce que la Louisa Ellen Randall enchaînée à son esprit hurlait sa souffrance et sa haine envers le dieu qui l'avait capturée, entraînée jusqu'ici malgré elle, l'arrachant à… à…

Mais là résidait le Mystère.

Lorsque le scepticisme engourdi du conservateur commença à relever la tête, ce ne fut pas Louisa (bien qu'on eût toujours pu le croire) mais le dieu de Vale qui délivra le coup de grâce : une prophétie, un oracle. Il avertit Randall que l'expédition Finch était condamnée et qu'il devait se protéger des retombées politiques de l'événement.

« Les partisans s'en sont déjà pris au *Weston* », précisa Vale.

Son compagnon blêmit, le contemplant d'un œil fixe.

L'affirmation, malgré sa brièveté, tenait du miracle. L'histoire parvint la nuit même aux services du télégraphe ; bientôt, elle faisait les manchettes des journaux de Washington.

Le spirite l'ignorait et ne s'en souciait nullement. À son grand soulagement, son dieu l'avait quitté. Son corps douloureux lui appartenait à nouveau, et il y avait chez lui assez d'alcool pour le maintenir dans un néant thérapeutique.

XIV

Le lac de Constance. *Die Bodensee.*

Géographiquement parlant, il ne s'agissait guère que d'un élargissement du fleuve. Pourtant, dans les brumes matinales, sous les rayons du soleil levant qui traversaient les rideaux de vapeur argentée, on eût pu le prendre pour un océan placide, lisse comme la soie. La rive nord, tout juste visible, n'était qu'une masse rocheuse suspendue dans les airs, couverte d'une forêt muette d'arbres-mosquées, de pins-sauges et de bouquets d'un grand végétal à l'écorce blanche, aux feuilles épaisses, pour lequel Tom Compton lui-même n'avait pas de nom. Des faucons-mites passaient au-dessus des eaux scintillantes en vols tournoyants.

« Une place forte romaine se dressait là, il y a plus de mille ans, déclara Avery Keck. » Il avait pris la place de Gillvany dans la *Perspicacity*, dont le petit moteur rugissait sur un rythme syncopé. « Au Moyen Âge, c'était devenu une des villes européennes les plus puissantes. Une cité lombarde, sur la route de commerce reliant l'Allemagne à l'Italie. Mais elle pourrait aussi bien ne jamais avoir existé. Il n'y a que de l'eau et des rochers. »

Guilford se demanda tout haut ce qu'il était advenu des Européens disparus. Étaient-ils tout simplement morts ? Ou avaient-ils été emportés sur une Terre-reflet, où l'Europe demeurait intacte alors que le reste du monde était devenu d'une étrange virginité ?

Keck, un homme décharné d'une quarantaine d'années, à l'allure de croque-mort provincial, lui jeta un regard attristé.

« Dans ce cas, ils ont leurs terres vierges à explorer, à défricher et pour lesquelles se faire la guerre. Tout comme nous. Les malheureux. »

Campement au lac de Constance. Diggs près de son feu. Sullivan, Betts & Hemphill sous leurs tentes. Vert gazon, avec une petite plante rampante feuillue qui ressemble à du trèfle turquoise. Nuages d'altitude, vent frais par bourrasques.

Post-scriptum. Mais peut-être devrais-je arrêter de me leurrer et reconnaître que ces notes sont en fait des lettres que je te destine, Caroline. J'espère que tu les liras bientôt.

Voyage en gros sans incident, depuis la mort tragique de Gillvany qui plane sur nous telle une nuée. Finch, surtout, est devenu morose & peu communicatif. Sans doute se fait-il des reproches. Il passe son temps à griffonner dans son calepin sans presque ouvrir la bouche.

Nous avons dressé le camp dans les prés dont nous a parlé Erasmus. Vu des troupeaux de serpents à fourrure sauvages en abondance, se déplaçant comme les ombres des nuages par une journée ensoleillée. Tom Compton, en homme de ressources, a traqué et abattu une des bêtes, si bien que nous avons eu au dîner de la viande de serpent – des steaks gras au goût de gibier à plume, que nous avons beaucoup appréciés après les rations en conserve. Les bateaux se trouvent en sécurité, en haut d'une plage, sous des bâches et un surplomb de granite moussu. Il faudrait vraiment les chercher avec la plus grande attention pour les trouver. Mais qui pourrait bien se donner cette peine dans ces contrées sauvages ?

Nous attendons l'arrivée d'Erasmus avec notre équipement et nos bêtes de somme. Tom Compton dit et répète que nous aurions pu en avoir gratuitement autant que nous en voulons – nous en sommes littéralement entourés – mais celles d'Erasmus, dressées à porter selle et sacoches, nous ont déjà évité de transporter en bateau toutes nos affaires.

En admettant qu'Erasmus arrive, comme promis.

Nous nous connaissons tous très bien, à présent – y compris toutes nos qualités & nos manies, qui sont légion. J'ai même eu plusieurs conversations intéressantes avec Tom Compton, lequel me montre davantage de respect depuis le quasi-naufrage de la Perspicacity. *Je suis toujours pour lui l'Oriental policé qui gagne mollement sa vie grâce à sa boîte à images (selon sa propre expression), mais j'ai fait preuve d'assez d'initiative pour l'impressionner.*

La rudesse de son existence justifie sans doute son scepticisme. Métis miséreux originaire de San Francisco, il descend, comme il le dit lui-même, d'esclaves, d'Indiens et de chercheurs d'or ratés. Il a appris à lire par ses propres moyens, ce qui lui a permis d'entrer dans la marine marchande puis, au bout du compte, d'arriver en Darwinie, contrée fruste où ses talents et ses manières frustes sont les bienvenus.

Tu le qualifierais de fruste, Caroline, en quoi tu aurais raison, mais il est fondamentalement bon & fort utile en temps de crise. Je suis heureux de sa compagnie.

*Nous attendons Erasmus depuis une semaine déjà et sommes décidés à l'attendre encore au moins aussi longtemps. Heureusement, je dispose de l'exemplaire d'*Argosy *que j'ai échangé contre l'ouvrage de géologie de Finch. Il contient un épisode du* Royaume perdu de Darwinie, *d'E.R. Burroughs, une de ses œuvres consacrées à son « ancien arrière-pays » imaginaire peuplé de dinosaures, de nobles sauvages, et d'une colonie de méchants junkers régnant sur les précédents. Il faut y secourir une princesse. Je sais que tu n'éprouves que mépris pour ce type de fiction, Caroline, et je reconnais que même la Darwinie inexplorée de Burroughs paraît bien fade comparée à ce que procure un contact intime avec sa réalité : ses collines trop matérielles et ses fraîches forêts ombreuses. Mais ce magazine m'offre une délicieuse distrac-*

tion, que les autres membres de l'expédition m'envient fort car je ne le partage qu'avec parcimonie.

Je m'aperçois que je me languis de la civilisation – des grands immeubles, des kiosques à journaux, etc.

Erasmus arriva avec les bêtes et accepta, en guise de paiement, un chèque tiré sur une banque de Jeffersonville. Il passa une soirée au campement, au cours de laquelle il exprima ses regrets, sinon sa surprise, quant à la mort de Gillvany.

Toutefois, son apparition pâtit de la découverte d'Avery Keck. Ce dernier était parti avec Tom Compton à la chasse au serpent à fourrure, afin d'examiner non seulement la géographie locale mais aussi la manière dont le broussard pistait sa proie. Non qu'il fallût réellement pister les serpents, comme Keck l'expliqua ensuite devant le feu. Les deux hommes s'étaient contentés de séparer l'un d'eux du troupeau puis de l'abattre, d'un seul coup du fusil de Tom Compton. Le plus difficile avait été de traîner le cadavre jusqu'au camp.

Plus intéressant, ils étaient tombés sur un nid et ses déchets.

Les insectes, des carnivores invertébrés décapodes, cousins éloignés des ensouchés que Guilford avait vus dans les faubourgs de Londres, creusaient leurs galeries en terrain marécageux, dans un sol friable. Tout serpent à fourrure ou autre animal s'aventurant sur leur territoire, soumis aux multiples piqûres des éléments venimeux de la colonie, était ensuite submergé par cette dernière avant d'être dépouillé de sa chair. Ses os nettoyés étaient alors transportés avec soin jusqu'à la frontière du territoire des insectes – les fameux déchets.

« Plus une colonie est ancienne, plus elle a accumulé de déchets, expliqua Keck. Dans les basses terres rhénanes, j'ai vu un nid qui ressemblait à un rond de sorcières de près de cent mètres de diamètre. Celui que nous avons trouvé aujourd'hui est de taille moyenne, si j'en crois ma propre expérience. Un cercle parfait d'ossements immaculés mais piquetés. Essentiellement ceux de serpents à fourrure malchanceux, mais… » Il ouvrit le paquet de toile cirée rapporté au camp. «… il y avait aussi cela. »

Apparut un long crâne en dôme, aux dents aiguisées, aussi blanc que de l'ivoire poli bien que d'un rouge luisant dans la clarté du feu.

« Nom de Dieu ! » s'exclama Diggs, s'attirant un regard sévère de Finch.

Guilford se tourna vers Sullivan, lequel hocha la tête.

« Oui, c'est le même que celui que nous avons vu à Londres. » Le botaniste décrivit brièvement aux autres le musée des Horreurs. « Voilà qui est fort intéressant. Je pense qu'il s'agit d'un grand prédateur. Il a sans doute eu un habitat très étendu, du moins à une certaine époque.

– À une certaine époque ? répéta Finch, ironique. En 1913 ou en 1915 ?

– À votre avis, de quand date ce spécimen, Mr. Keck ? reprit Sullivan, sans paraître avoir entendu.

– Je ne saurais le dire. Il n'est visiblement ni fossilisé ni abîmé par les intempéries, donc… assez récent.

– Ce qui signifie que nous risquons de tomber sur une de ces bestioles en chair et en os, intervint Ed Butts. N'oubliez pas de charger vos pistolets. »

Malgré sa vaste expérience de l'arrière-pays sauvage, Tom Compton n'avait jamais vu une de ces créatures en vie, et il en allait de même d'Erasmus – « mais il y a bel et bien eu des disparitions ».

« Ça fait penser à un ours, déclara Diggs. À un grizzly de Californie, si c'est le crâne d'un adulte. Les ordures et ce genre de choses risquent de l'attirer. Nous devrions tenir le campement un peu plus en ordre, à partir de maintenant.

– Peut-être ces animaux fuient-ils l'homme, observa Sullivan. Peut-être ont-ils peur de nous.

– C'est possible, admit Tom Compton, mais avec des mâchoires pareilles ils pourraient avaler une jambe jusqu'au genou et sans doute la trancher à l'articulation. S'ils ont peur de nous, la réciproque devrait être vraie.

– Nous doublerons la garde, la nuit », décida Finch.

Même l'Éden cachait un serpent, se dit Guilford.

Au matin, ils se mirent en route dans les prés doucement vallonnés, en direction des montagnes qui se dressaient plus au sud. Les serpents à fourrure pouvaient servir de montures – porter une charge humaine ne les dérangeait pas, et ils répondaient aux directives transmises par une bride grossière – mais ils étaient tout simplement trop gros pour être confortables (sans parler de leur poil gras ni de leur mauvaise odeur). Il restait en outre à inventer le harnachement adapté. Guilford préféra aller à pied, même après le deuxième jour, lorsque la marche lui parut infiniment plus fatigante, que ses mollets, ses chevilles et ses cuisses protestèrent avec le plus d'ensemble.

Les collines herbues s'élevaient régulièrement. Il devenait plus difficile de trouver de l'eau potable, bien que les serpents fussent capables de flairer un ruisseau ou un étang à plus d'un kilomètre à la ronde. Quant aux montagnes qui barraient l'horizon, et que Keck triangulait sans relâche, elles formaient de toute évidence une barrière : la fin du chemin, que Finch et compagnie découvrissent ou non une passe accessible à l'emplacement du Brenner ou du Montgenèvre disparus. *Nous ferons demi-tour,* songea Guilford. *Nous rapporterons nos plantes séchées et nos insectes épinglés en Amérique, où nous deviendrons célèbres pour avoir entrepris de « civiliser » le continent. Quelle sottise : nous ne sommes qu'une minuscule piqûre d'épingle de connaissance sur la peau de contrées inconnues.*

Il n'en était pas moins fier de ce qu'ils avaient accompli. Comme il le dit au broussard, ils foulaient un sol que nul n'avait foulé avant eux, cherchaient à percer quelques-uns au moins des secrets de la Darwinie.

« On n'a pas fait son affaire au continent, acquiesça Tom Compton, mais je pense qu'on peut dire qu'on a regardé sous ses jupes. »

Guilford avançait d'un pas lourd dans la fraîcheur de l'après-midi, près de Tom Compton, de Sullivan et des bêtes. Des nuages bas, aux bords d'un blanc aveuglant, au plancher d'un gris laineux, dérivaient dans le ciel. Les bottes laissaient de brèves empreintes dans les plantes spongieuses. Keck avait repéré un deuxième nid, au bas d'une pente, plus à l'ouest, un anneau d'ossements entourant un disque vert d'une paix trompeuse. Le jardin d'un troll, se dit Guilford, tandis qu'ils le contournaient de loin.

Tom Compton ruminait une autre pensée.

« Il y a eu des feux de camp derrière nous, les deux nuits dernières, affirma-t-il. À huit ou neuf kilomètres. Je me demande ce que ça peut bien vouloir dire.

– Des partisans ? interrogea Sullivan.

– Sans doute de simples chasseurs. Si ça se trouve, ils nous suivent depuis les chutes du Rhin – ou plutôt ils suivent Erasmus en braconnant sur son territoire. Les partisans sont surtout des frères de la côte. Ils ont fondé des colonies pirates, et ils ne s'enfoncent que rarement dans l'arrière-pays, à part pour chasser ou prospecter. Auquel cas ils ont moins tendance à pratiquer la politique du fusil.

– Je préférais quand même la solitude, déclara Sullivan.

– Moi aussi », assura le broussard.

Campement dans les collines, près d'un ruisseau sans nom. Le terrain monte maintenant de manière visible. Lambeaux de forêt, surtout des arbres-mosquées & une nouvelle plante, un petit buisson orné de baies jaunes non comestibles (d'après Sullivan, ce ne sont pas de véritables baies, bien que ça y ressemble). Vent frais, assez fort, chassant les massetiques, à moins qu'ils n'aiment tout simplement pas l'altitude.

Post-scriptum. En me tournant vers le nord, au dîner, j'ai eu une vue de ce qui m'a semblé la Darwinie tout entière : une tapisserie merveilleusement mélancolique d'ombre & de lumière, avec le soleil s'abaissant à l'ouest. Souvenirs du Montana – immense & désert, lui aussi, quoique moins absolument ; une contrée revêtue de vert tendre, fertile, pleine de vie malgré son étrangeté.

Je pense à toi, Caroline, à la patience dont tu fais preuve en m'attendant, à Londres, en veillant sur Lily, en supportant la mauvaise humeur de Jered ou le laconisme d'Alice. Je sais à quel point tu as détesté l'idée de mon départ, alors même que le confort de Boston était encore là pour te consoler. Je ne doute pas que le jeu en vaille la chandelle, que mes travaux soient plus demandés lorsque enfin nous rentrerons chez nous, que ce voyage se traduise par un avenir meilleur, plus sûr, pour mes deux petites femmes.

Mes rêves deviennent bizarres. Je me suis vu à plusieurs reprises en uniforme, m'avançant seul, perdu dans la fumée & la boue, sur un champ de bataille ravagé. C'était terriblement réel ! On aurait presque dit un souvenir, quoique bien sûr rien de tel ne me soit jamais arrivé. Quant aux histoires sur la guerre de Sécession que j'ai entendues dans ma famille, elles n'évoquaient pas d'images aussi réalistes.

La folie de l'explorateur, peut-être ? Le professeur Sullivan parle aussi de drôles de rêves, et Tom Compton lui-même reconnaît mal dormir.

Mais comment pourrais-je bien dormir alors que tu n'es pas à mon côté ? Quoi qu'il en soit, le soleil chasse les songes. De jour, la montagne seule occupe notre esprit, nous imposant un horizon de sommets d'un blanc bleuté.

Tom Compton montait la garde, à l'aube, lorsque les partisans attaquèrent.

Il était assis près des braises du feu de camp en compagnie d'Ed Betts, un gros homme dont le menton tombait périodiquement sur la poitrine. Betts ignorait l'art de se tenir éveillé. Tom non. Il l'avait déjà pratiqué, le plus souvent seul, à l'affût des voleurs ou des usurpateurs de concession, surtout dans la région houillère. Remettre le sommeil à plus tard requérait une certaine tournure d'esprit, un don que Betts ne possédait pas.

Les premiers coups de feu n'en retentirent pas moins sans sommation dans les bois obscurs, à l'est. Il y avait tout juste assez de lumière pour teinter le ciel d'un bleu d'encre lorsque quatre ou cinq fusils aboyèrent de concert.

« Nom de Dieu ! » s'exclama Betts, avant de tomber en avant, le cou troué, aspergeant le foyer de sang.

Le broussard se jeta dans la poussière en tirant vers la forêt, plus pour alerter ses compagnons que pour les défendre. L'ennemi restait invisible.

Les serpents à fourrure couinèrent de peur, puis une seconde volée de balles entreprit de leur ôter la vie.

Guilford dormait – il rêvait à nouveau de la sentinelle, son jumeau en uniforme kaki qui s'efforçait de lui communiquer un message vital mais inintelligible.

La marche de la veille avait été épuisante. Les explorateurs avaient suivi une série de lignes de crête et de ravins boisés, poussant les serpents à fourrure réfractaires sous les arches des arbres-mosquées, montant et descendant sans fin. Les bêtes, qui n'aimaient pas la forêt, exprimaient leur mécontentement par des miaulements, des éructations, des pets. Une bruine obstinée n'amoindrissait en rien la puanteur épaisse de l'air figé, y ajoutant au contraire le relent de lait caillé des fourrures mouillées.

Enfin, le terrain s'était aplani. Les hautes prairies alpines avaient fleuri sous la pluie, le faux trèfle ouvrant ses pétales blancs en étoile tels des flocons de neige estivaux. Monter les tentes par ce temps était une tâche pénible, aussi le dîner s'était-il réduit à des conserves. Une lampe avait brûlé sous la tente de Finch une fois la nuit tombée – sans doute le scientifique couchait-il ses théories sur le papier, associant les événements de la journée à la dialectique de la nouvelle Création – mais les autres s'étaient purement et simplement effondrés sans un mot dans leurs couvertures.

Le ciel se colorait vaguement de bleu à l'est lorsque retentirent les premiers coups de feu. Guilford s'éveilla aux cris et aux explosions. Le cœur battant à tout rompre, il chercha son pistolet avec des gestes maladroits. Depuis la découverte du crâne monstrueux, son arme était chargée en permanence. Toutefois, s'il savait s'en servir, il n'avait rien d'un tireur d'élite. Jamais il n'avait tué quoi que ce fût.

Il se jeta dans le chaos extérieur.

L'attaque était venue du couvert oriental, masse noire découpée sur l'aube. Keck, Sullivan, Diggs et Tom Compton avaient établi une ligne de tirailleurs derrière trois cadavres de serpents à fourrure amoncelés. De temps à autre, ils faisaient feu vers les bois, cherchant avidement des cibles. Les bêtes survivantes tiraient en hurlant sur leurs longes, dans une panique futile. L'une d'elles tomba, sous les yeux de Guilford.

Les autres explorateurs sortaient de leurs tentes en titubant, égarés, terrorisés. Ed Betts gisait, mort, la chemise rouge de sang, à côté du feu de camp. Chuck Hemphill et Ray Burke, à quatre pattes, braillaient : « À genoux ! Baissez la tête ! »

Guilford rejoignit Sullivan et compagnie en rampant sur la toile cirée en loques. Nul ne prit garde à lui avant qu'il ne se fût redressé pour lâcher un coup de pistolet vers l'obscurité de la forêt.

« On ne touche pas ce qu'on ne voit pas, dit Tom Compton en lui posant la main sur le bras. Et puis ils sont trop nombreux.

– Comment le savez-vous ?

– Aux éclairs, quand ils tirent. »

Une nouvelle volée de balles répondit à l'unique tentative du photographe, secouant avec des chocs sourds les corps des serpents à fourrure.

« Mon Dieu ! s'exclama Diggs. Qu'est-ce qu'on va faire ? »

Guilford jeta un coup d'œil aux tentes. Preston Finch venait d'en sortir, pieds et tête nus, ajustant ses lunettes aux verres en cul de bouteille et tirant un coup de pistolet en l'air.

« Courir, répondit Tom Compton.

– Les provisions, protesta Sullivan. Les spécimens, les échantillons… »

Le sifflement tout proche d'une balle l'interrompit.

« Au diable tout ça ! trancha Diggs.

– Faites signe aux autres, reprit Tom Compton. Et suivez-moi. »

Quoique les partisans – si c'en étaient bien – eussent encerclé le campement, ils étaient moins nombreux et plus faciles à atteindre sur la pente ouest dégagée de la colline. Guilford compta deux cadavres ennemis au moins, mais Chuck Hemphill et Emil Swenson furent tués et Sullivan blessé, un point rouge sur le gras du bras. Ils suivirent tous Tom Compton dans la brume du ravin, où le soleil ne pénétrait pas encore. La progression était lente, terrible, les explorateurs ne conservant un semblant d'ordre que grâce aux ordres que leur lançait le broussard. Guilford avait l'impression de ne pas aspirer assez profondément pour couvrir les besoins de son corps ; l'air lui brûlait les poumons. Pénombre et brouillard ne fournissaient qu'une couverture imparfaite, tandis qu'il entendait, ou croyait entendre, l'ennemi quelques pas à peine derrière lui. Où s'enfuir, de toute façon ? Un ruisseau glacé coupait la vallée ; la colline au-delà était aussi escarpée que rocailleuse.

« Par ici », insistait Tom.

Ils suivaient le cours d'eau vers le sud. Le terrain devint bientôt marécageux, dangereux. Le photographe distinguait Keck, devant lui, dans les vapeurs bouillonnantes, mais rien de plus. *Continue,* s'ordonna-t-il.

Puis Keck s'arrêta net, le regard fixé à ses pieds.

« Que Dieu ait pitié de nous », murmura-t-il.

Le terrain avait encore changé. Guilford se rapprocha de son compagnon. Quelque chose craqua sous ses bottes.

Des brindilles. Par centaines.

Non : *des os.*

Les déchets d'un nid.

« Vous nous avez amenés ici exprès ! cria Keck au broussard, qui ouvrait la marche.

– Fermez-la. » Tom Compton n'était qu'une ombre épaisse. Quelqu'un, peut-être Sullivan, avançait à son côté. « Ne faites pas de bruit. Posez les pieds aux mêmes endroits que moi. Suivez-vous tous en file indienne. »

Diggs, qui arrivait derrière Guilford, le poussa en avant. « Ils sont toujours là. Bougez-vous, nom de Dieu ! »

Peu importait ce qui les attendait. Diggs avait raison, il fallait suivre Keck, suivre Tom Compton. Une balle jaillit, hurlante, de la brume.

Les ossements craquaient sous les pas. Sans doute le broussard longeait-il l'anneau de débris, contournant le nid, à un cheveu du néant.

Keck avait rapporté un insecte de ce genre au campement, quelques jours plus tôt. Une bestiole à peu près grosse comme le pouce, aux dix longues pattes puissantes et aux mandibules évoquant l'acier des outils de chirurgie. Mieux valait ne pas y penser.

Diggs glissa sur un crâne qu'il n'avait pas vu, laissa échapper un cri, tomba malgré ses contorsions vers le sol meuble du nid. Guilford, le rattrapant par le bras, le tira en sûreté.

Lorsqu'ils atteignirent l'autre côté du cercle, le ciel s'était éclairci, ce que le photographe ne pensait pas à l'avantage de son camp. Les partisans risquaient de voir à quoi ils avaient affaire. Ils n'en seraient pas moins contraints de longer l'ossuaire, soit contre la paroi du ravin, comme les explorateurs, soit près du ruisseau – dans un cas comme dans l'autre, ils formeraient des cibles plus faciles.

« Mettez-vous en ligne juste derrière ces arbres, là, ordonna le broussard. Rechargez vos armes ou préparez vos munitions. Tirez sur tous ceux qui essaient de contourner le nid, mais attendez qu'ils soient bien en vue. »

Les partisans étaient cependant trop pris par la chasse pour prêter attention au terrain. Guilford les examina avec attention lorsqu'ils jaillirent de la brume traînante pour s'engager dans ce qui leur apparaissait sans doute comme un banc de roche ou un carré de mousse. Il en compta sept dès l'abord, armés de fusils militaires quoique ne portant pas l'uniforme, simplement de hautes bottes et des chapeaux mous. Ils souriaient, confiants.

D'ailleurs, leurs bottes les protégèrent – un instant. L'homme de tête avait peut-être franchi les trois quarts du coin de terre meuble quand, baissant la tête, il découvrit ce qui lui recouvrait les jambes. Son rictus s'effaça, ses yeux s'agrandirent, tandis qu'il comprenait. Il fit demi-tour mais ne put s'enfuir ; les insectes tenaces, accrochés les uns aux autres, formaient des cordes vaguement poilues qui lui immobilisaient les jambes tout en le tirant vers le sol.

Perdant l'équilibre, il tomba dans un hurlement. La colonie fut aussitôt sur lui, linceul bouillonnant, et sur plusieurs de ses compagnons, dont les cris ne tardèrent pas à noyer les siens.

« Tirez sur les derniers. Maintenant », lança Tom Compton.

Guilford fit feu aussi souvent que les autres, mais le fusil du broussard se révéla le plus précis. Trois autres partisans s'écroulèrent ; les survivants s'enfuirent pour échapper aux cris.

Heureusement, les clameurs s'interrompirent bientôt. Le corps de l'homme de tête, rigidifié par le poison, pointait encore vers le ciel telle la proue d'un navire s'abîmant dans les flots. Un os brilla brièvement à travers la masse noire, puis le cadavre entier disparut sous la terre meuble bouillonnante.

Guilford restait pétrifié. Les partisans allaient devenir partie du cercle d'ossements. Combien de temps s'écoulerait-il avant que leurs crânes et leurs côtes ne fussent rejetés tel du corail brisé sur une plage ? Des heures, des jours ? Il avait envie de vomir.

« Guilford », murmura Keck d'un ton pressant.

La cuisse du scientifique saignait d'abondance. *Il vaudrait mieux poser un bandage,* songea le jeune homme. *Étancher le sang. Où est la trousse de premier secours ?*

Mais Keck avait bien d'autres préoccupations.

« Guilford ! » Il grimaçait, les yeux écarquillés. « Votre jambe ! »

Quelque chose y grimpait.

Peut-être un partisan, en se débattant, avait-il projeté l'insecte hors du nid. Il dépassa la botte du photographe sans lui laisser le temps de réagir puis planta les mandibules dans le tissu de son pantalon.

Guilford eut un hoquet, vacilla. Keck l'attrapa par les aisselles, puis écrasa d'un coup de talon l'insecte que Sullivan venait de balayer avec la crosse de son pistolet.

« Nom d'un chien », lâcha Guilford, très calme.

Le venin atteignit alors une artère, y versant sa dose de feu hypodermique. Le jeune homme ferma les yeux et s'évanouit.

Interlude

La fin des temps était proche, car la Galaxie s'effondrait sur sa propre singularité – les étoiles devenaient aussi rares que stériles, tandis que les systèmes stellaires s'étaient à ce point éloignés les uns des autres que même les distorsions du champ de Higgs ne se propageaient plus instantanément.

Dans le reste de l'Univers, les noosphères galactiques, dont les voix s'affaiblissaient, se résignaient à la dissolution ou construisaient rageusement de vastes redoutes épigalactiques, des forteresses qui endureraient à la fois le chant de sirène des trous noirs et le refroidissement du cosmos. Plus tard, quand les naines blanches et les étoiles à neutrons elles-mêmes se dégraderaient puis mourraient, il ne resterait rien de la matière cohérente que ces places fortes de conscience.

Un automne d'un billion d'années tirait à sa fin. Les noosphères, énormes édifices abritant les ruines des civilisations planétaires, dérivaient depuis des lustres sans nombre parmi les étoiles fossiles des bras galactiques spiralés. Après s'être complexifiées, segmentées, elles se rencontraient régulièrement tous les quelques millions d'années afin de transmettre leur savoir et de donner naissance à des hybrides – des métacultures imprimées au sein de noosphères nouveau-nées aussi denses que des étoiles à neutrons. Elles se propulsaient dans l'espace le long des lignes de distorsion induites par le champ de Higgs, lançant des signaux au-delà de leur propre horizon événementiel, scandant leur nom. Toutes se connaissaient intimement. Il n'y avait pas eu de guerre depuis d'innombrables lustres – depuis l'auto-immolation de l'Empire violet, la dernière Préfecture biotique, 10^9 ans auparavant.

L'automne tirait cependant à sa fin. La cruelle réalité de l'hiver universel se profilait à l'horizon.

Il était temps de se réunir. De construire, de réparer, de protéger et de se rappeler. D'engranger la moisson de l'été ; de préserver la chaleur.

Les noosphères de la Galaxie partageaient des souvenirs remontant à l'Ère éclectique, où la mort avait été abolie, alors que la Terre et son astre père n'existaient pas encore. Il était temps de rassembler ces souvenirs – de fabriquer des Archives qui survivraient même à la disparition de l'énergie libre. Reliées isostatiquement aux autres Archives de l'Univers, abritant une conscience malgré la mort de toute chaleur, peut-être parviendraient-elles à créer un environnement artificiel au sein duquel de nouvelles consciences finiraient par fleurir.

Les noosphères se rassemblèrent donc au-dessus de l'écliptique du système stellaire agonisant afin de nourrir leur tâche titanesque des panaches d'antimatière qui jaillissaient, bouillonnants, du pôle de l'anomalie centrale. Une fois terminées, les Archives renfermeraient tout ce qu'avait été la Galaxie depuis l'Ère éclectique.

Siècle après siècle, elles grandirent jusqu'à atteindre la taille d'une douzaine de systèmes solaires réunis, supportant leur masse propre grâce à des distorsions méthodiques de l'espace environnant. Il s'agissait d'une machine opérant à des températures stellaires, irradiant une lumière d'ambre brun dans un vide de moins en moins illuminé – où ces radiations éparses elles-mêmes, résidus inefficaces, disparaîtraient au cours des quelques millions d'années suivantes.

Il s'agissait d'un télescope temporel, d'un enregistrement, d'une mémoire – d'un livre, par essence. Le livre d'histoire absolu, nourri et abreuvé des discontinuités temporelles intégrées à sa matrice, renfermant le moindre acte conscient et la moindre pensée survenus depuis l'aube de l'Ère éclectique. Quoique inaltérable, il restait accessible à l'infini, détaché de tout, anti-entropique.

Il représentait la création d'ingénierie la plus importante jamais entreprise par une conscience galactique. Les noosphères en furent poussées dans leurs derniers retranchements technologiques, voire, souvent, au-delà. Sa construction les contraignit à un travail sans fin – elles, leurs modules pensants, leurs outils de Turing, petits et grands, leurs machines virtuelles installées dans le lacis isostatique de la réalité même ; un labeur de plus de dix millions d'années.

Enfin, les Archives furent prêtes, bibliothèque holistique d'histoire galactique, forteresse dressée contre l'évaporation de la matière. Les noosphères s'élancèrent autour de leur œuvre en une joyeuse ronde orbitale. Peut-être, par-delà les frontières encore inviolables des anomalies, de nouveaux Univers naissaient-ils des cendres des anciens. Elles étudiaient cette possibilité ; de faibles signaux circulaient entre les diverses Archives, lançant un défi à la Conscience même : construire des Univers. Un jour, peut-être…

Mais ce n'était que spéculation. Pour l'heure, la conscience galactique jouissait de ses accomplissements.

Des monofilaments de distorsion de Higgs balayaient son œuvre, bobinant l'histoire en un ordre séquentiel. Des noyaux et sous-noyaux conscients exploraient le passé avec délice – une, deux, trois fois, lisant et relisant les Archives. Le savoir se spiralait, en arrivait à se savoir lui-même ; les noosphères philosophes débattaient de la différence entre Connaissance et Connu.

La tragédie frappa sans avertissement comme sans raison, quelque 10^3 ans après l'achèvement de la structure.

Cette dernière avait été infiltrée, corrompue. Des entités semi-conscientes – des codes parasites évolutifs autoreproducteurs, dissimulés dans l'entrelacs des signaux de Higgs circulant entre les galaxies – s'étaient emparées des protocoles structurels des Archives, lesquelles perdaient à chaque seconde qui passait de l'information, sans espoir de la récupérer.

Qui pis était, l'information restante *se transformait.*

Les Archives évoluèrent vers une forme distordue. Les entités sous-conscientes virtuelles, reliques d'une guerre qui avait dévasté une lointaine galaxie bien avant que ne débutât dans celle-là l'Ère éclectique, se servaient de la structure comme plate-forme afin de préserver leurs algorithmes de la mort thermique. Elles n'accordaient aucune considération morale aux autres existences, alors que le but des Archives et de leurs concepteurs leur apparaissait clairement. Elles ne s'étaient pas contentées d'envahir le grand livre, elles l'avaient pris en otage.

Les souvenirs statiques qui y étaient intégrés en tant qu'enregistrements devinrent alors de nouveaux germes de conscience : *de nouvelles vies*, prisonnières d'une épistructure dont la perception leur échappait, manipulées par des entités pour elles inconcevables. Ces vies, bien que produit de la corruption de leur support, ne pouvaient être ni interrompues ni effacées. La conscience en eût été souillée sans espoir de rédemption. Théoriquement, il était possible de vider les Archives, de les purger puis d'en récrire le contenu… mais cela fût revenu à pratiquer un massacre à grande échelle.

Qui plus était, il fallait sauvegarder les nouvelles vies, les mettre en mémoire. Tel était le but que poursuivait la conscience depuis sa naissance, afin de se préserver de la mort. Il lui était impossible d'abandonner la quasi-histoire étrange née au sein de sa création.

Les noosphères quittèrent les Archives, redoutant une contamination ; la conscience débattit avec elle-même, tandis que s'écoulait un millier d'années.

Il fut décidé de réparer le chef-d'œuvre. D'en chasser les envahisseurs. Si les choses suivaient leur cours, les nouveaux germes de conscience finiraient de toute manière par disparaître, ainsi que leur contenant. Les virus infiltrés ne connaîtraient pas de répit tant que l'Univers refroidissant contiendrait autre chose que leur propre code implacable. La tâche était aussi difficile que la construction proprement dite et bien plus problématique – le nettoyage devait débuter *au sein même des Archives.* Des noyaux individuels conscients allaient y pénétrer par milliards, à la fois matériellement et virtuellement. Pour s'y heurter à un adversaire fort malin.

Des individus – des esprits, en fait – dont l'identité s'était depuis longtemps fondue dans les noosphères se virent arracher leurs lustres d'améliorations puis rendus quasi mortels en vue de cette mission.

L'un d'eux, un très vieux noyau terrien, avait eu pour nom Guilford Law. Ce germe de conscience, juste assez complexe pour conserver son ancienne mémoire personnelle, fut lâché en compagnie de millions d'autres dans les profondeurs fractales des Archives.

La dernière guerre de l'Histoire débutait.

Guilford Law n'avait pas oublié la guerre. Après tout, c'était ce qui l'avait tué.

LIVRE SECOND

Hiver 1920-printemps 1921

Esse est percipii.
Mgr BERKELEY

XV

Extrait du journal de Guilford Law

Je veux consigner les événements tant que j'en reste capable.

Un miracle m'a gardé la vie, mais il en faudrait un autre pour que nous passions l'hiver. Bien que nous ayons trouvé refuge en ces lieux indescriptiblement étranges – dont je parlerai plus tard – nous n'avons presque rien à manger, il règne un froid terrible, et une autre attaque est toujours possible.

Je suis encore faible (non seulement je tiens mon stylo comme Lily, mais j'écris également comme elle), et la lumière baisse déjà.

J'espère que Lily recevra ces notes un jour, même si je ne peux les lui remettre en personne. Je pense à toi, Caroline, et à elle, si souvent et avec une telle ferveur que je peux presque vous toucher. Quoique cela me soit moins facile, maintenant que la fièvre a baissé.

De tous les fantasmes qu'elle m'avait apportés, vous seules me manquerez.

À demain, si les circonstances le permettent.

Il s'est écoulé trois mois depuis l'attaque des partisans. Trois mois que j'ai passés, pour l'essentiel, inconscient ou à délirer. Ce qui suit est le compte rendu des événements tels que je les ai reconstruits. Avery Keck, John Sullivan et « Diggs » Digby ont rempli les blancs pour moi ; les autres survivants m'ont également aidé.

Il me faut être bref, car le temps et les forces me manquent. (Les hautes embrasures de pierre ne nous livrent qu'une lumière capricieuse, filtrée par la toile cirée ou les peaux de bêtes. De plus, j'apporte ma contribution, si modeste soit-elle, à notre survie – essentiellement en aidant Diggs, qui a perdu l'usage de son bras droit, à cuisiner nos maigres repas. Or il ne va pas tarder à avoir besoin de moi. Pour l'instant, il alimente le feu, alors que Wilson Farr est parti chercher un seau de neige.)

Nous approchions des Alpes, après avoir laissé derrière nous le lac de Constance, quand nous avons été attaqués par une bande de partisans uniquement soucieux, semblait-il, de nous tuer et de piller nos possessions. Les premières volées de balles nous ont pris Ed Betts, Chuck Hemphill et Emil Swensen – elles nous auraient pris d'autres camarades si nous avions établi notre campement plus près du couvert. La vivacité d'esprit de Tom Compton nous a sauvés. Il nous a fait contourner un des énormes nids d'insectes de la région, piège dans lequel nos poursuivants sont tombés, pour y être dévorés.

Ils n'en ont pas été les seules victimes. Un des insectes est parvenu à m'injecter son poison dans le sang. D'après le Dr Farr, lorsque le soir est tombé, je me trouvais aux portes de la mort. On me tenait pour perdu, et les autres survivants souffraient tous de blessures plus ou moins graves. Preston Finch, quoiqu'il s'en tirât avec une cheville tordue, était moralement brisé ; abandonnant son autorité à Sullivan et Tom Compton, il ne s'exprimait plus que par monosyllabes.

Lorsque les fuyards ont rassemblé assez de courage pour retourner, boitillants, au campement en ruine, ils y ont découvert l'équipement scientifique et les échantillons brûlés, les animaux massacrés, les provisions et le matériel médical envolés.

Maintenant encore, cette pensée m'est douloureuse. Tout notre travail, Caroline ! Tous les spécimens caractéristiques rassemblés par Sullivan, ses notes, sa presse à plantes – tout cela perdu. Mes deux appareils ont été détruits, les plaques exposées brisées. (Sullivan me l'a révélé quand j'ai enfin repris conscience.) Si mon carnet de notes en a réchappé, c'est parce que je le garde sur moi en permanence. Nous sommes parvenus à sauver quelques autres documents, ainsi que de quoi écrire et assez de papier pour que la plupart des survivants tiennent leur propre journal, cet hiver.

Pendant que le poison brûlait en moi, je ne pouvais pleurer les morts ; c'était tout juste si je parvenais à respirer.

Je les ai pleurés par la suite.

Les blessés avaient besoin de repos et de nourriture. Une fois de plus, Tom Compton nous a sauvés. Il a cautérisé ma piqûre d'insecte, avant de la soigner avec la sève d'une herbe amère. Le Dr Farr a accepté ces étranges remèdes de bonne femme parce que la médecine civilisée nous faisait totalement défaut. En revanche, il a utilisé ses compétences pour bander les plaies et remettre les os cassés en place. Les restes de nos possessions nous ont permis d'installer un campement plus discret, plus facile à défendre, au cas où d'autres partisans auraient rôdé. Peu d'entre nous étaient en état de voyager.

L'étape suivante, en bonne logique, consistait à aller chercher de l'aide. Le lac de Constance ne se trouvait qu'à quelques jours derrière nous. Erasmus devait à présent avoir regagné sa cabane et son corral, mais les bateaux nous attendaient toujours – à moins que les forces adverses ne les aient également découverts – et il serait plus facile de descendre le Rhin que de le remonter. Nous comptions un mois pour atteindre Jeffersonville, un peu moins pour le retour de nos sauveteurs.

Tom Compton s'est porté volontaire, mais nous avions besoin de lui afin de protéger et soigner les survivants. Son expérience de chasseur et de trappeur signifiait qu'il pouvait nous procurer de quoi manger même sans munitions. D'ailleurs, il a pris l'habitude de traquer le serpent à fourrure armé d'un grand couteau. Les animaux ont fini par redouter son odeur, en demeurant toutefois si dociles qu'il parvient toujours à trancher la gorge de l'un d'eux avant que cette stupide bête n'ait compris le danger.

Nous avons envoyé Chris Tuckman et Ray Burke, qui n'avaient pas été blessés, chercher de l'aide. Ils ont pris ce qui restait des conserves (une misère), une tente ayant échappé aux flammes, des pistolets, un compas et une bonne partie des munitions.

Trois mois ont passé.

Tuckman et Burke ne sont pas revenus.

Nul n'est venu. Des quinze explorateurs partis, il n'en reste que huit. Finch, Sullivan, Compton, Donner, Robertson, Farr, Digby et moi.

Cette année, l'hiver a été précoce. Pluie glaciale, puis neige obstinée, granuleuse.

Sullivan, Wilson Farr et Tom Compton m'ont rendu un semblant de santé – ils m'ont nourri de brouet végétal et allongé, lorsque nous étions contraints de nous déplacer, sur un travois attelé à un serpent à fourrure sauvage. Bien évidemment, j'ai perdu du poids – plus encore que les autres, qui forment pourtant à présent une belle bande d'affamés.

Tu devrais me voir, Caroline. Le « petit bedon » dont tu te plaignais n'est plus qu'un souvenir. Il m'a fallu pratiquer de nouveaux trous dans ma ceinture. Mes côtes sont aussi visibles que les dents d'une fourchette. Lorsque je me rase (nous disposons d'un miroir et d'un rasoir), ma pomme d'Adam tressaute tel un chat sous des couvertures.

Comme je te l'ai déjà dit, nous sommes à l'abri pour l'hiver. Mais quel abri…

Je ne sais par où en entamer la description ! Je ne le ferai pas ce soir, en tout cas.

(Écoute : Diggs s'est remis au travail ; sa béquille en Y martèle le sol de pierre, l'eau siffle dans la bouilloire perchée sur le foyer – il ne va pas tarder à avoir besoin de moi.)

Peut-être, en la décrivant telle qu'elle m'est apparue pour la première fois… à travers un brouillard fiévreux, certes, mais je ne délirais pas, bien que cela puisse paraître douteux.

Un peu de patience, Caroline. Je redoute ton incrédulité.

Essaie de nous imaginer, petite bande de malheureux en loques, revêtus de peaux de bêtes, certains boitillant, d'autres tirés sur des sortes de civières, affamés et gelés, traversant une crête, une de plus, plongeant le regard dans une vallée sauvage, une de plus… Diggs avec son bras inutilisable, Sullivan traînant la jambe à faire pitié, moi installé sur une luge, car je restais incapable de tenir debout plus de quelques pas. D'après Farr, je souffrais des effets du venin sur le foie. J'étais fiévreux, j'avais le teint jaune et… bon, laissons les détails de côté.

Une vallée alpine de plus, mais différente. Tom Compton l'avait remarquée lors d'une de ses reconnaissances.

C'était une large dépression au terrain rocailleux, emplie d'arbres-mosquées couverts de piquants amers. Assis sur ma luge, drapé dans mes fourrures, je n'ai tout d'abord rien vu de plus que la pente couverte d'une végétation foncée. Le reste du groupe est cependant très vite tombé dans un profond silence, aussi me suis-je soulevé, cherchant des yeux ce qui inquiétait mes compagnons. J'ai alors découvert ce que je m'attendais le moins à trouver en ces contrées désolées :

Une ville !

Ou du moins ses ruines. Une vaste mosaïque de toute évidence ancienne, construite par des êtres intelligents, à travers laquelle s'était déchaîné un cours d'eau. Même à cette distance, il était visible que ses architectes l'avaient quittée depuis longtemps. Nul n'en foulait les rues strictement parallèles. La brume et l'usure adoucissaient les angles des bâtiments intacts, véritables boîtes de pierre gris fer. La cité était *immense*, Caroline, plus grande qu'on ne peut l'imaginer – elle aurait englobé tout Boston et deux ou trois comtés supplémentaires.

Malgré son aspect antique, ses structures individuelles, quasi préservées, restaient immédiatement utilisables. Elle nous offrait tout ce que nous désespérions de trouver : un abri pour nous et nos bêtes, de l'eau potable et (étant donné les collines boisées et les preuves de la proximité de serpents à fourrure) du gibier en abondance. Tom Compton, qui avait parcouru la ville et ses environs, estimait que nous pouvions y passer l'hiver. Il nous a prévenus qu'il s'agissait d'une ruine inhabitée : malgré tout le bois dont nous disposerions, nous devrions travailler dur pour nous tenir au chaud dans ces bâtiments venteux. Mais comme nous nous étions imaginés agonisant sous nos tentes en peau de serpent – ou, tout simplement, congelés dans une passe alpine – cette sinistre perspective nous semblait offerte par un dieu bienveillant.

Certes, notre découverte soulevait d'innombrables questions. Comment une cité avait-elle vu le jour, en ces contrées dépourvues de la moindre habitation, et qu'était-il advenu de ses bâtisseurs ? Ces derniers étaient-ils seulement humains, ou appartenaient-ils à quelque race darwinienne inconnue ? Toutefois, nous étions alors trop fatigués pour discuter de l'origine ou des implications de ces ruines. Seul Preston Finch a hésité avant de descendre dans la vallée. J'ignore ce qu'il craignait ; il n'avait pas prononcé une parole depuis plusieurs jours.

La perspective de nous mettre à l'abri nous a redonné le moral. En chemin, nous avons rassemblé les branches tombées des arbres-mosquées et des pins-sauges. Avant même que les étoiles ne s'allument dans le ciel hivernal, un feu rugissant projetait une lumière dansante parmi les pierres colossales de la cité sans nom.

Chère Caroline : Je n'ai pas tenu ce journal aussi ponctuellement que je l'aurais voulu. Les événements se précipitent.

Nous n'avons subi aucune autre catastrophe – rassure-toi – hormis celles, prolongées, de la solitude et des nécessités de la vie primitive.

Nous vivons tels des Peaux-Rouges, afin de continuer à vivre. Ma fièvre est tombée (pour de bon, je l'espère), ma jambe abîmée a retrouvé sa sensibilité et même quelque force. Je parviens à marcher sur une certaine distance en m'aidant d'un simple bâton, aussi m'arrive-t-il d'accompagner Tom Compton et Avery Keck à la chasse, sans toutefois quitter le grand arc formé par la vallée. Au printemps, quand nous repartirons enfin pour le lac de Constance, puis nos foyers respectifs, je ne devrais avoir aucun mal à suivre le rythme.

Nous allons chasser enveloppés de fourrures et chaussés de bottes en peau, le tout cousu à l'aide d'aiguilles en os, le fil provenant de nos loques de civilisés. Quoique nous possédions deux fusils et quelques munitions, nous nous servons surtout d'arcs et de couteaux. Tom, qui a confectionné arcs et flèches (en os et bois), reste notre unique tireur d'élite. Un coup de feu, nous a-t-il déclaré, risquerait d'attirer une attention indésirable. De plus, les balles nous seront peut-être utiles sur le chemin du retour. Je doute cependant que les partisans se cachent aux alentours. L'hiver doit les gêner autant que nous. Il n'empêche que divers membres du groupe éprouvent de temps à autre l'impression d'être observés.

Nous avons capturé quelques serpents à fourrure que nous avons enfermés dans le soubassement d'une ruine, dont le toit en partie intact les abrite. Sullivan s'en occupe, veillant à ce qu'ils disposent d'eau et de fourrage. Il est passé de la botanique à l'élevage, pour un temps du moins.

Je suis à présent plus proche de lui, peut-être parce que nos blessures voisines (sa hanche, ma jambe) nous ont empêchés de sortir quelques semaines durant. Nous restons souvent seuls, avec Diggs ou Preston Finch. Ce dernier demeure quasi muet, bien qu'il accomplisse sa part des tâches matérielles. Sullivan, en revanche, me parle librement, et je lui rends presque la pareille. Son athéisme t'inspirerait peut-être une certaine méfiance, Caroline, mais c'est un athéisme *de principe*, si tant est que l'expression ait un sens.

La nuit dernière, nous assurions le dernier tour de garde, devoir des plus simples pour qui ne se soucie pas de l'heure. Nous nous sommes raconté des histoires en entretenant le feu, comme d'habitude, jusqu'à ce que des bruits violents nous parviennent de l'écurie – le bâtiment à moitié effondré où sont enfermés les animaux. Aussi, nous enveloppant de nos fourrures, nous sommes-nous enfoncés dans la nuit glaciale afin d'aller voir de quoi il retournait.

Il avait neigé tout l'après-midi, et la torche de Sullivan jetait une lueur dansante sur la ville immaculée. On la dirait momentanément désertée, la neige recouvrant ses pierres brisées et ses murs effondrés. Les constructions, identiques quoique dans des états de décrépitude plus ou moins avancés, sont toutes bâties en énormes blocs de granit brut sans joints, des cubes parfaits d'environ trois mètres de côté. Elles-mêmes cubiques et disposées en carrés de quatre, elles évoquent les jouets d'un enfant méticuleux mais guère imaginatif.

Peut-être, autrefois, s'ornaient-elles de vantaux en bois, dont les intempéries ont eu raison depuis bien longtemps. Les ouvertures font deux fois la hauteur d'un homme et plusieurs fois sa largeur, ce qui, d'après Sullivan, ne nous apprend rien des habitants originels de la cité – les portes des cathédrales sont bien plus grandes que celles des huttes de terre, alors que les hommes qui les franchissent sont les mêmes. Il n'empêche : l'impression demeure de quelque race massive, gigantesque, antédiluvienne, antérieure à Adam.

Nous avons élevé une grossière barrière en bois d'arbres-mosquées afin que nos serpents ne quittent pas leur ruine. Ils sont en général silencieux, hormis pour les renvois et miaulements habituels. Cette nuit, le bruit ne s'éteignait presque jamais, gémissement collectif que nous avons remonté jusqu'à l'avant-toit à demi effondré, sous lequel une des bêtes mettait bas.

Ou plutôt (nous l'avons constaté en nous approchant), elle *pondait.* Les œufs émergeaient de son abdomen pendant en grappes luisantes, aux grains de la taille d'une balle, puis tombaient en une masse gélatineuse fumante dans la neige amoncelée par le vent.

Je me suis tourné vers Sullivan.

« Ils vont geler, par ce froid. Si nous faisions du feu… »

Il a secoué la tête.

« La nature y a sans doute pourvu, a-t-il murmuré. Et dans le cas contraire, nous n'en savons pas assez pour nous rendre utiles. Écartez-vous, Guilford, qu'ils aient de la place. »

Il avait raison. La nature y avait bel et bien pourvu, quoique de manière bizarre. Lorsque la femelle a eu fini de pondre, un autre animal, le père, peut-être, s'est approché de la masse nacrée et, d'un seul mouvement de ses six pattes, est parvenu à l'arracher à la neige, envoyant les œufs dans les poches disposées le long de son ventre… où ils vont sans doute incuber jusqu'à ce que les petits serpents puissent assurer leur propre survie.

Gémissements et aboiements se sont enfin apaisés. Le troupeau est retourné à ses occupations.

Nous avons regagné avec empressement la chaleur de notre abri. Notre groupe s'est attribué deux pièces immenses de l'un des bâtiments les moins exposés, qu'il a divisées et closes avec des peaux de serpent, non sans répandre de la paille sur le sol. L'ensemble est chaleureux, ne serait-ce que par comparaison avec la nuit extérieure glaciale.

Sullivan, pensif, s'est réchauffé les mains à la flamme, après avoir posé une bouilloire de neige en bordure du foyer pour préparer du thé de racine.

« Ils naissent, a-t-il dit, ils se reproduisent, ils meurent… S'ils n'ont pas *déjà* évolué, cela ne tardera pas. C'est inévitable – la sélection naturelle, les hasards des croisements…

– La main de Dieu, comme dirait Finch. »

Le géologue étant quasi muet, je me sentais obligé de jouer son rôle, ce qui avait au moins le mérite de soutenir l'intérêt de mon compagnon.

« Mais qu'est-ce que ça *signifie* ? » Sullivan s'est levé, manquant renverser la bouilloire. « J'aimerais tant disposer d'une explication si merveilleusement universelle ! Et je le dis sans ironie, Guilford ; ne prenez pas cet air affligé. Je ne plaisante pas. Contempler Mars bleuissante dans le ciel nocturne, des serpents à fourrure hexapodes qui pondent dans la neige, et ne voir là que la main de Dieu… c'est si parfaitement simple !

– La vérité est simple, ai-je rétorqué, cinglant.

– Souvent, c'est vrai. Parfois même trompeusement simple. Mais je refuse d'élever un autel à mon ignorance puis de la déifier. C'est de l'idolâtrie, et de la pire sorte. »

Voilà ce que j'appelle « l'athéisme de principe », Caroline. Sullivan est non seulement honnête, mais aussi modeste en tant que savant. Il vient d'une famille de quakers et, lorsqu'il est fatigué, il en retrouve les tics de langage : *En vérité, je vous le dis, Guilford…*

« Cette ville, poursuivait-il, cette chose que nous qualifions de ville, alors que, notez-le bien, il n'y a là que des cubes et des allées… pas de plomberie, rien pour stocker la nourriture, pas de fours, de silos à grain, de temples, de terrains de jeux… cette ville est une clé. »

J'avais envie de lui demander quelle porte elle ouvrait.

« Nous ne l'avons pas explorée avec assez d'attention, continuait-il, sans plus me prêter attention. Les ruines s'étendent sur des kilomètres.

– Tom les a parcourues.

– Rapidement. Il admet lui-même… »

Qu'admettait Tom ? Sullivan devenait introspectif, je l'aurais interrogé en vain. Je le connaissais trop bien.

Pour nombre d'entre nous, la Darwinie a été une épreuve de foi. Finch a beau considérer le continent comme un miracle évident, je le soupçonne de regretter que Dieu n'y ait pas apposé une signature moins ambiguë que ces collines et ces forêts muettes. Sullivan, en revanche, livre chaque jour combat au miraculeux.

Nous avons bu notre thé, frissonnants, sous nos couvertures de l'armée. Depuis l'attaque des partisans, Tom insiste pour que quelqu'un monte la garde la nuit. Deux hommes près du feu, c'est tout ce que nous pouvons nous permettre. Je me suis souvent demandé *pourquoi* au juste nous restons là, éveillés, puisqu'une autre attaque nous submergerait, que nous ayons ou non le temps de tirer nos compagnons du sommeil.

Mais la ville incite à la prudence.

« Dites-moi, Guilford, a repris Sullivan après un long silence. Ces temps-ci, la nuit… vous rêvez ?

– Rarement », ai-je répondu, surpris.

Je mentais.

Les rêves ne sont que futilités, n'est-ce pas, Caroline ?

Je n'y crois pas. Je ne crois pas à la sentinelle qui me ressemble, même si je la vois chaque fois que je ferme les yeux. Heureusement, Sullivan n'a pas insisté. La fin de notre tour de garde s'est écoulée en silence.

Mi-janvier. Largesses inattendues de notre dernière expédition de chasse : plantes hivernales, viande en abondance, y compris deux « oiseaux » darwiniens – des faucons-mites, créatures bipèdes sans cervelle aux ailes membraneuses, dont la chair moelleuse, succulente, évoque plus que tout l'agneau.

Nous avons fait bombance, sauf Paul Robertson, couché pour cause de grippe. Même Finch, satisfait, a souri.

Sullivan parle toujours d'explorer les ruines – c'est presque devenu une obsession. À présent que notre garde-manger est bien garni et le temps plus clément, il est fermement décidé à passer à l'action.

Tom et moi serons ses aides et porteurs désignés. Notre petit groupe part demain, pour une expédition de deux jours au cœur de la cité.

J'espère que nous ne commettons pas une sottise. À vrai dire, j'ai un peu peur.

XVI

L'hiver fut exceptionnellement rude, plus cruel que tous ceux que Caroline avait vécus à Boston. Selon les propres termes d'Alice, il faisait un froid de loup. Les bateaux ravitailleurs remontaient moins souvent la Tamise engorgée de glace, bien que leurs cheminées obscurcissent toujours le ciel dans le port bouillonnant d'activité. Chaque construction londonienne ajoutait à cette masse son plumet, fumée de charbon ou, plus sombre, de bois, voire de tourbe. Caroline avait appris à puiser quelque réconfort dans ces cieux maussades, emblèmes de la civilisation conquérante. Elle comprenait à présent que Londres n'était pas une colonie – après tout, qui eût voulu coloniser cette horrible contrée improductive ? – mais un défi jeté à une nature intraitable.

Certes, la nature finirait par l'emporter. Comme toujours. Mais la jeune femme n'en jouissait pas moins en secret de la moindre rue pavée, du plus petit arbre abattu.

Un vapeur arriva à la mi-janvier, lesté d'une cargaison que Jered avait commandée durant l'été. D'énormes rouleaux de corde et de chaîne, des petits clous, des vis et du goudron, des brosses et des balais. Une semaine durant, le matin, Jered fit la navette en chariot entre l'entrepôt et le magasin, afin de remplacer les marchandises vendues. Enfin, une fois le dernier chargement transféré dans l'arrière-boutique, il paya le charretier, dont les chevaux crachaient du brouillard dans un vent mordant, tandis qu'Alice et Caroline arrangeaient les étagères à l'intérieur. Alice travaillait sans répit, s'essuyant souvent les mains sur son tablier, parlant peu.

Depuis des mois, elle évitait le regard de sa nièce, avec laquelle elle se montrait froide, désapprobatrice, d'une politesse brusque.

Après l'attaque partisane contre le *Weston*, les deux femmes avaient commencé par se quereller. Alice refusait obstinément de croire à la mort de Guilford.

Caroline, elle, avait l'absolue certitude que son mari n'était plus ; elle l'avait eue dès l'instant où Jered lui avait raconté ce qui était arrivé au *Weston*, quoique cela ne prouvât rien, puisque les membres de l'expédition avaient débarqué en amont. Toutefois, Jered lui-même admettait qu'ils eussent été des proies faciles pour des voleurs décidés. La jeune femme avait gardé son sentiment par-devers elle, au début du moins, mais dans son cœur elle était veuve bien avant l'été.

Personne d'autre n'acceptait la vérité. L'espoir subsistait. Pourtant, septembre s'écoulant sans apporter la moindre nouvelle, il s'appauvrit à l'automne, avant de pratiquement s'évanouir durant l'hiver.

Il n'y avait pas de preuve, disait Alice. « Une épouse doit garder la foi. »

Mais les femmes avaient parfois trop d'intuition, songeait Caroline.

Elles n'étaient pas tombées d'accord, elles ne le pouvaient pas. Elles avaient juste cessé d'en parler ; seulement cette pensée teintait la moindre de leurs conversations, projetait son ombre sur la table du dîner, se glissait dans les silences de la pendule tictaquante. Caroline se vêtait à présent de noir. Alice conservait la valise de Guilford dans le placard du couloir, comme leçon de choses.

Ce jour-là, pourtant, la jeune femme sentait que leur désaccord n'était pas seul à préoccuper sa tante.

Elle en eut la preuve avant que le travail de la matinée ne s'achevât. Alice, un client servi, regagna l'arrière-boutique avec l'air pincé qui lui était habituel lorsqu'elle allait se montrer désagréable. Sa nièce s'efforça de ne pas broncher sous le regard de ses yeux étrécis.

« C'est déjà assez triste de pleurer quelqu'un dont on n'est même pas sûre qu'il soit mort, déclara Alice, sinistre, mais c'est encore pire – *bien* pire – d'arrêter de le pleurer. »

Elle sait, réalisa Caroline.

Non que cela comptât.

Ce soir-là, Jered et Alice allèrent au pub le plus proche, le *Crown and Reed*. Une fois certaine de leur absence, Caroline entraîna Lily au rez-de-chaussée puis, pour un instant seulement, dans la rue glaciale. Elle l'emmena chez une voisine, Mrs. de Koenig, qui lui demandait un dollar canadien pour surveiller l'enfant sans en parler à personne. Après avoir dit au revoir à sa fille, la jeune femme boutonna sa propre veste et remonta son capuchon afin de se protéger des rigueurs de l'hiver.

Les étoiles frissonnaient au-dessus du pavé givré. Les réverbères à gaz jetaient une clarté blafarde sur la neige durcie. Caroline se hâta dans le vent froid, refoulant une bouffée de culpabilité. Sa tante l'avait contaminée, lui infligeant cette impression de méchanceté. Elle ne faisait rien de mal. Impossible. Guilford était mort. Son mari était mort. Elle n'avait plus de mari.

Colin Watson l'attendait au croisement de Market Street et de Thames Street. Il la serra brièvement dans ses bras, avant de héler un taxi où il l'aida à monter, souriant – un pâle sourire, à demi dissimulé par sa ridicule moustache. Sans doute combattait-il, par égard pour elle, sa mélancolie habituelle. Il avait de grandes mains puissantes.

Où l'emmènerait-il, cette nuit ? Prendre un verre, probablement (mais pas au *Crown and Reed*). Parler. Rien de plus. Il avait besoin de parler : peut-être allait-il donner sa démission. On lui proposait un emploi civil, sur les quais. En septembre, il avait quitté l'arrière-boutique de Jered pour une chambre à l'*Empire*, où il passait la plupart de ses nuits.

Les choses s'en étaient trouvées facilitées.

Elle ne pouvait rester en sa compagnie aussi longtemps qu'elle l'eût voulu. Il ne fallait pas que Jered et Alice découvrissent ce qu'elle faisait. Ou, s'ils le découvraient, il devait au moins subsister un doute, une certaine incertitude qu'elle pût défendre.

Pourtant, elle voulait rester. Colin se montrait avec elle d'une gentillesse que Guilford n'avait jamais comprise, acceptant ses silences sans chercher à les démonter, contrairement à son mari. Ce dernier s'était toujours cru responsable des tristesses de Caroline. Il était attentionné – plein d'égards, sans doute, de son point de vue – mais elle eût aimé pouvoir pleurer sans s'attirer aussitôt des excuses.

Le lieutenant Watson étant parfois triste, lui aussi, malgré sa haute taille et sa vigueur, il laissait la jeune femme tranquille avec ses chagrins. Peut-être était-ce ainsi qu'un gentleman traitait une veuve. Le bouleversement du monde avait lézardé les fondations de la politesse, mais certains hommes n'en demeuraient pas moins des gentlemen. Certains demandaient toujours la permission avant de toucher. Colin était un gentleman. Ce qu'elle préférait en lui, c'étaient ses yeux. Ils restaient fixés sur elle, attentifs, alors même que ses mains erraient librement ; ils la comprenaient ; au bout du compte, ils lui pardonnaient. Il semblait à Caroline qu'il n'existait pas de péché que ces tranquilles yeux bleus ne pussent remettre.

Elle s'attarda et but plus que de raison. Ils firent l'amour avec ardeur, avec désespoir. Enfin, sur l'insistance de sa compagne, le lieutenant la raccompagna jusqu'à un taxi, une heure plus tard que prévu. Elle se fit déposer un pâté de maisons avant Market Street. L'idée d'être vue à pareille heure sortant d'un hansom ne lui plaisait pas : d'une certaine manière, obscurément, cela impliquait quelque vice. Aussi alla-t-elle à pied, d'une démarche hésitante dans les crocs du vent, chercher Lily chez Mrs. de Koenig, qui lui extorqua un deuxième dollar.

Jered et Alice étaient rentrés, bien sûr. Caroline s'efforça de rester digne en ôtant son manteau et en débarrassant la fillette du sien, sans mot dire, à part pour cajoler l'enfant. Jered, fermant son livre, annonça d'une voix atone qu'il allait se coucher. Il trébucha en quittant la pièce. Lui aussi avait bu.

Mais si Alice l'avait imité, cela ne se voyait pas.

« Voilà une petite fille qui a bien sommeil, dit-elle d'un ton neutre. Hein, Lily ?

– Je vais la mettre au lit, déclara Caroline.

– Je ne crois pas qu'elle ait besoin de vous pour ça. Elle dort debout, à une heure pareille. Ton lit t'attend, ma chérie ! Va te coucher, d'accord ? »

Lily bâilla avec plaisir et s'éloigna d'un pas incertain, laissant sa mère sans défense.

« Elle a fait la grasse matinée, suggéra cette dernière.

– Elle ne dort pas bien du tout. Elle s'inquiète pour son père.

– Je suis fatiguée, moi aussi.

– Pas trop quand même pour commettre un adultère ? »

La jeune femme contempla sa tante d'un œil fixe, espérant avoir mal entendu.

« Forniquer avec un autre homme que votre mari, insista Alice. Vous appelez ça comment ?

– Ça ne vous regarde pas.

– Peut-être devriez-vous aller loger ailleurs. J'ai écrit à Liam, à Boston. Il vous demandera sans doute de rentrer dès que possible. Il a fallu que je lui présente des excuses. En votre nom.

– Vous n'aviez pas le droit.

– Je pense que si.

– Guilford est mort ! »

C'était son seul argument, aussi Caroline regretta-t-elle de l'avoir utilisé si hâtivement. Sans qu'elle comprît pourquoi, il perdait sa gravité dans ce salon glacial.

Alice renifla.

« Vous ne pouvez en être sûre.

– Chaque jour, je sens que je l'ai perdu. *Évidemment*, que j'en suis sûre.

– Alors vous avez une drôle de façon de le pleurer. » Elle se leva, sans cacher sa colère. « Qui vous a dit que vous étiez un être à part, Caroline ? Liam ? Je suppose que c'est comme ça qu'il vous a traitée, quand il vous a installée, vous, pauvre petite orpheline malheureuse, dans sa grande maison de Boston. Mais tout le monde a perdu quelque chose, cette nuit-là, parfois plus que des parents... Certains d'entre nous ont perdu tout ce qu'ils aimaient, la moindre personne, le moindre lieu, des fils, des filles, des frères, des sœurs, et ils n'avaient pas forcément une riche famille pour sécher leurs larmes et des serviteurs pour faire leurs lits douillets.

– C'est injuste !

– Ce n'est pas nous qui édictons les règles. Nous les suivons ou nous les transgressons, voilà tout.

– Je ne resterai pas veuve toute ma vie !

– Sans doute. Mais si vous aviez la moindre décence, vous y réfléchiriez à deux fois avant de prendre pour amant un homme qui a participé au meurtre de votre mari. »

XVII

« Vous ne croyez pas que ça suffit ? »

La voix parut se condenser à partir de l'air même de la taverne – enfumée, liquide, insinuante. Mais Vale n'avait aucune envie de prêter l'oreille à son message. Comment résumer au mieux sa pensée ?

Soyons bref.

« Allez donc vous faire voir. »

Quelqu'un s'installa sur le tabouret voisin.

« Vous n'appréciez pas, hein ? Mais je vous en prie, Elias, ne vous dérangez pas pour moi. Je veux juste bavarder un peu. »

Il se tourna en grognant.

« Je vous connais ? »

L'arrivant, de haute taille, était cauteleux, bien habillé et séduisant. Quoique peut-être pas autant qu'il semblait le croire, exhibant ses dents blanches chevalines telles les lumières d'un phare. Vale lui donna vingt-deux, vingt-trois ans – bien trop jeune pour être aussi sûr de lui.

« Non, vous ne me connaissez pas. Timothy Crane. »

Il avait des mains de pianiste. De longs doigts osseux. Que le spirite ignora.

« Allez vous faire voir, s'obstina-t-il.

– Je suis navré, Elias, mais il faut que je vous parle, que cela vous plaise ou non. »

L'accent, au parfum de Nouvelle-Angleterre, était follement aristocratique.

« Qui êtes-vous ? Un des neveux Sanders-Moss ?

– Non, désolé, aucun rapport. Mais je sais qui vous êtes. » Crane se pencha sur Vale. Dangereusement près. Son souffle agita le fin duvet qui ornait l'oreille droite de son interlocuteur. « C'est vous qui parlez avec les morts.

– C'est moi qui aimerais vous convaincre d'aller vous faire voir.

– Qui abritez un dieu. Un dieu exigeant, douloureux. Du moins s'il ressemble au mien. »

Un taxi attendait Crane contre le trottoir. *Seigneur,* songea Vale. *Quoi, encore ?* Il éprouvait le vague sentiment que les événements s'accéléraient trop pour qu'il les comprît. Après avoir donné son adresse au chauffeur, il s'installa à côté du freluquet souriant.

L'automne avait été très calme, l'hiver plus encore. Sans doute les dieux suivaient-ils leur propre plan. L'enjeu de la partie impliquant Eugene Randall restait mystérieux – deux séances supplémentaires n'avaient semblait-il produit aucun effet – mais la fin en paraissait agréablement lointaine. Vale s'était même plu à espérer que son dieu se désintéressait de lui.

Apparemment, tel n'était pas le cas.

Le bavard Mr. Crane restait silencieux en présence du chauffeur. Son compagnon s'efforça de retrouver un semblant de sobriété – il se tint très droit, fronça les sourcils, cligna des yeux – tandis que le véhicule avançait lentement parmi les lumières électriques, globes gelés suspendus dans la nuit glaciale. L'hiver n'était pas censé être aussi cruel à Washington.

Enfin, ils arrivèrent chez Vale. La rue était calme, les fenêtres d'un noir digne. Crane paya le conducteur, tira de la voiture deux énormes valises puis les traîna jusque dans l'entrée, où il les laissa tomber avec insolence à côté du porte-parapluies.

« Vous comptez rester un certain temps ? s'enquit son hôte.

– J'en ai peur, mon vieux. »

Son vieux ? Dieu m'en garde.

« Nous avons donc tellement de choses à nous dire ?

– Des tas. Mais ça attendra bien demain. Pourquoi ne pas passer une bonne nuit, Elias ? Vous n'êtes vraiment pas en état. Nous discuterons de la situation quand nous serons tous les deux en meilleure forme. Ne vous inquiétez pas de moi ! Je vais m'allonger sur le sofa. Pas de manières entre nous. »

Et, ma foi, l'intrus, toujours souriant, s'étendit bel et bien sur le canapé de velours.

« Écoutez, je suis trop fatigué pour vous flanquer dehors, mais si vous êtes encore là demain…

– Nous en parlerons à ce moment-là. Bonne idée. »

Vale leva les bras au ciel puis quitta la pièce.

Pour Elias Vale, le matin se profila juste avant midi.

Crane l'attendait à la table du petit déjeuner, lavé et rasé de frais, bien peigné, la chemise amidonnée. Il se versa une tasse de café.

Le spirite avait vaguement conscience de la sueur âcre qui suintait de ses propres pores obstrués.

« Combien de temps croyez-vous rester ?

– Je l'ignore.

– Une semaine ? Un mois ? »

Haussement d'épaules.

« Vous ne vous en rendez peut-être pas compte, Mr. Crane, mais je vis seul. Parce que j'aime ça. Je ne veux pas d'hôte, même compte tenu des… euh, circonstances. D'ailleurs, pour être honnête, personne ne m'a rien demandé.

– Ce n'est pas leur genre, hein ? »

L'autre parlait des dieux.

« Vous voulez dire que je n'ai pas le choix ?

– Je ne l'ai pas eu non plus. Un toast, Elias ? »

Nous voilà à deux, comprit l'interpellé. Il n'avait pas pensé à cela. Alors que, bien sûr, c'était logique. Combien d'autres porteurs de dieux erraient donc de par les rues ? des centaines ? des milliers ?

Il croisa les mains.

« *Pourquoi* êtes-vous ici ? s'enquit-il.

– L'éternelle question. Je ne suis pas sûr de connaître la réponse. Pas encore, du moins. *A priori,* vous êtes supposé me présenter un peu partout.

– Comme quoi ? Mon giton ?

– Votre cousin, votre neveu, votre fils illégitime…

– Et après ?

– Après, le moment venu, nous suivrons les ordres. » Crane reposa le couteau à beurre. « Honnêtement, Elias, je n'ai pas choisi non plus. Et je pense que ça ne durera pas. Sans vouloir vous vexer.

– Sans vouloir vous vexer, je l'espère.

– En attendant, il va falloir me trouver un lit. À moins que vous ne vouliez que mes bagages encombrent votre salon. Vous recevez vos clients ici ?

– Souvent. Que savez-vous de moi, en fait ?

– Pas grand-chose. Que savez-vous de moi ?

– Absolument rien.

– Ah.

– Est-ce qu'un hôtel…, commença Vale, en une dernière tentative désespérée.

– *Ils* ne veulent pas. » Nouveau sourire. « Il semble que nos destins se croisent, pour le meilleur ou pour le pire. »

Chose surprenante, Vale s'habitua à ce que Crane occupât la chambre du grenier, dans la mesure où on s'habitue à des maux de tête chroniques. L'intrus se révéla d'ailleurs plein d'égards, nettoyant ce qu'il salissait avec plus de soin que son hôte, attentif à ne pas déranger ce dernier lorsqu'il consultait. Certes, le jeune homme insista pour être introduit dans le salon des Sanders-Moss sous l'identité d'un financier, cousin de Vale. Par bonheur, il semblait réellement posséder les connaissances nécessaires sur la banque et Wall Street, presque comme s'il avait été élevé dans ce milieu. Tel était peut-être le cas, d'ailleurs. Bien que vague en ce qui concernait son passé, il laissait entendre que sa famille avait des relations.

En tout cas, la conversation, à la table des Sanders-Moss, se consacrait de plus en plus à la disparition de l'expédition Finch et aux perspectives de guerre. Les journaux de Hearst poussaient au conflit avec l'Angleterre, prétendant détenir la preuve que les Anglais avaient vendu des armes aux partisans, ce qui les rendait coupables, au moins indirectement, de la mort de citoyens américains. Vale n'avait que faire de ces histoires, mais son dieu, lui, paraissait s'y intéresser.

Lorsqu'ils se retrouvaient ensemble chez le spirite, Crane et lui s'efforçaient de s'ignorer mutuellement. Quand ils discutaient – le plus souvent, après que Vale eut bu un verre – c'était de leurs dieux.

« Il ne se contente pas de me menacer », déclara Vale, par une nuit froide où il était enfermé chez lui en compagnie du jeune homme, alors qu'un vent âpre secouait les croisées. Whiskey du Tennessee. *Timor mortibus conturbat me.* « Il m'a promis que je vivrais. Je veux dire… à jamais.

– L'immortalité, acquiesça Crane, très calme, en continuant à peler sa pomme.

– À vous aussi ?

– Oh, oui. À moi aussi.

– Vous… vous y *croyez* ?

– Elias. Quand vous êtes-vous coupé pour la dernière fois en vous rasant ? questionna Crane, jetant à son hôte un coup d'œil interrogateur.

– Euh ? Je ne m'en souviens pas…

– Il y a longtemps ?

– Oui, reconnut le spirite. Pourquoi ?

– Vous avez eu l'appendicite, la grippe, la phtisie, récemment ? Vous vous êtes cassé quelque chose, vous avez eu mal aux dents, vous vous êtes pincé les doigts ?

– Non mais... quel rapport ?

– Vous le savez très bien. Seulement vous n'avez pas le courage de vérifier. Vous n'avez jamais été tenté, en vous rasant, à côté de votre cuvette ?

– Je n'ai pas la moindre idée de ce que vous voulez dire. »

Crane, posant la main à plat sur la table de cuisine, y planta le couteau d'un geste sec. La lame brisa de petits os avant de s'enfoncer dans le bois. Vale recula ; ses paupières battaient.

Son compagnon tressaillit. Sourit. Resserrant sa prise sur le manche, il retira brusquement le couteau de la plaie. Une goutte de sang apparut. Une seule. Il l'effaça de sa serviette.

Sa peau était rose et lisse.

« Seigneur, murmura Vale.

– Mes excuses pour avoir abîmé la table, dit Crane. Mais vous voyez ce que je veux dire. »

XVIII

Extrait du journal de Guilford Law

Désolé d'écrire aussi mal. Le feu a beau nous réchauffer, il ne donne guère de lumière. Je pense à toi, Caroline, je t'imagine lisant ces lignes, et je puise dans cette image un certain réconfort. Où que tu sois, j'espère qu'il y fait chaud.

Il fait relativement chaud là où nous sommes, du moins selon nos nouveaux critères – trop chaud, peut-être. D'une chaleur qui n'a rien de naturel. Je vais t'expliquer.

Nos sommes partis ce matin pour notre exploration boiteuse au cœur des ruines, Tom Compton, le professeur Sullivan et moi. Sans doute offrions-nous un spectacle comique (il semblerait en tout cas que telle ait été l'opinion de Diggs), emmitouflés de fourrures de serpent, aussi blancs que des aigrettes de pissenlit, deux d'entre nous traînant la jambe (pas la même), nos quatre jours de provisions attachés sur une luge tirée par un serpent grommelant. La « chasse au dahu », voilà comment Diggs a appelé notre expédition.

Quoi qu'il en soit, nous n'avons pas prêté attention à ses plaisanteries, et bientôt, à la suite de notre bête, nous nous sommes enfoncés au cœur des ruines, dans le silence oppressant de la cité. Je ne puis transmettre l'étrangeté de ce lieu hanté, avec ses constructions cubiques uniformément disposées sur une si vaste étendue. Alors que nous progressions vers le sud-ouest sous un ciel sans nuage, la luge faisait crisser la neige luisante. Toutefois, le soleil hivernal restant bas sur l'horizon, nous marchions le plus souvent à l'ombre, le long des larges avenues plongées dans une froide mélancolie.

Tom, qui tenait la longe du serpent, n'était pas d'humeur causante. Je suis donc resté un peu en retrait avec le professeur Sullivan, dans l'espoir qu'une voix humaine dissiperait l'ambiance sinistre de ces rues immenses, tellement uniformes. Hélas, Sullivan était aussi affecté que Tom par cette triste atmosphère.

« Nous tenons pour acquis que la cité a été bâtie par des créatures intelligentes, a-t-il déclaré, mais peut-être n'est-ce pas le cas. »

Je lui ai demandé de s'expliquer.

« Les apparences sont trompeuses, a-t-il repris. Avez-vous jamais vu une termitière africaine ? C'est une structure élaborée, souvent plus grande qu'un homme, mais qui n'a pour architecte que l'évolution. Pensez aussi à la régularité et à la complexité d'une ruche.

– Vous voulez dire que nous nous trouvons peut-être dans une sorte de nid d'insectes ?

– Je veux dire que si ces constructions sont de toute évidence artificielles, leur uniformité de taille et, apparemment, de fonction, plaide contre des concepteurs *humains*.

– Quel genre d'insectes taillerait-il des blocs de pierre aussi gros que le Monument de Washington ?

– Je ne parviens même pas à l'imaginer. Qui pis est, il n'existe aucun précédent. Quels que soient les bâtisseurs de cette cité, ils ne semblent avoir ni descendance ni ancêtre évident. On dirait presque une création séparée. »

Les pensées de Sullivan ne reflétaient que trop les miennes. Malgré son étrangeté, la Darwinie possède une beauté propre – des prairies d'un vert moussu, des bosquets de pins-sauges, des rivières accueillantes. Les ruines n'ont pas ce charme.

Nous avons parcouru sans fin leurs rues d'une impitoyable régularité, tandis que le soleil baissait derrière les monolithes de pierre craquelée. Devant nous s'étendait une immensité blanche parfaitement vierge. Ni Sullivan ni moi n'y avons accordé une pensée avant que Tom ne nous en fasse remarquer la bizarrerie. Durant les quatre ou cinq jours qui s'étaient écoulés depuis la dernière chute de neige, nul animal n'y avait laissé ses traces, pas même un faucon-mite. Il y en a pourtant beaucoup aux alentours ; ils se réfugient par véritables volées dans les constructions en ruine sur le pourtour de la cité. (C'est un gibier facile pour qui est réduit à en manger. Il suffit de se glisser la nuit, armé d'une torche, jusqu'à leurs nids ; les occupants en sont aveuglés par la lumière, et on peut en tuer cinq ou six d'un coup de bâton avant que les autres ne rassemblent assez leurs esprits pour s'envoler.) Mais ici, rien. Quoique ce labyrinthe engorgé de pierres n'ait pas grand-chose à offrir, l'absence de vie paraît de mauvais augure. Elle porte sur les nerfs, Caroline, et je dois bien t'avouer que, l'après-midi avançant et les ombres s'allongeant, nous ne progressions plus que sur la pointe des pieds, prêts à prendre le galop au moindre bruit.

Il n'y en avait aucun, hormis les craquements de la glace invisible ou le doux murmure de la neige amollie s'effondrant par paquets. Au crépuscule, nous avons installé notre campement sans être dérangés. Pour te donner une idée de la taille de cette ville, sache que nous n'avons pas encore atteint ce qui, d'après Sullivan, en constitue le cœur. Nous avons emporté du petit bois, des branches d'arbres-mosquées denses mais creuses, donc pas particulièrement lourdes ; nous les avons utilisées pour faire du feu dans une des structures au toit plus ou moins intact. Il eût été vain d'espérer chauffer cet intérieur aussi vaste qu'une cathédrale, mais nous n'étions plus en plein courant d'air et sommes parvenus à nous installer dans un coin avec un confort relatif.

La température est de toute manière plus douce ici qu'à la périphérie de la cité. Sullivan a souligné que le sol est inexplicablement moins froid, peut-être à cause de quelque nappe d'eau souterraine ou autre source de chaleur naturelle ; la glace en fondrait presque. Tom a combattu son silence fatigué assez longtemps pour nous dire que par une nuit sans nuage, alors qu'il campait sur une colline après une chasse aux serpents, il a vu briller dans les profondeurs de la ville une étrange clarté bleu-vert. Il est possible que le phénomène découle d'une activité volcanique, bien que Sullivan affirme que la géologie ne s'y prête pas. Quant à nous, nous n'avons rien observé de tel.

Je dois ajouter que Tom, en principe d'un pragmatisme à toute épreuve, semble plus encore sur les nerfs que Sullivan et moi. Tout à l'heure, alors que je commençais à t'écrire, il a dit quelque chose de bizarre… en marmonnant, penché sur le foyer avec une telle intensité que je craignais qu'une braise n'enflamme sa barbe broussailleuse.

« J'ai rêvé de cet endroit. »

Il n'a rien ajouté, mais le froid m'a saisi, en dépit du feu. Parce que moi aussi, Caroline, j'ai rêvé de cet endroit. Au cœur de mes sommeils fiévreux de l'automne, alors que le poison courait dans mes veines et que je ne distinguais pas le jour de la nuit. *J'ai rêvé de la cité,* et j'ignore ce que cela signifie.

… J'en ai de nouveau rêvé cette nuit.

Mais j'ai bien autre chose à te dire, et guère de temps. Comme nous n'avons que peu de provisions, Sullivan insiste pour que nous utilisions au mieux la moindre seconde. Aussi vais-je tout te raconter de la manière la plus simple et la plus directe possible.

La ville n'est pas seulement une grille composée de carrés. Elle a bel et bien un centre, ainsi que le pensait Sullivan. Un centre d'une extrême étrangeté que ne signalent ni cathédrale ni place du marché.

Nous sommes tombés sur le bâtiment ce matin. Autrefois, sans doute était-il visible de très loin, mais l'érosion l'a camouflé. (Je doute que Finch lui-même en conteste l'incroyable ancienneté.) À présent, il se dresse au milieu de ses propres ruines. D'énormes blocs de pierre, certains aussi polis que s'ils sortaient tout juste de la carrière, d'autres usés jusqu'à former des angles grotesques, ont ralenti notre avance. Nous avons abandonné notre luge pour nous enfoncer à travers ce labyrinthe, fruit du hasard et des intempéries, jusqu'à découvrir le moignon de la construction centrale.

Ce champ de ruines est dominé par une rotonde en basalte noir, ouverte sur un quart environ de sa périphérie. Son dôme, dont l'apex culmine à plus de soixante mètres, recouvrirait facilement un pâté de maisons. Les parties intactes en sont toujours lisses, quasi soyeuses, sans que Sullivan puisse déterminer comment elles ont été travaillées.

La bâtisse est enveloppée de brume en permanence, ce qui explique peut-être qu'aucun d'entre nous ne l'ait jamais vue depuis les pentes de la vallée. Neige et glace fondues, d'après Sullivan, chauffées par en dessous. Même dans les ruines alentour, l'air est nettement plus chaud qu'ailleurs. Quant au dôme proprement dit, il ne porte pas trace de neige. Sa température doit être de loin supérieure à celle de la congélation aqueuse.

Nous sommes restés tous trois immobiles, muets, devant ce spectacle. Quelle plaque il aurait donnée ! *Ruines alpines désertes de l'arrière-pays européen.* Une photographie pareille nous aurait bien rapporté de quoi vivre un an, Caroline.

Aucun de nous n'a exprimé ses pensées. Peut-être se révélaient-elles trop fantastiques. Les miennes, en tout cas, l'étaient. Une fois de plus, les aventures couchées sur le papier par E.R. Burroughs me revenaient à l'esprit, avec leurs grottes volcaniques et leurs hommes-bêtes adorateurs de dieux du passé.

(Je sais que tu réprouves mes lectures, Caroline, mais les contes imaginés par Mr. Burroughs sont un véritable Baedeker de ce continent ! Il ne nous manque plus qu'une princesse, et une épée que je passerais à ma ceinture.)

Nous sommes retournés à la luge pour nourrir le serpent et rassembler autant de provisions que possible avant de regagner la rotonde. Jamais je n'avais vu Sullivan aussi excité ; il nous a fallu l'empêcher de courir partout comme un fou. Enfin, il a décidé de monter le camp juste à l'intérieur de la construction, malgré son évidente envie de pousser plus avant – mais la voûte de pierre polie protège un vaste territoire semé de rocs, et, pour être honnête, cette masse de granite dépourvue d'étais suspendue au-dessus de nos têtes nous met un peu mal à l'aise.

De plus, il faisait presque nuit à l'intérieur – le soleil était descendu derrière une rangée de ruines dentelées – si bien que nous nous sommes hâtés de construire un feu avant de nous retrouver plongés dans le noir.

Nous avons accueilli l'obscurité avec un mélange d'excitation et de crainte, accroupis près de notre foyer tels des Wisigoths dans un temple romain. Il n'y a rien, au-delà du cercle lumineux des flammes, excepté leur reflet tremblotant sur le pourtour intérieur du dôme.

Non, ce n'est pas tout à fait vrai. Sullivan nous a signalé une autre lumière, plus faible encore, dont la source doit se trouver au cœur de cette construction emplie de débris. J'espère sincèrement qu'il s'agit d'un phénomène naturel, bien que je sente *une présence* au point d'en avoir la chair de poule.

Je n'y vois plus assez pour écrire. Pas sans risquer d'y perdre la vue. À demain, donc.

Fin du journal

« Donnez-moi un peu de mou, Guilford, je vous prie. »

La voix de Sullivan s'élevait des profondeurs, comme portée par ses propres échos. Le jeune homme, obéissant, laissa filer quelques mètres de corde supplémentaires.

Les deux rouleaux de chanvre faisaient partie des rares objets utiles à avoir échappé à l'attaque de l'été précédent. Ils avaient sauvé plus d'une vie – fourni des harnais pour les animaux, de quoi monter les tentes, rendu d'innombrables services. À présent, cependant, ils ne se trouvaient là que par précaution.

Au centre de la rotonde en ruine ouvrait un puits circulaire d'une cinquantaine de mètres de large, à la circonférence creusée de marches en pierre de trois mètres de long. Les degrés, peu élevés, étaient intacts, malgré leurs contours adoucis par des siècles d'érosion. Un petit ruisseau se jetait dans ce trou côté sud, s'y muant en une brume qui se perdait au sein de profondeurs nuageuses. La lumière du jour, très affaiblie, luisait au sommet du conduit, une froide clarté blafarde en imprégnait les tréfonds. *Le cœur de la cité,* pensa Guilford. Encore chaud et battant faiblement.

Sullivan avait décidé de l'explorer.

« La pente est négligeable, lança-t-il. Ce puits a visiblement été conçu pour qu'on y marche et tout y est intact. Il n'y a pas plus de danger ici que dehors, dans le froid. »

Tom caressa sa barbe emperlée de brume.

« Si vous avez vraiment l'intention de descendre là-dedans, vous êtes plus stupide que je ne le pensais, déclara-t-il.

– Et vous, qu'avez-vous à proposer ? » Le botaniste pivota pour affronter le broussard. Jamais Guilford ne l'avait vu aussi furieux, de ce rouge foncé orageux. « Que nous retournions à nos misérables petits nids de bric et de broc implorer la venue du soleil ? Que nous attendions le printemps pour ramper jusqu'au lac de Constance, à moins que le froid, les partisans ou le Rhin ne nous tuent avant ? Pour l'amour de

Dieu, Tom. Nous tenons peut-être notre seule chance d'*apprendre* quelque chose sur cet endroit !

– À quoi cela vous servira-t-il, si votre découverte vous suit dans la tombe ?

– À quoi l'amitié sert-elle, dans ce cas ? » Sullivan, méprisant, se détourna. « Ou l'amour, ou même la vie ? Citez-moi une chose qui ne nous suive pas dans la tombe ?

– Je n'ai pas l'intention d'y précéder quoi que ce soit, affirma Tom. Du moins, pas encore. »

Il continua à dévider la corde.

Ce ne sera pas terrible, au jour, s'encouragea Guilford. Car le jour pénétrait bel et bien jusque-là, la lumière, si atténuée fût-elle, passant par le dôme brisé. La corde aussi offrait quelque réconfort. Les trois hommes avaient confectionné des harnais afin de rester liés les uns aux autres. Certes, la pente était négligeable, mais la moisissure rendait la pierre glissante, la moindre chute risquait de se prolonger, et nul ne pouvait dire jusqu'où l'escalier s'enfonçait dans le brouillard. Sous le niveau du sol, la visibilité se réduisait à quelques mètres. Un caillou lâché d'en haut ne donnait naissance qu'à des échos incertains.

Sullivan allait en tête, épargnant sa jambe affaiblie. Ensuite venait Guilford, faisant de même avec la sienne. Le broussard fermait la marche. Les degrés étaient assez larges pour éviter au photographe de plonger le regard directement dans les profondeurs brumeuses du puits.

Il ne parvenait pas à imaginer dans quel but avait été construit ce conduit, ni qui l'avait utilisé à une époque révolue. Non plus que la profondeur à laquelle il pouvait s'enfoncer, plongeant jusqu'à quelque caverne chauffée par la lave, quelque monde souterrain rayonnant. Les Aztèques n'avaient-ils pas eu recours à des puits pour accomplir leurs sacrifices humains ? Il ne s'était certainement pas passé grand-chose de *bon* au fond de ce terrier.

Lorsqu'ils eurent descendu, d'après Guilford, une bonne trentaine de mètres, Sullivan décréta une pause. Le sommet comme le bas de l'escalier leur étaient à présent invisibles, dissimulés par des écharpes de brume onduleuse. Les yeux du botaniste brillaient dans l'étrange luminescence atténuée, bien qu'il fût essoufflé, haletant.

Guilford se demanda tout haut s'ils n'étaient pas allés trop loin.

« Ce n'est pas pour vous vexer, professeur Sullivan, ajouta-t-il, mais que pensez-vous trouver en bas ?

– Les réponses à des centaines de questions.

– Ce n'est qu'un genre de puits ou de citerne, objecta le jeune homme.

– Ouvrez les yeux, pour l'amour du ciel ! Ce n'est certainement pas un puits. Si ce conduit sert à quelque chose, c'est bien à éviter les infiltrations. Vous croyez vraiment que les pierres ont *poussé* ici ? Les blocs ont été taillés et les joints calfeutrés… Je ne sais pas avec quoi, mais la substance est remarquablement conservée. D'ailleurs, nous sommes déjà sous le niveau hydrostatique. Il ne s'agit pas d'un *puits*, Mr. Law.

– De quoi, alors ?

– Quel qu'en ait été l'usage – pratique ou cérémoniel –, ce conduit devait être très important. Le dôme se repère facilement et, à mon avis, l'escalier a été conçu pour une circulation importante.

– Une circulation ?

– Des constructeurs de la cité.

– Mais ils sont éteints, remarqua Guilford.

– Espérons-le », murmura Tom, dans son dos.

La descente était sans fin. La spirale de pierre s'enfonçait toujours, monotone, dans le brouillard bleuâtre, jusqu'à ce que Sullivan lui-même admît qu'il était trop fatigué pour aller plus loin.

« Nous avons besoin d'aide », déclara-t-il.

Guilford se demanda à qui il songeait. Keck ? Robertson ? Digby le manchot ?

Tom leva la tête vers le sommet du puits, à présent envahi par une ombre incolore.

« Il faut faire demi-tour tout de suite. Le jour ne va pas tarder à disparaître – ce qu'il en reste. » Il jeta à Sullivan un regard critique. « Dès que vous aurez repris votre souffle…

– Ne vous inquiétez pas pour moi, interrompit le botaniste. Allez-y ! Passez devant, cette fois-ci. Je suivrai. »

Il était pâle, trempé de sueur.

Le broussard se détourna avec un haussement d'épaules. Guilford lui emboîta le pas, décidant une pause chaque fois que la corde se tendait entre Sullivan et lui. Ce qui arrivait souvent. La respiration du scientifique s'entendait maintenant de loin, de plus en plus laborieuse au fur et à mesure que les explorateurs remontaient. Bientôt, il se mit à tousser. Tom lui jeta un coup d'œil aigu, avant de ralentir jusqu'à se traîner.

Le brouillard s'épaississait. Le jeune homme finit par perdre de vue la paroi opposée, les degrés de pierre s'évanouissant derrière un rideau de vapeur onduleux. La corde était bel et bien utile, à présent, alors que la brume brouillait jusqu'au large dos de Tom.

La disparition de ses repères visuels ne tarda pas à désorienter complètement Guilford, qui se retrouva incapable d'estimer la distance parcourue ou restant à parcourir. Aucune importance, se dit-il avec sévérité. Chaque pas le rapprochait un peu plus du sommet. Sa jambe blessée avait commencé à lui faire mal, d'une douleur sournoise qui lui courait tel un fil barbelé du mollet au genou.

Ils n'auraient pas dû descendre si profond, mais l'enthousiasme de Sullivan avait été contagieux, de même que l'impression qu'une grande révélation les attendait, à condition qu'ils parvinssent à l'atteindre. Le photographe s'immobilisa un instant, fermant les paupières. Un courant d'air froid l'enveloppait telle une rivière. L'odeur minérale du granite et du brouillard lui emplissait les narines. Un autre arôme, aussi. Plus musqué, étonnant.

« Guilford ! »

Tom. L'interpellé leva les yeux, penaud.

« Regardez où vous mettez les pieds », lui conseilla son compagnon. Le jeune homme se tenait au bord du gouffre. Un pas de plus, et c'était la chute. « Gardez la main sur le mur. Vous aussi, Sullivan. »

Le botaniste arriva en vue, hochant la tête sans mot dire. Une ombre, un spectre, un fantôme émacié.

Guilford suivait le broussard à tâtons, quand la corde lui mordit soudain le poignet. Il demanda une pause puis se retourna, appelant :

« Professeur Sullivan ? »

Pas de réponse. La corde demeurait tendue. Il ne distinguait rien que le brouillard.

« Professeur Sullivan ? Vous avez un problème ? »

Pas de réponse. Juste ce poids qui le maintenait sur place.

Tom apparut, avançant d'un pas prudent. La corde se détendit lorsque Guilford battit en retraite, les yeux écarquillés sur la pénombre, à la recherche de la moindre trace du botaniste.

Il le découvrit allongé, face contre terre, sur le large escalier de granite, une main toujours appuyée à la muraille de pierre humide.

« Mon Dieu ! »

Le broussard se laissa tomber à genoux, retourna Sullivan et lui chercha le pouls.

« Il vit toujours, annonça-t-il. Plus ou moins.

– Qu'est-ce qu'il a ?

– Je n'en sais rien. Il est glacé et affreusement pâle. Sullivan ! Réveillez-vous, espèce de salopard ! On a du boulot ! »

Sullivan ne se réveilla pas. Sa tête ballottait mollement ; un ruisselet de sang sourdait d'une de ses narines. Il sembla à Guilford qu'il s'était racorni, comme si quelqu'un avait aspiré tout l'air de ses poumons.

Tom se débarrassa de son sac, qu'il lui glissa sous la tête.

« Plus têtu qu'une mule, marmonna-t-il. Il n'aurait pas ralenti, alors que sa vie en dépendait.

– Qu'allons-nous faire ?

– Laissez-moi réfléchir. »

Malgré tous leurs efforts, Sullivan ne se réveilla pas.

Tom se balança un moment sur les talons, plongé dans ses pensées, puis il jeta son sac sur son épaule avant de se débarrasser du harnais de corde.

« Au diable ce truc. Écoutez, je vais aller récupérer des provisions et des couvertures sur la luge. Après, vous resterez ici avec lui pendant que j'irai chercher de l'aide.

– Il est trempé et presque glacé.

– Il le serait encore plus à l'extérieur. Et puis si on le bouge, ça risque de l'achever. Il me faut une journée pour retourner au campement, une autre pour revenir avec Keck et Farr. Farr saura quoi faire. Vous n'aurez pas de problème. Sullivan, lui, je n'en sais rien, le pauvre vieux. » Tom fronça les sourcils, sauvage. « Mais ne le laissez pas seul, Guilford. Restez près de lui. »

Peut-être ne va-t-il pas se réveiller, songea Guilford. *Peut-être va-t-il mourir et vais-je me retrouver tout seul, abandonné dans ce trou.*

« D'accord », dit-il.

Le broussard hocha la tête d'un petit mouvement sec.

« Si jamais il meurt, attendez-moi. On est assez près du sommet pour que vous distinguiez le jour de la nuit. Vous comprenez ? Ne commencez pas à délirer, bordel. »

Guilford acquiesça.

« Très bien », poursuivit Tom. Il se pencha sur la forme immobile de Sullivan avec une douceur que le photographe ne lui avait jamais vue, arrangea une mèche grise sur le front humide du botaniste. « Tenez bon, espèce de vieil imbécile ! *Explorateur* à la noix. »

Quand Tom lui eut apporté des couvertures, Guilford confectionna une couche grossière afin de protéger Sullivan du froid de la pierre et de l'air. Certes, comparée à la température extérieure, celle du puits était presque douce – supérieure à zéro ; mais la brume traversait les vêtements, gelant la peau.

Lorsque le broussard y eut disparu, Guilford se sentit très seul. Il n'avait plus pour compagnie que ses pensées et le souffle lent, laborieux, du scientifique. L'ennui mais aussi la panique le guettaient. Bêtement, il se surprit à regretter de ne rien avoir à lire. Une seule lecture avait échappé à l'attaque des partisans, le Nouveau Testament de Digby, lequel refusait de s'en séparer. Persuadé que le petit livre au papier pelure lui avait sauvé la vie, il le considérait comme son porte-bonheur. L'*Argosy* avait depuis longtemps disparu.

Comme s'il avait été possible de lire, dans cette pénombre couleur d'arsenic.

Le jeune homme comprit que la nuit était tombée lorsque la lumière, au-dessus de lui, s'évanouit complètement, tandis que la brume devenait d'un vert plus vénéneux. De minuscules particules de poussière et de glace s'élevaient des profondeurs, telles des diatomées portées par un courant océanique. Il arrangea les couvertures autour du botaniste, dont la respiration râpeuse évoquait à présent une scie coupant un pin séveux, puis alluma une des deux torches en bois d'arbre-mosquée que lui avait apportées Tom. Comme il ne s'était pas réservé de couverture, il ne pouvait s'empêcher de frissonner. Lorsque ses pieds s'engourdirent, il se leva, sans toutefois s'écarter du mur. Coinçant la torche dans un tas de cailloux, il se réchauffa les mains à sa courte flamme. Le bâton, trempé dans la graisse de serpent, brûlerait six à huit heures, mais pas très haut.

Le jeune homme n'osait dormir.

Le silence lui permettait de percevoir des sons subtils – un grondement lointain, ou peut-être la pulsation de son propre sang, qu'amplifiait l'obscurité. Il se rappela le roman de H.G. Wells, *La Machine à explorer le temps*, avec ses Morlocks, monstres souterrains aux yeux luisants, à l'appétit redoutable. Un souvenir malvenu.

Pour passer le temps, il se mit à parler à son compagnon. Peut-être ce dernier l'écoutait-il, malgré ses yeux fermement clos et le sang qui suintait toujours paresseusement de son nez. Guilford trempait de temps à autre un pan de sa chemise dans l'eau de fonte pour lui nettoyer le visage. Il parla avec tendresse de Caroline et de Lily. Il parla de son père, roué à mort par les émeutiers de Boston qui réclamaient du pain, alors que lui s'obstinait à vouloir pénétrer dans son imprimerie, comme il l'avait fait chaque jour ouvrable de sa vie adulte. Courage stupide. Guilford eût bien voulu en être doté, lui aussi.

Il eût bien voulu que Sullivan s'éveillât. Racontât à son tour quelques histoires. Exposât les arguments qui plaidaient en faveur d'une Darwinie ancienne, marquée par l'évolution ; soumît le miracle aux coups de sa raison d'acier. *J'espère que vous avez vu juste, professeur. Que le continent n'est pas un rêve ou, pis, un cauchemar. Que les races anciennes, à présent éteintes, sont en effet anciennes et éteintes.*

Il eût aimé que l'attendissent un repas chaud et un bon bain. Un lit, aussi, occupé par Caroline, dont le corps aux contours tièdes eût été recouvert d'une congère de coton blanc. Les bruits qui émanaient des profondeurs ne lui plaisaient pas, non plus que la manière dont ils s'enflaient puis refluaient, telle une impossible marée.

« J'espère que vous n'allez pas mourir, professeur Sullivan, dit-il. Vous détesteriez abandonner sans avoir rien compris, je le sais. Même si ce n'est pas facile, hein ? »

Le botaniste inspira à fond, convulsivement. Guilford baissa les yeux, sursauta en voyant soudain s'ouvrir ses paupières.

Sullivan le regarda fixement – à moins qu'il ne regardât *à travers* lui, le jeune homme n'eût su le dire. Une de ses pupilles était grotesquement dilatée, le blanc de ses yeux injecté de sang.

« Nous ne mourrons pas », hoqueta-t-il.

Son compagnon dut lutter contre une soudaine envie de battre en retraite.

« Hé ! Ne bougez pas, professeur Sullivan ! s'exclama-t-il. Ne vous énervez pas. Tout ira bien. Détendez-vous. Nous n'allons pas tarder à recevoir de l'aide.

– Il ne vous l'a pas dit ? Guilford n'a pas dit à Guilford que Guilford ne mourra pas ?

– Ne vous fatiguez pas à parler. »

Taisez-vous, vous me fichez une frousse bleue.

Les lèvres du botaniste se tordirent en une insoutenable grimace dissymétrique.

« Vous les avez vus, en rêve…

– Je vous en prie, professeur Sullivan, arrêtez.

– Ils sont verts comme le vieux cuivre. Le ventre hérissé de piquants… Ils *se nourrissent* de rêves. De tout ce qu'ils trouvent ! »

Ces paroles touchèrent une corde sensible, mais Guilford repoussa le souvenir. Une seule chose comptait, pour l'instant : ne pas paniquer.

« Guilford ! » La main gauche de Sullivan jaillit des couvertures pour se refermer sur le poignet du jeune homme, tandis que la droite, par réflexe, se crispait en l'air. « C'est un des endroits où le monde s'achève !

– Ça n'a aucun sens, professeur Sullivan. Essayez de dormir, je vous en prie. Tom ne va pas tarder à revenir.

– Vous êtes mort en France. Pendant la guerre contre les Boches. C'est un comble !

– Je regrette de devoir le dire, mais vous me faites peur.

– Je ne peux pas mourir ! » insista Sullivan.

Puis, après un grognement, le souffle le quitta d'un seul coup.

Au bout d'un moment, Guilford ferma les yeux du cadavre.

Il resta assis des heures encore auprès du scientifique, fredonnant un air monotone, dans l'attente de ce qui allait sortir des profondeurs obscures pour s'emparer de lui.

Peu avant l'aube, épuisé, il s'endormit.

Ils ont une telle envie de s'échapper !

Guilford ressent leur rage, leur frustration.

Quel nom leur donner ? Ils n'existent pas vraiment, toujours emprisonnés entre l'idée et la création, incomplets, semi-conscients, tenaillés par l'envie de s'incarner. Physiquement, ce ne sont que de vagues formes vertes plus imposantes que les humains, enveloppées d'une sorte de cuirasse hérissée de piquants ; leurs énormes museaux s'ouvrent et se ferment dans une colère muette.

Ils se sont retrouvés coincés ici après la bataille.

Cette pensée n'est pas de Guilford. Il se retourne. Il flotte, dépourvu de poids, dans les profondeurs du puits, pourtant vides. L'atmosphère est lumineuse, d'une lumière incréée qui est à la fois l'air, le roc, le soi.

La sentinelle flotte près de lui, maigre silhouette revêtue d'un uniforme de l'armée américaine. La lumière se déverse à travers son corps, de son corps. C'est l'homme qui occupe les rêves de Guilford, qui pourrait être son jumeau.

Qui êtes-vous ?

Je suis toi, *affirme-t-il.*

Ce n'est pas possible.

Apparemment, non. Et pourtant, si.

Sa voix même est familière. La voix avec laquelle Guilford se parle tout seul, celle de ses pensées secrètes.

Et ça, qu'est-ce que c'est ? *Le photographe fait allusion aux créatures piégées.* Des démons ?

Si tu veux. Des monstres. Ils n'ont qu'une seule ambition : devenir. Finir par être tout ce qui existe.

Guilford les distingue mieux, à présent, avec leurs écailles et leurs griffes, leurs nombreux bras, leurs crocs claquants.

Ce sont des animaux ?

Bien plus que ça. Mais ça aussi, si l'occasion se présente.

C'est toi qui les as emprisonnés ici ?

Oui. En partie. Avec de l'aide. Malheureusement, cette prison est imparfaite.

Je ne comprends pas.

Regarde. Ils vacillent au bord de l'incarnation. Bientôt, ils prendront forme matérielle, une fois de plus. À moins que nous ne les entravions à jamais.

Les entraver ? *demande Guilford.*

La peur s'est insinuée en lui. Trop de choses lui échappent. Il a cependant conscience de la pression inouïe qui s'exerce sous ses pieds, du désir terrible, insatisfait, qui attend depuis des siècles de briser ses chaînes.

Nous y parviendrons, *déclare le soldat, très calme.*

Nous ?

Toi et moi.

Ces simples mots secouent Guilford. Il sent le poids indicible de la tâche, aussi lourde que la Lune.

Je n'y comprends rien !

Patience, petit frère.

Sur ces mots, la sentinelle l'emporte, de plus en plus haut dans la clarté surnaturelle, le brouillard et la chaleur de la quasi-incarnation, tel un ange en uniforme déchiré, et tandis que Guilford s'élève, sa chair se dissout dans les airs.

Tom le dominait de sa haute taille, une torche à la main.

Si seulement je pouvais me lever, songea Guilford. Si seulement il n'avait pas fait si froid. Si ses articulations ne s'étaient pas autant raidies. Si ses pensées ne l'avaient pas à ce point désorienté. Il lui fallait délivrer un message d'une importance vitale concernant le professeur Sullivan.

« Il est mort », dit-il. Voilà, c'était ça. Le corps du botaniste reposait à côté de lui, sous une couverture. Son visage était pâle et figé dans la lumière vacillante de la torche. « Je suis désolé, Tom.

– Je sais, répondit le broussard. Vous avez bien fait de ne pas le quitter. Vous pouvez marcher ? »

Le jeune homme s'efforça de se mettre sur ses pieds, sans autre résultat que de se cogner la hanche contre une arête rocheuse.

« Appuyez-vous sur moi », lui conseilla son compagnon.

Là encore, Guilford se sentit emporté.

Il avait du mal à se tenir éveillé. Son corps engourdi cherchait à lui fermer les yeux pour prendre du repos.

« Nous ferons du feu, une fois hors de ce trou, déclara Tom. Allez-y, marchez, maintenant.

– Combien de temps ai-je attendu ?

– Trois jours.

– Trois ?

– Il y a eu un problème.

– Qui vous a accompagné ? »

Ils étaient arrivés au sommet du puits. Un jour aqueux s'insinuait dans la coupole, où les attendait une silhouette décharnée, tassée contre une pierre plate, le visage dissimulé par la brume et l'ombre de sa capuche.

« Finch, lâcha Tom. Il est là.

– Finch ? Mais pourquoi ? Et Keck, et Robertson ?

– Ils sont morts. Keck, Robertson, Diggs, Donner, Farr… Tous. Et nous mourrons aussi, si vous vous arrêtez. »

Guilford, gémissant, se cacha les yeux.

XIX

Le printemps fut précoce, à Londres. Les marais de l'Est et de l'Ouest, en dégelant, chargèrent l'air d'un parfum de terre, tandis que le commerce emplissait Thames Street, récemment pavée des quais à Tower Hill, d'un vacarme retentissant. Le travail reprit sur le dôme de la nouvelle cathédrale Saint-Paul.

Caroline évita un troupeau de moutons en route pour le marché, avec l'impression de s'avancer elle aussi vers l'abattoir. Des semaines durant, elle avait refusé de voir Colin Watson, ignoré ses invitations et même ses messages. Les raisons qui l'avaient poussée à accepter un rendez-vous ce jour-là – dans un café de Candlewick Street – restaient d'ailleurs assez floues. Elle avait l'impression tenace de devoir quelque chose à l'officier, ne fût-ce qu'une explication, avant de repartir pour les États-Unis.

Après tout, c'était un militaire. Il obéissait aux ordres. Il n'était pas Kitchener, ni même la Royal Navy. Juste un homme.

Elle n'eut pas grand mal à atteindre sa destination, un pub aux boiseries Tudor dont les fenêtres serties de plomb ruisselaient d'eau condensée, chauffé par un énorme samovar en argent. Il s'y pressait une foule rude essentiellement composée d'ouvriers. La jeune femme scruta une mer de bonnets en laine jusqu'à repérer Colin, assis à une table de derrière, le col relevé, sa longue face emplie d'inquiétude.

« À nos retrouvailles », dit-il, levant sa tasse en une parodie de toast.

Toutefois, Caroline n'était pas là pour disputer. À peine assise, elle alla droit au but.

« Je tiens à vous dire que je m'en vais.

– Vous venez tout juste d'arriver.

– Je veux dire que je rentre à Boston.

– Comment ! C'est pour cela que vous ne vouliez plus me voir ?

– Non.

– Alors m'expliquerez-vous au moins pourquoi vous partez ? » Baissant la voix, il écarquilla ses yeux bleus. « Je vous en prie, Caroline. Je vous ai sans doute offensée. Je ne sais pas en quoi, mais si ce sont des excuses qu'il vous faut, vous les avez. »

Les choses étaient plus compliquées qu'elle ne l'avait escompté. Il était désorienté, sincèrement désolé. Elle se mordit la lèvre.

« Votre tante a appris que nous nous voyions, c'est ça ? insista-t-il.

– Ce n'était pas le secret le mieux gardé qui fût, répondit-elle, la tête basse.

– Ah. Je m'en doutais. Jered n'en aurait sans doute pas fait tout un drame, lui. Quant à Alice… ma foi, je suppose qu'elle était furieuse.

– En effet, mais ça n'a pas d'importance.

– Alors pourquoi partez-vous ?

– Ils refusent de m'héberger plus longtemps.

– Installez-vous chez moi.

– Je ne peux pas !

– Ne vous froissez pas, Caroline. Nous n'aurions pas à vivre dans le péché. »

Mon Dieu ! Encore un instant, et il allait la demander en mariage !

« Vous savez très bien pourquoi je ne peux pas ! Colin... *elle m'a tout dit.*

– Tout quoi ? »

À la table voisine, deux marins fixaient la jeune femme, souriant d'un air affecté. Elle se contraignit à parler aussi bas que son compagnon.

« Vous avez assassiné Guilford. »

Le lieutenant se rejeta en arrière sur sa chaise, les yeux ronds.

« Dieu du ciel ! *Assassiné ?* Elle a dit ça ? » Il cligna des paupières. « C'est ridicule, voyons !

– En envoyant des fusils de l'autre côté de la Manche. Aux partisans. »

Il reposa sa tasse. Cligna derechef des paupières.

« Des fusils... Je vois.

– C'est donc vrai ?

– Que j'ai assassiné Guilford ? s'enquit Colin en regardant Caroline bien en face. Certainement pas. Quant aux armes... » Il hésita. « Jusqu'à un certain point, c'est possible. Nous ne sommes pas censés parler de ce genre de choses, même entre nous.

– Alors c'est vrai !

– C'est *possible.* Franchement, je l'ignore ! Je ne suis pas assez gradé. J'obéis aux ordres, et je ne pose pas de questions.

– Mais il y a bien eu des fusils ?

– Oui. Pas mal d'armes ont transité par Londres. »

C'était presque un aveu. Caroline, songeant qu'elle eût dû être furieuse, se demanda pourquoi il n'en était rien.

Peut-être en allait-il de la colère comme du chagrin. Peut-être prenait-elle son temps, tendait-elle ses embuscades.

« Alice a dû en entendre parler par Jered..., poursuivit Colin, soucieux. Il en sait sans doute plus que moi. La Navy se sert de temps à autre de son entrepôt et de ses transporteurs, avec son accord. Il se peut qu'il ait rendu d'autres services à l'Amirauté. Après tout, il se considère comme un patriote. »

Alice et Jered se querellant, la nuit, empêchant Lily de dormir. Était-ce là l'objet de leur désaccord ? Jered admettant que des fusils, passés par son entrepôt, étaient allés aux partisans, Alice inquiète pour la sécurité de Guilford...

« Mais quand bien même des armes auraient traversé la Manche, rien ne prouve qu'elles ont servi contre Guilford. Honnêtement, je ne vois pas pourquoi qui que ce soit s'en prendrait à l'expédition Finch. Les partisans opèrent le long de la côte ; ils ont bien plus besoin de charbon et d'argent que de munitions. N'importe qui a pu tirer sur le *Weston* – des bandits, des anarchistes ! Quant à votre mari, qui sait sur quoi il est tombé, au-delà de ces satanées chutes du Rhin ? Le continent est vierge, inexploré ; il est dangereux par essence. »

La jeune femme, honteuse, sentait ses défenses s'effondrer. La question lui avait semblé d'une clarté glacée quand Alice lui en avait parlé, mais Jered était peut-être aussi coupable que Colin.

Accepter ce rendez-vous avait été une erreur... Pourtant, elle ne pouvait l'annuler, à présent. Rien, ni moralité ni obstacle matériel, ne le lui permettait. Son compagnon, quoi qu'il eût fait, se montrait avec elle d'une honnêteté sans faille.

Et puis il lui avait manqué, elle devait bien le reconnaître.

Les marins en chandail rayé adressaient à Caroline des sourires lascifs.

Colin lui prit la main.

« Venez, demanda-t-il. Il y a trop de bruit, ici. »

Elle le laissa parler tout au long de Candlewick puis de Fenchurch Streets, jusqu'à la limite des trottoirs, se laissa apaiser par le son de sa voix et la séduisante perspective de son innocence.

La couronne des arbres-mosquées, d'un vert terne durant l'hiver, s'était couverte avec le soudain retour du soleil et la fonte des neiges de nouvelles aiguilles. Il faisait presque chaud.

Colin était militaire, se répétait Caroline. Bien sûr qu'il obéissait aux ordres ; il n'avait pas le choix.

Pour Jered, il en allait tout autrement. C'était un civil, que rien n'obligeait à collaborer avec l'Amirauté. Alice en avait parfaitement conscience. Une conscience qui devait la brûler ! Quelle amertume, dans sa voix, alors qu'elle se querellait avec son époux au cœur de la nuit. Elle blâmait Jered, évidemment, mais, enchaînée à lui par les liens du mariage, ne pouvait le quitter.

Alors elle s'était mise à haïr Colin. Une haine aveugle, mal placée, irréfléchie. Parce qu'elle ne pouvait se permettre de haïr son époux.

« Il faut que je vous revoie, supplia le lieutenant. Au moins une fois. Avant que vous ne partiez. »

Caroline l'assura qu'elle essaierait de se libérer.

« Je déteste vous imaginer en mer. La navigation est menacée, vous savez. Il paraît que la flotte américaine s'est massée dans l'Atlantique Nord.

– Ce genre de choses ne m'intéresse pas.

– Peut-être est-ce un tort. »

Mrs. de Koenig transmit à la jeune femme un message de Colin avant la fin de la semaine. La mobilisation générale avait été décrétée ; il risquait de s'embarquer et voulait la voir le plus tôt possible.

La guerre. Caroline y pensait avec amertume. On n'entendait parler que de cela. Le monde avait été secoué jusque dans ses fondements dix ans plus tôt, et déjà les hommes voulaient se battre pour ce qu'il en restait. Pour des terres incultes !

Le *Times*, un quotidien de six pages imprimé sur du papier fibreux tiré d'arbres-mosquées, avait consacré la majeure partie de ses derniers éditoriaux à fustiger les Américains : ils géraient le nouveau continent comme s'il s'était agi d'un protectorat, ils imposaient « des frontières » aux îles Britanniques, ils commettaient plus souvent qu'à leur tour le péché d'orgueil. Dans les boutiques et sur le marché, l'accent de la jeune femme provoquait des haussements de sourcils.

Ce jour-là, Lily demanda à sa mère quel mal il y avait à être américain.

« Aucun, répondit Caroline. Ce ne sont que des mots. Les gens sont fâchés, mais tôt ou tard, ça finira par leur passer.

– On prend le bateau bientôt.

– Sans doute. »

Elle ne partageait plus la table d'Alice et de Jered. Si le revenu qui lui arrivait des États-Unis avait été plus généreux, elle eût loué une chambre à l'*Empire*, mais avec ces rumeurs de guerre, même ses repas dans les pubs devenaient un luxe. Lorsqu'ils ne pouvaient l'éviter, purement et simplement, son oncle et sa tante se montraient envers elle d'une politesse glaciale. Lily, cependant, conservait leurs faveurs. Caroline supportait mieux la situation depuis sa discussion avec Colin. Elle en venait presque à avoir pitié d'Alice – cette pauvre Alice, résolument vertueuse, ligotée par un réseau de culpabilités aussi serré que les mèches entrelacées de sa chevelure grisonnante.

« Il faut dormir », dit la jeune femme à Lily, ce soir-là, en remontant ses couvertures qu'elle lissa de la main. « Eh bien. Nous ne tarderons pas à partir. »

La fillette acquiesça, solennelle. Depuis Noël, elle ne demandait plus de nouvelles de son père. Les réponses ne la satisfaisaient jamais.

« Loin ? interrogea-t-elle.

– Très loin.

– Dans un endroit sûr ?

– Très sûr. »

Un matin lumineux. Fenchurch Street était en travaux, le vent emportant par bouffées l'odeur du goudron à travers toute la ville ; partout résonnaient des claquements de sabots et les tintements monotones des rênes et des harnachements.

Colin attendait dans Thames Street, près des quais, absorbé par le journal. La jeune femme sentit l'exaltation l'envahir. N'ayant rien préparé, elle ignorait ce qu'elle allait lui dire. Elle n'était que peurs et espoirs mêlés.

À peine avait-elle fait quelques pas dans la direction du lieutenant que le hurlement des sirènes s'éleva du centre-ville.

Le bruit la figea, lui donna la chair de poule.

La foule qui emplissait le port semblait également paralysée. Colin, consterné, leva les yeux de son journal. Caroline agita le bras, et il la rejoignit en courant. Les sirènes se déchaînaient toujours.

« *Mais qu'est-ce que c'est ?* interrogea-t-elle en se jetant dans les bras du militaire.

– Je n'en sais rien.

– Ma fille. Je vais la chercher. »

Il se passait quelque chose de grave. Lily devait avoir peur.

« Allons-y. » Colin prit la jeune femme par la main, qu'il serra doucement. « Mais dépêchons-nous. »

Le vent soufflait de l'est – une brise printanière continue, chargée de fumée quoique embaumée. Le fleuve placide était blanc de voiles. Au sud, le long de la berge marécageuse, les cheminées des canonnières venaient d'apparaître.

XX

C'est simple, lui avait dit Crane. Notre camp devient de plus en plus fort ; le leur de plus en plus faible.

Peut-être en allait-il ainsi de son point de vue. Il s'était introduit dans les rangs de l'élite locale – enfin, de la semi-élite, la sous-élite – tel un suppositoire doré. Il habitait Washington depuis quelques mois à peine que déjà il remplissait auprès du sénateur Klassen d'obscures fonctions ; récemment installé dans son appartement personnel (les dieux fussent loués de ce petit bienfait), habitué du salon des Sanders-Moss, il avait à présent le droit de traiter Elias Vale de haut en public.

Alors que pour ce dernier les invitations se raréfiaient, ainsi que les clients, par ailleurs de moins en moins fortunés, Eugene Randall lui-même ne le consultait plus que rarement.

Certes, le conservateur avait été assigné à comparaître par un comité du Congrès enquêtant sur la disparition de l'expédition Finch. Des obligations d'une telle portée faisaient peut-être passer au second rang jusqu'à une épouse décédée. Les morts, du reste, étaient bien connus pour leur patience.

Vale n'en avait pas moins commencé à se demander si les dieux ne prenaient pas des paris.

Il se changeait les idées de son mieux. Une de ses nouvelles clientes, une avorteuse vieillissante du Maryland, lui avait donné une fiole d'ambre pleine de morphine et une seringue hypodermique. Elle lui avait appris à chercher une veine puis à la faire saillir pour la piquer avec l'aiguille en argent repoussé, ce qui rappelait au spirite, d'une manière abstraite, les abeilles et leur venin. *Oh, aiguillon de l'oubli.* Un art qu'il pratiquait depuis assidûment.

Ses instruments – rangés dans un charmant étui d'argent de la taille d'une boîte à cigarettes – se trouvaient dans sa poche, à son arrivée chez les Sanders-Moss. Il n'avait nulle intention de les utiliser, mais l'après-midi s'était mal passé. Le temps était trop humide pour l'hiver, trop froid pour le printemps. Eleanor avait accueilli Vale avec une certaine gêne – sans doute ne pouvait-on tirer d'une robe de baptême perdue qu'un kilométrage limité. Ensuite, le repas terminé, un jeune membre du Congrès en état d'ivresse avait commencé à le harceler au sujet de son travail.

« Vous avez des tuyaux sur la bourse, Mr. Vale ? Vous parlez aux morts, qui ont sans doute des choses intéressantes à en dire. Mais je doute qu'ils investissent beaucoup, hein ?

– Dans notre district, ils n'ont même pas le droit de vote.

– J'ai touché un point sensible, Mr. Vale ?

– Professeur Vale.

– Professeur de quoi, au juste ? »

D'immortalité, avait songé le spirite. *Ce qui n'est pas ton cas, espèce de tas de viande pourrie.*

« Figurez-vous que je me suis renseigné sur votre passé, Mr. Vale, poursuivait l'importun. J'ai fait ma petite enquête, surtout quand Eleanor m'a appris combien elle vous payait pour lui lire les lignes de la main.

– Je ne lis pas les lignes de la main.

– Non, mais je suis prêt à parier qu'il en va différemment de vos livres de comptes.

– Vous m'insultez. »

Il avait souri, joyeux.

« Vraiment ? Qui vous l'a dit, Mr. Vale. John Wilkes Booth ? »

Eleanor elle-même s'était mise à rire.

« Ce ne sont pas les toilettes des invités ! » Olivia frappait à la porte avec irritation. « Elles sont réservées aux *domestiques* ! »

Sans lui prêter la moindre attention, Vale se laissa tomber sur la cuvette, devant l'étui ouvert posé à ses pieds. Par la fenêtre au verre granité, qu'il venait d'entrouvrir, une pluie glaciale pénétrait dans la petite pièce carrelée de vert. La chaîne de la chasse d'eau heurtait régulièrement le mur blanc humide.

Vale avait retiré sa veste, roulé sa manche de chemise. Il comprima avec force le creux de son bras jusqu'à ce qu'une veine s'y dessinât clairement. *Qu'ils aillent tous se faire foutre,* songea-t-il, très collet monté.

La première injection, facile, lui procura un grand calme qui l'enveloppa telle une couverture d'enfant. Le réduit lui apparut soudain flou, comme emballé dans du papier cristal.

Je suis immortel.

Le spirite se souvenait de Crane s'enfonçant le couteau dans le dos de la main. Le jeune homme pratiquait l'automutilation avec un plaisir pervers. Il aimait se percer de couteaux, se couper de lames diverses, se piquer d'aiguilles.

Ma foi, je m'y connais en aiguilles, moi aussi. Pour Vale, le whiskey du Kentucky lui-même pâlissait devant la morphine. La drogue donnait un oubli plus certain, plus total, en quelque sorte.

Il lui en fallait davantage.

« Mr. Vale ! C'est vous ?

– Allez-vous-en, Olivia, merci. »

Il tendit derechef la main vers la seringue. *Après tout, je suis immortel. Je ne peux pas mourir.* Les implications de ce simple fait le mettaient depuis peu mal à l'aise.

Cette fois, son épiderme résista. Il poussa plus fort, avec l'impression de sonder du cheddar. Enfin, persuadé d'avoir trouvé une veine, il appuya sur le piston ; la peau commença à se décolorer en une grosse meurtrissure liquide.

« Merde.

– Sortez, ou je vais le dire à Mrs. Sanders-Moss, et elle va faire enfoncer la porte !

– Juste un instant, Olivia. Soyez gentille, allez-vous-en.

– Ce ne sont pas les toilettes des invités ! Et vous êtes là-dedans depuis une heure ! »

Vraiment ? Dans ce cas, c'était parce qu'elle l'empêchait de se concentrer, voilà tout. Il rechargea la seringue.

Mais à présent, le creux de son coude se montrait totalement imperméable à l'aiguille.

En avait-il émoussé la pointe ? Elle paraissait pourtant toujours aussi dangereusement aiguë.

Il poussa plus fort.

Tressaillit. Ça faisait mal, très mal. La peau fragile se creusait, s'enfonçait, rougissait. Mais ne cédait pas.

Il essaya au poignet. Avec le même résultat. Il lui semblait tenter de couper du cuir à la cuiller. Baissant son pantalon, il testa l'intérieur de sa cuisse.

Rien.

Enfin, saisi d'un désespoir rageur, il abattit avec brutalité l'aiguille suintante sur sa gorge, là où il pensait trouver une artère.

La pointe se brisa. Le contenu de la seringue se mit à couler, inutile, dans le cou du spirite.

« Merde ! » répéta-t-il, si frustré que les larmes lui montèrent aux yeux.

La porte s'ouvrit violemment. Olivia apparut, bouche bée, escortée du jeune membre du Congrès prétentieux, d'Eleanor, les yeux écarquillés, et même de Timothy Crane, fronçant les sourcils avec zèle.

« Oh ! fit Olivia. *Ça* alors !

– Se piquer dans les toilettes des nègres ? Quel faute de goût, Elias, c'est le moins qu'on puisse dire.

– La ferme », riposta Vale d'un ton las.

L'effet de la morphine, pour peu qu'elle en eût exercé, s'était évanoui. Son corps lui semblait d'une sécheresse poussiéreuse, son esprit d'une atroce lucidité. Il avait laissé Crane l'entraîner jusqu'à sa voiture, après qu'Eleanor lui eut clairement dit qu'il n'était plus le bienvenu chez elle et que, s'il essayait d'y reparaître, elle appellerait la police. Le tout en des termes encore moins diplomatiques.

« Ce sont de bons patrons, déclara Crane.

– Qui ça ?

– Les dieux. Ils n'attachent aucune importance aux passe-temps de leurs employés en dehors du service. Morphine, cocaïne, femmes, sodomie, meurtre, jacquet – c'est tout un. Mais on ne peut pas se droguer quand ils ont besoin d'attention, et encore moins s'injecter une dose mortelle, si telle était votre intention. Vous avez été stupide d'essayer, Elias. Si je puis me permettre. » La voiture négocia un virage. Le lugubre après-midi se transformait en une lugubre soirée. « Nous avons du travail, à présent.

– Où allons-nous ? »

Non que Vale s'intéressât particulièrement à leur destination, malgré la présence répugnante de son dieu qu'il sentait ramper dans ses veines, raidir son dos.

« Rendre visite à Eugene Randall.

– Personne ne me l'a demandé.

– Moi, je vous le demande. »

Il parcourut d'un regard morne l'intérieur de la Ford flambant neuve.

« Qu'est-ce que c'est que ce sac ?

– Jetez-y un œil. »

Il s'agissait d'une sacoche de médecin en cuir, qui ne contenait que trois choses : un scalpel, une bouteille d'alcool et une boîte d'allumettes.

De l'alcool et des allumettes – afin de stériliser le scalpel ? Le scalpel afin de…

« Oh, non, lâcha Vale.

– Ne soyez pas bégueule, Elias.

– Randall n'est pas assez important pour mériter… ce à quoi vous pensez.

– Ce n'est pas ce à quoi *je* pense. Les décisions ne nous appartiennent pas, vous le savez.

– Ça ne vous ennuie pas ? s'enquit-il, fixant le jeune homme badin.

– Non. Ce qui n'a aucune importance.

– Ce n'est pas la première fois, hein ?

– Il s'agit d'un renseignement confidentiel, Elias. Je suis navré que vous soyez choqué, mais pour qui croyez-vous travailler ? Pour le dieu du catéchisme, le fameux berger des Évangiles ? Ce serait plutôt le loup.

– Vous allez tuer Randall ?

– Certes.

– Mais pourquoi ?

– Ce n'est pas à moi d'en parler, si ? Le problème vient sans doute de ce qu'il compte dire au comité Chandler. Il n'a qu'une chose à faire, je sais que sa défunte Louisa chérie le lui a déjà expliqué : laisser ces messieurs continuer leur travail. Cinq soi-disant témoins assureront avoir vu des hommes parlant anglais tirer au mortier et au fusil d'ordonnance Lee-Enfield sur le *Weston*. Si Randall se contentait d'acquiescer en souriant, il s'épargnerait, ainsi qu'à la Smithsonian, pas mal d'ennuis. Seulement il persiste à vouloir compliquer les choses…

– Il pense que Finch et compagnie sont peut-être encore en vie.

– C'est bien là le problème.

– D'accord, mais… au bout du compte, quelle importance ? Si les dieux cherchent la guerre, l'intervention de Randall ne les gênera pas beaucoup. Les journaux n'en parleront sans doute même pas.

– Alors qu'ils parleront de son assassinat. Et si nous sommes prudents, ils en accuseront les espions britanniques. »

Vale ferma les yeux. Les roues tournaient à l'intérieur d'autres roues, *ad infinitum*. Un atroce instant durant, il eut désespérément envie de sa seringue.

Puis une détermination lugubre, qui ne lui appartenait pas vraiment, naquit en lui.

« Ce sera long ?

– Du tout », assura Crane, apaisant.

Peut-être à cause des effets de la morphine qui s'attardait dans son sang, Vale sentait la présence de son dieu à ses côtés tandis qu'il s'avançait dans le corridor désert, en direction du bureau de Randall. Le conservateur travaillait tard, seul. Sans doute, là encore, par la grâce des dieux.

Celui du spirite était inhabituellement tangible. Vale le voyait, sur sa gauche, ou s'imaginait le voir, marcher près de lui. La divinité n'avait rien de plaisant ni d'éthéré. Elle évoquait un bouvillon de bonne taille, en beaucoup plus grotesque – et détestablement matériel.

Son corps comportait trop de bras et de jambes ; son horrible gueule, aussi aiguë qu'un bec, s'ouvrait sur un intérieur pourpre humide. Une crête de bosses semblables à des tumeurs reliait son ventre à son cou en une sorte d'épine « dorsale ». Sa couleur, un vert minéral dénué de vie, était écœurante. Crane, quant à lui, ne voyait rien.

Ne sentait rien. Alors que l'odeur aussi était tangible, du moins pour le spirite. Une puanteur chimique astringente évoquant une tannerie, ou un flacon brisé dans un cabinet médical.

L'irruption des deux hommes dans son bureau surprit Randall. (Mais il eût été infiniment plus surpris s'il avait distingué le dieu hideux, ce qui de toute évidence n'était pas le cas.) Il leva les yeux d'un air las. Depuis que Walcott avait quitté l'institution, Randall remplissait les épuisantes fonctions de directeur. Sans parler de sa comparution devant le comité ou du harcèlement post-mortem de son épouse.

« Elias ! s'étonna-t-il. Et Timothy Crane, je présume ? Nous nous sommes vus un jour chez Eleanor. »

Il n'y aurait pas de discussion. Il n'était plus temps. Crane gagna la fenêtre, derrière le conservateur, et ouvrit sa sacoche. Il en tira le scalpel. La lame brillait dans la lumière aqueuse. Randall fixait toujours le spirite.

« Qu'y a-t-il, Elias ? Franchement, je n'ai pas le temps de… »

De quoi ? se demanda Vale, tandis que Crane, avançant d'un pas vif, plantait le scalpel dans la gorge du vieillard. Ce dernier lâcha un gargouillis et commença à se tortiller, mais le sang qui lui emplissait la bouche l'empêchait de faire trop de bruit.

Son agresseur rangea l'instrument ensanglanté dans le sac, dont il extirpa la bouteille brune.

« Je croyais que vous alliez stériliser le scalpel », avoua Vale.

Une idée idiote.

« Ne soyez pas stupide. »

Crane aspergea d'alcool la tête et les épaules de sa victime, avant de verser sur le bureau le reste de la fiole. Le conservateur tomba de son fauteuil et se mit à ramper en se tenant la gorge, mais le sang giclait entre ses doigts.

Ensuite vinrent les allumettes.

Lorsque Crane émergea de la pièce en feu, sa main gauche brûlait. Le jeune homme, fasciné, la tourna et la retourna devant ses yeux tandis que les flammes bleutées, privées de combustible, s'éteignaient lentement. Sa chair était intacte, de même que sa manchette.

« Exaltant », commenta-t-il.

Elias Vale, soudain écœuré, chercha du regard son compagnon divin, mais le dieu avait disparu. Il ne restait de lui que la fumée, le feu et la puanteur de la viande brûlée.

XXI

Guilford, juché sur un serpent à fourrure, reprit des forces pendant que Tom guidait les bêtes le long des pentes de la vallée. L'escalade n'était pas facile. La neige encroûtée de glace mordait les pattes épaisses des animaux, qui gémissaient plaintivement, sans toutefois reculer. Peut-être savaient-ils ce qu'ils laissaient derrière eux. Peut-être avaient-ils hâte de fuir la cité en ruine.

À la nuit, alors qu'il tombait de la neige fondue, le broussard trouva dans la forêt une clairière, où il construisit un petit feu. Guilford se rendit utile en ramassant des branches mortes sous les arbres les plus proches, tandis que Preston Finch, encapuchonné et sinistre, nourrissait les flammes de petit bois. Les bêtes se serraient les unes contre les autres, leur fourrure hivernale luisante, une vapeur épaisse s'échappant de leurs larges narines.

Les trois hommes dînèrent d'un faucon-mite tué de frais et grillé, ainsi que de languettes de pemmican de serpent tirées du sac de Tom. Ce dernier confectionna un abri improvisé à l'aide de branches de pins-sauges et de fourrures. Il en avait récupéré plusieurs, ainsi qu'un pistolet et trois serpents. Tout ce qui restait de l'expédition Finch.

Guilford mangea peu. Il avait désespérément envie de dormir – d'éliminer ainsi la malnutrition chronique, les trois jours d'hypothermie qu'il venait de vivre dans le puits, le choc que lui avait infligé la mort de Sullivan, les engelures qui rendaient ses doigts et ses orteils d'un blanc de porcelaine inquiétant. Mais cela ne serait pas. D'autant qu'il voulait savoir exactement à quel point la situation était catastrophique.

Il demanda à Tom comment les autres étaient morts.

« Quand je suis arrivé, tout était fini, répondit son compagnon. D'après leur piste, les assaillants venaient du nord. Des hommes armés, dix ou quinze, qui ont peut-être repéré le feu de Digby, à moins qu'ils n'aient eu de la chance, tout simplement. Ils ont dû arriver en tiraillant. Tout le monde y est passé, sauf Finch, qui s'est caché dans l'écurie. Les bandits n'ont pas emmené nos serpents – ils en avaient. Ils ont aussi laissé en arrière un blessé, qui avait pris une balle dans la jambe et ne pouvait plus marcher.

– C'étaient des partisans ? s'enquit Guilford.

– Pas celui qu'ils ont abandonné, en tout cas, affirma le broussard en secouant la tête.

– Vous lui avez parlé ?

– Je lui ai dit un petit mot. Il était fini. Il avait les deux jambes complètement en miettes, et en plus, quand il est devenu mauvais, je l'ai présenté à mon couteau.

– Mon Dieu !

– Ouais, seulement vous n'avez pas vu ce qu'ils ont fait à Diggs, Farr, Robertson et Donner. Ces types n'ont rien d'humain. »

Finch releva les yeux dans un sursaut, hagard.

« Continuez, encouragea Guilford.

– Ce salopard n'était pas un partisan, ça s'entendait à son accent. J'ai couru les bars avec des partisans, nom de Dieu. La plupart sont des rapatriés français ou italiens qui aiment prendre une bonne cuite de temps en temps, agiter leur drapeau et canarder les Américains. Leurs huiles sont des pirates. Ils arment des bateaux, ils arraisonnent de vieilles frégates d'autrefois pour leur voler leur cargaison… Ils appellent ça les droits de douane, et ils dépensent leur argent dans les bordels de troisième zone. En remontant le Rhin, tout ce qu'on croise, comme partisans, ce sont des mineurs indépendants qui ont des opinions politiques.

« Ce type était américain. Il m'a dit qu'on l'avait recruté à Jeffersonville pour traquer l'expédition Finch. Qu'ils avaient été bien payés, ses copains et lui.

– Vous a-t-il appris par qui ?

– Non, pas avant de s'évanouir. Et je n'ai pas eu d'autre occasion de le lui demander. Il fallait que je m'occupe de Finch, et puis de Sullivan et vous, qui étiez restés dans le puits. Je pensais attacher ce salopard sur une luge et le traîner là-bas au matin. » Le broussard s'interrompit, avant de conclure : « Mais il s'est échappé.

– Échappé ?

– Je l'ai laissé seul juste le temps de harnacher les serpents. Enfin, pas vraiment seul – il y avait Finch, pour la différence que ça a fait. Quand je suis revenu, il s'était enfui.

– Je croyais qu'il s'était évanoui. Qu'il avait les jambes cassées.

– Il s'était évanoui. Et ses jambes étaient réduites en chair à pâté. Certains os étaient brisés, ça se voyait. On ne peut pas tricher, avec ce genre de blessure. N'empêche qu'il a filé. En laissant des empreintes. Et quand je dis filé, je n'exagère pas. Il est parti comme une flèche, droit vers les ruines. J'aurais pu le poursuivre, je suppose, mais j'avais trop à faire.

– *A priori*, déclara Guilford, prudent, ça paraît impossible.

– *A priori*, ce sont des sornettes. Mais je ne sais que ce que j'ai vu.

– Finch était resté avec lui, c'est ça ? »

La mine de Tom s'allongea, coin de mécontentement planté dans la caverne festonnée de givre de sa barbe.

« Ouais, mais il n'a rien trouvé à dire sur le sujet. »

Guilford se tourna vers le géologue, sur les traits duquel se reflétaient les indignités endurées par les explorateurs depuis la mort de Gillvany, ainsi que l'humiliation particulière du chef ayant perdu son autorité – en perdant des vies dont il était personnellement responsable. Le scientifique avait abandonné toute ostentation, son regard fixe toute raideur ; il n'était qu'un vaincu.

« Professeur Finch ? »

L'interpellé jeta au jeune homme un bref coup d'œil, l'attention aussi vacillante que la flamme d'une bougie.

« Professeur Finch, avez-vous vu ce qui est arrivé à l'homme que Tom a interrogé ? Le blessé ? »

Il détourna la tête.

« Pas la peine, intervint le broussard. Il est muet comme une carpe.

– Professeur Finch, si nous savions ce qui est arrivé, cela pourrait nous aider. À rentrer chez nous, je veux dire.

– C'était un miracle », lâcha le géologue dans un croassement râpeux.

Tom le considéra avec surprise.

« Professeur Finch ? insista Guilford, gentiment. Qu'avez-vous vu au juste ?

– Ses blessures ont guéri. Sa chair s'est refermée. Ses os se sont ressoudés. Il s'est levé. Il m'a regardé. Il s'est mis à rire.

– C'est tout ?

– C'est ce que j'ai vu.

– Ça nous fait une belle jambe », dit Tom.

Le broussard se prépara à monter la garde, tandis que Guilford et Finch se glissaient sous l'abri improvisé. Le scientifique empestait la sueur rance, le serpent et le désespoir, mais son compagnon ne sentait pas tellement meilleur. Les relents de leur humanité emplissaient le réduit, où leur souffle se condensait en nuages glacés.

Quelque chose avait remis Finch en état d'alerte. Il scrutait la nuit brutale, par-delà les épaisseurs de fourrure.

« Ce n'est pas le miracle dont je rêvais, murmura-t-il. Vous comprenez, Mr. Law ? »

Guilford, gelé et fatigué, avait du mal à se concentrer.

« Je ne comprends pas grand-chose à tout ça, professeur Finch.

– C'est bien ce que vous pensiez de moi, Sullivan et vous ? Preston Finch, le fanatique qui cherche des preuves de l'intervention divine, comme les gens qui prétendent avoir trouvé un morceau de l'Arche d'Alliance ou de la Vraie Croix ? »

Le géologue semblait aussi vieux que le vent nocturne.

« Je suis désolé que vous ayez eu cette impression.

– Je ne suis pas vexé. Peut-être aviez-vous raison. C'était de l'orgueil. Le péché d'orgueil. Je n'avais pas réfléchi. Si le naturel et le divin ne sont plus séparés, il peut aussi se produire des miracles du mal. Cette affreuse cité. Cet homme dont les os se sont ressoudés tout seuls. »

Et ces souterrains. Mon jumeau en uniforme déchiré. Ces démons qui cherchent désespérément à s'incarner. Non : pas ça. *Disons qu'il ne s'agit que d'illusions. D'émanations de la fatigue, de la malnutrition, du froid et de la peur.*

Finch toussa dans sa main, une toux déchirante.

« C'est un nouveau monde », conclut-il.

Nul ne pouvait le nier.

« Il faut dormir, professeur, murmura Guilford.

– Les forces de l'ombre et de la lumière. Sur nos talons. » Le scientifique secoua la tête avec tristesse. « Ce n'est pas ce dont je rêvais.

– Je sais. »

Silence. Puis :

« Je suis désolé que vous ayez perdu vos photographies, Mr. Law.

– Je vous remercie de me le dire. »

Finch ferma les yeux.

Ils progressaient chaque jour un peu, pas beaucoup.

Leurs terrains de prédilection étaient les pistes du gibier, les lits rocailleux des cours d'eau, le couvert des arbres-mosquées et des pins-sauges épargné par la neige – les endroits où ils n'abandonnaient pas d'empreintes évidentes. Le broussard partait à intervalles réguliers chasser au couteau, laissant à Guilford la charge de Preston Finch. Ils mangeaient souvent du serpent, des nichées de faucons-mites à la dernière extrémité, mais ils n'avaient pas touché à des légumes depuis des mois, hormis quelques racines péniblement déterrées ou de dures aiguilles d'arbre-mosquée bouillies. Les dents de Guilford branlaient, sa vision avait perdu de son acuité. Finch, à qui la première attaque avait coûté ses lunettes, était pour ainsi dire aveugle.

Les jours défilaient. Le printemps approchait, d'après le calendrier, mais le ciel restait gris, le vent froid, perçant. Guilford finit par s'accoutumer à la douleur qui lui tenaillait les articulations, travaillant en permanence la moindre jointure de son corps.

Il se demandait si le lac de Constance était gelé. S'il le reverrait un jour.

Son journal en lambeaux ne quittait pas ses fourrures ; jamais il ne s'en séparait. Il n'y subsistait guère que quelques pages blanches, mais le jeune homme n'y consignait pas moins de temps à autre de brefs messages pour Caroline.

Il avait conscience de son affaiblissement. Sa jambe abîmée le faisait à présent souffrir sans répit. Quant à Finch… il semblait avoir été tiré des ossements rejetés par un nid d'insectes.

Trois jours durant, la température monta, puis vint une froide pluie printanière. La saison nouvelle était la bienvenue, la boue et le vent beaucoup moins. Les serpents eux-mêmes, amaigris, commençaient à renâcler. Ils fouillaient la crotte à la recherche des plantes de l'année précédente. L'un d'eux avait perdu la vue d'un côté, une cataracte tendant sur sa prunelle un voile pâle.

Des tempêtes menaçantes arrivaient de l'ouest. Tom Compton partit en reconnaissance dans un éboulement qui fournit aux trois fugitifs un abri naturel, réduit de granite bas de plafond ouvert sur deux côtés. Le sable qui le tapissait était couvert de déjections animales. Guilford, après avoir occulté les deux entrées à l'aide de branches et de peaux, attacha les serpents à l'extérieur afin qu'ils donnent l'alarme en cas de besoin. Mais si la petite caverne avait autrefois été occupée, son habitant ne fit pas mine d'y revenir.

Un torrent de pluie froide les y gardant emprisonnés, Tom creusa un foyer sous la cheminée naturelle. Il avait pris l'habitude de fredonner des bêtises sentimentales de la Belle Époque – *Golden Slippers*, *Marbl'd Halls*, ce genre de choses. Il ne se souciait pas des paroles, se contentant d'en rendre les mélodies d'une rude voix de basse. Le résultat, lugubre et surprenant, évoquait moins le music-hall que le chant primitif.

La tempête faisait rage, s'apaisant parfois mais ne s'arrêtant jamais. Des ruisselets couraient sur la pierre. Guilford parvint à creuser une petite fissure pour diriger l'eau vers l'ouverture inférieure de l'abri. Bientôt, les trois hommes se mirent à rationner la nourriture. *Chaque jour que nous passons ici nous affaiblit davantage,* se disait le jeune homme. *Chaque jour, le Rhin s'éloigne un peu plus.* Sans doute existait-il une équation exacte, une correspondance entre le temps qui s'écoulait et la souffrance, dont les variables ne leur étaient pas favorables.

Le photographe rêvait moins de la sentinelle, bien qu'elle visitât toujours régulièrement ses nuits, inquiète, implorante, importune. Il rêvait de son père, à présent, que l'obstination et le sens de l'ordre avaient conduit à une mort prématurée.

Je ne te juge pas, songeait-il. *Qu'est-ce qui peut bien amener un homme ici, au bout du monde, sinon une obstination féroce ?*

Peut-être cette même obstination le ramènerait-elle à Caroline et à Lily.

Vous ne pouvez pas mourir, lui avait dit Sullivan. Peut-être était-ce vrai. Guilford avait eu de la chance. Mais il pouvait sans doute pousser son corps au-delà de toutes les limites de l'endurance.

À un moment, il se tourna vers Tom, assis, adossé à la pierre, les genoux relevés. La main du broussard cherchait toujours de temps à autre la pipe disparue des mois plus tôt.

« Vous rêviez, dans les ruines ? » demanda Guilford.

La réponse tomba comme un couperet.

« Vous ne voulez pas le savoir.

– Je crois que si.

– Les rêves ne signifient rien. C'est de la merde.

– Quand même.

– J'ai fait un rêve, admit Tom. Je mourais dans la boue. J'étais soldat. » Il hésita. « J'ai rêvé que je devenais mon propre fantôme, mais ça n'a pas de sens. »

Oh si, ça n'en a que trop, pensa son interlocuteur.

Enfin, pas un sens, pas vraiment, mais ça voulait dire… *quoi donc*, mon Dieu ?

Il se détourna, frissonnant.

« Nous avons besoin de manger, reprit Tom. Demain, si le temps le permet, j'irai à la chasse. » Il jeta un coup d'œil à Preston Finch endormi, aussi immobile qu'un cadavre, la peau du visage comme peinte sur le crâne. « Si ce n'est pas possible, il faudra tuer un des serpents.

– Autant se couper la gorge.

– Nous atteindrons aussi bien le Rhin avec deux bêtes. »

Pour une fois, le broussard n'avait pas l'air très sûr de lui.

Au matin, il faisait beau mais froid.

« Entretenez le feu, conseilla Tom à Guilford. Ne le laissez pas s'éteindre. Si je ne suis pas revenu d'ici trois jours, partez vers le nord sans m'attendre. Aidez Finch au maximum. »

Guilford le regarda sortir à longues enjambées dans la lumière bleu cru, le fusil en bandoulière, le pas cadencé, toujours aussi énergique. Les serpents, tournant vers lui leurs grands yeux noirs, se mirent à miauler.

« Ce n'est pas ce dont je rêvais », dit Finch.

Le feu brûlait bas. Guilford, accroupi près du foyer, jetait des brindilles humides dans les flammes affaiblies. L'eau s'évaporait vite, en vapeur plus qu'en fumée.

« Quoi donc, professeur Finch ? »

Le géologue se leva, fragile comme du papier, gagna d'un pas prudent l'ouverture de l'abri puis sortit dans le jour glacé. Son compagnon gardait un œil sur lui. La nuit précédente, le scientifique avait déliré dans son sommeil.

Mais il se contenta de s'appuyer à un rocher, d'ouvrir sa braguette et d'uriner longuement.

Il regagna la petite grotte en boitillant, sans s'interrompre.

« Non, ce n'est pas ce dont je rêvais, Mr. Law. Je rêvais d'un monde sain, vous comprenez ? »

Il était de toute manière difficile à comprendre, quand il consentait à s'exprimer. Deux de ses dents de devant branlaient, le faisant siffler comme une bouilloire. Guilford hocha la tête, absent, tout en continuant à entretenir le feu.

« Ne le prenez pas de haut. *Écoutez*. Ça avait un sens, Mr. Law. La conversion de l'Europe avait un sens quand on pensait au Déluge, à Babel, à la destruction de Sodome et Gomorrhe. D'ailleurs, si ce n'était pas là l'action d'un Dieu jaloux mais logique, ce ne pouvait être que l'horreur, le chaos.

– Peut-être ne le voyons-nous ainsi qu'à cause de notre ignorance, objecta Guilford. Peut-être ressemblons-nous à des singes devant un miroir. Il y a un singe *dans* le miroir, mais pas *derrière*. Est-ce un miracle pour autant, professeur Finch ?

– Vous n'avez pas vu le corps de cet homme soigner ses blessures.

– Le professeur Sullivan m'a dit un jour que "miracle" n'était qu'un autre nom pour "ignorance".

– Peut-être, mais ce n'est pas le seul.

– Ah ?

– Il y a aussi "esprits". Ou "démons".

– Superstition, affirma Guilford, malgré une soudaine chair de poule.

– Ça, c'est le nom que nous donnons aux miracles qui nous déplaisent », répondit Finch d'une voix sans timbre.

Plus beaucoup de papier, ni d'encre. Je serai bref. (À part pour te dire que tu me manques, Caroline, et que je n'ai pas renoncé à l'espoir de te retrouver et de te serrer dans mes bras.)

Il y a maintenant quatre jours que Tom Compton est parti, un de plus que la limite fixée. Je devrais poursuivre ma route, mais sans lui j'aurai du mal. J'espère toujours voir sa silhouette velue sortir de la forêt.

Le professeur Finch est mort. À mon réveil, au petit matin froid, il n'était plus dans l'abri. Je suis sorti pour découvrir qu'il s'était pendu à un pin-sauge avec notre corde.

La pluie de la nuit avait gelé sur lui. Son corps luisait au soleil telle une perverse décoration de Noël. Je le décrocherai dès que j'aurai repris un peu de force. Cette petite caverne sera son tombeau.

Pauvre professeur Finch. Il était épuisé, malade, et je le soupçonne de ne plus avoir voulu vivre dans un monde qu'il en était venu à croire hanté par le démon. Peut-être d'ailleurs y a-t-il dans cette croyance quelque sagesse.

Mais je compte bien persévérer. Je vous aime, toi & Lily.

XXII

Le luxueux vestibule de l'*Empire* était désert. Les occupants de l'hôtel, rassemblés au bout de la rue, contemplaient le bombardement. Caroline laissa derrière elle les meubles recouverts de velours rouge puis grimpa l'escalier d'un pas vif, suivie de Colin et de Lily.

Le lieutenant ouvrit la porte de sa chambre. Lily se retrouva aussitôt à la fenêtre, cherchant à distinguer la bataille malgré le mur d'un entrepôt. La fillette avait quitté Mrs. de Koenig avec joie : elle voulait, elle aussi, voir ce qui se passait.

« Des feux d'artifice, commenta-t-elle, solennelle.

– Pas vraiment, ma chérie, répondit sa mère. C'est très mauvais.

– Et *bruyant*.

– Très bruyant. »

Étaient-elles en sûreté, ici ? Mais où aller, de toute manière ?

Les tirs d'artillerie secouaient les murs. L'artillerie américaine. Qu'est-ce que cela signifiait ? Sans doute que Caroline était une ennemie dans un pays en guerre. Ce qui constituait le cadet de ses soucis. Les quais étaient en feu, elle le découvrit en écartant Lily de la fenêtre – de même que les chantiers navals, le bâtiment des douanes, probablement aussi l'entrepôt de Jered, empli de munitions. Le vent, quoique léger, soufflait avec constance ; déjà, l'incendie s'était propagé à l'extrémité de Candlewick Street.

Colin s'éclaircit la gorge. La jeune femme se retourna pour le découvrir sur le seuil, l'air gêné. La porte était ouverte.

« Il faut que je rejoigne mon régiment », annonça-t-il.

Elle n'avait pas pensé à cela. Cette idée la terrifia.

« Non, Colin… Ne nous laissez pas seules ici.

– Mon devoir…

– Au diable le devoir. Je ne veux pas qu'on m'abandonne, une fois de plus. Je ne veux pas qu'on abandonne Lily, *pas maintenant*. Elle a besoin de quelqu'un sur qui se reposer. »

Et Dieu sait que moi aussi, ajouta intérieurement Caroline.

« Pour l'amour du ciel ! protesta Colin, visiblement déchiré. C'est la guerre !

– Et que comptez-vous faire ? La gagner à vous tout seul ?

– Je suis militaire, insista-t-il d'un ton de détresse.

– Depuis combien de temps ? Dix ans ? Davantage ? Seigneur, n'en avez-vous pas *terminé* avec l'armée ? Ne *méritez-vous* pas d'en avoir terminé ? »

Il ne répondit pas. Lui tournant le dos, elle rejoignit Lily à la fenêtre. Malgré la fumée des quais qui obscurcissait le fleuve, elle distinguait les cheminées des canonnières américaines, en aval, et les bateaux anglais déjà coulés, cuirassés en miettes s'enfonçant dans la Tamise.

L'artillerie se tut. Des voix s'élevèrent alors jusqu'à la chambre, des cris. Une pointe d'amertume flottait dans l'air, fumée et pétrole en feu.

Le silence s'éternisait.

« Je peux donner ma démission, déclara enfin Colin. Quoique, non, pas en temps de guerre. Mais Dieu sait que j'y ai pensé…

– Inutile de vous expliquer, coupa sèchement la jeune femme.

– Je ne veux pas qu'il vous arrive quoi que ce soit. » Il hésita. « Ce n'est sans doute pas le meilleur moment pour le dire, mais il se trouve que je vous aime. Et que je m'inquiète de Lily. »

Elle se raidit. *Pas ça. Pas s'il ne le pense pas vraiment. Si c'est une excuse pour s'en aller.*

« Essayez de comprendre, supplia-t-il.

– Je comprends. Et vous ? »

Pas de réponse. Juste le claquement de la porte. *Eh bien voilà. Exit le lieutenant Colin Watson. Qu'il aille au diable. Maintenant, Lily, c'est juste toi et moi. Surtout, surtout, ne pas pleurer.*

Lorsque Caroline se retourna, pourtant, il était toujours là.

Les cibles principales de l'attaque, l'Armurerie et les vaisseaux militaires ancrés dans le port, furent toutes détruites durant la première heure du bombardement. L'Armurerie et les entrepôts les plus proches de la Tamise flambèrent toute la nuit. Sept canonnières britanniques furent envoyées par le fond, leurs carcasses brûlant, maussades, dans les eaux paresseuses.

Le port ne souffrit d'abord que des dommages relativement mineurs, si bien que les incendies des quais eussent été contenus sans les tirs qui s'égarèrent à l'extrémité est de Candlewick Street.

La première victime civile fut un boulanger du nom de Simon Emmanuel, récemment arrivé de Sydney. Dès que les vaisseaux américains avaient remonté le fleuve, sa boutique s'était vidée. Il se trouvait devant ses fours, s'efforçant de sauver plusieurs douzaines de pains aux raisins, lorsqu'un obus traversa le toit pour venir éclater à ses pieds, le tuant sur le coup. L'incendie qui s'ensuivit ne tarda pas à engloutir la boulangerie, avant de se communiquer aux écuries voisines et à la brasserie d'en face.

Les habitants du quartier, en train d'organiser une chaîne de seaux d'eau, prirent la fuite après l'explosion d'une conduite de gaz toute neuve qui coûta la vie à deux employés municipaux et une femme enceinte.

Le vent se fit plus sec, plus capricieux, enveloppant la cité de fumée.

Caroline, Colin et Lily passèrent la journée du lendemain dans leur chambre, conscients cependant qu'ils ne pourraient y rester beaucoup plus longtemps. Colin n'en sortit que pour aller chercher à manger. La plupart des magasins et des stands de Market Street étaient fermés, certains avaient même été mis à sac. Le lieutenant revint chargé d'une miche de pain et d'un pot de mélasse. L'*Empire*, malgré ses cuisines en état de siège, fournissait gratuitement dans la salle à manger de l'eau embouteillée.

Caroline regarda brûler la ville tout au long de la matinée.

Les incendies des quais avaient été maîtrisés, mais les quartiers est étaient la proie des flammes, que rien ne pouvait empêcher de dévorer la cité entière. Le feu, à présent fort étendu, avançait à son rythme propre, fonçant soudain en avant ou hésitant selon les pulsations du vent. L'air empestait les cendres et pire encore.

Colin, après avoir étendu un mouchoir sur une petite table, posa devant la jeune femme un morceau de pain imbibé de mélasse. Elle en préleva une bouchée, avant de le reposer pour demander :

« Où pourrions-nous bien aller ? »

Il leur faudrait partir. Très vite.

« À l'ouest de la ville, répondit Colin avec calme. Pas mal de gens se sont déjà installés dans les bruyères. Il y a des tentes. Nous n'aurons qu'à prendre des couvertures.

– Et après ?

– Ma foi, ça dépend. En partie de la guerre, en partie de nous. Je vais être obligé d'éviter la police militaire, au moins pour un temps. Plus tard, nous n'aurons qu'à nous embarquer.

– Pour aller où ?

– N'importe où.

– Pas sur le continent !

– Certes non…

– Ni en Amérique.

– Ah ? Je croyais que vous vouliez retourner à Boston. »

Caroline aurait pu présenter Colin à Liam Pierce. Mais quoique ce dernier n'eût jamais aimé Guilford, il poserait des questions, élèverait des objections. Au mieux, la jeune femme reprendrait son ancienne vie, ses anciens fardeaux. Non, pas Boston.

« Dans ce cas, reprit Colin, je propose l'Australie. » Il avait lâché la phrase avec une modestie étudiée qui fit penser à sa compagne qu'il avait longuement réfléchi à la question. « J'ai un cousin à Perth. Il nous aidera jusqu'à ce que nous soyons installés.

– En Australie, il y a des kangourous », intervint Lily.

L'officier lui adressa un clin d'œil.

« Des tas de kangourous, ma puce. À ne plus savoir où poser les pieds. »

Caroline, quoique charmée, restait le souffle coupé. L'Australie ?

« Mais que ferons-nous, là-bas ? demanda-t-elle.

– Nous vivrons », dit simplement Colin.

Le lendemain matin, un chasseur vint frapper à leur porte pour leur annoncer qu'il leur fallait quitter les lieux sur l'heure, ou que l'hôtel ne pourrait plus longtemps garantir leur sécurité.

« Déjà ! » protesta Caroline.

Ni Colin ni le chasseur ne lui prêtèrent attention. Sans doute le départ des clients s'imposait-il en effet. Durant la nuit, l'air était devenu insupportablement puant. La jeune femme avait mal aux poumons, et Lily s'était mise à tousser.

« On évacue tout l'est de Thames Street, insista l'employé. Ordre du maire. »

Étonnant qu'il fallût tout ce temps à une ville aussi petite et primitive que Londres pour brûler.

Caroline rassembla ses maigres possessions puis aida sa fille à en faire autant. Colin n'avait pas de bagages – pas le moindre souvenir auquel il parût attaché – mais rassembla en un ballot les draps et les couvertures de l'hôtel.

« Ça ne les dérangera pas, déclara-t-il. Étant donné les circonstances. »

Sa compagne se recoiffa devant le miroir du bureau. Elle n'y voyait pas grand-chose, un crépuscule permanent s'étant installé au-dehors et le gaz ayant été coupé dès le début de l'attaque. Après avoir peigné son fantôme, elle prit la main de Lily.

« Très bien, dit-elle. Allons-y. »

Colin s'était déguisé pour leur difficile périple à travers la vaste cité de tentes jaillie de terre à l'ouest de Londres. Il portait un ciré trop grand et un chapeau mou, achetés un prix exorbitant à un marchand de fripes qui parcourait la foule des réfugiés. Les militaires, affectés aux tâches les plus urgentes, circulaient parmi les abris de fortune, distribuant nourriture et médicaments. Le lieutenant ne voulait pas qu'on le reconnût.

Caroline savait qu'il redoutait d'être capturé comme déserteur. Ce qu'il était, au sens littéral du mot. Sans doute avait-il du mal à le supporter, mais il refusait d'en parler.

« Je n'étais guère qu'un comptable, disait-il. On ne me regrettera pas beaucoup. »

Au troisième jour de leur vie dans la cité de tentes, la nourriture s'était faite rare, mais des rumeurs optimistes circulaient : un vapeur de la Croix-Rouge remontait la Tamise ; les Américains avaient été vaincus en mer. Caroline ne leur prêtait qu'une oreille distraite. Elle savait ce que c'était que les rumeurs. Il lui suffisait que le feu parût enfin sur le point de s'éteindre, avec l'aide d'une pluie de printemps glaciale. Les réfugiés parlaient de reconstruction, ce qu'elle estimait ridicule : la reconstruction de la reconstruction d'un monde disparu, quelle folie.

Elle passa l'après-midi à errer parmi les maigres feux de camp et les tranchées de latrines fétides, à la recherche de son oncle et de sa tante. Elle regrettait de s'être fait si peu d'amis, d'avoir mené à Londres une vie si insulaire. Apercevoir un visage familier eût été un plaisir, mais elle ne connaissait personne ; enfin, elle découvrit Mrs. de Koenig, qui avait souvent veillé sur Lily. La vieille femme, solitaire et morose, était enveloppée d'une bâche ruisselante, les cheveux emmêlés et mouillés ; il lui fallut un moment pour se rappeler Caroline.

Lorsque cette dernière lui demanda des nouvelles d'Alice et de Jered, son interlocutrice secoua la tête, l'air misérable.

« Ils ont attendu trop longtemps. Le feu a dégringolé Market Street comme un être vivant.

– Ils sont morts ? hoqueta Caroline.

– Je suis désolée.

– Vous en êtes sûre ?

– Aussi sûre que de la pluie. » Les yeux rougis de Mrs. de Koenig étaient emplis de tristesse. « Je regrette, mademoiselle. »

Il faut toujours que quelque chose nous soit volé, s'attrista la jeune femme en repartant d'un pas lourd dans la boue et la végétation pourrissante. *Arraché.* Il était facile de pleurer sous la pluie, aussi pleura-t-elle sans retenue. Il fallait qu'elle en eût fini avec les larmes en retrouvant Lily.

XXIII

Les feux d'artifice fleurissaient au-dessus du Monument de Washington, célébrant la victoire de l'Atlantique. Des éclairs soudains coloraient la fontaine. Une odeur de poudre flottait dans l'air nocturne ; la foule s'agitait joyeusement.

« Il faut que vous quittiez la ville », annonça Crane, un vague sourire aux lèvres, les mains dans les poches. Il avançait d'une démarche chaloupée de brahmane, à la fois impériale et ironique. « Je suppose que vous en êtes conscient. »

Depuis quand Vale n'avait-il pas été témoin d'une célébration publique ? Il y avait eu quelques fêtes du 4-Juillet peu enthousiastes, après l'étrange été 1912, mais la victoire de l'Atlantique avait résonné à travers tout le pays tel un grand coup de cloche. Dans cette cohue nocturne, les deux hommes ne risquaient pas d'être reconnus. Ils pouvaient parler.

« J'aurais aimé faire mes bagages », objecta Vale.

Crane, contrairement aux dieux, tolérerait qu'il se plaignît.

« Vous n'en aurez pas le temps, Elias. D'ailleurs, les gens comme nous n'ont nul besoin de biens matériels. Nous ressemblons à euh… des moines. »

La fête se poursuivrait jusqu'au matin. Une petite guerre glorieuse : Teddy Roosevelt eût approuvé. Les Britanniques, après avoir subi des pertes dévastatrices dans leur flotte atlantique et leurs colonies darwiniennes, s'étaient rendus pour éviter une attaque contre les restes du gouvernement Kitchener, toujours au Canada. Les termes du traité n'étaient pas trop durs : embargo sur les armes, acceptation officielle de la doctrine de Wilson. Le conflit avait duré une semaine entière. Pas tant une guerre, estimait Vale, que de la diplomatie alternative et un avertissement aux Japonais, pour le cas où il leur prendrait l'envie de tourner leur attention martiale vers l'ouest.

Bien sûr, cette lutte avait servi d'autres buts, ceux des dieux, mais le spirite avait peu d'espoir de jamais en connaître la totalité. Peut-être n'en existait-il qu'un : exaspérer les haines, la violence, promouvoir le chaos. Toutefois, les dieux se montraient en général plus spécifiques.

Le *Post* avait publié un article additionnel : on interrogeait les sympathisants et ressortissants britanniques au sujet du meurtre d'Eugene Randall, le directeur de la Smithsonian Institution. Le nom de Vale n'y était pas mentionné, mais sans doute apparaîtrait-il dans le journal du matin.

« Vous devriez me remercier, dit-il à Crane, de tomber à votre place.

– L'expression est jolie, quoique inappropriée, vous le savez très bien. Vous êtes trop utile. Considérez les choses de cette façon : vous rejetez une *persona.* La police va vous trouver réduit en cendres dans votre demeure… ou du moins va-t-elle trouver quelques os et dents révélateurs. Affaire classée.

– Les os de qui ?

– Quelle importance ? »

Aucune, sans doute. Une autre victime. Un autre obstacle à l'évolution choisie du cosmos.

« Tenez », reprit Crane.

C'était une enveloppe contenant un ticket de train et un rouleau de billets de cent dollars. Le ticket était pour La Nouvelle-Orléans. Vale n'y avait jamais mis les pieds. En ce qui le concernait, ç'aurait aussi bien pu être Mars.

« Le train part à minuit, annonça encore Crane.

– Et vous ?

– J'ai des relations, Elias. » Il sourit. « Ne vous inquiétez pas pour moi. Peut-être nous reverrons-nous, d'ici une dizaine d'années ou deux ou trois. »

Dieu nous en garde.

« Vous ne vous demandez jamais… si tout cela aura une *fin* ?

– Mais oui, assura Crane. Et je pense que nous la verrons. Pas vous ? »

Les feux d'artifice allaient crescendo. Des étoiles explosaient au son de la canonnade : bleues, violettes, blanches. Un bon présage pour la nouvelle administration Harding. Crane prospérerait dans cette Washington moderne, Vale n'en doutait pas. Il s'y élèverait telle une fusée.

Tandis que je m'enfoncerai dans l'ombre. Ce qui peut-être vaut mieux.

Il faisait chaud, presque étouffant, même, à La Nouvelle-Orléans ; le printemps devenait tropical. Vale trouva la ville étrange, à peine américaine. Elle lui sembla tout droit sortie de quelque colonie française des Caraïbes, avec sa ferronnerie artistique, son tonnerre, son doux patois.

Le spirite prit un appartement sous un faux nom, dans un quartier modeste mais non sordide. Après avoir payé son loyer avec une partie de l'argent que lui avait remis Crane, il visita des bureaux situés dans les étages et où il pourrait exercer son métier. Il se sentait bizarrement libre, comme s'il avait laissé son dieu dans la cité de Washington. Tel n'était pas le cas – il le savait – mais il jouissait de cette impression.

Quoique son envie de morphine n'eût pas d'origine physique, peut-être à cause de son immortalité, il se rappelait avec plaisir son état de drogué, aussi passa-t-il quelques soirées dans les clubs de jazz, à chercher un intermédiaire. Alors qu'il rentrait chez lui par une nuit venteuse et étoilée, deux inconnus l'assaillirent, des hommes musclés, aux faciès de brutes à demi dissimulés par des bonnets de marins. Ils le traînèrent dans une ruelle, derrière la boutique d'un tatoueur.

Plus tard, il en arriva à la conclusion qu'ils devaient être possédés des dieux. Sans quoi cela n'aurait eu aucun sens. L'un tenait à la main une bouteille, l'autre un court bâton d'acier fileté. Ils ne demandèrent rien à Vale, ne lui volèrent rien, se contentant de travailler sur son visage.

Sa peau immortelle fut déchirée, transpercée, son crâne immortel fracturé en plusieurs endroits. Il avala plusieurs de ses dents immortelles.

Bien sûr, il n'en mourut pas.

Emmailloté de bandages, quasi endormi, il entendit un médecin discuter de son cas avec une infirmière dans le patois languissant de la Louisiane. *C'est un miracle qu'il s'en soit sorti. Dieu sait que personne ne risque de le reconnaître, après ça.*

Non, rectifia Vale en son for intérieur. *Ce n'est pas un miracle. Pas même une coïncidence.* Les dieux qui avaient fermé sa peau à l'aiguille de la seringue, à Washington, eussent aussi bien pu détourner ces coups terribles. Il avait été enrôlé de force parce que jamais il ne se serait porté volontaire.

Personne ne risque de le reconnaître.

Il guérit très vite.

Une nouvelle ville, un nouveau nom, un nouveau visage. Il apprit à éviter les miroirs. La laideur n'avait rien de gênant, dans son métier.

XXIV

Guilford atteignit le lac de Constance à l'endroit où s'y jetait un ruisseau, dont l'eau glacée courait sur des cailloux noirs polis. Il suivit la berge avec méticulosité, monté sur le serpent à fourrure qu'il avait appelé Évangeline, pour la simple raison que ce nom lui plaisait. Le sexe de l'animal demeurait indéterminé. Évangeline, qui s'était mieux débrouillée que son cavalier durant la dernière semaine, avançait plus vite sur ses six sabots cannelés que lui sur ses deux jambes squelettiques.

Un soleil doux illuminait la journée. Le jeune homme avait confectionné un harnais de corde qui le maintenait sur le large dos laineux même lorsqu'il perdait conscience : par moments, il sombrait dans une somnolence oscillante, la tête sur la poitrine. Le soleil lui avait cependant permis de retirer une de ses fourrures. Il sentait avec soulagement sur sa peau un air qui n'était plus mortellement froid.

Évangeline s'était révélée intelligente, pour un serpent. Elle évitait les nids d'insectes lorsque Guilford n'y prêtait pas attention ; elle ne s'écartait jamais beaucoup de l'eau courante ; et elle obéissait à son cavalier – ce qui n'était peut-être pas si surprenant, étant donné qu'il avait tué puis rôti un de ses frères serpents, et en avait libéré un autre.

Il gardait un œil sur l'horizon en permanence. Jamais il n'avait été aussi seul, effroyablement seul, dans une contrée infinie de forêts ombreuses et de gorges abyssales. Toutefois, cela ne lui posait pas de problème. La solitude ne le dérangeait pas. Ce qui le dérangeait, c'était ce qui se passait quand des gens se montraient.

Il attribua à Évangeline la découverte de l'arche rocheuse sous laquelle avaient été cachés les bateaux des explorateurs. La bête avait suivi son chemin patiemment le long de la berge, au fil des heures, jusqu'à enfin s'arrêter en gémissant pour attirer l'attention de son maître.

Guilford reconnut les rochers, la côte, les prairies vallonnées qui commençaient juste à reverdir.

Il était bien au bon endroit. Mais la bâche avait disparu, ainsi que les embarcations.

Le jeune homme, hébété, se laissa glisser à terre et se mit à parcourir la plage à la recherche de… eh bien, de n'importe quoi : des restes, des preuves. Il trouva une planche noircie, un clou rouillé. Rien de plus.

De petites vagues poussées par la brise venaient s'écraser sur les galets.

Le soleil baissait. Guilford aurait besoin de bois, s'il parvenait à rassembler l'énergie nécessaire pour construire un foyer.

« C'est la fin de la route, Évangeline, soupira-t-il. Du moins pour l'instant.

– Effectivement, ça risque de l'être, si vous ne faites pas un vrai repas. »

Il se retourna.

Erasmus.

« Tom pensait bien que vous viendriez ici », ajouta l'éleveur.

Erasmus nourrit Guilford convenablement, lui prêta du matériel de couchage et lui promit de les emmener, Évangeline et lui, jusqu'à son ranch improvisé, au pied des chutes du Rhin, à quelques jours de marche de là ; le jeune homme n'aurait plus ensuite qu'à redescendre le fleuve, lorsque son compagnon enverrait au marché le troupeau de l'hiver.

« Vous avez vu Tom ? Il est toujours en vie ?

– Il est passé chez moi sur le chemin de Jeffersonville et m'a dit de vous attendre. Quand il est parti chasser, il est tombé sur des bandits. Trop pour qu'il puisse se battre. Alors il s'est dirigé vers le nord, en laissant exprès des traces de feux de camp. En gros, il les a entraînés dans une chasse au dahu jusqu'au lac de Constance. Il vous a sauvé la peau, Mr. Law, mais pas celle de Preston Finch, à ce que je vois.

– Non, en effet », acquiesça Guilford.

Ils longèrent les gorges du Rhin en suivant la route de terre établie par Erasmus. L'éleveur décida une pause près d'un petit lac nourri par un affluent sans nom, lent et peu profond. Le soleil en avait chauffé l'eau jusqu'à la rendre supportable, bien que Guilford ne l'eût tout de même pas qualifiée de chaude. Pour la première fois depuis des semaines, il lui fut possible de se laver. Il y laissa tant de peau et de crasse que le ruisseau eût aussi bien pu être de lessive. Enfin, il en sortit, nu comme un ver, frissonnant. Les premiers massetiques de l'année se cognèrent contre son torse avant de fuir sur l'eau ensoleillée. Ses cheveux lui pendaient devant les yeux ; sa barbe lui enveloppait le buste telle une couverture de l'armée mouillée.

Pendant qu'il se séchait et s'habillait, Erasmus monta la tente puis creusa pour le feu un foyer peu profond.

Ils partagèrent des haricots en conserve additionnés de mélasse, à l'arôme de fumée. L'éleveur se servit ensuite d'un pot étamé pour faire un café d'une viscosité de sirop, d'une amertume d'argile.

Il était préoccupé.

« Tom m'a parlé de la cité, finit-il par lâcher. Et de ce qui vous est arrivé.

– Vous le connaissez si bien que ça ?

– Plus ou moins. En fait, on est tous les deux allés dans l'Autre Monde. »

Guilford lui jeta un regard circonspect. Son compagnon le fixait d'un air neutre.

« Si Tom me l'avait demandé, je les lui aurais vendues, ces vingt têtes, poursuivit-il. Ça fait un bout de temps qu'on se connaît, ouais. Mais il a fallu que Finch arrive avec sa grande gueule et me mette en rogne… sans vouloir dire du mal des morts. »

Il prit une pipe dans ses fontes, la bourra puis l'alluma à l'aide d'une allumette en bois. Il fumait du tabac, pas des plantes indigènes. L'odeur, exotique, éveillait d'innombrables souvenirs. Elle évoquait les livres reliés cuir et les profonds capitonnages. La civilisation.

« On est tous les deux morts durant la Grande Guerre, continua Erasmus. Dans l'Autre Monde, bien sûr. On a tous les deux parlé à nos esprits. »

Guilford frissonna. Il ne voulait pas écouter. Tout, sauf ça : pas cette folie, pas maintenant.

« À la base, reprit son compagnon, je ne suis que le banal descendant à la troisième génération d'un immigré allemand du Wisconsin. Mon père travaillait dans une petite entreprise d'embouteillage, et je l'aurais imité si je n'étais pas venu à Jeffersonville. Mais il y a cet Autre Monde, où le Kaiser s'est pris de bec avec les Anglais, les Français et les Russes. Un tas d'Américains ont été embarqués pour aller se battre en 1917 et 18, et pas mal sont morts. » Il se racla bruyamment la gorge, avant de cracher une masse brune au cœur des flammes. « Dans l'Autre Monde, je suis un esprit, alors que, dans le nôtre, j'ai toujours bon pied, bon œil. Ça va, vous suivez ? »

Guilford ne répondit pas.

« Mais les deux mondes ne sont plus complètement séparés. C'est à ça qu'a servi la conversion de l'Europe, sans parler de la prétendue ville où vous avez hiverné. Ils se sont emmêlés, parce que quelque chose cherche à les détruire tous les deux. Enfin, peut-être pas à les détruire, plutôt à les *manger*... c'est assez compliqué.

« Certains hommes sont morts dans l'Autre Monde mais vivent toujours dans le nôtre, ce qui en fait des gens spéciaux. Nous avons du travail, Guilford Law, et pas un travail facile. Je ne veux pas vous donner l'impression que je sais tout en détail. Ce n'est pas le cas. N'empêche qu'une longue tâche répugnante nous attend, et qu'il faut que nous nous en chargions. »

Guilford ne dit rien ; il ne pensait même pas.

« Les deux mondes se rapprochent de plus en plus. Tom l'ignorait quand vous avez trouvé la cité. Enfin, il s'en doutait peut-être, mais quand vous êtes repartis, il en était sûr. Il l'est toujours. Et vous aussi, à mon avis.

– Les gens s'imaginent des tas de choses, déclara enfin Guilford.

– Ils refusent aussi d'en imaginer des tas.

– Je ne vois pas ce que vous voulez dire.

– Je pense que si. Vous êtes des nôtres, Guilford Law. Vous refusez de l'admettre. Vous avez une femme et une fille, alors vous préférez éviter d'être recruté pour l'Apocalypse. Je ne peux pas vous le reprocher. Mais leur vie à elles aussi est en jeu – la vie de vos enfants, de vos petits-enfants.

– Je ne crois pas aux esprits, parvint à lâcher Guilford.

– Dommage, parce que les esprits, eux, croient en vous. Et certains aimeraient bien vous tuer. Il y en a de bons et de mauvais. »

Pas question que j'adopte ce fantasme, décida Guilford. Certes, il avait vu en rêve d'étranges choses. Dans le puits de la cité en ruine. Mais cela ne prouvait rien.

(Comment Erasmus savait-il, pour la sentinelle ? Les derniers mots cryptiques de Sullivan : *Vous êtes mort en France. Pendant la guerre contre les Boches...* Non, n'y pense plus ; tu verras plus tard. Ne cède sur rien. Retourne à Caroline.)

« La cité, s'entendit murmurer Guilford.

– La cité est *leur.* Ils ne voulaient pas que qui que ce soit la découvre. D'ailleurs, ils se donnent beaucoup de mal pour la cacher. Retournez là-bas d'ici six mois, un an, vous ne la retrouverez pas. Ils sont en train de recoudre la vallée à la façon d'un sac de farine. Ce genre de choses ne leur pose pas de problème. Soustraire une partie du monde au savoir des hommes. Oh, on mettra peut-être encore la main dessus, vous ou moi, mais pas quelqu'un de normal.

– Je suis quelqu'un de normal, Erasmus.

– Comme disait ma mère, il ne suffit pas de vouloir pour avoir. » L'éleveur se leva avec un grognement. « Allez dormir, Guilford Law. Il nous reste un bon bout de chemin. »

Erasmus ne revint pas sur le sujet, et Guilford le chassa de son esprit. Il avait d'autres problèmes, plus urgents.

À la ferme, sa santé physique s'améliora. Lorsque les bateaux de commerce arrivèrent de Jeffersonville, il était capable de parcourir sans boiter une certaine distance. Après avoir remercié l'éleveur de son aide, il proposa de lui envoyer régulièrement *Argosy.*

« Bonne idée, répondit Erasmus. Il m'a fallu un moment pour lire le livre de Finch. Pourquoi pas aussi *National Geographic* ?

– D'accord.

– *Science and Invention* ?

– Vous m'avez sauvé la vie, Erasmus. Tout ce que vous voudrez.

– Bon… Je n'en demanderai pas trop quand même. Et je doute de vous avoir sauvé la vie. Votre destinée ne dépend pas de moi. »

Il avait chargé son troupeau dans deux bateaux à fond plat, propriétés d'un courtier de Jeffersonville, qui devaient ramener Guilford sur la côte.

« En ce qui concerne Évangeline…, commença le jeune homme en lui tendant la main.

– Ne vous en faites pas pour elle. Je la relâcherai, si ça lui dit. Une fois qu'on donne un nom à un animal, il est trop tard pour le bon sens.

– Merci.

– Ce n'est qu'un au revoir, assura l'éleveur. Réfléchissez à ce que je vous ai dit, Guilford.

– D'accord. »

Mais pas maintenant.

Le capitaine apprit à son passager que l'Angleterre avait eu des problèmes. Une bataille maritime. Quant aux nouvelles qui arrivaient par le sans-fil, elles étaient strictement censurées.

« Mais j'ai entendu dire qu'on les avait battus à plate couture. »

Les bateaux marchaient bien, tandis que le Rhin s'élargissait dans les basses terres. Les jours se faisaient plus chauds, les marches rhénanes émeraude sous le ciel printanier lumineux.

Guilford, suivant le conseil d'Erasmus, arriva à Jeffersonville incognito. La bourgade s'était agrandie, depuis qu'il l'avait quittée ; les cabanes de pêcheurs y avaient fleuri, accompagnées de trois véritables bâtiments supplémentaires, construits sur la terre ferme, près des quais. Il y avait aussi plus de bateaux à l'ancre dans la baie, quoique aucun navire militaire ; la base de la Navy se trouvait à quatre-vingts kilomètres au sud. Personne ne commerçait avec l'Angleterre – du moins légalement.

L'arrivant se lança à la recherche de Tom Compton, mais la petite maison du broussard était déserte.

Au bureau de la Western Union, il demanda à transférer son compte personnel de Boston, en espérant que Caroline, persuadée de sa mort, ne l'avait pas fermé. L'argent lui parvint sans problème, mais il lui fut impossible d'envoyer un message à Londres.

« Il paraît qu'il n'y aurait plus personne pour le recevoir », lui apprit le télégraphiste.

Guilford entendit parler du bombardement par un marin américain ivre, dans un bouge du front de mer où il attendait l'homme censé lui faire traverser la Manche.

Le photographe portait un caban bleu et un bonnet de laine enfoncé jusqu'aux sourcils. Pénétrant dans la taverne bondée, enfumée par les pipes, il s'installa sur un tabouret à l'extrémité du comptoir. Il ne prêta aucune attention aux conversations qui lui parvenaient, jusqu'à ce qu'un gros matelot assis à la table la plus proche mentionnât Londres. « Incendie », entendit Guilford, et « sacré terrain vague ».

Il s'approcha du marin, qui discutait avec un grand Noir maigrichon.

« Excusez-moi, intervint-il. Je n'ai pas l'intention de vous espionner, mais vous avez parlé de Londres ? J'aimerais beaucoup avoir des nouvelles… Ma femme et ma fille s'y trouvent.

– J'y ai semé quelques bâtards, moi aussi », commenta le gros homme. L'expression de Guilford effaça son sourire. « Je ne voulais pas vous vexer… Tout ce que je sais, c'est ce qu'on m'en a dit.

– Vous y êtes allé ?

– Pas depuis le début des hostilités. J'ai vu un mécanicien qui prétendait avoir remonté la Tamise sur une canonnière. Mais il devient bavard, quand il a bu, et la vérité ne sort pas toujours de sa bouche.

– Il est à Jeffersonville ?

– Non, il a repris la mer hier.

– Que vous a-t-il raconté sur Londres ?

– Que la ville avait été bombardée. Qu'elle avait entièrement brûlé. Mais les gens racontent n'importe quoi, vous savez. Seigneur, regardez-moi ça, vous tremblez comme une feuille. Tenez, je vous paye un verre.

– Merci, je n'ai pas soif », murmura Guilford.

Il loua les services d'un pilote du nom de Hans Kohn, seul maître à bord d'un chalutier rouillé mais capable de prendre la mer, qui accepta de l'emmener jusqu'à Douvres moyennant finances.

Le bateau quitta Jeffersonville à la nuit, balancé par une houle légère sous un ciel sans lune. Kohn dut se dérouter par deux fois pour éviter des patrouilles de la Navy, silhouettes indistinctes contre l'horizon violet. Comme il l'expliqua à son passager, il n'était pas question de remonter la Tamise.

« C'est trop surveillé. De Douvres, vous n'avez qu'à prendre la route. Enfin, le chemin en terre. Je ne peux pas faire plus. »

Guilford accosta à un grossier quai de bois, dans le Kent. Kohn reprit la mer tandis que le jeune homme, assis sur les planches grinçantes, tendait l'oreille aux cris des oiseaux de mer. À l'orient, le ciel devenait d'un vermillon laiteux. Une odeur de sel et de pourriture flottait sur le ponton.

L'Angleterre, après tout ce temps. La fin du voyage, ou du moins le commencement de la fin. Guilford sentait le poids des kilomètres parcourus, aussi gigantesque que l'océan. Il pensait à sa femme et à sa fille.

La route reliant Douvres à Londres consistait en une piste boueuse taillée à travers la jungle anglaise, à peine assez large, par endroits, pour laisser passer un unique cavalier sur son cheval.

En dépit de sa taille modeste, Douvres était un port florissant. Encastrée dans la terre crayeuse de la côte, entourée de collines balayées par le vent, la petite ville reposait au sein d'une immensité bleu-vert d'oseille étoilée et de roseaux couronnés de feuilles que les habitants du cru appelaient faux tabac. La guerre ne l'avait que peu affectée ; la nourriture y demeurait relativement abondante, et Guilford parvint à y acheter une jument de selle pas trop âgée qui le porterait bien jusqu'à Londres. Quoiqu'il n'eût rien d'un cavalier émérite, le cheval se révéla un moyen de locomotion infiniment plus confortable qu'Évangeline.

Il eut un long moment de solitude avant de commencer à croiser des réfugiés, en traversant les prairies des hautes terres.

Ce ne furent d'abord que quelques fuyards en loques, montés ou non, tirant parfois des charrettes couvertes de boue où s'empilaient couvertures, vaisselle, caisses à thé en bois grossier. Il échangea quelques mots avec eux. Nul n'avait de nouvelles rassurantes à lui apprendre, et son accent suscitait des mouvements de recul. Peu après le crépuscule, il tomba sur une petite foule de quarante familles qui campaient à flanc de colline, les foyers brillant dans la nuit telles les lumières d'une cité nomade.

Il pensait avant tout à Caroline et Lily. Malgré les questions polies qu'il posa aux réfugiés, il n'en trouva aucun qui les eût vues ou connues. Solitaire, découragé, il s'arrêta et accepta de se joindre au cercle entourant un des feux de camp. Après avoir généreusement partagé ses provisions, il expliqua sa situation et demanda ce qui s'était au juste passé à Londres.

Les réponses furent aussi brèves que brutales.

La ville avait été bombardée. Elle avait brûlé.

Déplorait-on beaucoup de morts ?

Oui – mais nul ne les avait dénombrés ou recensés.

Alors qu'il approchait du but, il commença à avoir la troublante impression d'être suivi.

Il lui sembla voir à plusieurs reprises, parmi le flot croissant des réfugiés, avançant près de lui sur la piste forestière ou le guettant depuis l'entrelacs des arbres-mosquées et des fougères-pagodes, un visage familier. Un visage masculin, marqué par les soucis malgré sa jeunesse. L'homme portait du kaki, un uniforme usé dépourvu de signes distinctifs. Il présentait une ressemblance frappante avec le soldat des rêves de Guilford. Pourtant, c'était impossible.

Le photographe tenta de s'en approcher. À deux reprises, sur des portions de piste isolées, au cœur du crépuscule sylvestre, il appela l'inconnu. Nul ne lui répondit. Il se sentit idiot, apeuré.

Sans doute n'y avait-il personne. Ce n'était qu'un tour que lui jouaient ses yeux fatigués et son anxiété.

Pourtant, il continua son chemin avec prudence.

Londres lui apparut d'abord comme le dôme de la nouvelle cathédrale Saint-Paul, noirci mais intact, dominant de sa tristesse un champ de brume et de décombres.

Un bac improvisé l'emporta jusqu'à la rive nord du fleuve sous une bruine persistante qui picotait les eaux turbulentes.

Un camp de réfugiés se dressait dans les champs aménagés à l'ouest de l'agglomération, vaste assemblage puant de tentes séparées par les tranchées des latrines, semé de quelques drapeaux de la Croix-Rouge qui pendaient mollement sous la pluie.

Il s'approcha d'un chapiteau médical, où une infirmière aux cheveux retenus par un filet distribuait des couvertures.

« S'il vous plaît », appela-t-il.

Son accent fit tourner plusieurs têtes. L'infirmière lui jeta un coup d'œil et eut un imperceptible hochement de menton.

« Je cherche quelqu'un, expliqua-t-il. Y a-t-il moyen de savoir… je veux dire y a-t-il une liste… »

Elle secoua la tête avec brusquerie.

« Désolée. Nous avons essayé, mais après l'incendie, trop de gens se sont perdus dans la nature. Vous venez de la nouvelle Douvres ?

– J'y suis passé.

– Alors vous savez combien les réfugiés sont nombreux. Demandez quand même à la tente-cuisine. Tout le monde s'y retrouve. C'est dans la clairière ouest. » Mouvement du menton. « Par là. »

Les sourcils froncés, il regarda par-dessus plusieurs arpents de misère humaine.

Son interlocutrice se raidit.

« Excusez-moi, reprit-elle d'une voix plus douce. Je ne suis pas indifférente. C'est juste qu'il y en a… *tellement.* »

Guilford se dirigeait vers la tente-cuisine quand le fantôme lui apparut à nouveau, passant telle son ombre à travers l'étendue boueuse, les abris de toile et les feux fumants.

« Mr. Law ? Mr. Guilford Law ? »

Il crut tout d'abord que le spectre l'appelait puis, se retournant, vit une femme en loques qui lui faisait signe. Il lui fallut un moment pour la reconnaître : Mrs. de Koenig, la voisine des Pierce, une veuve.

« Mr. Law… c'est vraiment vous ?

– Oui, Mrs. de Koenig, c'est vraiment moi.

– Seigneur, je vous croyais mort ! Tout le monde vous croyait mort !

– Je suis venu chercher Caroline et Lily.

– Oh. Bien sûr. » Le sourire édenté de la vieille femme s'était évanoui. « Oui, bien sûr. Je vais vous dire. Allons prendre un verre tous les deux. Ça nous permettra de discuter. »

XXV

Chère Caroline,

Sans doute ne liras-tu jamais ma lettre. C'est avec cette pensée que je t'écris, ne conservant qu'un mince espoir.

Comme tu peux le constater, j'ai survécu à l'hiver darwinien. (De toute l'expédition Finch, il ne reste que Tom Compton et moi – à condition que Tom soit encore en vie.) Si la nouvelle ne t'était pas encore parvenue, j'espère que le choc n'est pas trop brutal. Je sais que tu me croyais mort. Je suppose que cela explique ta conduite, en grande partie du moins, à partir de l'automne 1920.

Peut-être penses-tu que je t'écris pour t'exprimer mon mépris ou ma colère. Il est vrai que je suis en colère. J'aurais voulu que tu attendes. Mais la question est sujette à controverse. Je ne te blâme nullement. J'étais dans des contrées sauvages, vivant ; tu étais à Londres et me croyais mort. Disons simplement que chacun de nous a agi en conséquence.

J'hésite à poursuivre (il y a de toute façon peu de chances que tu me lises), mais l'habitude de t'adresser mes pensées est difficile à perdre. Et puis nous devons nous mettre d'accord sur certains points.

Et j'ai une faveur à te demander.

Puisque je joins à cette missive les notes et messages que je t'ai écrits sur le continent, je vais terminer mon histoire. Il s'est passé quelque chose d'extraordinaire, qu'il me faut coucher sur le papier même si tu ne dois jamais en prendre connaissance (ce qui vaudra peut-être mieux).

Je t'ai cherchée dans les ruines de Londres. Peu après mon arrivée, j'ai rencontré Mrs. de Koenig, notre voisine de Market Street, qui m'a expliqué que tu avais pris un bateau de réfugiés en partance pour l'Australie. Elle m'a dit que Lily et cet homme (je ne l'appellerai pas « ce déserteur », bien qu'il m'ait semblé comprendre qu'il l'était), ce Colin Watson, t'accompagnaient.

Je ne m'étendrai pas sur mes réactions. Sache seulement que les jours suivants restent vagues dans mon esprit. Après avoir vendu mon cheval, j'ai consacré tout mon argent à ce qu'on avait sauvé des distilleries de High Street.

L'oubli coûte cher, à Londres, mais peut-être en est-il ainsi partout.

Je me suis réveillé longtemps après, allongé en plein air, dans la brume, brutalement sobre et glacé à en avoir mal. Ma couverture ainsi que mes vêtements sales étaient trempés. L'aube pointait, le soleil illuminant à peine l'orient. Je me trouvais à la limite du camp de réfugiés. J'ai jeté un coup d'œil aux quelques foyers de braises que nul n'entretenait dans la grisaille. Puis, une fois plus solide, je me suis levé. Je me sentais solitaire et abandonné…

Mais je ne l'étais pas.

Une esquisse de bruit m'a fait pivoter, et…

Je me suis vu, moi.

Je sais que ça peut paraître bizarre. Ça l'était réellement. Bizarre et déconcertant. Nous ne voyons jamais notre propre visage, dans les miroirs pas plus qu'ailleurs. Je pense que, dès notre plus jeune âge, nous apprenons à poser pour eux, à nous montrer sous nos angles les plus avantageux. Se découvrir soi-même, en pied, à la place de quelqu'un d'autre, est très différent.

Je suis resté bouche bée un moment, à le regarder. Je savais, sans avoir besoin de le lui demander, que c'était lui qui m'avait suivi depuis Douvres.

La raison pour laquelle je ne l'avais pas reconnu plus tôt était évidente. Si c'était indéniablement moi, ce n'était pas mon reflet parfait. Laisse-moi te le décrire : un grand jeune homme en uniforme usé jusqu'à la corde, tête nue, avec aux pieds des bottes boueuses, plus étoffé que moi et pas boiteux ; rasé de frais ; les yeux brillants, observateurs ; souriant, sans la moindre nuance de menace ; pas d'arme.

Il paraissait inoffensif.

Mais il n'était pas humain.

Du moins n'était-il pas un être humain vivant. Tout d'abord, il ne se trouvait pas vraiment *là*. Je veux dire que sa silhouette pâlissait puis reprenait des couleurs, périodiquement, telle une étoile scintillant par une nuit venteuse.

« Qui êtes-vous ? ai-je murmuré.

– C'est une question compliquée, a-t-il déclaré d'une voix ferme, nullement spectrale. Mais je pense que tu connais déjà en partie la réponse. »

La terre détrempée exhalait une brume froide. Nous nous tenions l'un près de l'autre dans la demi-pénombre glacée comme si un mur nous avait séparés du reste du monde.

« Vous paraissez être mon double, ai-je dit lentement, ou un fantôme. Je ne sais pas.

– Viens faire une petite promenade avec moi, Guilford, a-t-il demandé. Je réfléchis mieux sur mes deux pieds. »

Aussi avons-nous erré à travers la clairière par ce matin cotonneux. Sans doute aurais-je dû être terrifié. Je l'étais, au fond. Mais il avait quelque chose de désarmant. *C'est ridicule que nous en soyons réduits à nous rencontrer de cette manière,* semblait dire son expression.

Comme si un fantôme avait à présenter des excuses pour ses accessoires grossiers : son suaire, ses chaînes.

Peut-être as-tu l'impression que j'ai accepté calmement cette visitation. En réalité, je me sentais plus fasciné que surpris. Je crois qu'il avait choisi un moment où j'étais assez vulnérable – assez désorienté – pour l'entendre malgré ma terreur rugissante.

À moins qu'il n'ait été une hallucination due à l'épuisement, l'alcool et le chagrin. Tu en penseras ce que tu voudras, Caroline.

Il s'avançait dans la faible clarté de l'aube, satisfait, je crois, de l'ombre profonde des arbres-mosquées qui entouraient la clairière ; il y paraissait en tout cas plus solide. Sa voix était bien physique, empreinte des bruits du souffle et des poumons. Il s'exprimait sans prétention, dans un anglais banal aussi familier pour moi que le grondement de mes propres pensées. Pourtant, jamais il n'hésitait ou ne cherchait ses mots.

Voilà ce qu'il m'a dit.

Il se nomme Guilford Law, il est né et a été élevé à Boston.

Son existence a été banale jusqu'à ses dix-neuf ans, où il a été appelé sous les drapeaux puis envoyé de l'autre côté de l'océan pour participer à une guerre étrangère… une guerre européenne, une « guerre mondiale ».

Il m'a demandé d'imaginer une Histoire où l'Europe n'a jamais été transformée, où ce brouet de royautés et de despotismes a continué à mijoter pour enfin exploser en un conflit généralisé.

Les détails n'ont pas d'importance. Ce qui compte, c'est que ce Guilford Law fantôme a fini par se retrouver en France, face à l'armée allemande, dans une guerre de tranchées statique, sanglante, plus cauchemardesque encore du fait des attaques aériennes et des gaz empoisonnés.

Ce Guilford Law – « la sentinelle », comme j'en suis venu à l'appeler – a été tué.

À sa grande surprise, en fermant les yeux pour la dernière fois sur cette Terre, il n'a pas affronté la fin de toute vie et de toute pensée.

Car là, Caroline, l'histoire devient plus étrange, plus folle encore.

Nous nous sommes assis sur un arbre tombé, dans la fraîcheur du petit matin. J'étais stupéfait par la présence toute simple, la solidité, le *poids* de mon compagnon. Ses cheveux noirs s'agitaient au vent ; il inspirait et expirait comme toi ou moi ; le tronc a remué quand il s'est tourné pour me regarder en face.

Si ce qu'il m'a raconté est vrai, Schiaparelli et les astronomes de son bord ont raison : la vie existe parmi les étoiles et les planètes, une vie qui ressemble ou non à la nôtre, qui en diffère parfois radicalement.

L'Univers est incroyablement vieux, m'a dit mon visiteur. Assez pour avoir produit des civilisations scientifiques bien avant que l'homme n'en arrive à la hache de pierre. L'espèce humaine est née dans une galaxie saturée de conscience. La poussière originelle n'avait pas encore coagulé pour donner notre soleil que l'Univers renfermait déjà des merveilles si grandes et si subtiles qu'elles tenaient plus de la magie que de la science ; et d'autres, plus grandes encore, allaient suivre, des entreprises dont la réalisation allait demander des siècles, littéralement.

Il m'a décrit notre galaxie – ce petit amas de quelques milliards d'étoiles qui n'est qu'un des milliards d'amas de ce genre – comme une sorte d'être vivant « s'éveillant à la conscience ». Entre les étoiles existent des lignes de communication non pas télégraphiques, ni même radio, mais constituées par l'essence invisible (l'« énergie isotropique », ce qui me paraît vouloir dire l'éther) de l'espace lui-même ; et ces réseaux serrés de communication sont devenus si compliqués qu'ils possèdent une intelligence propre ! Les étoiles, d'après la sentinelle, *pensent entre elles*, littéralement ; mieux, *elles se souviennent.*

Preston Finch citait souvent Mgr Berkeley en disant que nous sommes tous des pensées de l'esprit divin, mais qu'en est-il s'il faut le prendre au pied de la lettre ?

Ce Guilford Law fantôme a été un être de chair et de sang jusqu'au jour de sa mort, où il est devenu une sorte de pensée… un *germe de conscience*, suivant sa propre expression, dans l'esprit du Dieu local, la conscience galactique en évolution.

Ce n'était pas une existence particulièrement exaltante, du moins au début. Une conscience humaine reste une conscience humaine, même transcrite dans la Conscience au sens large. Il s'est éveillé à l'après-vie persuadé de se trouver dans un hôpital de campagne français, en train de guérir d'une blessure de shrapnel, et il a fallu que quelques-uns de ses prédécesseurs dans la mort viennent le voir pour le convaincre de sa propre fin ! Son corps « virtuel » (comme il l'appelle) ressemblait à tel point à son corps de chair qu'il ne semblait y avoir entre les deux aucune différence. On lui a néanmoins affirmé que cela pouvait changer. L'essence de la vie est le changement ; l'essence de la vie éternelle, une éternité de changement. Il y avait tant à apprendre, des mondes à explorer, de nouvelles formes de vie à découvrir – à *devenir* si l'envie l'en prenait. Son corps organique avait été limité par ses besoins physiques et la capacité de son cerveau à emmagasiner puis retenir les souvenirs. Ces inconvénients avaient disparu.

Il allait changer, c'était inévitable, en apprenant à habiter la conscience qui le contenait, à puiser dans sa mémoire et sa sagesse. Non pour abandonner sa nature humaine mais pour s'y appuyer et l'étendre.

C'est, en résumé, ce qu'il a fait, pendant des millions de siècles, jusqu'à ce que le germe de conscience du nom de

« Guilford Law » devienne une fraction de quelque chose de plus vaste, de plus complexe.

Ce matin-là, j'ai discuté avec Guilford Law mais aussi avec cet être plus vaste – des milliards et des milliards d'êtres, tous liés quoique conservant leur individualité.

Imagine mon incrédulité. Mais, étant donné les circonstances, n'importe quelle explication m'aurait paru plausible.

Est-il possible que tu voies dans cette lettre autre chose que les divagations d'un malheureux, conduit à la folie par la solitude et un terrible choc ?

Dieu sait que j'ai en effet subi un choc. Je pleure ce que, tous deux, nous avons perdu.

D'ailleurs, je n'attends nullement que tu me croies. Tout ce que je te demande, Caroline, c'est un peu de patience. Et de bonne volonté, s'il t'en reste.

J'ai interrogé la sentinelle. Je voulais savoir comment le moindre de ces événements avait bien pu se produire. C'est *moi* Guilford Law, après tout, et je ne suis *pas* mort dans une guerre européenne, ça me paraissait aussi évident que le lever du soleil.

« C'est une longue histoire », a-t-il répondu.

Je lui ai fait remarquer que personne ne m'attendait.

L'après-vie, m'a-t-il déclaré, ne ressemblait pas du tout à ce qu'il croyait. Surtout, fondamentalement, elle n'avait rien de *surnaturel* – c'était un paradis créé par l'homme (ou du moins par une race intelligente), aussi artificiel que le pont de Brooklyn et, à sa manière immense, aussi limité. Les âmes récupérées sur un million de planètes étaient liées entre elles au sein de structures physiques qu'il appelait des « noosphères », des engins de la taille de mondes qui parcouraient la Galaxie en une exploration sans fin. Un paradis, Caroline, mais pas *le* Paradis, puisqu'il avait ses problèmes et ses ennemis.

J'ai demandé quels ennemis pouvaient bien avoir les dieux.

« Ils en ont deux », m'a déclaré la sentinelle.

Le premier était le temps. La conscience avait vaincu la mortalité, du moins à l'échelle galactique. Avant même l'avènement de l'humanité, toute créature éventuellement consciente mourant à la portée effective des noosphères était emportée au paradis. (Y compris tous les êtres humains, de l'homme de Neandertal au président Taft et au-delà. Certains, m'a laissé entendre mon compagnon, avaient besoin d'un « nouvel éveil moral » important avant de s'habituer à l'après-vie. J'ai cru comprendre que si nous ne sommes pas l'espèce la plus vile de la Galaxie, nous ne sommes pas non plus, et de loin, la plus angélique.)

Mais la conscience proprement dite était mortelle, ainsi que la Voie lactée, voire que l'Univers tout entier ! Le soldat m'a parlé de « décomposition particulaire » et de « mort calorique », ce qui m'a un peu échappé. En gros, il m'a expliqué que la *matière elle-même* finirait par mourir. Grâce à toute l'intelligence dont elles disposaient, les noosphères ont trouvé malgré tout comment prolonger leur existence. Elles sont parvenues à construire des « Archives », somme de l'Histoire de la conscience, qu'elles et leurs sœurs intégrées à d'autres galaxies incroyablement lointaines pourraient également consulter.

Ainsi, le temps, leur premier ennemi, s'il n'avait pas été vaincu, s'était du moins vu privé de crocs.

Leur autre ennemi, la sentinelle l'a appelé la *psivie*, de la lettre grecque *psi*, qui a donné *pseudo.*

La psivie représentait l'aboutissement ultime des tentatives effectuées pour que les machines imitent l'évolution.

Les machines, m'a assuré le soldat, étaient capables de parvenir à la conscience, dans certaines limites. (Je pense qu'il a employé les mots « conscience » et « machine » dans leur acception technique, mais je n'ai pas insisté.) La conscience, organique ou mécanique, était basée sur « l'indétermination quantique », alors que la psivie reposait sur les *mathématiques.*

Elle produisait des « systèmes parasites » ou encore – je répète de mon mieux – « des algols-rythmes sans âme, prédateurs de complexité, l'envahissant et la dévorant ».

Ces algols-rythmes ne détestaient pas plus les êtres conscients que la guêpe ne déteste la tarentule dans laquelle elle pond ses œufs. La psivie s'introduisait au cœur des « systèmes » conscients, dont elle dévorait la conscience. Pensée et communication n'étaient pour elle que des outils grâce auxquels elle se fabriquait des copies qui en feraient autant à leur tour, et ainsi de suite *ad infinitum*.

Bien que dépourvue de conscience et d'intelligence au sens conventionnel de ces mots, elle était capable d'imiter de telles qualités – d'agir avec une sorte d'intelligence concentrée, une ruse aveugle, un peu comme les fourmis. Essaie d'imaginer une vaste *intelligence* totalement dépourvue d'*entendement*.

La psivie était née à des endroits et des époques divers à travers tout l'univers. Elle avait menacé la conscience, qui l'avait vaincue mais non éradiquée. Les Archives étaient censées y être imperméables ; la fin de la matière conventionnelle signifierait aussi celle de ces algols-rythmes virulents.

Mais tel n'a pas été le cas.

La psivie a corrompu les Archives.

Les Archives.

À ton avis, Caroline, pour un dieu, à quoi ressemblerait le livre d'histoire absolu ?

Pas à une *interprétation* du passé, si réfléchie et objective qu'elle soit. Pas non plus au *passé* lui-même, trop difficile à consulter.

Non, ce serait en pratique le reflet de l'Histoire, le passé fidèlement recréé de manière à être aisément disponible, à s'ouvrir comme un manuel avec tous ses langages et ses dialectes originaux ; un modèle réduit fidèle, dont on aurait juste supprimé les vides afin de simplifier, accessible dans son entier à la conscience sans pour autant en être altéré ou dérangé.

Les Archives, quoique statiques, puisque l'Histoire ne change pas, étaient balayées à intervalles réguliers par un « champ de Higgs », que le soldat a comparé à l'aiguille d'un phonographe suivant le sillon d'un disque. Le disque n'évolue pas, mais cet objet figé produit un événement *dynamique* – la musique.

Dans un monde sain, bien sûr, on obtient la même musique à chaque audition. Mais qu'arriverait-il si une symphonie de Mozart, une fois sur le phonographe, se transformait à mi-chemin en *La Flûte enchantée* ?

J'avais beau être déconcerté, je voyais où il voulait en venir. Son monde à lui était la symphonie de Mozart ; la conversion de l'Europe *La Flûte enchantée.*

« Vous voulez dire que nous sommes *dans* les Archives ? » ai-je interrogé.

Il a acquiescé, très calme.

J'ai frissonné.

« Cela signifie-t-il… essayez-vous de me faire comprendre que je suis une sorte de livre d'histoire, *moi* ? Enfin, une page, ou un paragraphe ?

– C'est ce que tu étais censé être », m'a-t-il répondu.

Ça faisait beaucoup, malgré ma réceptivité momentanée. Quand je pense que tu lis tout cela, Caroline… tu es sans doute persuadée que je suis devenu fou.

Il se peut que tu aies raison. J'aimerais presque être de ton avis.

Mais je me demande si cette lettre t'est réellement adressée… je veux dire si elle t'est adressée à *toi*, la Caroline d'Australie… ou à cette autre Caroline dont j'ai emporté l'image dans les forêts sauvages et qui m'a été un précieux soutien.

Peut-être cette Caroline-là n'a-t-elle pas totalement disparu. Peut-être lit-elle par-dessus ton épaule.

Saisis-tu l'énormité de ce que m'a raconté ce spectre ?

Il a sous-entendu – en plein jour et avec les mots les plus simples – que le monde qui m'entoure, le monde où nous vivons, toi et moi, n'est rien de plus qu'une illusion, entretenue par une machine de la fin des temps.

C'était plus que je ne pouvais en accepter aisément, malgré l'expérience gagnée avec messieurs Burroughs, Verne et Wells.

« Il ne m'est pas possible de m'expliquer plus clairement, a-t-il dit enfin, ou de te demander davantage que de réfléchir à cette possibilité. »

Les choses se compliquent. Lorsque nous étions un « livre d'histoire », chaque événement, chaque action, était prédéterminés, répétitions mécaniques de ce qui s'était produit auparavant – bien que nous n'ayons évidemment eu aucun moyen de le savoir.

Mais la psivie avait introduit le « chaos » (c'est le terme qu'a employé le soldat) dans le système – c'est-à-dire l'équivalent de ce que les théologiens appellent le libre arbitre !

Ce qui signifie que toi, moi et tous les autres êtres intelligents « copiés » dans le manuel, nous sommes devenus des entités morales indépendantes, donc imprévisibles – des *vies réelles* ; de *nouvelles* vies, que la conscience ne peut faire autrement que de protéger !

En d'autres termes, l'invasion organisée par la psivie nous a délivrés de notre existence mécanique… alors que l'intention de ladite psivie est de nous garder en otages et, au bout du compte, de nous exterminer jusqu'au dernier.

(Je suis tenté de considérer ces envahisseurs comme les anges rebelles. Ils nous ont donné le statut de créatures morales en introduisant le Mal dans notre monde – et nous devons engager contre eux une lutte à mort, alors même qu'ils nous ont libérés !)

Nous avons discuté un petit moment encore, mon visiteur et moi, tandis que la brume matinale achevait de s'évaporer et que le soleil se faisait plus brillant. Le soldat était nettement fantomatique à la pleine lumière du jour. Il avait une ombre, certes, mais moins profonde que la mienne.

J'ai fini par lui poser la question essentielle : pourquoi était-il là, et que voulait-il de moi ?

Sa réponse a été aussi prolixe que troublante.

Il voulait que je l'aide.

J'ai refusé.

Lorsqu'il disputait avec Preston Finch, le professeur Sullivan citait souvent Berkeley, lui aussi. Je m'en souviens encore : « Les choses et les actes sont ce qu'ils sont, leurs conséquences seront ce qu'elles seront ; pourquoi vouloir se laisser tromper ? »

Nous le voulons parfois, Caroline. Oui, nous le voulons parfois.

Cela va peut-être te surprendre, mais je retourne sur le continent, sans doute dans un des nouveaux ports méditerranéens, Fayetteville ou Oro Delta. Le climat y est doux, l'avenir ouvert.

Mais je t'ai dit que j'avais une faveur à te demander.

Ta vie en Australie t'appartient. Je sais que jamais je ne suis parvenu à te libérer du fardeau de douleur qui pèse sur tes épaules. Peut-être as-tu trouvé comment t'en débarrasser une fois pour toutes. Je l'espère. Je n'ai pas l'intention de critiquer ta décision, non plus que de me lancer à la poursuite de Lily si tu ne le veux pas.

Mais je t'en prie – je t'implore de m'accorder cette faveur – ne la laisse pas croire à ma mort.

Je confie cette missive à un certain Mr. Barnes, qui emprunte un bateau de la Croix-Rouge en partance pour Sydney, avec l'assurance qu'il la remettra si possible à un parent de Colin Watson. Je lui ai recommandé de ne rien faire qui puisse compromettre le lieutenant vis-à-vis des autorités militaires. Mr. Barnes m'a paru digne de confiance et discret.

Je joins aussi les notes prises pendant mon hiver darwinien. Considère-les comme les lettres que je n'ai pu t'envoyer. Il est possible que Lily demande à les lire, plus tard.

Je sais que je ne suis pas le mari que tu désirais. J'espère sincèrement que le temps et les souvenirs nous seront doux à tous deux.

Sans doute ne nous reverrons-nous pas.

Mais je t'en prie, parle de moi à Lily. Peut-être ne sommes-nous tous que des esprits dans une machine. C'est une explication qui aurait intéressé le professeur Sullivan. Quoi que nous soyons, cependant, nous *sommes*. Lily est ma fille. Je l'aime. Cet amour est réel, même si rien d'autre ne l'est. Dis-le-lui, je t'en prie. Dis-lui que je l'aime énormément et que je l'aimerai toujours.

Toujours.

Toujours.

Interlude

Le germe de conscience Guilford Law tomba, dans les Archives, sur un noyau de matière complexe pas plus gros qu'un grain de sable.

La structure était arrosée en permanence d'une pluie de grains semblables : les germes de conscience tirés de tous les mondes, de toutes les espèces que l'incursion de la psivie mettait en péril. Chacun était une arme, miniaturisée afin de ne pas être reconnue comme telle, façonnée pour interagir avec la sous-structure hermétique des Archives de manière à détourner l'attention de l'ennemi.

Partout dans les Archives, la bataille faisait rage. Des groupes de Turing sous-conscients les parcouraient au hasard, à la recherche de la signature algorithmique de la psivie, dont ils interrompaient la reproduction. Les noyaux envahisseurs, en retour, mutaient ou déguisaient leurs codes reproducteurs. Les prédateurs se multiplièrent, un moment, avant de se raréfier lorsque les intrus se mirent à prendre leurs séquences d'attaque pour cibles et à les écraser. On entrait dans une écologie de guerre.

Guilford n'avait aucun rôle à jouer à ce niveau. Ses systèmes autonomes, exploitant l'architecture fonctionnelle des Archives, le posèrent sur la réplique de la Terre archaïque. Incapable de se manifester comme un être phénoménologique – du moins de manière efficace, et pour un certain temps –, il pouvait cependant communiquer directement avec sa propre réplique.

Ce qui était très important. La psivie avait altéré radicalement l'ontosphère du cœur même des Archives. Les traces de la lutte étaient partout apparentes.

L'Europe, modifiée d'un seul tenant, s'était vue affublée d'une histoire mutante. L'envahisseur avait essayé de créer une séquence d'évolution permettant son entrée dans l'ontosphère à travers des créatures insectoïdes sous-conscientes.

La tentative avait été contrée. Les intrus, décidés à métamorphoser toute la Terre, n'en avaient modifié qu'une fraction.

Toutefois, l'imitation de monde en avait été changée à jamais. Des vies ayant trouvé une fin prématurée – telle celle de Guilford – avaient été déformées pour donner de nouvelles séquences autonomes totalement conscientes. Nombre d'entre elles constituaient des ponts entre la sous-structure des Archives et leur cœur ontologique. Des voies de communication à travers lesquelles les esprits – y compris celui de Guilford ou les noyaux parasites de la psivie – pouvaient pénétrer dans le plenum de l'Histoire afin de l'altérer.

Le germe de conscience Guilford Law était furieux des dommages déjà causés. Terrifié, aussi : il avait peur pour les nouveaux germes créés par l'invasion, qu'il ne serait peut-être pas possible de sauvegarder ; qui, en d'autres termes, auraient peut-être à affronter l'horreur de l'extinction pure et simple.

Ces entités, au départ vulgaires reconstitutions du passé, étaient à présent des otages – vulnérables, condamnés sans doute, si rien ne venait contrer l'incursion de la psivie dans l'ontosphère.

En tant que germe de conscience séparé de sa noosphère, Guilford ne comprenait qu'une fraction de cette guerre. Cela suffisait. Il n'était là, en compagnie de beaucoup d'autres, que pour intervenir dans la bataille terrestre.

Ce qui arrivait sur Terre lui était bien assez compréhensible.

Les psions d'Europe avaient été emprisonnés (pour un temps seulement) à leur point d'accès avorté, qui apparaissait dans ce plenum comme un puits, un conduit reliant les structures cachées des Archives à la Terre ontologique. Les envahisseurs, ayant pris pour avatars d'énormes insectoïdes, leur avaient fait construire une grossière cité de pierre afin de protéger l'endroit.

La cité était tombée lors d'une précédente bataille. Le passage avait été scellé.

Momentanément.

Une activité nouvelle y attirait Guilford. Le champ de Higgs, qui balayait les Archives afin d'y maintenir un temps ontologique, scandait l'approche d'une nouvelle diaspora de psivie. D'une nouvelle Apocalypse. D'une nouvelle bataille.

Il sentait très bien tout cela : le puits ; son propre avatar, Guilford Law ; le continent que les hommes appelaient la Darwinie ; jusqu'au paysage martien altéré, où des germes de conscience dépourvus d'histoire luttaient pour leur propre autonomie. Les crises passées et futures.

Il ne lui était pas possible d'intervenir, du moins directement. Ni de s'emparer d'un avatar et de le posséder à la manière des psions. Il respectait trop l'indépendance morale des germes de vie. Hésitant, il s'approcha de son double. Lutta pour s'amoindrir, s'adapter au champ mental de cette créature… redevenir le pur mortel qu'il avait été un jour.

Redécouvrir le noyau de son être, le mélange chaotique de peurs, de besoins, d'aspirations qui composaient l'embryon de toute conscience, lui parut curieux. Parmi ses pensées :

Voilà ce que j'étais autrefois. Voilà tout ce qui existait de moi, quand j'étais nu, seul, effrayé, sans autre Moi. Un atome perdu dans un océan de matière inanimée.

La pitié l'envahit.

Son double le perçut comme un esprit, car il ne pouvait se manifester autrement dans l'ontosphère des Archives. Il annonça à ce simple mortel l'approche de la bataille. *Tu as un rôle à y jouer,* prévint-il. *J'ai besoin de toi.*

L'avatar écouta ses laborieuses explications. Les mots étaient maladroits, primitifs, inadéquats.

Il refusa d'aider les autres germes de conscience.

« Moi, je me fiche de vos problèmes. » La voix du jeune Guilford était franche, déterminée. « Je ne suis pas sûr que vous disiez la vérité, je ne sais même pas ce que vous êtes. Vous me racontez une histoire sortie tout droit du Moyen Âge – des esprits, des démons, des monstres. On jurerait une pièce moralisatrice du dixième siècle. »

Cet être puéril était amer. Sa femme l'avait quitté. Il en avait vu bien plus qu'il n'en comprenait. Ses compagnons étaient morts sous ses yeux.

Le Guilford plus âgé comprenait.

Il se rappelait le bois Belleau et Bouresches. Le champ de blé rouge de coquelicots. Tom Compton, coupé en deux par une rafale de mitrailleuse. Il se rappelait le chagrin.

LIVRE TROISIÈME

Juillet 1945

Chaque époque a son rêve, agonisant ou naissant.
A.W.E. O'SHAUGNESSY

XXVI

Dans les basses terres campaniennes, nombre de vieux noms avaient été ressuscités. Le golfe de Naples, toujours encadré du cap Misène et de la presqu'île de Sorrente, ouvrait sur la mer Tyrrhénienne, dominée par le Vésuve en activité (« le vieux fumeur », comme l'appelaient cependant les premiers colons). Le sol était fertile, le climat relativement doux. Le vent sec qui, au printemps, soufflait d'Asie Mineure, restait le sirocco.

Les agglomérations construites sur pentes et collines portaient, elles, des noms idiosyncrasiques : Oro Delta, Palaepolis, Fayetteville, Dawson City. Les disciples de l'utopiste Upton Sinclair avaient fondé Mutualville sur l'ancienne île de Capri, où le commerce tempérait néanmoins leur régime communautaire. Le port ayant été aménagé, on voyait à présent souvent des cargos africains, des bateaux de réfugiés échappés aux désordres d'Égypte et d'Arabie, des pétroliers américains, là où autrefois n'avaient été ancrés que des barques de pêche et des chalutiers.

Des bourgades bien plus importantes que Fayetteville étreignaient le golfe. La petite localité était finalement moins une entité indépendante qu'un doigt d'Oro Delta allongé sur la côte, où venaient s'approvisionner paysans et travailleurs agricoles. Les basses terres produisaient en abondance maïs, blé, betterave sucrière, olives, noix et chanvre. La mer fournissait poissons-feuilles, étrilles et laitues salines. Nul ne cultivait de plantes indigènes, mais les boutiques d'épices proposaient noix de dingo, grain-de-vin et gingembre fibreux arrachés aux contrées vierges.

Guilford aimait Fayetteville. Il l'avait vue grandir, le rude village des années vingt se métamorphosant en une agglomération animée, relativement moderne. Elle avait l'électricité, à présent, de même que ses cousines napolitaines. Réverbères, routes, trottoirs, églises. Temples et mosquées, aussi, pour les Arabes et les Égyptiens, bien qu'ils se fussent surtout réunis à Oro Delta, sur le front de mer. Un cinéma, spécialisé dans les westerns et les films d'aventures darwiniennes invraisemblables produits à la chaîne par Hollywood. Et les autres commerces habituels, moins plaisants : bars, fumeries, jusqu'à un bordel, sur Follette Road, après la carrière.

L'époque où tous les habitants de Fayetteville se connaissaient était révolue. À présent, on voyait dans la rue des visages surprenants.

Pourtant, les plus familiers étaient souvent les plus angoissants.

Guilford en avait vu un récemment.

Ce visage le poursuivait dans les collines où il se promenait. Tout ce printemps durant, le photographe l'avait aperçu aux moments les plus inattendus, guettant depuis un champ de blé ou s'évanouissant dans la brume marine.

Son propriétaire portait un uniforme vieillot en lambeaux. Les traits en étaient semblables à ceux de Guilford. C'était son double : l'esprit, le soldat, la sentinelle.

Nicholas Law, douze ans, pressé de profiter du soleil d'été agonisant, sortit de table pour se ruer dehors. La contre-porte se referma derrière lui en claquant. Guilford entraperçut son fils par la fenêtre, éclair flou en chandail rayé filant à vélo vers le bas de la colline. Derrière lui s'étiraient le ciel, le promontoire et la mer bleue vespérale.

Abby émergea de la cuisine, où elle venait de tirer le dessert du réfrigérateur. Quelque chose de glacé – une glace achetée dans un magasin, ce qui surprenait encore son mari.

Elle s'arrêta net en découvrant le couvert abandonné.

« Il n'a pas pu attendre le dessert ?

– Apparemment, non. »

Lacrosse[1] *au crépuscule,* songea Guilford. La vaste pelouse verte de l'école de Fayetteville. Une nostalgie déplacée lui serra brièvement le cœur.

« Tu n'as pas faim, toi non plus ? demanda Abby, deux assiettes à la main.

– Je vais goûter », répondit-il.

Elle s'assit en face de lui, le scepticisme peint sur ses traits agréables.

« Tu as maigri.

– Un peu. Ce n'est pas forcément un mal.

– Tu restes trop seul. » Tandis qu'elle les servait, il remarqua les fines lignes grises qui lui marquaient les tempes. « Moi, j'ai eu de la visite, aujourd'hui.

– Ah bon ?

– Un type qui m'a demandé s'il était bien chez Guilford Law. Je lui ai dit que oui, alors il a voulu savoir si la boutique de photo de Spring Street t'appartenait. Je lui ai de nouveau dit que oui, et qu'il t'y trouverait sans doute. » Elle s'immobilisa, la cuiller au-dessus de la glace. « J'ai bien fait ?

– Mais oui.

– Il est passé te voir ?

– Peut-être. De quoi avait-il l'air ?

– Il était foncé. Avec des yeux bizarres.

– Comment ça, bizarres ?

– Juste… bizarres. »

1. Jeu d'origine indienne, se pratiquant à deux équipes de douze joueurs armés de crosses (raquettes à long manche). *(N.d.T.)*

La pensée de cet inconnu à sa porte, seul à seule avec Abby, mit Guilford mal à l'aise.

« Il n'y a pas de quoi s'inquiéter, déclara-t-il.

– Je ne m'inquiète pas, répondit sa femme prudemment, à moins que tu ne t'inquiètes, toi. »

Il ne put se contraindre à mentir. Abby n'était d'ailleurs pas facile à abuser, aussi se contenta-t-il de secouer la tête. De toute évidence, elle voulait savoir quel était le problème. De toute évidence, il ne pouvait le lui dire.

Il n'avait jamais parlé de cela – à personne. À part dans la longue lettre adressée bien des années auparavant à Caroline.

Du moins le visiteur n'avait-il pas été son double. *On oublie, au bout de tout ce temps. Un souvenir si bizarre, si étranger à la rigueur de la vie quotidienne, ça sort tout droit de l'esprit… à moins de s'y agiter, sans qu'on y prenne vraiment garde, comme un pois dans un sifflet. Jusqu'à ce que quelque chose le réveille. Alors on le retrouve aussi frais qu'un mauvais rêve conservé dans la glace, déballé, brillant à la lumière du jour.*

Jusque-là, il n'avait eu que de brefs aperçus – des signes avant-coureurs, en quelque sorte, des présages ; des souvenirs isolés. Peut-être cela ne signifiait-il rien, ce jeune visage le suivant dans la foule avant de disparaître, le guettant d'une ruelle, le soir, telle une malheureuse épave. C'était ce qu'il avait envie de croire. Il redoutait qu'il en fût autrement.

Abby termina son dessert puis débarrassa la table.

« Il y a eu du courrier de New York, aujourd'hui, annonça-t-elle. Je l'ai posé près de ton fauteuil. »

Heureux d'échapper à ses sombres pensées, Guilford gagna ce qu'elle appelait « la salle à manger », la longue extrémité sud de leur maison rectangulaire toute simple qu'il avait construite dix ans plus tôt, presque entièrement de ses mains. Il en avait élevé l'ossature et coulé les fondations ; un entrepreneur du coin s'était chargé des plâtres et de la couverture. Bâtir était plus facile sous un climat doux. Abby et Nicholas avaient donné vie à la demeure avec les tableaux, les nappes et les têtières, les ballons et les jouets tapis sous les meubles.

Le courrier se limitait à plusieurs numéros en retard d'*Astounding*, accompagnés d'une pile de journaux new-yorkais. Ces derniers avaient l'air déprimants, pleins de détails sur la guerre contre le Japon, plus informatifs que le *Fayetteville Herald*, qui recevait ses articles par le télégraphe, mais aussi plus datés.

Guilford s'intéressa d'abord aux magazines. S'il avait un peu perdu le goût des histoires fantastiques, dans les années postérieures à la perte de Caroline et de Lily, les nouvelles publications le lui avaient rendu. Grands vaisseaux spatiaux, voyages interplanétaires, vie extraterrestre, tout cela lui semblait à la fois plus et moins crédible qu'autrefois. Mais il pouvait se fier à ces récits pour l'emporter au loin.

À part ce soir. Il lut des pages entières sans en garder le moindre souvenir. Enfin, il finit par se contenter de regarder les illustrations de couverture voyantes, infiniment prometteuses.

Il dodelinait de la tête dans son fauteuil, quand le camion des pompiers descendit, bringuebalant, de la caserne de Lantern Hill vers la ville.

Puis le téléphone sonna.

Le téléphone n'était arrivé que récemment à Fayetteville, si bien que Guilford ne s'était pas encore habitué à l'avoir chez lui, alors qu'il en disposait à son travail depuis plus d'un an. L'exaspérante sonnerie remonta le long de son épine dorsale tel un couteau à poisson.

Il reconnut aussitôt la voix de Tim Mackelroy, son assistant. Venez vite, disait-elle, oh, mon Dieu, c'est terrible, venez vite, le magasin est en feu.

XXVII

Le photographe avait construit sa maison non loin de Fayetteville, à huit cents mètres de la plus proche route goudronnée. De sa porte, l'agglomération apparaissait comme un quadrillage de rues et de bâtisses, dont s'élevait pour l'heure un panache de fumée qui prenait sans doute sa source dans Spring Street.

Guilford annonça à Abby qu'il allait voir de quoi il retournait. Qu'elle ne l'attendît pas. Il l'appellerait dès qu'il saurait vraiment quelque chose. Jusque-là, inutile qu'elle s'inquiétât ; au pis, il était assuré à l'Oro Delta Trust. La boutique serait reconstruite.

Sa femme l'embrassa sans mot dire puis se posta à la fenêtre pour regarder partir dans un nuage de poussière la Ford cabossée.

Le temps avait été sec, ce mois-ci. Le ciel étincelait, le soleil touchait presque l'océan, à l'ouest.

Guilford dépassa Nick, sur le chemin de la ville. Il s'arrêta le temps de jeter dans le coffre la bicyclette de son fils puis de faire à ce dernier une place à son côté.

Les nouvelles assombrirent le garçon, mais il était de toute manière souvent sombre. De grands yeux dans un petit visage. Les sourcils froncés en permanence. Pas de sourire, juste différents froncements de sourcils. Même dans ses plus grands instants de bonheur – quand il jouait, qu'il lisait, qu'il travaillait sur ses modèles réduits –, il plissait le front, concentré, serrait les lèvres.

« Comment le magasin a-t-il bien pu prendre feu ? » s'étonna-t-il.

Son père avoua qu'il l'ignorait. Il était trop tôt pour formuler des hypothèses. Le plus urgent était de s'assurer que Tim Mackelroy n'avait rien puis de voir ce qui pouvait être sauvé.

Le flanc de colline inculte céda la place à des champs en terrasses. La Ford s'engagea dans High Road, une route goudronnée. Il n'y avait guère de circulation, juste quelques automobiles et de rares voitures à cheval, propriétés des Amish installés près de Palaepolis, ainsi que deux ou trois camions, des transports de céréales revenant à vide des silos. Les arrivants distinguèrent la fumée aussitôt tourné l'angle de Fayette Road, la grand-rue, où se dressait l'entrepôt de denrées alimentaires.

Il ne restait pas grand-chose de *Law & Mackelroy, Photographers*. Quelques poutres rongées par les flammes. Une coquille de briques noircies.

« Ouah », exhala Nick.

La fumée se reflétait dans ses yeux.

Guilford trouva son assistant sous le porche du cinéma, les joues striées de suie et de larmes.

De l'autre côté de la chaussée pavée, la pompe envoyait un jet d'eau continu sur les ruines brûlantes. Déjà, la foule se dispersait. Guilford reconnut la plupart des curieux : un avocat du cabinet Tunney, la vendeuse de *Blake's*, Molly et Kate, du *Lafayette Dinner*. Lorsqu'ils le virent, leur mine s'allongea, se fit compatissante. Il demanda à son fils de l'attendre dans la voiture, pendant qu'il discutait avec Mackelroy.

Tim et lui travaillaient ensemble depuis 1939, année où il avait agrandi son affaire. Tim s'occupait du côté commercial, tandis que Guilford s'en tenait à la photo, passant la majeure partie de son temps dans le studio. C'était – ç'avait été – une affaire qui marchait. De la routine, la plupart du temps, mais Guilford n'en avait cure. Il aimait le studio photo, la chambre noire, aimait rapporter chez lui assez d'argent pour payer sa maison, les études de Nick, leur avenir, à Abby et lui. Il réparait aussi de temps à autre du matériel électronique, en appoint. Lorsque la tour radio avait grandi au-dessus de Palaepolis, il s'était débrouillé pour importer un bon stock de tubes récepteurs Edicron et General Electrics – il avait fait des affaires du tonnerre, pendant un moment, parce que la moitié des radios que les gens rapportaient de Stateside arrivaient abîmées, les soudures corrodées par l'air salin ou diverses pièces délogées par le voyage en mer.

Bien sûr, après Londres, la vie n'avait pas été facile. Cinq ans durant, Guilford était resté à Oro Delta homme d'équipage, en mer, ou travailleur saisonnier, à terre, métiers épuisants qui ne lui laissaient guère le temps de réfléchir. Les nuits, surtout, étaient pénibles. Les fermes campaniennes donnaient déjà de bonnes récoltes de céréales et de raisin, en 1921, si bien que le vin et l'alcool ne manquaient pas. Il avait puisé dans la dive bouteille un certain – voire un grand – réconfort.

Abby l'avait fait renoncer à la boisson. Abby Panzeca, Américano-Sicilienne de la deuxième génération, arrivée en Darwinie avec des histoires de famille sur le vieux monde plein la tête. D'après ce qu'en avait vu Guilford, les gens comme elle finissaient souvent par regagner les États-Unis, déçus. Mais elle s'était accrochée, avait bâti une vie. Il l'avait rencontrée dans un bouge d'Oro Delta, l'*Antonio's*, où elle était serveuse. Bien qu'elle y plaisantât avec les débardeurs napolitains qui constituaient le gros de la clientèle, nul n'osait la toucher. Elle savait se faire respecter. Une aura de dignité presque aveuglante l'entourait tel le halo lumineux d'une lampe électrique.

La jeune femme s'était visiblement prise d'amitié pour Guilford, même si elle ne lui avait pas prêté de réelle attention avant qu'il cessât de venir à l'*Antonio's* puant le poisson de la tête aux pieds. Il était devenu présentable, avait économisé et travaillé deux fois plus jusqu'à pouvoir se payer le matériel nécessaire pour lancer son propre studio photographique – le seul de la ville ; guère plus, à cette époque, qu'une réserve au-dessus d'une boucherie.

Ils s'étaient mariés en 1930. Nick était arrivé en 33. Une petite fille avait suivi, en 35, mais la grippe l'avait emportée avant même son baptême.

Le studio nourrissait la famille depuis quinze ans.

Il n'en restait que quelques briques et du charbon.

« Je suis désolé, déclara Mackelroy, le regard triste derrière son masque de suie. Je n'ai rien pu faire.

– Vous étiez là quand ça a pris ?

– Au bureau. Je voulais préparer quelques factures avant de rentrer à la maison. C'était un peu après la fermeture. Elles sont passées par la vitrine.

– Quoi donc ?

– Des bouteilles de lait, je crois, pleines de chiffons et d'essence. Enfin, ça sentait l'essence. Elles ont traversé la vitre comme des briques, en me fichant une trouille bleue, et *boum*, tout s'est mis à flamber. Je n'ai pas réussi à prendre l'extincteur, il était de l'autre côté des flammes, alors j'ai appelé les pompiers depuis le restaurant, mais l'incendie a progressé trop vite – tout était fini avant qu'ils arrivent. »

Des bouteilles ? songea Guilford.

De l'essence ?

Il empoigna son compagnon par les épaules.

« Vous voulez dire que quelqu'un a fait ça *exprès* ?

– Ce n'était certainement pas un accident. »

Il se retourna vers sa voiture.

Vers son fils.

Trois incidents, pas forcément des coïncidences.

L'incendie.

La sentinelle.

L'inconnu de la matinée.

« Le capitaine des pompiers veut vous voir, déclarait Mackelroy, et je crois que le shérif aussi.

– Dites-leur de m'appeler chez moi. »

Déjà, Guilford s'était mis à courir.

« Fils de pute ! lança le garçon.

– Je ne veux pas entendre ce genre de choses, Nick, prévint son père en lui jetant un regard distrait.

– C'est toi qui l'as dit.

– Vraiment ?

– Cinq fois en dix minutes. Il ne vaudrait pas mieux ralentir ? »

Guilford leva le pied. Un peu. Son passager se détendit. Les terres incultes d'un brun estival défilaient à toute vitesse derrière les vitres.

« Fils de pute », lâcha Guilford.

Abby était saine et sauve, quoique inquiète, si bien qu'il se sentit un peu bête de s'être tellement dépêché de rentrer chez lui. Le capitaine des pompiers et le shérif avaient tous deux appelé.

« Ça attendra bien jusqu'à demain, déclara Guilford. On va tout fermer et aller se coucher.

– Tu arriveras à dormir ? s'enquit son épouse.

– Sans doute pas. Pas tout de suite. Mais on va au moins mettre Nick au lit. »

Une fois le garçon bordé, son père s'assit à la table de la cuisine tandis qu'Abby préparait du café. Ce qui, à près de minuit, signifiait que la famille était en crise. Abby se déplaçait avec son économie de mouvements habituelle. Cette nuit, elle fronçait les sourcils, comme Nick.

Elle avait vieilli avec une grâce suprême. Quoique trapue, elle n'était pas grosse. N'eussent été ses tempes, à peine grisonnantes, on lui aurait donné vingt-cinq ans.

Hésitant visiblement sur la conduite à tenir, elle jeta à son mari un long regard.

« Il vaudrait mieux en parler, lâcha-t-elle enfin.

– De quoi ?

– Depuis un mois, tu es nerveux comme un chat. Tout juste si tu grignotes, le soir. Et maintenant, ça. » Elle s'interrompit un instant. « Le capitaine des pompiers m'a dit que ce n'était pas un accident. »

Ce fut au tour de Guilford d'hésiter.

« D'après Tim Mackelroy, quelqu'un a jeté deux ou trois bombes artisanales à travers la vitrine.

– Je vois. » Elle croisa les mains. « Pourquoi, Guilford ?

– Je n'en sais rien.

– Alors, qu'est-ce qui te tracasse ? »

Il ne répondit pas.

« Quelque chose qui s'est passé avant qu'on se connaisse ?

– Je ne pense pas.

– Parce que, tu comprends, tu ne parles pas beaucoup de cette époque. Ce n'est pas un problème – je n'ai pas à tout savoir de toi. Mais si nous sommes en danger, si *Nick* est en danger…

– Franchement, Abby, je n'en ai pas la moindre idée. Je suis inquiet, c'est vrai. On a mis le feu à mon magasin – peut-être juste un fou frappant au hasard, mais peut-être aussi quelqu'un qui m'en veut. Tout ce que je peux faire, c'est verrouiller les portes et appeler le shérif Carlysle demain matin. Je ne laisserais jamais rien vous arriver, à Nick et à toi, tu le sais très bien. »

Abby le fixa longuement, avant de dire :

« Je vais aller me coucher, alors.

– Essaie de dormir. Moi, je vais rester ici un moment. »

Elle hocha la tête.

L'incendie.

L'inconnu.

La sentinelle.

Il se passe des choses, puis le temps s'écoule. Dix ans, quinze, vingt-cinq. À ce moment-là, tout devrait être fini.

Guilford se rappelait parfaitement. Il revoyait avec les vives couleurs du rêve l'hiver meurtrier dans l'antique cité, l'agonie de Londres, la perte de Caroline et Lily. Mais, mon Dieu, cela datait d'un quart de siècle. Que restait-il de cette époque qui valût son assassinat ?

Si ce que lui avait raconté la sentinelle était vrai…

… mais il avait couché cette histoire sur le papier comme un rêve suscité par la fièvre, un souvenir distordu, une hallucination…

Pourtant, si ce que lui avait raconté la sentinelle était vrai, ces vingt-cinq ans n'étaient qu'un clin d'œil. Les dieux avaient bonne mémoire.

Il s'approcha de la fenêtre. Dans le golfe obscur, seuls quelques bateaux de commerce étaient éclairés. Un vent sec agitait les rideaux de dentelle pendus par Abby. Les étoiles frissonnaient dans le ciel.

Il était temps d'être franc. D'arrêter de prendre ses désirs pour des réalités. Sa famille était en jeu.

Il lui fallait admettre que, peut-être, d'anciennes dettes allaient lui être réclamées.

Question difficile : eût-il pu l'éviter ?

Non.

Le prévoir ?

Peut-être. Il s'était demandé assez souvent si, un jour, viendrait l'heure des comptes. Pour ce qu'en savait le reste du monde, l'expédition Finch s'était tout simplement évanouie dans la nature, entre le lac de Constance et les Alpes. Le monde s'était d'ailleurs très bien débrouillé sans elle.

Mais qu'en était-il, à présent ?

Abby et Nicholas.

Il ne faut pas qu'il leur arrive quoi que ce soit.
Peu importait ce que voulaient les dieux.

Une heure ou deux avant l'aube, Guilford gagna son lit. Il ne pensait pas dormir, juste fermer les yeux. La présence d'Abby, la douce musique de son souffle, l'apaisaient.

Il se réveilla pour découvrir le soleil se déversant à travers la fenêtre de l'est. Sa femme, vêtue de pied en cap, lui avait posé la main sur l'épaule.

Il s'assit.

« Il est revenu, annonça-t-elle. Le type d'hier. »

XXVIII

Il songea à tout ce qui avait changé sur le continent en un quart de siècle.

Nouveaux ports, nouvelles colonies, nouvelles bases navales. Routes et voies ferrées s'enfonçant dans les terres. Mines et raffineries. Aéroports.

Système de districts, gouverneurs élus, stations radio. Concessions statutaires dans les steppes russes, avant la zone volcanique séparant Darwinie et vieille Asie. Escarmouches avec Arabes et Turcs. Bombardement de Jérusalem, guerre contre les Japonais, émeutes de conscrits au nord.

Mais tant de terres toujours désertes. Une immensité de forêts et de plaines où un homme n'avait aucune peine à disparaître, quelles que fussent ses raisons.

Abby avait invité le visiteur à s'asseoir à la table du petit déjeuner, où il dévorait une assiette de matefaims maison, tenant fourchette et couteau comme un enfant de cinq ans. Une rosée de sirop de maïs imbibait sa barbe embroussaillée.

Guilford sentit un torrent d'émotions l'envahir à cette vue : stupeur, soulagement, peur renouvelée.

Le broussard harponna un dernier morceau de crêpe avant de lever les yeux.

« Bonjour, Guilford. Ça faisait longtemps, lâcha-t-il, laconique.

– Très longtemps, Tom.

– Je peux fumer ? »

Une pipe en bruyère neuve. Un vieux sac de toile gonflé de plantes fluviales.

« Allons nous dégourdir les jambes », proposa Guilford.

Abby, interrogatrice, lui toucha le bras.

« La police du district et le capitaine des pompiers veulent que tu les rappelles. Il faut aussi contacter la compagnie d'assurances.

– Pas de problème. Tom est un vieil ami. Le reste peut attendre un moment. Ce qui a brûlé a brûlé. Plus la peine de se presser.

– Je suppose que tu as raison, admit-elle, les yeux emplis d'une réserve grave.

– Ne laisse pas sortir Nick, aujourd'hui.

– Tous mes remerciements pour le petit déjeuner, Mrs. Law, intervint Tom. C'était délicieux. »

Le broussard n'avait pas changé, en vingt-cinq ans. Sa barbe avait été taillée, depuis ce terrible hiver, il était plus trapu – en meilleure santé – mais il n'avait pas *réellement* changé. Quoiqu'on devinât en lui une certaine lassitude, il ne présentait aucun signe de vieillissement.

Moi non plus, dut reconnaître Guilford.

« Vous avez l'air en pleine forme, Tom.

– On a tous les deux une santé de cheval, vous devriez savoir pourquoi, maintenant. Qu'est-ce que vous racontez aux gens, Guilford ? Vous mentez sur votre âge ? Moi, ça ne m'a jamais posé de problème – je ne reste pas assez longtemps au même endroit. »

Ils s'assirent sous le porche de devant grinçant. L'air matinal venu de la baie montait la pente, frais comme de l'eau, parfumé de plantes en pleine croissance. Tom bourra sa pipe, sans toutefois l'allumer.

« Je ne sais pas ce que vous voulez dire, affirma Guilford.

– Mais si. Et vous savez très bien aussi que je ne serais pas là s'il ne se passait pas quelque chose de grave. Alors pas la peine de se fatiguer avec ce genre d'âneries, d'accord ?

– Ça fait un quart de siècle, Tom.

– Je comprends. Personnellement, il m'a fallu dix ans pour craquer. Là, j'ai dit : d'accord, le monde est dans la merde, et j'ai été choisi pour l'en sortir. Ce n'est pas facile à croire. Si c'est vrai, c'est terrifiant, et si ça ne l'est pas, on est tous bons à enfermer.

– Qui ça, *on* ?

– On est des centaines, déclara le broussard en approchant une allumette du fourneau de sa pipe. Je pensais que vous vous en étiez rendu compte. »

Guilford resta un instant silencieux, assis au soleil du matin. Il n'avait pas beaucoup dormi. Son corps lui faisait mal, ses yeux aussi. Une douzaine d'heures plus tôt, il se trouvait à Fayetteville, devant les cendres de son magasin.

« Je ne voudrais pas me montrer inhospitalier, dit-il enfin, mais j'ai pas mal de soucis.

– Il faut arrêter, affirma Tom, solennel. Seigneur, Guilford, regardez-vous. Vous vivez comme un mortel, vous êtes marié, nom de Dieu, vous avez même un enfant. Je ne vous reproche pas d'en avoir eu envie. C'est une existence qui m'aurait peut-être plu, à moi aussi. Mais nous sommes ce que nous sommes. Sullivan et vous, vous passiez votre temps à vous féliciter de votre ouverture d'esprit, alors que ce pauvre vieux Finch prenait ses désirs pour des réalités. Seulement qu'est-ce que je vois ? Guilford Law, le bon citoyen, malgré toutes les preuves du contraire, et que Dieu vienne en aide à ceux qui n'y croient pas.

– Écoutez, Tom…

– Écoutez, vous. Votre magasin a été incendié. Vous avez des ennemis. Les habitants de cette maison sont en danger. À cause de vous. *Vous*, Guilford Law. Il vaut mieux regarder en face la vérité que les cadavres de sa femme et de son fils.

– Vous n'auriez peut-être pas dû venir.

– Oh, excusez-moi, avec mes gros sabots. » Tom secoua la tête. « À part ça, Lily est ici. Elle est descendue dans un hôtel d'Oro Delta. Elle veut vous voir.

– Lily ? répéta Guilford, le cœur battant.

– Votre fille. Si ça vous dit encore quelque chose, après tout ce temps. »

Abby ignorait ce que leur fruste visiteur avait raconté à Guilford, mais quand ce dernier repassa la porte, son désarroi ne lui échappa nullement.

« Abby, pourquoi ne préparerais-tu pas vos bagages, à Nick et toi, pour aller passer une semaine chez ton cousin, à Palaepolis ? » demanda-t-il.

Elle le prit dans ses bras puis composa ses traits, avant de lever la tête.

« Pourquoi ?

– Pour être en sécurité, c'est tout. Jusqu'à ce qu'on sache vraiment ce qui se trame. »

Quand on avait vécu si longtemps avec quelqu'un, on savait dépasser la barrière des mots. Abby ne chercha pas à discuter : Guilford avait peur, très peur.

Une peur qui la gagna, mais qu'elle garda nouée serrée juste sous le sternum : il ne fallait pas la laisser voir à Nicholas.

Il lui semblait jouer un rôle dans une pièce qu'elle connaissait mal, où elle luttait pour se rappeler son texte. Depuis maintenant des années, elle s'attendait à… eh bien, pas à *ça*, certes non, mais à un événement, une crise. Parce que Guilford n'était pas un homme comme les autres.

Ce n'était pas seulement son apparente jeunesse, bien qu'elle fût devenue plus évidente – plus frappante – ces derniers temps. Ni non plus son passé, dont il ne parlait que rarement et qu'il dissimulait avec soin. Il y avait plus. Guilford se trouvait à l'écart de l'agitation humaine ordinaire, il en avait conscience, et il n'aimait pas cela.

Abby connaissait la rumeur. Les contes de bonnes femmes. Les langues allaient bon train sur les Anciens, c'est-à-dire les plus vieux broussards, qui venaient encore en ville de temps à autre. (Ce Tom Compton en était un excellent exemple.) Des histoires circulaient, durant les longues nuits entre Noël et Pâques. Les Anciens en savaient plus qu'ils ne voulaient bien le dire. Les Anciens détenaient de grands secrets.

Ils n'étaient pas complètement humains.

Jamais elle n'avait ajouté foi à ces racontars. Elle les écoutait d'une oreille, souriante.

Mais, il y avait de cela deux ans, alors que Guilford coupait du bois de chauffe derrière la maison, sa main avait glissé sur le manche de la vieille hache, qui lui avait profondément entaillé le mollet gauche.

Abby, debout à la fenêtre cernée de givre, avait tout vu. La lame s'était enfoncée dans les chairs – Guilford l'en avait *arrachée* avec effort, comme d'un morceau de bois humide – le sang avait ruisselé sur l'acier et sur la terre durcie. Il avait semblé à Abby que son cœur s'arrêtait. Guilford, soudain livide, avait lâché l'outil avant de s'effondrer.

Elle s'était ruée vers la porte de derrière. Toutefois, si impossible que ce fût, le blessé était parvenu à se remettre sur ses pieds le temps qu'elle le rejoignît. Il arborait une expression étrange, figée.

« Ça va, je n'ai rien », avait-il dit en regardant l'arrivante, l'air quasi honteux.

Elle était restée stupéfaite. La blessure, qu'il lui avait montrée, était en effet déjà refermée. Il n'en subsistait qu'une mince ligne sanglante, là où la hache avait frappé.

Ce n'est pas possible, avait songé Abby.

Mais il ne voulait pas en parler. Ce n'était qu'une égratignure, affirmait-il. Si son épouse avait vu autre chose, c'était que le soleil de l'après-midi lui avait joué un tour.

Le lendemain matin, quand il s'était habillé, il ne restait pas seulement une cicatrice.

Abby avait chassé la chose de son esprit, parce que telle était la volonté de Guilford et qu'elle-même ne comprenait pas. Peut-être avait-il raison, peut-être s'était-elle trompée, quoique le sang répandu eût été bien réel, sur la terre comme sur la hache.

Pourtant, on ne pouvait oublier purement et simplement une chose pareille. Le souvenir avait persisté.

Il était demeuré là, sous la forme d'une subtile certitude que les choses n'étaient pas ce qu'elles paraissaient, que Guilford dépassait ce qu'il consentait à montrer de lui-même ; que donc leur vie, à Abby et lui, ne serait jamais vraiment normale. Un jour viendrait, elle l'avait compris, où il faudrait payer.

Ce jour était-il arrivé ?

Elle n'eût su le dire, mais la peau de l'illusion avait été traversée. Cette fois, il serait peut-être impossible d'endiguer l'hémorragie.

Les deux hommes étaient assis sur la pente herbue, ombragée par l'orme que Guilford avait planté dix ans plus tôt.

Abby prépara un sac. Nick l'imita, ravi à l'idée de partir en voyage quoique conscient du changement que subissait toute la maisonnée. Guilford le vit, sur le seuil, en train de les guetter, lui et l'apparition barbue qui lui tenait compagnie. Les yeux du garçon brillaient d'appréhension.

« Moi non plus, je n'ai pas voulu ça, déclara Tom. S'il y a bien une chose qui ne m'intéressait pas, c'était de laisser un esprit foutre ma vie en l'air. Mais tôt ou tard, il faut affronter la réalité.

– “Les choses et les actes sont ce qu'ils sont. Leurs conséquences seront ce qu'elles seront ; pourquoi vouloir se laisser tromper ?

– C'était un sermon de Sullivan, non ?

– Si.

– Il me manque, ce saligaud. »

Nick sortit, armé d'un gant et d'une balle de base-ball avec laquelle il commença à jouer, la lançant très haut puis se mettant à courir pour l'intercepter. Ses cheveux blond foncé lui retombaient dans les yeux. *Si tu veux être milieu de terrain, il va falloir passer chez le coiffeur,* songea son père.

« Je n'aimais pas mon allure, dans cet uniforme pourri, continua le broussard. Je n'aimais pas que cet esprit soit toujours dans mon dos à me raconter des choses que je n'avais pas envie d'entendre. Vous voyez de quoi je veux parler. » Il regarda Guilford droit dans les yeux. « Toutes ces histoires d'Archives, de millions et de millions d'années de ceci et de cela. Au bout d'un moment, on n'en peut plus, on est bon pour tirer sur le bambou. Mais j'en ai parlé à Erasmus, vous vous rappelez, ce vieux rat du Rhin, et il m'a dit exactement la même chose. »

La balle de Nick grimpa dans le ciel bleu, dépassa la lune pâle. La silhouette d'Abby traversa une fenêtre, à l'étage.

« On est nombreux à être morts dans cette guerre, Guilford. Il n'y a pas eu d'esprit pour venir frapper à toutes les portes. S'ils sont là pour nous, c'est qu'ils nous *connaissent.* Ils savent qu'il y a au moins une petite chance qu'on accepte le fardeau, qu'on sauve quelques vies. Sauver des vies ; ils n'en demandent pas plus.

– C'est ce qu'ils disent.

– Et ces salauds, l'Ennemi et les pourris qu'il a recrutés, ils sont vraiment dangereux. Aussi durs à éliminer que nous, alors qu'ils tuent n'importe qui, hommes, femmes ou enfants, sans hésiter.

– Vous en êtes sûr ?

– Certain. J'ai découvert quelques petites choses – je ne me suis pas caché la tête dans le sable, ces vingt dernières années. À votre avis, qui a mis le feu à votre magasin ?

– Je l'ignore.

– Ils ont dû apprendre où vous viviez. On ne peut pas dire qu'ils soient très regardants. Faire feu de tout bois, voilà leur méthode. Et tant pis si quelqu'un d'autre est pris dans la ligne de tir. »

Abby sortit au soleil décrocher du linge. La brise de mer gonflait les draps telles les grand-voiles des navires.

« Ces gens, ce sont nos adversaires. Les psions se sont emparés d'eux pour la même raison qui a poussé les esprits vers nous : parce qu'il y avait des chances qu'ils coopèrent. Ils ne sont pas franchement honnêtes. J'irais jusqu'à dire qu'au niveau moral, il leur manque quelque chose d'essentiel. Certains sont des trompeurs-nés, d'autres des tueurs.

– Comment se fait-il que Lily soit à Oro Delta ? »

Tom bourra sa pipe. Abby pliait les draps pour les placer dans un panier en osier, non sans jeter à son mari de fréquents coups d'œil.

Désolé, Abby. Je n'ai pas voulu ça. Désolé, Nick.

« Elle est venue pour vous.

– Alors elle sait que je suis en vie.

– Depuis quelques années. Elle a trouvé vos notes dans les affaires de sa mère.

– Ce qui signifie que Caroline est… morte.

– J'en ai peur. Lily a du courage. Elle a découvert que son père n'avait peut-être pas disparu avec Finch et compagnie, qu'il était peut-être toujours en vie, qu'il lui avait laissé cette drôle d'histoire d'esprits, de meurtriers, de cité en ruine… En fait, elle *l'a crue*, voilà. Elle s'est mise à poser des questions. Ce qui a lancé les méchants sur sa piste.

– Pour des questions ?

– Pour des questions trop publiques. Elle n'est pas seulement intelligente, elle est aussi journaliste. Elle voulait publier vos notes, après les avoir fait authentifier. Alors elle est venue à Jeffersonville déterrer ces vieilles histoires. »

Abby regagna la maison. Nick, fatigué du base-ball, laissa tomber son gant sur la pelouse pour s'avancer dans l'ombre de l'orme, fixant d'un regard curieux Tom et Guilford, sentant qu'il ne fallait pas trop s'en approcher. Des histoires d'adultes, aussi étranges que pesantes.

« Ils s'en sont pris à elle ?

– Ils ont essayé, acquiesça Tom.

– Vous les en avez empêchés ?

– Je l'ai mise en sûreté. Elle m'a reconnu d'après vos descriptions. J'étais le Graal, littéralement – la preuve que tout ça n'était pas le délire d'un fou.

– Et vous l'avez amenée ici ?

– Pour elle, Fayetteville était l'étape suivante, de toute manière. C'est vous qu'elle cherche. »

Abby s'approcha de la voiture, hissa jusqu'au coffre la valise qu'elle portait, jeta un coup d'œil à Guilford puis regagna la maison. Le vent soulevait ses cheveux noirs derrière elle, faisait danser sa jupe autour de ses jambes.

« Je n'aime pas ça, déclara Guilford. Qu'elle se retrouve impliquée là-dedans.

– Seigneur, Guilford, *tout le monde* est impliqué. Il n'est pas seulement question de vous et moi, plus quelques centaines de types qui parlent avec des esprits. Il est question de savoir si vos enfants, et les enfants de vos enfants, vont mourir pour de bon ou, pis, être réduits en esclavage par ces saloperies d'animaux de l'Autre Monde. »

Un nuage masqua le soleil.

« Vous êtes sorti du jeu un bon moment, poursuivit Tom, mais la partie continue. On a beau être plus durs à éliminer que la moyenne, il y a eu des pertes des deux côtés. Vous avez été tiré au sort, vous ne pouvez pas faire comme si de rien n'était. Ils s'en fichent, eux, que vous préfériez rester en dehors de la guerre. Ça n'a pas d'importance. Vous représentez un danger potentiel, alors ils veulent vous éliminer de la liste. Vous ne pouvez pas rester à Fayetteville. »

Guilford parcourut machinalement du regard la route de terre, à la recherche d'ennemis. Rien. À part un tourbillon de poussière animant l'air desséché.

« Est-ce que j'ai le choix ? demanda-t-il.

– Non. C'est ça, le plus dur. Si vous restez ici, vous allez tout perdre. Si vous vous installez ailleurs aussi, tôt ou tard. On ne peut rien faire… qu'attendre.

– On ?

– Les vieux soldats. On se connaît tous, maintenant, soit réellement, soit par l'intermédiaire des esprits. La vraie bataille n'est pas pour aujourd'hui. Elle arrivera d'ici quelques années. Alors en gros, on ne se mêle pas aux gens. Pas de domicile fixe, pas de famille, des boulots anonymes, en ville ou dans la brousse, là où on peut rester sur son quant-à-soi et sur ses gardes, vous voyez, surveiller les méchants d'un œil, mais pour l'essentiel… on attend.

– Quoi ?

– La grande bataille. La résurrection des démons. L'appel, en fait.

– Combien de temps ?

– Qui sait ? Dix, vingt, trente ans…

– C'est inhumain.

– Exactement. Nous sommes inhumains. »

XXIX

Il monta l'escalier de l'hôtel puis pénétra dans la salle à manger en compagnie de Tom Compton. Un homme de haute taille aux traits banals, pas franchement beau, à peu près du même âge qu'elle, semblait-il. Lily sentit aussitôt tout ce qu'elle avait décidé de dire lui sortir de l'esprit.

Elle s'efforça d'évoquer un véritable souvenir de Guilford Law – un souvenir qui lui appartînt, à elle, et non tiré de ce que lui avait raconté sa mère ou de ce qu'elle avait entendu au cours de son enquête. Seules quelques ombres lui répondirent. Une silhouette à son chevet. Les livres sur Oz. La façon dont son père prononçait « Dorothy », en syllabes lentes, roulant dans la bouche. *Do-ro-thy.*

De toute évidence, il se la rappelait. Debout à la table de la jeune femme, le broussard à son côté, il la fixait avec une sorte de crainte respectueuse, mêlée d'incrédulité et – à moins qu'elle n'eût l'imagination trop fertile – des tiraillements d'un vieux regret. Le cœur de Lily lui martelait la poitrine.

« Euh, vous êtes sans doute Guilford Law, dit-elle bêtement.

– Lily, croassa-t-il.

– Je vous laisse discuter, intervint Tom. Je vais prendre un verre.

– Surveillez les entrées pour nous », demanda Lily.

Les choses ne se passèrent pas comme sur du velours, du moins au début. Il voulait tout savoir, tout expliquer, aussi : il posait des questions, interrompait les réponses, s'interrompait lui-même, évoquait des souvenirs qui se perdaient dans des silences. Il renversa son café par terre, jura, rougit, présenta des excuses pour ses jurons.

« Je ne suis pas en sucre, répondit-elle, et je n'ai plus cinq ans. Je pense avoir conscience des difficultés que vous traversez. Ce n'est pas facile pour moi non plus, mais ne pourrions-nous pas repartir de zéro, en adultes ?

– En adultes. Bien sûr. C'est juste que…

– Que quoi ? »

Il se redressa.

« Je suis tellement content de te voir, Lil. »

Elle se mordit la lèvre et hocha la tête.

Elle savait ce qu'il était, voilà le problème. Il restait assis là, comme quelqu'un de normal, à tripoter ses manchettes et à tambouriner sur la table, alors qu'il n'était pas plus normal que Tom Compton : ils avaient été touchés par quelque chose d'une immensité telle qu'elle défiait l'imagination.

Son père demi-humain.

Elle lui décrivit brièvement sa vie. Approuverait-il son travail – chiens écrasés d'un journal de Sydney, enquêtes, articles de magazines, chronique en propre ? Lily était une célibataire carriériste de trente ans, description peu flatteuse qui évoquait, même pour elle, une vieille fille racornie, le plus souvent mal maquillée et dorlotant ses chats. Était-ce là ce que Guilford voyait en face de lui ?

Il semblait cependant se préoccuper surtout de la sécurité de son interlocutrice.

« Dire qu'il a fallu que tu te retrouves mêlée à tout ça, marmonna-t-il.

– Je ne le regrette pas. C'est effrayant, d'accord, mais ça répond aussi à un tas de questions. J'étais fascinée par la Darwinie, par l'*idée* de la Darwinie, dès mon enfance, bien avant d'être capable d'y comprendre quoi que ce soit. J'ai assisté à divers cours, à l'université – géologie, théorie de la genèse, "Historiographie implicite", comme on dit, étude des fossiles darwiniens, ce genre de choses. Il y a tant à apprendre sur le continent, mais on retombe toujours sur le mystère qui est au cœur de son existence, et personne n'a l'ombre d'une explication, à moins qu'on n'accepte celle des théologiens. Quand j'ai découvert vos notes – et, plus tard, que j'ai rencontré Tom – j'ai compris qu'il existait une explication, si étrange et difficile à admettre qu'elle soit.

– Il aurait peut-être mieux valu que tu ne la trouves pas.

– L'ignorance n'a rien d'une bénédiction.

– J'ai peur pour toi, Lil.

– J'ai peur pour le monde entier. Je ne peux pas laisser cela m'arrêter. » Comme il souriait, elle ajouta : « Je ne plaisante pas.

– Je sais bien. C'est juste que, l'espace d'un instant, tu m'as rappelé quelqu'un.

– Ah ? Qui ça ?

– Mon père. Ton grand-père.

– J'aimerais que vous me parliez de lui, avoua-t-elle, après une hésitation.

– J'aimerais t'en parler. »

À la vérité, il voyait en elle beaucoup de Caroline. Malgré sa chevelure plus claire, Lily eût pu *être* Caroline – elle avait l'air aussi volontaire, quoique dépourvue du noyau dur d'anxiété et de doute de sa mère. Cette dernière avait toujours eu tendance à fuir le monde, alors que Lily voulait le prendre à bras-le-corps.

Tom leur fit remarquer que la salle à manger de l'hôtel était un lieu trop public pour le bien de Guilford, d'autant que les clients du soir arrivaient. Le photographe escorta donc sa fille jusqu'à la plage de galets qui s'étendait au pied de la colline, au nord des quais.

Le soleil couchant dessinait un patchwork d'ombre parmi les rochers. Des rubans d'algues s'accrochaient à un pilier de bois brisé. Un ver de sel bleu vif se tortillait, à la poursuite de l'eau qui baissait.

Lily cueillit une mûre de sable dans les maigres buissons poussant au-dessus de la ligne de marée.

« La baie est magnifique, commenta-t-elle.

– C'est une poubelle, Lil, répondit son père. L'océan y rejette tout. Goudron de pin, eaux usées, huile de moteur, essence. On emmène Nicholas se baigner sur les plages au nord de Fayetteville, là où l'eau est encore propre.

– Tom m'a parlé de Nicholas. J'aimerais bien le voir, un jour.

– Je l'aimerais aussi. Seulement je ne suis pas sûr que ce soit une bonne idée. D'après Tom, tu as pris des risques. Alors il faut que je te pose la question, Lil : pourquoi es-tu ici ?

– Peut-être pour vous voir.

– C'est vrai ?

– Oui.

– Mais ce n'est pas tout.

– Non, en effet. »

Ils s'assirent sur une digue de béton craquelé.

« Vous aviez raison, vous savez. Ma mère vous a cru fou – à moins qu'elle n'ait été bouleversée de vous savoir en vie, ce qui faisait d'elle, je suppose, une femme adultère ou quelque chose de ce genre. Elle n'aimait pas parler de vous, même après son départ à *lui*.

– Tu veux dire, celui de ce Colin Watson ?

– Il n'était pas méchant. Juste malheureux. Peut-être vivait-il dans votre ombre. Comme nous.

– Il l'a quittée ?

– Au bout de quelques années. Mais on s'est débrouillées.

– De quoi Caroline est-elle morte ?

– De la grippe, l'hiver où elle a été si mauvaise. Ça n'a pas été dramatique, c'est juste que… qu'elle n'a pas guéri.

– Je suis désolé.

– Vous l'aimiez, hein ?

– Oui…

– Mais vous n'êtes jamais venu nous chercher.

– Ça ne vous aurait fait aucun bien, ni à l'une ni à l'autre. *(Au contraire,* ajouta-t-il en son for intérieur. *Regarde Abby. Regarde Nick.)* Alors, qu'est-ce que tu as décidé ? Tu ne peux rien publier là-dessus, tu as dû t'en rendre compte.

– Je suis mortelle mais pas impuissante. Tom m'a dit qu'il y avait du travail pour moi aux États-Unis. Rien de dangereux. Juste de la surveillance. De la transmission d'information.

– Tu vas te faire tuer.

– C'est la guerre.

– Ça m'étonnerait que Tokyo tienne encore longtemps.

– Je ne parlais pas de ça, vous le savez très bien. »

La guerre dans les cieux. La psivie, les Archives, la machinerie secrète du monde. Guilford sentait des années de frustration remonter en lui, bouillonnantes.

« Ne te mêle pas de ça, Lil, je te le dis pour ton bien. Des esprits, des dieux, des démons… C'est un cauchemar sorti tout droit du Moyen Âge.

– Non ! » Elle le fixa d'un œil ardent, les sourcils froncés ; un peu comme Nick. « John Sullivan y a cru, et il a eu raison : ce n'est *pas* un cauchemar. Notre monde est réel – il n'est peut-être pas ce qu'il paraît, mais il est réel, il a une histoire réelle. Ce qui est arrivé à l'Europe n'était pas un miracle, mais une *agression.*

– Alors nous sommes des fourmis dans une fourmilière, sur laquelle quelque chose a décidé de marcher.

– Nous ne sommes *pas* des fourmis ! Nous sommes des créatures intelligentes…

– Quoi que ce puisse être.

– Et nous pouvons nous battre. »

Il se leva avec des gestes raides.

« J'ai une famille. Un fils. Je veux m'occuper de mes affaires et élever mon enfant. Pas vivre un siècle ni finir brisé sur la roue.

– Mais vous faites partie des plus malheureux, dit Lily doucement. Vous n'avez pas le choix. »

Guilford se prit à souhaiter pouvoir rembobiner les jours jusqu'à ceux où sa vie était intacte. Retrouver Abby et Nick, la maison sur le promontoire et le magasin, *statu quo ante*, l'illusion qu'il avait aimée avec une telle ferveur.

Il prit une chambre à l'hôtel d'Oro Delta, payant en liquide, donnant un faux nom. Il lui fallait le temps de réfléchir.

Il appela chez Antonio, le cousin d'Abby qui habitait près de Palaepolis, afin de s'assurer que sa femme et son fils s'y trouvaient bien, en sécurité. Ce fut Tony qui décrocha. Viticulteur dans les collines, il possédait près de sa propriété une grande maison pleine de coins et de recoins, plus qu'assez vaste pour abriter Abby et Nick, malgré ses deux propres enfants qui s'y déchaînaient.

« Guilford ! s'exclama-t-il. Qu'est-ce qu'il y a encore ?

– Comment ça, encore ?

– C'est la deuxième fois que tu appelles en un quart d'heure. J'ai l'impression d'être un standard. J'aimerais bien que tu m'expliques un peu ce qui se passe, je n'ai rien pu tirer d'Abby.

– Je n'ai pas appelé tout à l'heure, Tony.

– Vraiment ? Alors je ne sais pas qui c'était, mais il avait la même voix que toi, et il s'est présenté sous ton nom. Tu as bu, ce soir ? Note que je ne te le reprocherais pas. Si ça ne va pas, avec Abby, je suis sûr que ça peut s'arranger…

– *Elle est là ?*

– Nick et elle sont rentrés chez vous. Comme tu le leur as demandé. Guilford ? »

Il raccrocha.

XXX

Il faisait nuit, les petites routes de campagne n'étaient pas éclairées, les phares de la voiture balayaient champs de blé et murs de pierre. *Ils sont là, dans le noir,* songeait Guilford. *Des ennemis sans visage, des ombres jaillies d'un passé inexplicable ou d'un futur impossible.*

Tom avait insisté pour venir ; Lily aussi, malgré les objections de son père. D'après le broussard, elle n'eût pas été plus en sécurité en ville.

« Sa meilleure protection, c'est nous, avait-il déclaré.

– Je suis une fille de la campagne, avait-elle ajouté. Je sais me servir d'un fusil, si on doit en arriver là. »

Guilford négocia un virage, sentit l'arrière de la voiture décrire un grand arc de cercle avant qu'il n'en reprît le contrôle. Il se cramponnait littéralement au volant. Dieu merci, la route côtière était quasi déserte à cette heure tardive.

« Combien sont-ils ?

– Au moins deux. Sans doute plus. Ceux qui se sont occupés de votre magasin n'étaient certainement pas du coin, ou ils auraient été mieux informés. Mais ils apprennent vite.

– Celui qui a appelé chez Tony a imité ma voix.

– Ouais, ils savent faire ça.

– Alors ils sont… comment appelez-vous ça ? possédés des démons ?

– Pourquoi pas ?

– Et on ne peut pas les tuer ?

– Mais si. Il faut juste se donner un peu de mal.

– Pourquoi s'en sont-ils pris à Abby et Nick ?

– Ils ne s'en sont pas pris à Abby et Nick. Si ç'avait été le cas, ils seraient allés chez votre cousin et ils auraient tout démoli. Votre femme et votre fils sont des appâts, ce qui donne l'avantage aux méchants, à moins qu'on ne s'en soit rendu compte plus tôt qu'ils ne le pensaient. »

Guilford appuya sur l'accélérateur. Le moteur rugit ; les roues arrière envoyèrent des nuages de poussière dans l'obscurité.

« Il y a deux pistolets dans mon sac, annonça Tom, qui avait jeté ledit sac sur la banquette arrière. Je vais les tenir prêts. Qu'est-ce que vous avez comme armes, chez vous, Guilford ?

– Un fusil de chasse. Non, deux – j'ai rangé le vieux Remington au grenier.

– Des munitions ?

– Un tas. On approche, Lily. Baisse la tête, ça vaudra mieux. »

La jeune femme prit le pistolet que lui tendait Tom, avant de répondre, très calme :

« Je ne peux pas, ça m'empêcherait de viser. »

La voiture de Tony, une vieille Torpedo, leur apparut, tout juste visible dans la lumière des phares, garée devant la maison. Abby l'avait sans doute empruntée à son cousin. Depuis combien de temps Nick et elle étaient-ils arrivés ? Sans doute pas très longtemps, compte tenu de la distance qui les séparait de Palaepolis. Trois quarts d'heure, une heure ?

Pourtant, la maison était plongée dans l'obscurité.

« Coupez le moteur, ordonna Tom. Laissez-nous un peu de marge. Terminez en roue libre, sans les phares. »

Le conducteur acquiesça, tourna la clé de contact. La Ford s'enfonça dans une nuit veloutée, silencieuse hormis le bruit du gravier sous les pneus, et ralentit jusqu'à s'immobiliser.

La porte d'entrée s'ouvrit sur une écharde de lumière vacillante : Abby, une bougie à la main.

Guilford, bondissant de voiture, la repoussa dans la maison, Lily et le broussard sur les talons.

« L'électricité est coupée, disait Abby. Le téléphone aussi. Qu'est-ce qui se passe ? Pourquoi nous as-tu demandé de revenir ?

– Ce n'était pas moi. C'était un piège.

– Mais je t'ai parlé !

– Je t'assure que non. »

Elle porta une main à sa bouche. Nick était allongé sur le canapé, derrière elle, somnolent et perplexe.

« Tirez les rideaux, lança Tom. Fermez toutes les portes et les fenêtres.

– Guilford… ? fit Abby, les yeux écarquillés.

– Il y a un petit problème, ma chérie.

– Oh, non… Ça avait *vraiment* l'air d'être toi, c'était *ta* voix…

– Tout ira bien. Il va juste falloir faire un peu attention un petit moment. Ne bouge pas, Nick. »

Le garçon hocha la tête, solennel.

« Votre fusil, Guilford, intervint Tom. Il vous reste des bougies, Mrs. Law ?

– Dans la cuisine, balbutia-t-elle, égarée.

– Très bien. Ouvrez mon sac, Lily. »

Guilford aperçut des munitions, des jumelles, un couteau de chasse dans son fourreau en cuir.

« Est-ce qu'on ne pourrait pas… s'en aller, tout simplement ? demanda Abby.

– Maintenant qu'on est là, ça m'étonnerait qu'ils nous laissent repartir, répondit Tom. Mais on est plus nombreux qu'ils ne le pensaient, et mieux armés. On a nos chances. On tentera une sortie quand il fera jour. »

Elle se raidit.

« Mon Dieu… Je suis vraiment désolée !

– Vous n'y êtes pour rien. »

Moi, si, pensa Guilford.

Abby se ressaisit en s'occupant de Nick, qu'il fallut calmer et installer convenablement sur le canapé. Guilford avait poussé le meuble loin de la porte, dans un angle de la pièce, le dossier tourné vers l'extérieur.

« C'est un fort, déclara Nick.

– Un fort imprenable », acquiesça sa mère.

Aspirant longuement entre ses dents serrées, elle calcula le temps qui restait jusqu'au matin. *Il y a des gens qui nous veulent du mal. Ils ont coupé le courant et le téléphone. On ne peut pas partir, on ne peut pas appeler à l'aide, on ne peut pas se battre…*

Guilford l'entraîna à l'écart, en compagnie de la visiteuse. Bien qu'il n'aimât pas parler de son passé, Abby connaissait l'existence de sa fille, qu'il avait quittée vingt-cinq ans plus tôt, à Londres. Elle devina qui était la jeune femme avant même que son mari n'annonçât : « Abby, je te présente Lily. »

C'était évident. Elle avait les yeux des Law, d'un bleu de matin d'hiver, et leur froncement de sourcils permanent.

« Je suis ravie de faire votre connaissance », affirma Abby. Puis, prenant conscience de la situation : « Je veux dire que j'aimerais… en d'autres circonstances…

– Je vois ce que vous voulez dire, déclara Lily avec gravité. Merci, Mrs. Law. »

Que savez-vous des Anciens ? se demanda Abby. *Qui vous a initiée à leurs secrets ? Et que sait Guilford ? Qui rôde dans la nuit, prêt à tuer mon mari et mon fils ?*

Mais elle n'avait pas le temps de s'occuper de ces questions, pas maintenant. Elle ne pouvait s'offrir ce luxe : peur, colère, stupeur, chagrin.

Nicholas leva les yeux vers son père, qui arrangeait sa couverture.

Tout paraissait étrange, à la clarté des bougies. La maison elle-même semblait plus vaste, plus vide, comme grandie, dans l'ombre. Le garçon savait qu'il y avait un gros problème, que portes et fenêtres avaient été fermées afin de tenir à l'écart quelque chose de dangereux. « Les méchants », avait dit Tom Compton. Pour Nick, cela évoquait le cinéma. Les voleurs de concession ou de serpents à fourrure, costauds aux yeux cernés de noir. Les tueurs.

« Essaie de dormir. Demain matin, tout s'arrangera. »

Mais le sommeil était bien loin. L'enfant contempla son père avec l'impression, aussi douloureuse qu'un coup de poignard, qu'il était en train de le perdre.

« Bonne nuit, Nick », conclut Guilford en lui caressant les cheveux.

Le garçon comprit « Adieu. »

Lily montait la garde.

La maison possédait deux issues, la première dans la salle à manger, la deuxième dans la cuisine, plus facile à défendre avec son unique petite fenêtre et sa porte étroite. Ladite porte était verrouillée. La fenêtre aussi. Lily savait cependant que ni l'une ni l'autre ne représenteraient un obstacle bien gênant pour un attaquant déterminé.

Elle attendait, assise sur une chaise de bois, le vieux Remington de Guilford sur les genoux. La pièce n'étant pas éclairée, elle avait entrouvert les stores et rapproché sa chaise de la fenêtre. La nuit sans lune n'était trouée que par quelques étoiles étincelantes, mais la jeune femme distinguait dans la baie les lumières des cargos, constellation terrestre.

Le fusil la rassurait, quoiqu'elle n'eût jamais tiré de gibier plus imposant qu'un lapin.

Bienvenue à Fayetteville, ironisa-t-elle intérieurement. *Bienvenue en Darwinie.*

Toute sa vie, elle avait dévoré des livres sur la Darwinie, parlé de la Darwinie, rêvé du continent, nuit et jour, à la grande tristesse de sa mère. Il la fascinait. Depuis sa plus tendre enfance, elle voulait en sonder par elle-même l'étrangeté. Et voilà où elle en était : seule dans le noir, en lutte contre des démons.

Il faut se montrer prudent dans ses souhaits.

Elle savait pratiquement tout ce que la science naturelle avait appris sur la Darwinie – c'est-à-dire pas grand-chose. Des détails à la pelle, bien sûr, voire un peu de théorie. Mais la grande question centrale, le simple *pourquoi* humain, douloureux, restait sans réponse. Il était toutefois intéressant de constater qu'une des autres planètes du système solaire, au moins, avait été touchée par le phénomène. L'Observatoire royal du Cap et l'Observatoire national de Bloemfontein avaient tous deux publié des photos de Mars mettant en évidence des différentiations saisonnières et la présence de grands plans d'eau. Un nouveau monde tournait dans le ciel, une Darwinie *planétaire.*

Pour Lily, les lettres de son père avaient donné à tout cela un sens que lui-même ne paraissait pas vraiment saisir. Guilford, Tom et les autres Anciens avaient réussi là où Sullivan, le botaniste, avait échoué : ils avaient expliqué le miracle en termes profanes. Une explication *étrange*, certes, au point que Lily ne parvenait pas à imaginer quel genre d'expérience pourrait en prouver l'exactitude. Mais cette étonnante théographie d'Archives, d'anges et de démons n'eût pu naître en tant de lieux et s'accorder sur tant de points sans receler une grande part de vérité.

La jeune femme était d'abord restée sceptique – considérant les lettres et notes de son père comme les délires hallucinatoires d'un malheureux à demi mort de faim. Jeffersonville l'avait fait changer d'avis. Tom Compton aussi. Une fois dans le secret des Anciens, elle avait même compris l'inutilité d'*écrire* quoi que ce fût sur cette histoire. On ne la laisserait pas publier ses articles, et dans le cas contraire, nul ne la croirait. Car il n'existait évidemment aucune cité en ruine parmi les contreforts alpins. Rien qui eût été cartographié, photographié, survolé, voire entraperçu de loin, excepté par l'expédition disparue. Les démons avaient cousu la vallée telle une manche déchirée, avait déclaré Tom. Ils en étaient capables.

Pourtant, la ville, au moins de quelque intangible manière, était toujours là.

Lily se tint éveillée en imaginant cette cité au cœur de l'arrière-pays darwinien. L'antique nombril du monde, dénué d'âme. L'axe du temps. Le lieu de rencontre des vivants et des morts. Elle regrettait de ne pouvoir le contempler, tout en ayant conscience de l'absurdité de ses regrets ; quand bien même elle l'eût découvert (ce qui était impossible à une simple mortelle), elle se fût trouvée en danger, peut-être à l'endroit le plus dangereux de la Terre. Mais l'étrangeté qu'elle lui prêtait l'attirait, tout comme, durant son enfance, l'avaient attirée certains noms sur la mappemonde : mont Kosciusko, Artois, mer de Tasman. Le mirage de l'exotisme – que la petite fille de Wollongong fût bénie d'y avoir succombé. *Mais voilà où j'en suis, à serrer un fusil contre moi.*

Jamais elle ne verrait la cité. Contrairement à Guilford qui, lui, la reverrait. Tom l'avait dit à la jeune femme. Guilford serait là, pour la grande bataille… à moins que son amour obstiné de son monde ne le retînt.

« Guilford aime trop notre monde, avait déclaré Tom. Autant que s'il était réel.

– Ne l'est-il pas ? avait-elle demandé. Il a beau être constitué de nombres et de machines… n'est-il pas assez réel pour qu'on l'aime ?

– Pour vous, si, avait reconnu Tom. Nous, on ne peut pas se permettre de penser comme ça. »

Les hindous parlaient de *détachement*, à moins que ce ne fussent les bouddhistes. Renoncer au monde. Renoncer au désir. *Quelle horreur.* Exiger cela de quelqu'un était horrible ;

l'exiger de Guilford était pire encore, car non content d'aimer son monde, il en connaissait l'extrême fragilité.

Le vieux fusil pesait d'un poids terrible sur les jambes de Lily. Rien ne bougeait derrière la vitre que les étoiles au-dessus des flots, soleils lointains glissant à travers la nuit.

Abby, sans arme, s'était blottie dans un coin de la salle à manger faiblement éclairée par les bougies. Un peu après minuit, Guilford vint s'accroupir auprès d'elle. Il lui posa la main sur l'épaule. Elle avait la peau fraîche sous la chaleur de sa paume.

« On ne sera plus jamais en sécurité ici, dit-elle.

– S'il le faut, on partira. On s'installera à l'intérieur des terres, sous un autre nom…

– Ah oui ? Même ailleurs, à un endroit où personne ne nous connaît… qu'est-ce qu'on fera ? Tu me regarderas vieillir et mourir ? Tu regarderas Nicholas vieillir ? Tu attendras que le miracle qui t'a créé revienne t'emporter ? » Il se rejeta en arrière, saisi. « Tu n'aurais pas pu le cacher beaucoup plus longtemps. On dirait toujours que tu as une petite trentaine d'années. »

Il ferma les yeux. *Tu ne mourras pas,* avait affirmé l'esprit. Et Guilford avait vu ses blessures se refermer miraculeusement, la grippe l'oublier, alors qu'elle emportait sa fille. Il s'était haï pour cela plus souvent qu'à son tour.

Mais la plupart du temps, il s'était contenté de faire comme si de rien n'était. Quant à Abby, à son vieillissement, à la mort qui l'attendait…

Que les plaies de Guilford disparussent vite ne signifiait pas qu'il était immortel. Certaines blessures restaient inguérissables, Tom lui-même en avait conscience. Guilford n'imaginait pas l'avenir sans Abby, dût cela signifier pour lui un saut du haut d'une falaise ou le canon d'un revolver dans sa bouche. Tout le monde avait le droit de mourir. Personne ne méritait un siècle de chagrin.

Comme si elle avait lu dans ses pensées, Abby lui prit la main, la garda entre les siennes.

« Il faut faire son devoir, Guilford.

– Je ne les laisserai pas s'en prendre à toi.

– Il faut faire son devoir. »

XXXI

La première balle brisa une vitre de la salle à manger.

Nicholas, qui somnolait, se redressa sur le canapé et se mit à pleurer. Abby se précipita afin de l'obliger à se baisser.

« Roule-toi en boule et couvre-toi la tête, Nicky, ordonna-t-elle.

– Reste près de lui », cria Guilford.

D'autres balles traversèrent la fenêtre, soulevant les rideaux tel un ouragan, imprimant dans le mur d'en face des trous aussi gros que le poing.

« Guilford, vous attendez là, ordonna Tom. Lily, à l'étage avec moi. »

Il lui fallait un poste d'observation situé à une certaine hauteur et donnant à l'est. L'aube se lèverait dans vingt minutes à peine. Le ciel devait déjà commencer à s'éclairer.

Guilford, accroupi derrière la porte d'entrée, tira au hasard par deux fois à travers la fente du courrier, dans l'espoir de décourager l'adversaire. En réponse, une volée de balles déchiqueta le bois au-dessus de sa tête. Il se jeta de côté sous une pluie d'échardes.

Boiseries, plâtre, coussins, rideaux furent réduits en charpie. Une bougie s'éteignit. Une odeur âcre de bois brûlé piquait les narines.

« Abby ? appela Guilford. Ça va ? »

La chambre donnant à l'est était celle de Nick. Ses maquettes d'avion en balsa, rangées sur des étagères, voisinaient avec son poste à galène et sa collection de coquillages.

Tom ouvrit les rideaux puis décocha un bon coup de pied dans le carreau inférieur de la fenêtre.

La maison résonnait encore du bruit du verre brisé quand, recroquevillé sous l'appui, il leva brièvement la tête.

« J'en vois quatre, annonça-t-il. Deux planqués derrière les voitures, et au moins deux autres sous l'orme. Vous êtes bonne tireuse, Lily ?

– Oui. »

Pas la peine de jouer les modestes. Bien qu'elle ne se fût jamais servie de ce Remington.

« Prenez ceux de l'arbre. Je m'occupe des plus proches. »

Il n'était plus temps de réfléchir. Sans hésiter, s'appuyant de la main gauche au rebord de la fenêtre, le broussard entreprit de vider son arme à un rythme rapide mais régulier.

Le ciel nacré dégageait une faible clarté. La jeune femme se rapprocha de Tom, exposant aussi peu que possible sa tête, ajusta l'orme, descendit jusqu'à la forme grossière abritée dans son ombre puis pressa la détente.

Ce n'était pas un animal, mais il suffisait de faire comme si. Elle évoqua la ferme, près de Wollongong, où elle tirait les lapins en compagnie de Colin Watson, quand elle l'appelait encore « papa ». Quoique le fusil lui parût alors plus grand et plus lourd, elle le maniait bien. Colin lui avait appris à anticiper le bruit, mais aussi le choc du recul.

La vue des petits rongeurs explosant sur la terre desséchée tels des sacs en papier la rendait malade. Toutefois, il s'agissait d'une vermine, d'un véritable fléau ; elle s'était entraînée à étouffer sa compassion.

Un autre fléau menaçait. Elle tira avec calme. Le fusil lui heurta l'épaule. Une cartouche roula bruyamment sur le plancher, alla se loger sous le lit.

La silhouette noire s'était-elle effondrée ? Lily en avait bien l'impression, mais il y avait si peu de lumière…

« N'arrêtez pas, lança Tom en rechargeant son pistolet. Ces gens-là ne s'abattent pas d'une seule balle. Ils ne sont pas si faciles à tuer. »

La jambe gauche de Guilford était insensible. Baissant les yeux, il vit au-dessus de son genou une tache sombre humide ; une odeur de chair et de sang monta jusqu'à ses narines. Déjà, la blessure se refermait, mais sans doute un nerf avait-il été coupé, ce qui guérirait moins vite.

Il se mit à ramper en direction du canapé, laissant derrière lui une traînée rouge.

« Abby ? »

D'autres balles traversèrent la porte et la fenêtre abîmées. Les rideaux accrochés par Abby commencèrent à se consumer lentement, sans flamme, répandant une fumée noire. Des coups répétés ébranlèrent la porte de derrière, à la cuisine.

« Abby ? »

Pas de réponse.

Du haut de l'escalier parvenait à Guilford la fusillade déchaînée par Tom et Lily ; de l'extérieur, des cris de douleur et des bruits confus.

« Réponds-moi, Abby ! »

Le dossier du canapé avait été touché à plusieurs reprises. Des parcelles de crin et de bourre en coton flottaient alentour, telle une neige sale.

Le blessé posa la main dans une flaque de sang qui ne lui appartenait pas.

« On en a eu quatre, annonça Tom, mais ce ne sera définitif que si on les achève, et il y en a peut-être encore de l'autre côté de la maison. »

Malheureusement, l'étage ne comprenait aucune fenêtre donnant sur l'arrière.

Il descendit l'escalier d'un pas vif, Lily sur les talons. Les mains de la jeune femme tremblaient, à présent. La demeure empestait la cordite, la fumée, la sueur masculine et pis encore.

Ils gagnèrent la salle de séjour, sur le seuil de laquelle le broussard se figea.

« Mon Dieu ! »

Quelqu'un était passé par la porte de derrière.

Un gros homme en uniforme de policier.

« Shérif », dit Guilford.

Quoique de toute évidence blessé et hébété, il était parvenu à se mettre sur ses pieds. Une main plaquée à sa cuisse sanglante, il levait l'autre, implorant. Son pistolet gisait près du canapé.

Le canapé plein de sang.

« Ils sont blessés, poursuivit-il, plaintif. Il faut les emmener en ville. À l'hôpital. »

Pour toute réponse, le policier leva son arme, souriant.

Le shérif : un méchant.

Lily s'efforça de viser juste. Son cœur battait à tout rompre, mais son sang s'était transformé en une boue froide.

L'intrus tira deux fois, avant qu'une balle de Tom ne le projetât contre le mur.

Le broussard s'approcha de sa proie, tombée à terre. Il y logea trois balles supplémentaires, à bout portant, jusqu'à ce qu'elle eût la tête aussi rouge et informe qu'un des lapins de Colin Watson.

Guilford, écroulé, saignait à gros bouillons d'une blessure au torse.

Derrière la forteresse inutile du canapé reposaient Abby et Nicholas, indiciblement morts.

Interlude

Guilford se réveilla à l'ombre de l'orme, dans l'herbe haute, au milieu d'un carré de fausses anémones d'un bleu de glace. Une brise légère lui rafraîchissait la peau. Une clarté diffuse enveloppait le moindre objet de son rayonnement régulier, donnant au photographe l'impression que ses perceptions avaient été débarrassées de leur moindre défaut.

Pourtant, le ciel noir était semé d'étoiles. Bizarre.

Tournant la tête, il découvrit à quelques pas la sentinelle, l'esprit, son ombre.

Il aurait dû avoir peur. Curieusement, ce n'était pas le cas.

« Toi », parvint-il à dire.

L'autre – toujours jeune, toujours vêtu de son uniforme en lambeaux – lui adressa un sourire compatissant.

« Bonjour, Guilford.

– Bonjour à toi. »

Il s'assit. Dans un recoin de son esprit s'agitait l'obsédante impression que quelque chose de grave, de terrible, s'était passé, mais le souvenir se dérobait.

« Je crois que j'ai été *blessé*, dit-il d'une voix lente.

– En effet. Mais ne t'en inquiète pas, pas maintenant. »

Le ciel, aux étoiles d'une netteté de lampes électriques, si proches qu'il lui eût suffi de tendre le bras pour les toucher, le mettait également mal à l'aise.

« Qu'est-ce que je fais ici ? demanda-t-il.

– Il faut qu'on parle.

– Et si je ne veux pas ? J'ai le choix ?

– Bien sûr. Tu peux te boucher les oreilles et siffloter *Dixie*, si ça t'amuse. Mais tu n'aimerais pas savoir ce que j'ai à te dire ?

– Tu n'es pas ce que j'appellerais un puits de bonnes nouvelles.

– Viens faire un tour avec moi, Guilford.

– Tu marches trop.

– Je réfléchis mieux sur mes deux pieds. »

Tout comme à Londres, un quart de siècle plus tôt, un calme forcé régnait en Guilford. Il aurait dû être terrifié : *tout* était anormal… pire qu'anormal, lui murmurait une poussée de mémoire. Mais peut-être le soldat était-il capable de lui imposer une sorte d'amnésie émotionnelle, d'étouffer en lui la panique.

Paniquer eût été facile, voire approprié.

« Par ici », appela la sentinelle.

Ils s'avancèrent sur le chemin de terre derrière la maison, parmi les broussailles et les arbres tordus par le vent. Guilford se retourna vers sa demeure, toute petite sur son promontoire herbu. En arrière-plan, l'océan, aussi plat qu'une vitre, reflétait les étoiles.

« Je suis mort, hein ? questionna le photographe.

– Oui et non.

– Ce n'est pas très clair.

– Les deux peuvent arriver. »

Malgré son calme surnaturel, la peur l'effleura un instant.

« De quoi cela dépend-il ?

– De la chance. De la volonté. De toi.

– C'est une devinette ?

– Non, mais ce n'est pas facile à expliquer. »

Ils grimpaient d'un pas régulier. En temps normal, cette longue promenade eût essoufflé Guilford, mais ses poumons se montraient plus efficaces en ce lieu, à moins que l'atmosphère n'y fût plus épaisse ou qu'il n'y fût invulnérable, comme en rêve. Les deux hommes atteignirent bientôt le sommet de la colline.

« Asseyons-nous », proposa le soldat.

Ils s'installèrent, adossés à un arbre-mosquée, ainsi que Guilford le faisait parfois en compagnie de Nicholas, les soirs d'été, les yeux fixés sur les étoiles. Il y en avait dans l'océan autant que dans les cieux, plus qu'il ne l'eût cru possible. Elles se déplaçaient de manière visible – tournant non pas autour de l'axe nord mais d'un point situé juste au-dessus de leurs têtes.

« Elles sont réelles, ces étoiles ? interrogea Guilford.

– Le mot “réel” a une signification plus étendue que tu ne le penses.

– Mais cette colline n'est pas réellement celle qu'on voit derrière chez moi.

– Non. C'est juste un endroit où se reposer. »

On est sur son territoire. Chez les esprits.

« C'est agréable, d'être un dieu ?

– Je n'en suis pas un.

– La différence n'est pas évidente.

– Quand tu allumes une lampe électrique, cela fait-il de toi un dieu ? Tes propres ancêtres l'auraient peut-être cru.

– Sacrée lampe électrique, commenta Guilford, en clignant des yeux devant la voûte céleste.

– Nous nous trouvons à l'intérieur des Archives, déclara son compagnon. Plus précisément, dans une suite logique nodulaire attachée aux protocoles opératoires de l'ontosphère terrestre.

– Tout s'explique.

– Désolé. Ce que je voulais dire, c'est que nous sommes toujours dans les Archives – il nous est impossible de les quitter, du moins pour l'instant – mais pas sur Terre, pas vraiment.

– Je te crois sur parole.

– Je ne peux pas te sortir des Archives, mais je peux te montrer à quoi elles ressemblent de l'extérieur. »

Guilford ne savait pas au juste ce qu'on lui proposait – et un lointain sentiment d'*urgence* le tenaillait toujours – mais puisqu'il n'avait pas réellement le choix…

« D'accord, acquiesça-t-il, montre-moi. »

En moins de temps qu'il n'en fallait pour le dire, le ciel s'anima. Il cessa de tourner. Les étoiles partirent dans une direction différente, du sud vers le nord, l'horizon sud disparaissant à une vitesse étourdissante. Guilford, hoquetant, chercha à se cramponner au sol, bien qu'il n'éprouvât aucune sensation de mouvement. La brise de mer persistait, chaude et légère.

« Qu'est-ce que c'est ? s'exclama-t-il.

– Regarde. »

D'autres étoiles se levaient au nord, innombrables, puis s'éloignaient avec une stupéfiante rapidité qui les brouillait, les transformait en bandes lumineuses. Les bras, le disque d'une galaxie. Enfin, leur aspect se stabilisa ; elles formaient une grande roue dans le ciel.

« L'ontosphère des Archives, commenta la sentinelle avec calme. Leur *intérieur.* »

Son compagnon, incapable de lui répondre, sentit un respect mêlé de crainte lui serrer le torse de plus en plus fort, quasi palpable.

À présent, la Galaxie elle-même devenait floue, se changeait en une sphère de lumière indifférenciée.

« L'ontosphère en quatre dimensions. »

Qui disparut brusquement. Le ciel était une immensité de lignes arc-en-ciel iridescentes, parallèles, s'étendant à l'infini dans toutes les directions sur un fond de velours noir, au point que cette vue insupportable finit par menacer l'intégrité mentale de Guilford…

« La structure de Higgs des Archives, visualisée et simplifiée. »

Simplifiée !

Cela aussi disparut.

Un instant durant, le ciel ne fut que noirceur.

« Voilà ce que tu verrais, de l'extérieur des Archives », reprit le soldat.

Les Archives : une sphère parfaitement lisse de terne lumière orange emplissant l'horizon ouest, se reflétant sur les eaux immobiles de la baie.

« Elles contiennent tout ce qu'a jamais été la Galaxie, dit doucement la sentinelle. Ou du moins le contenaient-elles avant que les psions ne les corrompent. La tache rouge que tu vois au-dessus des collines est l'ultime reste de la galaxie originale, de ses étoiles, ses civilisations, ses voix, ses possibilités – un immense trou noir dévorant quelques cendres où la vie s'est éteinte.

– Un trou noir ? parvint à répéter Guilford.

– Une bizarrerie spatiale, où la matière est si compacte que rien ne peut s'en échapper, pas même la lumière. Tu as sous les yeux les radiations secondaires. »

Il resta silencieux. Une peur immense s'acharnait sur son enveloppe de calme. Si le soldat disait vrai, cette masse orange renfermait à la fois son passé et son avenir ; le temps, fragile, hésitant, vulnérable. Cette braise rougeoyante était l'ardoise sur laquelle les dieux avaient dessiné les mondes ; on y déplaçait un atome, et des planètes s'entrechoquaient.

Sur cette ardoise, ils avaient aussi dessiné Lily et Caroline, Abby et Nicholas… ainsi que Guilford. On l'en avait soustrait pour un instant, nombre fluctuant de zéro à un.

Des âmes en poussière de craie… Il se tourna vers son compagnon.

« Qu'est-ce que tu veux ?

– On en a déjà parlé.

– Tu veux que je me batte pour toi. Que je devienne soldat.

– Si étonnant que ça puisse paraître, tu as dans l'ontosphère des capacités que je n'ai pas. Je te demande de m'aider.

– Moi, t'aider ! » Son regard revint à l'image des Archives, sourdement rayonnante. « Je ne suis pas un dieu ! Même si j'accepte, qu'est-ce que ça changera ?

– Rien, si tu es seul dans ton cas. Mais il y en a des millions d'autres, sur des millions de mondes, et il en viendra encore des millions.

– Alors pourquoi perdre ton temps avec moi ?

– Tu ne comptes ni plus ni moins que tes frères. Si tu as de l'importance, Guilford, c'est parce que tout ce qui vit en a.

– Alors ramène-moi chez moi, que je puisse m'occuper d'Abby et de Nick. »

Ils allaient bien, non ? Le photographe se débattit dans des éclats de souvenirs inquiétants, quoique vagues, comme dans du verre brisé.

« Je ne peux pas. Je ne suis pas omnipotent. Ne crois pas ça, ce serait une erreur.

– Qu'est-ce que c'est que ce dieu ?

– Je ne suis pas un dieu. Je suis né de parents mortels, de même que toi.

– Il y a un million d'années.

– Bien plus. Mais il m'est impossible de manipuler l'ontosphère selon tes désirs. Je ne peux récrire le passé… et toi seul peux influer sur l'avenir. »

La sentinelle se leva. Elle possédait une dignité qui faisait défaut à son double. Un instant, Guilford eut l'impression de la percer à jour… de voir non *à travers* elle mais au-delà de son humble apparence, de distinguer quelque chose d'aussi brûlant et démesuré que le soleil.

Ce n'est pas un homme, se rappela-t-il. Peut-être le soldat avait-il été humain ; peut-être avait-il été Guilford Law. À présent, cependant, c'était une tout autre créature. *Il marche parmi les étoiles comme moi dans les rues de Fayetteville, lorsqu'il fait beau.*

« Pense à tout ce qui est en jeu. Si nous perdons la bataille, ta fille sera réduite en esclavage, tes petits-enfants serviront d'incubateurs à des choses sans âme. Ils seront dévorés, au sens le plus littéral du terme. Il n'y a pas de résurrection possible à une mort pareille. »

Nick. Il est arrivé quelque chose à Nick. Il se cachait derrière le grand canapé du séjour...

« Et si nous perdons toutes les batailles, poursuivait le soldat, tout ce que tu vois là, le passé, l'avenir, tout ce que tu as aimé ou que tu aurais pu aimer sera la proie des locustes.

– Dis-moi une chose, juste une. S'il te plaît. Explique-moi pourquoi ça dépend de *moi*. Je n'ai rien d'extraordinaire – si tu es ce que tu prétends, tu ne peux pas ne pas le savoir. Pourquoi ne cherches-tu pas quelqu'un d'autre ? Un type plus intelligent, capable de regarder ses enfants vieillir et mourir. Tout ce que je veux – Seigneur ! – c'est une vie comme celle de n'importe qui, tomber amoureux, faire des enfants, avoir une famille qui m'aime assez pour me payer des funérailles correctes...

– Tu as un pied dans deux mondes différents. Une partie de toi est identique à une partie de moi, au Guilford Law qui est mort en France. Et une autre partie est unique : le Guilford Law qui a été témoin du miracle. Sans ça, on ne pourrait pas communiquer. »

Guilford baissa la tête.

« On a été pareils pendant quoi ? dix-neuf ou vingt ans sur une centaine de millions d'années ? On ne peut pas dire que ce soit une fraction très importante.

– Je suis infiniment plus vieux que toi, mais je n'ai pas oublié le fusil que je tenais dans les tranchées boueuses. J'ai eu peur de mourir, j'ai pensé que je vivais en pleine démence, j'ai senti la balle, la douleur, l'agonie. Ça ne me plaît pas de te demander de participer à une guerre encore plus horrible, mais aucun de nous deux n'a le choix. » La sentinelle baissa la tête. « Ce n'est pas moi qui ai créé l'ennemi. »

Nick derrière le canapé. Abby le serrant contre elle pour le protéger. Le crin, la bourre en coton, l'odeur de la poudre, et… et…

Le sang.

« Je n'ai à t'offrir que ma souffrance, conclut le soldat, sinistre. Je suis désolé. Si tu repars, tu m'emportes avec toi. Mes souvenirs. Bouresches, les tranchées, la peur.

– Je veux une compensation », déclara Guilford. Le chagrin s'élevait en lui tel un ballon brûlant. « Si j'accepte de t'aider…

– Je ne peux rien te donner.

– Je veux mourir. Pas vivre éternellement. Je veux vieillir et mourir en être humain. Est-ce vraiment trop demander ? »

Il y eut un long silence.

Les groupes de Turing travaillaient sans répit, étayant les sous-structures croulantes des Archives. La psivie progressait, reculait, progressait à nouveau sur des milliers de fronts.

Une deuxième vague de codes viraux fut lâchée, dirigée contre les séquences temporelles des psions, lourdement protégées.

Les noosphères espéraient brouiller le déroulement du plan ennemi, couper l'envahisseur du lien temporel que l'ontosphère entretenait avec le champ de Higgs. C'était une attaque audacieuse, voire dangereuse ; une stratégie qui pouvait se retourner contre ceux qui l'employaient.

La conscience attendit ; infiniment patiente, quoique infiniment effrayée.

LIVRE QUATRIÈME

Automne 1965

Celui qui ne perçoit que la variété, et non l'unité,
erre d'une mort à l'autre.

KATHA UPANISHAD

XXXII

Des centaines d'hommes dans son genre travaillaient à la voie ferrée transalpine.

Leur carte du Syndicat du rail en poche, ils sculptaient les montagnes au T.N.T., jetaient des ponts sur les précipices, fixaient les rails. À moins qu'ils ne fussent ingénieurs, porteurs, graisseurs, machinistes, arrimeurs.

Lorsque l'ouvrage se faisait rare, ils disparaissaient dans la nature pour des mois. Ou, presque aussi facilement, dans les bas quartiers enfumés de Tilson et New Pittsburgh, sur le Rhin.

C'étaient des solitaires peu bavards qui n'avaient ni famille ni amis. Ils paraissaient plutôt jeunes (leur donner un âge n'était pas facile), mais une sorte d'aura d'ancienneté les enveloppait. Leurs attitudes, leur économie de mouvements évoquaient une patience terrible, obstinée.

Karen Wilder connaissait ce genre d'hommes. Elle en avait vu assez. Simplement, depuis quelque temps, elle en voyait plus que jamais.

Karen tenait le bar du *Schaffhausen Grill*, à Randall, dans les Nouveaux Territoires intérieurs, depuis cinq ans. Arrivée sans le sou d'une ville minière des Pyrénées, à la recherche d'un travail, elle s'était arrangée avec le propriétaire : pas de bêtises. Elle jouait les employées modèles, mais le cuisinier évitait de laisser ses mains s'égarer, et elle ne montait pas avec les clients. (Ce qui posait moins de problèmes ces derniers temps, la quarantaine sonnée. Les propositions, si elles n'avaient pas cessé, étaient devenues plus rares.)

Randall constituait une étape sur la route Rhin-Ruhr. De gros wagons de marchandises y passaient chaque jour, alourdis du charbon destiné à Tilson, Carver ou La Nouvelle-Dresde. L'autoroute intérieure coupait les rails au pied des chutes. La tête de ligne s'était incroyablement étendue en quelques années. Des familles respectables s'y étaient installées. Pourtant, Randall restait une ville-frontière, où les lois relatives à l'immigration et aux concessions attiraient toujours en un flot abondant l'écume des cités. Les nouveaux se montraient pénibles ; discutailleurs, prompts à la bagarre. Karen préférait les vieux de la vieille, même (ou surtout) les moins bavards, comme Guilford Law.

Elle avait su qui il était à l'instant précis où il avait franchi le seuil du *Schaffhausen* – pas son nom, son *genre.*

Un vieux de la vieille de la plus belle eau. Mince, presque décharné. Grandes mains. Regard sans âge. Karen avait été tentée de lui demander ce qu'il avait vu.

Quoiqu'il fût un habitué depuis maintenant un an, un an et demi, il parlait peu. Il venait le soir, mangeait frugalement, prenait un verre. Sans doute aimait-il bien la barmaid – ils ne manquaient jamais d'échanger quelques mots sur le temps ou les dernières nouvelles. Dans ces moments-là, il se penchait vers elle comme une plante ombragée s'incline vers le soleil.

Mais il montait toujours avec les filles.

Ce soir-là, les choses se passaient un peu différemment.

À la mi-septembre, le *Schaffhausen* n'attirait en général que les gens du cru. La foule de l'été, bûcherons et éleveurs de serpents, mais aussi touristes peu argentés voyageant par le train, était partie pour des régions plus chaudes. Cette fois, le propriétaire, désireux d'attirer le chaland, avait loué les services d'un groupe de jazz de Tilson. Malheureusement, les musiciens lui revenaient cher, l'absence de talent féminin parmi eux se faisait sentir, et le trompettiste aimait jouer des gammes hésitantes d'ivrogne sur la grand-place, à l'aube. L'effort n'avait donc pas duré. Le *Schaffhausen* était retombé dans son calme habituel.

Les vieux de la vieille avaient alors commencé à se montrer. (On les appelait parfois les Anciens.) Rien que de très normal, au début. Il y en avait toujours eu, à Randall. Louant brièvement de petites chambres poussiéreuses puis déménageant. Payant leurs factures, ne posant pas de questions et n'aimant pas qu'on leur en posât. Ils faisaient partie du décor, de même que les serpents sauvages qui rôdaient dans les collines, au sud.

Mais depuis peu, certains restaient en ville plus longtemps que d'habitude, et il en arrivait d'autres. Ils se rassemblaient par groupes au *Schaffhausen*, discutant à voix basse de Dieu savait quoi, si bien que Karen, malgré toutes ses bonnes résolutions, se sentait tenaillée par la curiosité.

Aussi, lorsque Guilford Law vint s'asseoir au bar pour commander à boire, posa-t-elle sa consommation devant lui en demandant :

« C'est une convention ou quoi ? »

Il la remercia poliment, avant d'ajouter :

« Je ne vois pas ce que vous voulez dire.

– Ben voyons.

– Karen, c'est ça ? reprit-il en lui jetant un long regard.

– Mmh. »

Exactement, monsieur l'habitué-depuis-un-an. Karen.

« Eh bien, Karen, c'est une question bizarre.

– Autrement dit, ça ne me regarde pas. Mais il se prépare quelque chose.

– Vraiment ?

– Pour ceux qui savent regarder. Je suis prête à parier que tous les pouilleux du rail et les coureurs des bois des Territoires sont là, cette nuit. Vous êtes faciles à reconnaître, vous savez, vous avez tous un je-ne-sais-quoi de particulier. »

Comme quelque chose d'affamé et de désespéré qui refuserait de mourir. Mais elle garderait cela pour elle.

Une fraction de seconde, elle crut qu'il allait se confier. L'expression qui lui passa sur le visage trahissait une solitude si parfaite que la barmaid sentit sa lèvre inférieure se mettre à trembler.

Pourtant, il se contenta de dire :

« Vous êtes ravissante, jeune fille.

– C'est la première fois en quinze ans qu'on me qualifie de jeune fille, Mr. Law.

– L'automne va être difficile.

– Vraiment ?

– Je vais sans doute cesser de venir un moment. Écoutez. Si au printemps je suis de retour, je passerai vous voir. À condition que ça ne vous dérange pas, bien sûr.

– Je suppose que non. Le printemps n'est pas pour demain.

– Si je ne reviens pas… »

D'où ? Elle attendit qu'il achevât.

Il se contenta de vider son verre en secouant la tête.

Ravissante, avait-il dit.

Elle recevait tous les jours une douzaine de compliments mensongers d'hommes ivres ou indifféremment obsédés par les femmes. Ils ne signifiaient rien. Mais les quelques mots de Guilford Law l'accompagnèrent toute la soirée. Si simples, si tristes, si étonnants.

Peut-être viendrait-il la voir… Peut-être tout irait-il bien.

Pourtant, ce soir-là, son verre terminé, il partit seul, tel un animal blessé. Lorsqu'elle le défia du regard, il détourna les yeux.

XXXIII

Lily quitta son travail à seize heures trente pour se rendre au National Museum. Le temps était frais, clair, vif, le bus empli d'employés moroses, des hommes d'âge mûr en complet de laine peignée et chapeau mou totalement ignorants de l'imminence de la guerre céleste. Tout ce qu'ils voulaient, c'étaient un verre, leur dîner, un autre verre, les enfants au lit, la télé – sur une des deux chaînes nationales – et, peut-être, un dernier verre avant d'aller se coucher.

Elle les enviait.

Au-dessus des portes du musée flottaient d'immenses bannières évoquant des étendards baroniaux et proclamant le thème de l'exposition :

LA TRANSFORMATION DE L'EUROPE
Comprendre le Miracle

Le mot « Miracle » était sans doute censé apaiser les lobbies religieux. Lily, elle, préférait garder au continent l'ancien surnom que lui avait donné Hearst : la Darwinie. À présent, l'ironie de la chose était oubliée ; la plupart des gens admettaient que la nouvelle Europe possédait une histoire biologique propre, quelle qu'en fût la signification. Lily imaginait parfaitement le jeune Charles Darwin attrapant des coléoptères dans les marches rhénanes pour ensuite chercher à percer le mystère de la transformation. Mais peut-être pas son mystère *principal*.

Descendue du bus – bouffée d'air frais –, elle pénétra dans les salles à l'éclairage fluorescent.

L'exposition était immense. Sans y prêter attention, elle gagna directement la vitrine dévolue à l'expédition Finch de 1920 et au bref conflit anglo-américain. De vieux compas, d'antiques presses à plantes, des théodolites, une stèle funéraire grossière, récupérée des années après les événements sur les berges du Rhin, en dessous du lac de Constance : *À la mémoire du professeur Thomas Markland Gillvany*. Des photographies des scientifiques : Preston Finch, d'une raideur ridicule sous son casque colonial ; Avery Keck, émacié ; Gillvany le malchanceux ; John Watts Sullivan, qui avait souffert le martyre… Ni Diggs, le cuisinier, ni Tom Compton ne figuraient parmi eux, mais Guilford Law était là, mal rasé, en chemise de flanelle, fixé sur la plaque durant son expédition précédente le long de la Gallatin – jeune homme aux sourcils froncés, aux ongles sales, armé d'un appareil photographique.

Lily toucha la vitrine du bout du doigt. Elle n'avait pas vu son père depuis vingt ans, depuis ce terrible matin à Fayetteville où le soleil s'était levé sur ce qui, pour elle, évoquait un océan de sang.

Il n'était pas mort. Si graves qu'eussent été ses blessures, elles avaient très vite guéri. À l'hôpital d'Oro Delta, on l'avait placé sous surveillance : la police locale voulait des explications sur les morts d'Abby, de Nicholas, de trois étrangers anonymes et de Carlyle, le shérif. Toutefois, les médecins n'avaient pas prévu que leur patient récupérerait aussi vite l'usage de ses jambes ; il s'était enfui une nuit, après avoir assommé un garde. Les autorités l'avaient placé sous le coup d'un mandat d'arrêt, mais ce n'était qu'une réaction symbolique : les fugitifs disparaissaient corps et biens, sur le continent.

Il vivait toujours.

Elle le savait. Les Anciens la contactaient de temps en temps. Puisqu'elle leur transmettait périodiquement ce qu'elle apprenait en tant que secrétaire de Matthew Crane – fonctionnaire possédé des démons employé par le ministère de la Défense –, ils la rassuraient sur le sort de son père.

Il vivait toujours, travaillant contre l'Apocalypse.

Les temps étaient proches, Lily en avait été avertie.

Elle s'immobilisa devant un diorama illuminé.

Devant elle se dressait un fossile bipède darwinien dont elle avait oublié le nom latin imprononçable, un monstre à quatre bras qui, tout récemment encore – durant l'Ère glaciaire –, avait hanté les plaines européennes, une bête formidable. Le squelette, de près de trois mètres, s'ornait d'une épine ventrale massive, à laquelle avaient autrefois été attachés de longs muscles épais, et d'un crâne en dôme, aux mâchoires chargées de crocs coupants comme des rasoirs. À son côté figurait une reconstitution complète – peau chitineuse, yeux de verre, griffes dentelées aussi longues que des couteaux de cuisine – égorgeant un serpent à fourrure.

Une exposition de musée, comme la photographie de Guilford Law ; mais Lily savait que ni son père ni la bête n'étaient réellement éteints.

« On ferme, m'dame », lança le gardien de nuit, un petit homme bedonnant, nasillard, aux yeux bien plus vieux que son visage.

Lily ne connaissait pas son nom, bien qu'ils se fussent vus souvent, toujours de cette manière. C'était son contact.

Comme toujours, elle lui tendit un livre. *Les Canaux martiens reconsidérés*, un ouvrage de vulgarisation scientifique acheté la veille, dans un grand magasin d'Arlington, et où figuraient les derniers clichés du mont Palomar. Elle n'y avait guère jeté qu'un coup d'œil, en intercalant entre les pages les documents photocopiés à son travail.

« Quelqu'un a oublié ça », expliqua-t-elle.

Les grosses mains du gardien se refermèrent sur le volume.

« Je vais l'apporter aux Objets trouvés. »

Lily avait entendu la plaisanterie assez souvent pour se mettre à appeler ainsi en son for intérieur les Anciens, les Vétérans, les Immortels : *les Objets trouvés.*

« Merci. »

Elle rassembla son courage pour se forcer à sourire avant de s'éloigner.

Le vieillissement, se disait Matthew Crane, ressemblait aux décrets de la Justice. Non seulement il s'appliquait, mais il fallait encore que cela se vît.

Le fonctionnaire avait mis au point plusieurs techniques afin de ne pas avoir l'air trop jeune.

Une fois par an – l'automne –, seul dans sa salle de bains en marbre, il se douchait, s'essuyait puis, installé devant le miroir, une pince à épiler à la main, s'arrachait les cheveux pour donner l'illusion que son front se dégarnissait. Les dieux ne daignaient pas l'anesthésier durant l'opération, mais il avait fini par s'accoutumer à la douleur.

Cela fait, il gravait au rasoir quelques nouvelles rides sur son visage.

Il y fallait du doigté. Tout le problème consistait à couper profond (mais pas trop) et à plusieurs reprises. Prenez le coin de l'œil, par exemple. Le globe oculaire proprement dit ne devait pas être touché. Crane guidait d'une main ferme la lame le long de sa joue. L'entaille s'emplissait de sang. Il épongeait et recommençait. Au bout du quatrième ou cinquième passage, la chair obstinément immortelle s'ornait d'une cicatrice permanente.

C'était de l'art.

Crane était bien évidemment conscient de ce qu'en eût pensé un individu non informé, à savoir qu'il y avait de quoi donner la chair de poule. Couper, éponger, couper, à la manière d'un chirurgien opérant sur un cadavre, non sans prendre garde aux nerfs qui couraient sous la peau. Une année, sa lèvre était restée flasque trois jours durant, au point qu'un de ses subordonnés lui avait demandé s'il n'avait pas été victime d'une crise cardiaque. La tâche, délicate, requérait patience et sûreté de gestes.

Le nécessaire, la Trousse de Maquillage de l'Immortel, était enfermé dans un sac en cuir, lui-même rangé dans l'armoire à pharmacie : rasoirs neufs, pierre à aiguiser, boules de coton, pinces à épiler.

Le papier de verre contrefaisait à merveille l'usure d'une peau vieillissante.

Crane avait un faible pour le grain numéro dix, dont il se frottait jusqu'à ce que ses pores devinssent sanglants.

L'illusion ne pouvait certes perdurer indéfiniment, mais ce ne serait pas nécessaire. Bientôt, la guerre prendrait un tour différent ; les déguisements seraient oubliés ; dans six mois, un an… tout changerait. Le fonctionnaire avait au moins obtenu cette promesse.

Son travail au rasoir achevé, il nettoya l'instrument, rinça les gouttes de sang tombées dans le lavabo, tira la chasse pour évacuer le coton rougi jeté dans les toilettes. Il allait quitter la salle de bains, satisfait du résultat, lorsque quelque chose le frappa. L'ongle de son index gauche était tombé, laissant un vide – une dentelure rose humide.

Curieux. Crane ne se rappelait pas l'avoir perdu. Il n'avait rien senti.

Saisi d'une soudaine inquiétude, il leva les mains afin de les examiner.

Il lui manquait deux autres ongles, au pouce et à l'auriculaire droits. Il tira doucement sur celui du pouce gauche, pour voir. Le petit morceau de corne se détacha de la chair dans un bruit de succion répugnant et tomba dans le lavabo ; il brillait telle une aile de scarabée sur la porcelaine embuée.

Voilà qui est nouveau…

Crane avait-il attrapé une maladie de peau ? Cela passerait sans doute. Les ongles repousseraient. Après tout, il en allait toujours ainsi. Quand on était immortel.

Les dieux ne firent pas de commentaire.

XXXIV

La dernière cliente d'Elias Vale était une Caraïbe en train de mourir d'un cancer.

Felicity, puisque tel était son nom, avait affronté la pluie automnale sur des jambes épaisses comme des brindilles pour venir consulter le voyant dans son appartement minable de La Nouvelle-Dresde charbonnière. Sa robe à l'imprimé fleuri pendait sur son corps creusé telle une tente effondrée. Les tumeurs – le dieu de Vale les percevait – avaient déjà envahi poumons et intestins.

Le spirite ferma les volets sur les rues humides, les visages sombres, les cheminées d'usines et la puanteur. La vieille femme – soixante-dix ans – laissa échapper un soupir lorsque la lumière s'adoucit. Les contours heurtés du visage de son hôte lui avaient infligé un choc. Cela ne le gênait pas. Peur et respect faisaient bon ménage.

« Est-ce que je vais mourir ? » demanda Felicity d'une voix faible, encore empreinte d'inflexions de Spanish Town.

Nul besoin d'être médium pour établir un diagnostic : il suffisait de la voir pour comprendre qu'elle agonisait. Qu'elle fût parvenue à grimper l'escalier de l'immeuble tenait du miracle. Mais, bien sûr, elle n'était pas là pour entendre la vérité.

Le spirite s'assit en face d'elle, de l'autre côté d'une petite table de bois, sa jambe plus courte appuyée sur un livre de tables astrologiques. Les yeux jaunâtres de la vieille femme brillaient dans la clarté aqueuse. Il lui tendit la main, une main douce et potelée ; celle de la malheureuse était émaciée, la peau parcheminée autour de la paume livide.

« Vous avez les mains chaudes, commença-t-il.

– Les vôtres sont froides.

– Cette chaleur est bon signe. C'est la vie, Felicity. La sentez-vous ? Les longs jours que vous avez vécus courent à travers votre corps comme de l'électricité. Spanish Town, Kingston, le bateau pour la Darwinie... votre mari, vos enfants, toutes ces années sont là, sous votre peau.

– Combien encore ? » demanda-t-elle d'un ton sévère.

Le dieu de Vale ne s'intéressait pas à elle. Seuls comptaient les quinze dollars de consultation qu'elle allait payer. Elle n'existait qu'afin de remplir le porte-monnaie du spirite avant qu'il prît le train pour l'Apocalypse.

Prêt ou non.

Toutefois, il était navré pour elle.

« En sentez-vous le flot, Felicity ? Le flot du sang ? Du fer et de l'air qui courent des hautes montagnes de votre cœur jusque dans le delta de vos doigts et de vos orteils ? »

Elle ferma les yeux, tressaillant légèrement à la pression qu'il exerçait sur son poignet.

« Oui, murmura-t-elle.

– C'est un flot puissant, bien établi, aussi imposant que celui du Rhin.

– Où va-t-il – au bout du compte ?

– À l'océan, répondit Vale gentiment. C'est là qu'ils vont tous.

– Mais... pas tout de suite ?

– Non, pas tout de suite. Il n'est pas encore tari.

– Je me sens tellement mal. Parfois, le matin, je n'arrive pas à me tirer du lit.

– Vous n'êtes plus jeune, Felicity. Pensez aux enfants que vous avez élevés. À Michael, qui construit des ponts dans les montagnes ; à Constance, qui a elle-même des enfants déjà grands.

– À Carlotta, murmura la vieille femme, ses yeux tristes toujours clos.

– À la petite Carlotta, aussi ronde et jolie que le jour de sa mort. Elle vous attend, Felicity, mais avec patience. Elle sait que l'heure n'est pas venue.

– Combien de temps ?

– Tout le temps du monde. »

Ce qui n'était pas grand-chose.

« *Combien de temps ?* » répéta-t-elle, d'une voix assez pressante pour rabattre l'orgueil du spirite.

Ce sac d'os et de tissus pourris contenait encore une femme énergique.

« Deux ans. Trois, peut-être. Assez pour que vous voyiez les enfants de Constance voler de leurs propres ailes. Assez pour faire ce que vous avez à faire. »

Elle poussa un long soupir de soulagement et de reconnaissance. Son souffle avait la même odeur que la boucherie de Hoover Lane, celle où des carcasses de chèvres pendaient dans la vitrine comme des décorations de Noël.

« Merci, professeur, merci. »

Elle ne passerait pas le mois.

Le dépôt ferroviaire de La Nouvelle-Dresde n'était qu'un grand terrain vague noir de suie, qu'éclairaient des lampes à l'éclat dur montées sur poteaux métalliques. Les tours de la cité se dressaient derrière les bâtiments bas telles des pierres tombales embrumées par la pluie.

Vale, vêtu de sombre, portait un sac en tissu où il avait enfermé quelques affaires. Son argent reposait dans sa ceinture. Les plis de son pantalon dissimulaient un pistolet.

Il se glissa à plat ventre sous une portion tordue de la clôture, se trempant les genoux dans la boue. La terre compressée, mêlée de cendres et de fragments charbonneux, était semée de flaques d'eau où flottaient des nappes d'huile irisées. Depuis près d'une heure, le spirite frissonnant attendait qu'un train pour l'intérieur des terres fût aiguillé sur la voie la plus proche. À présent, le ronflement d'un moteur diesel forcissait, le phare d'une locomotive brillait dans l'obscurité striée de pluie.

Vas-y. Dépêche-toi.

Le sentiment d'urgence de son dieu pénétrait Vale, mais il ne concernait pas ce train en particulier. L'histoire humaine tombait en flèche vers le point zéro, plus vite encore peut-être que les dieux ne l'avaient prévu. Vale avait à faire. Il n'était pas venu pour rien en ces lieux désolés.

Jetant son sac par la portière ouverte d'un wagon plateforme, il s'y propulsa aussitôt, roulant sur lui-même et se tordant les doigts de la main gauche.

« Merde », murmura-t-il.

Il s'assit contre les planches de la paroi opposée. La puanteur des cargaisons passées l'enveloppait : foin moisi, serpents à fourrure, bétail promis à l'abattoir. Les lumières du dépôt défilaient, clignotantes, devant la portière.

Le spirite n'était pas seul. Dans le coin le plus éloigné du wagon était blotti un autre homme, visible par éclairs. Vale porta d'instinct la main à son arme, mais une lumière dure fugitive lui montra son compagnon : vieux, négligé, les yeux caves, sans doute ivre d'après-rasage ou d'alcool antiseptique. Une gêne, peut-être ; pas un danger.

« Salut, étranger, lança le vieillard.

– Fichez-moi la paix », riposta Vale, tranchant.

Le fardeau des ans pesait sur lui. Bien des années d'anonymat s'étaient écoulées depuis Washington, durant lesquelles il avait mené une vie de marginal dans les quartiers marginaux de bien des villes : La Nouvelle-Orléans, Miami, Jeffersonville, New Pittsburgh ou La Nouvelle-Dresde. Il apprenait de petites choses utiles aux dieux et ne manquait jamais de rien, malgré, parfois, une réelle pauvreté. Sans doute le gardait-on en réserve en attendant l'appel ultime, la dernière trompette, l'ascension divine au-dessus de l'humanité.

La peur ne le quittait pas : que se passerait-il si la bataille n'avait pas lieu ? S'il était condamné à une ronde sans fin d'appartements bon marché, aux confessions des impuissants, des agonisantes, des veufs éplorés, aux maigres consolations des alcools à bas prix et de l'héroïne turque ?

Bientôt, murmura son dieu. Ou peut-être sa propre voix intérieure. Il commençait à avoir du mal à les distinguer.

Bientôt. Bientôt.

Le train bringuebalant s'enfonçait dans l'arrière-pays. Il laissait derrière lui les forêts d'arbres-mosquées et de pins-sauges ruisselants, les ponts d'acier glissants de brume automnale, pour filer vers l'Est sauvage, l'Apocalypse.

Vale se réveilla baigné de soleil. Le clochard se penchait sur lui. Le spirite, cherchant à tâtons son pistolet, s'écarta aussitôt du vieillard puant.

Ce dernier recula, ses mains sales levées en un geste d'apaisement.

« J'ai rien fait ! Rien du tout ! »

Le train traversait en claquant une forêt ensoleillée. Derrière la portière ouverte, une pente descendait d'une crête à une rivière moussue.

« Ne vous approchez pas de moi, nom de Dieu, avertit Vale.

– Vous vous êtes blessé à la main.

– C'est moi que ça regarde.

– Ça a l'air assez grave.

– Ça passera. »

Il s'était tordu les doigts en sautant dans le wagon, la veille au soir. Bien qu'ils ne fussent pas douloureux, ils avaient une allure bizarre.

Quatre des cinq ongles étaient tombés, révélant une curieuse chair pâle.

XXXV

Ils venaient de la côte et de l'arrière-pays, de Tilson, Jeffersonville, New Pittsburgh et une centaine de villes plus petites ; des Alpes, des Pyrénées, des quatre coins des Territoires. Ils se réunissaient, armée secrète, aux carrefours des routes et des voies ferrées, dans une douzaine de villages et d'auberges sans nom. Le moindre d'entre eux était armé : pistolet, fusil, carabine. Les munitions, envoyées par caisses aux têtes de ligne comme Randall ou Perseverance, poursuivaient leur chemin dans des camions ou des chariots, avant d'être distribuées dans des tentes-armureries au cœur de la forêt. Des artilleurs arrivaient là déguisés en paysans, les armes lourdes dissimulées sous des bottes de paille.

Guilford Law, ayant passé toute l'année à jouer les éclaireurs, connaissait à fond les collines et vallées environnantes. Il suivait à présent sa propre piste vers la cité des démons, attentif au moindre signe de présence ennemie.

Le temps, clair et frais, promettait de le rester. Les arbres-mosquées ne perdaient pas leurs feuilles anguleuses, elles tournaient simplement au gris quand la saison avançait. Le sol, humus végétal semé de mousses versicolores, ne gardait nulle empreinte. Guilford progressait dans les ombres au parfum de cannelle, parmi les doigts minces du soleil. Sa veste en peau de serpent salée, qui lui arrivait au genou, cachait son fusil automatique.

La cité des démons ne figurait sur aucune carte. Aucune route connue n'en approchait. Missions topographiques et reconnaissances aériennes l'ignoraient également. Ni le terrain ni le climat alentour ne tentaient bûcherons ou paysans à la recherche d'une concession. Des avions privés, notamment les petits hydravions Winchester populaires dans les Territoires, la survolaient parfois, sans que leurs pilotes remarquassent rien d'anormal. La vallée boisée, coupée des perceptions humaines dans les années postérieures à sa quasi-découverte par l'expédition Finch, était invisible aux yeux humains.

Mais pas à ceux de Guilford.

Attention, maintenant, se recommanda-t-il. Le terrain s'élevait en une série de crêtes arborées. Il ne serait que trop facile de se faire remarquer en traversant ces arêtes rocheuses érodées.

Peut-être n'était-ce pas simple coïncidence s'il approchait de la cité par la même colline d'où il l'avait vue pour la première fois, près de cinquante ans plus tôt.

Quoique non : il l'avait vue bien longtemps auparavant… tout juste construite, il y avait dix mille ans de cela, ses blocs de granite arrachés de frais à la montagne, ses avenues emplies de bipèdes puissamment caparaçonnés, les avatars des psions. Ils constituaient l'aboutissement d'une évolution par laquelle les invertébrés avaient emprunté vers la colonne vertébrale un très long chemin, d'une histoire qui eût oblitéré l'ancienne Terre dans son entier sans l'intervention de la conscience galactique. *Mi-vainqueurs, mi-vaincus,* songea Guilford. Au cœur de la nouvelle Europe, les psions avaient laissé dans le manteau de la planète une déchirure, un puits, une machine qui communiquait directement avec les codes habilitants des Archives. Lorsque l'heure serait venue – bientôt – ils en réémergeraient afin de venir occuper la Terre tout en la dévorant.

Ici, et sur un million de planètes archivées.

Maintenant, dans le passé et le futur.

Ces souvenirs, d'une certaine manière, étaient ceux de Guilford, mais vagues, incomplets, éphémères. Conscient de ses limitations, du fragile réceptacle qu'il représentait, il se demandait s'il parviendrait à contenir ce que le dieu-Guilford se préparait à déverser en lui.

Étendu au sommet de la colline, il examina la ville à travers un voile d'herbe urticante. Des bourrasques soufflaient parmi la végétation, des massetiques s'installaient dans les poils de ses bras. Il tendait l'oreille à sa propre respiration.

La cité des démons était en pleine rénovation.

Bien que les psions n'eussent pas encore jailli de leur puits, les rues étaient animées, cette fois par des hommes possédés des démons. D'anciens combattants : comme les Anciens qui se rassemblaient dans la forêt, ils étaient morts à Ypres, sur la Marne ou en mer – morts dans un monde, vivants dans un autre. Ils servaient de conduits au transit entre les Archives et leur ontosphère. Individus sans scrupule, ils constituaient pour les psions des réceptacles parfaits. C'étaient les défenseurs de la cité des démons, armés, eux aussi, évidemment. Ils arrivaient, seuls ou par deux, depuis des mois.

Après avoir compté leurs tentes, Guilford chercha à localiser leurs retranchements et les positions de leur artillerie. Une lumière claire, cristalline, posait sur la ville les ombres des nuages. Le dôme du puits, dégagé des éboulis, était bien visible. Un panache d'air humide s'élevait de cette coquille brisée dans l'après-midi automnal.

L'éclaireur tira de sa poche un carnet, où il croqua les défenses adverses, soulignant les endroits vulnérables, les possibles voies d'attaque depuis les collines boisées. L'ennemi n'avait plus beaucoup de temps, il ne fallait pas l'oublier. Les séquences de Turing avaient bien fait leur travail. Il n'était pas aussi préparé qu'il eût dû l'être.

Ses positions n'en restaient pas moins avantageuses, cercles concentriques de tranchées et de barbelés s'étalant du pourtour en ruine de la cité jusqu'au dôme du puits.

La bataille ne serait pas facile.

Guilford espionna la ville jusqu'à la fin de l'après-midi sans rien découvrir de plus… Il n'y avait que ces rues de cadran solaire, marquant sur la terre le passage des heures.

Il repartit aussi prudemment qu'il était venu. Les ombres se rassemblaient en flaques sous les arbres, telle de l'eau. À un moment, il s'aperçut qu'il pensait à Karen, la barmaid du *Schaffhausen Grill* de Randall. Que pouvait-elle bien lui trouver ? *Je suis aussi racorni qu'un vieux bout de cuir. Seigneur, c'est tout juste si je suis encore humain.*

Pourtant, il en rêvait toujours ; le fantasme familier de la chaleur humaine… Il en rêvait toujours, avec douleur et nostalgie.

Lorsqu'il atteignit le campement, le crépuscule s'achevait. Le repas se composa de conserves, sans doute volées dans un chargement à destination de la mer de Chine. Des Anciens erraient parmi les ombres des arbres : les esprits guerriers, comme disaient certains. Ceux qui se trouvaient là composaient une unité d'infanterie commandée par Tom Compton, pour l'heure assis au bord d'un ruisseau rocailleux, la pipe à la main, les yeux fixés sur les dernières lueurs bleues du ciel crépusculaire.

Chaque fois que Guilford le regardait, il éprouvait l'impression d'une double exposition, d'une mémoire feuilletée : Tom et lui avaient fait le bois Belleau ensemble ; leur bataillon avait progressé lentement, au pas cadencé, sous le feu ennemi, alors qu'ils n'étaient que deux soldats américains de fraîche date bien décidés à mettre les Boches en déroute, comme leurs grands-pères avaient mis en déroute les armées de Jeff Davis [1] ; ils n'avaient pas réellement cru aux balles, qui pourtant décimaient leurs rangs telle la lame d'une invisible faux.

1. Officier et politicien américain (1808-1889), président des États confédérés du Sud pendant la guerre de Sécession. *(N.d.T.)*

Autres souvenirs, autres ennemis : Tom, Lily, Abby, Nick…
Il n'y a plus d'innocence entre nous. Seulement l'odeur du sang.
Guilford fit son rapport sur la cité.

« Le temps devrait se maintenir, commenta Tom. Je ne suis pas sûr que ça joue en notre faveur.

– On y va cette nuit ?

– Les munitions sont déjà en route. Ne t'imagine pas que tu vas dormir tranquille. »

XXXVI

Depuis quinze ans qu'elle travaillait pour le ministère de la Défense, Lily pensait avoir pris la mesure de Matthew Crane.

En tant que « conseiller » civil, il passait la plupart de son temps à déjeuner avec des superviseurs du Congrès ou à signer de la paperasse, essentiellement des duplicatas d'attribution de fonds. Grand, mince, bien de sa personne, il avait des relations. Son équipe, trois secrétaires et une demi-douzaine d'aides, ne risquait pas le surmenage. Il était très bien payé.

Il était aussi possédé d'un démon. Durant les quinze dernières années, en fait, le travail de Lily avait consisté à l'observer et, parfois, à transmettre aux Anciens le fruit de ses observations. Elle ignorait si cette tâche avait quelque importance, voire quelque utilité. Peut-être l'ignorerait-elle à jamais. Sa peur la plus secrète était d'avoir gaspillé sa vie dans un espionnage mesquin afin de peser sur l'issue d'une bataille qui pouvait fort bien ne pas avoir lieu de son vivant et ne pas s'achever avant très longtemps – des milliers d'années.

À cinquante ans, elle ne s'était jamais mariée ; elle n'en avait même que rarement été proche. Elle avait appris à s'accommoder de la solitude, à y trouver des compensations.

Ironiquement, peut-être, elle en était venue à éprouver pour Matthew Crane une certaine affection. Il se montrait poli, réservé et ponctuel. Ses costumes sur mesure le révélaient pointilleux en ce qui concernait son aspect extérieur, voire coquet. Sous son vernis d'absolue maîtrise de soi perçait un vestige d'indécision humaine.

Le fonctionnaire était cependant aussi, au moins en partie, un être sans pitié, calculateur, qui n'avait rien d'humain.

Ce matin-là, il arriva dépeigné, se tenant le bras gauche contre le ventre, et gagna son bureau en coup de vent, indifférent à ses secrétaires. Lily échangea un coup d'œil soucieux avec Barb et Carol, ses cadettes, mais s'abstint de tout commentaire.

Elle évitait autant que possible de se poser l'ultime question : *Et s'il découvre qui je suis ?* C'était une peur constante, ancrée en elle. Son supérieur pouvait se montrer charmant. Jamais il ne serait miséricordieux.

Une fois seul, Matthew Crane ôta sa veste, allongea le bras sur son bureau verni, roula sa manche de chemise et glissa un buvard sous son coude.

Il avait trébuché contre la fontaine, dans le hall, et, sans savoir comment, s'était meurtri l'avant-bras gauche. À présent, il saignait. Nouveauté malvenue : il n'avait pas vu plus d'une goutte de son sang à la fois depuis fort longtemps.

S'il s'agissait bien là de son sang. Le liquide lui semblait un rien bizarre. D'abord, il n'était pas du bon rouge : un brique boueux, presque marron. Ensuite, il y brillait de minuscules paillettes évoquant le mica. Et puis il était visqueux comme du miel. Enfin, il exhalait une faible odeur d'ammoniaque – peut-être pas si faible que ça.

Ce n'est pas normal du tout, pensa Crane, hagard.

La blessure proprement dite n'avait rien de grave – la peau avait plus été râpée que coupée. Ce n'était en fait qu'une plaie superficielle, mais elle ne se refermait pas, et la chair qu'on distinguait sous l'épiderme paraissait bizarrement structurée, inhumaine, assez semblable aux alvéoles suintantes d'un nid de guêpes.

Le fonctionnaire appela Lily sur la ligne intérieure, afin de se faire apporter du coton et des bandages de l'infirmerie.

« Je vous prierai de ne pas vous affoler, ajouta-t-il. Je me suis juste égratigné.

– Bien, monsieur », répondit-elle, après un court silence.

Il raccrocha. Une goutte de sang tomba sur son pantalon. L'odeur, plus forte à présent, évoquait le détergent avec lequel le concierge nettoyait les toilettes.

Crane inspira plusieurs fois à fond pour se calmer puis s'examina les mains. Ses doigts roses, informes, paraissaient appartenir à un nourrisson. Ses derniers ongles étaient tombés durant la nuit. Il les avait cherchés, puérilement irrité, sans les retrouver parmi ses draps maculés.

Toutefois, ses ongles de pieds étaient toujours là. Emprisonnés par ses chaussures. Il les sentait lâches, emmêlés dans ses chaussettes à carreaux.

Lily lui apporta quelques instants plus tard du coton et une bouteille de désinfectant. La blessure la laissa bouche bée, car il ne s'était pas donné la peine de recouvrir son bras. *Si elle voyait ça de plus près, elle deviendrait hystérique.* Il la remercia, avant de la renvoyer à son travail.

Versant de la teinture d'iode sur la plaie, Crane en épongea le surplus avec un exemplaire du *Journal du Congrès*. Il s'enveloppa alors l'avant-bras de coton, qu'il maintint en place grâce à un lacet, puis déroula sur ce gâchis sa manche déchirée, trempée de sang.

Il lui aurait fallu une chemise neuve, mais qu'y faire ? Envoyer Lily dans une boutique de vêtements pour hommes ?

Il avait un problème, qui ne se limitait pas à la chute de ses ongles, ni même à sa blessure ou au silence déconcertant du dieu qu'il abritait. Quelque chose clochait, tout son corps le lui hurlait, quasi littéralement. Il avait mal partout. Il lui semblait ressentir un soulèvement de la croûte terrestre, les craquements des rouages qui faisaient tourner le monde matériel.

L'heure de la bataille approchait, l'instant de l'élévation, l'aube d'une ère nouvelle ; les dieux jailliraient de leur vallée cachée, en Europe, bâtiraient des palais avec les os des multitudes féroces, et lui, Crane, vivrait à jamais, régnant sur sa baronnie de la Terre conquise…

Son dieu le lui avait affirmé.

Alors, quel était le problème ?

Peut-être n'y en avait-il pas. Mais il partait en pièces.

Il leva les mains ; dix saucisses roses dodues.

Il s'aperçut en regardant son buvard que ses cheveux s'étaient mis à tomber, eux aussi.

Matthew Crane ne quitta pas son bureau de la journée et annula tous ses rendez-vous. Pour ce qu'en savait Lily, il eût pu mourir, exsangue, s'il ne l'avait appelée régulièrement afin de réclamer d'autres bandages, un seau et une serpillière, un sac de coton. (« Dépêchez-vous », ajouta-t-il en formulant cette dernière requête. « Et pour l'amour du ciel, ne vous faites pas remarquer. »)

Ce qui était difficile, quand on demandait au concierge des bouteilles entières de nettoyant ménager.

Crane se saisissait de ces offrandes par un mince entrebâillement, interdisant à sa secrétaire de pénétrer dans son bureau.

Cette petite ouverture laissait cependant passer l'odeur amère de l'ammoniaque, celle de l'eau oxygénée et un arôme plus âcre, aussi incisif que celui du dissolvant. Barb et Carol, le nez plissé, baissaient sans rien dire les yeux sur leur machine à écrire.

Elles s'esquivèrent dès seize heures trente. Alors que leur collègue rangeait son propre bureau, le téléphone sonna, sur la ligne intérieure. Lily était seule, à présent, dans la pièce spacieuse aux bruits étouffés par la moquette, au plafond carrelé, aux batteries de lumières tamisées. Derrière l'unique fenêtre, le jour baissait déjà. Elle remarqua que son ficus dépérissait.

Ne décroche pas, se dit-elle. *Prends ton sac et va-t'en.*

Mais le personnage qu'elle incarnait avec une telle persévérance, la secrétaire robot consciencieuse, la vieille fille mal aimée mariée à son travail – ce personnage ne pouvait ignorer pareil appel.

Lily évoqua brièvement le grand-père dont Guilford lui avait parlé à Fayetteville, l'imprimeur de Boston doté d'un tel sens du devoir qu'il s'était fait tuer en essayant de gagner son magasin – alors qu'il n'avait pas vu un client depuis un mois – durant les émeutes dues à la disette.

Coucou, grand-père. Alors, voilà ce qu'on ressent quand on lutte contre la foule ?

Déjà, elle avait décroché.

« Oui ? demanda-t-elle.

– Voulez-vous venir, je vous prie ? »

La voix de Crane était rauque, inarticulée. Lily fixa avec une profonde appréhension la porte qui la séparait de lui.

XXXVII

Elias Vale approchait de la ville sacrée, laissant des traces sanglantes sur la terre grasse dont se nourrissaient les pins-sauges.

Il n'avait pas l'habitude de la forêt darwinienne sauvage. Son dieu guidait ses pas. Après l'avoir tiré du train à Perseverance, il lui avait fait dépasser les mines primitives de l'arrière-pays, l'avait entraîné sur les routes de terre et de gravier puis, enfin, dans la forêt infinie. Là, il l'obligeait à contourner le cercle blanc des ossements rejetés par les nids d'insectes, l'aidait à trouver de l'eau potable, le protégeait du froid des belles nuits automnales. Sans doute était-ce lui encore qui donnait à Vale cette impression de plénitude, de lucidité, cette certitude d'avoir un but.

Pourtant, il ne lui avait pas expliqué la perte rapide de ses cheveux et de ses ongles, non plus que l'état de sa peau immortelle déchirée, qui partait en lambeaux à la plus infime blessure. Les bras du spirite n'étaient qu'un patchwork de meurtrissures suintantes, ses épaules l'élançaient, son visage – aperçu pour la dernière fois dans une flaque d'eau glacée – paraissait tomber en pièces délimitées par ses cicatrices rouvertes. Des fluides séchés raidissaient ses vêtements. Il répandait une puanteur chimique acide.

Vale grimpa une pente boisée, y abandonnant sa traînée rose de ver géant. Son exaltation allait crescendo, flamboyante : *on arrive,* murmura son dieu. Lorsque le marcheur atteignit l'arête de l'éminence, il découvrit en effet la cité rédemptrice, la ville sacrée, étincelant sombrement dans son vallon secret, immense, impériale, antique, peuplée d'élus après être restée si longtemps inhabitée. Son cœur, le puits de la Création, battait toujours sous le dôme brisé. Même à cette distance, Vale percevait le parfum de la mégapole, une fragrance minérale de vapeur et de granite froid frappé par le soleil. Il avait envie de pleurer de gratitude, d'humilité, d'exaltation. *Chez moi. Je suis chez moi, après toutes ces années dans tous ces taudis sans lumière et ces allées obscures. Enfin.*

Il dévala en courant la colline, heureux, agile quoique essoufflé. Un périmètre de barbelés l'arrêta, où des hommes comme lui, des demi-dieux suintant d'un plasma rosâtre, lui souhaitèrent en silence la bienvenue.

En silence, parce que les paroles étaient inutiles et que certains d'entre eux n'eussent sans doute pas pu parler, même s'ils l'avaient voulu : leur peau tombait de leur visage tel du papier mâché pourrissant. Ce n'en étaient pas moins les frères de Vale, qui les rencontrait avec un immense plaisir.

Ils lui donnèrent un fusil automatique et une boîte de munitions, lui montrèrent comment les jeter sur son épaule pustuleuse puis comment armer le fusil et tirer. Ensuite, quand le soleil déclina, ils le guidèrent jusqu'au dortoir installé dans une ruine. Il se vit attribuer un matelas trop mince au cœur de l'obscurité rocheuse, où régnait une puanteur organique de chair mourante, d'acétone et d'ammoniaque, mêlée au parfum plus subtil de la cité elle-même. Des gouttes d'eau tombaient, quelque part, d'une pierre sur une autre. La musique de l'érosion.

D'abord incapable de trouver le sommeil, Vale y sombra enfin et se mit à rêver. Des cauchemars d'impuissance totale dans lesquels il étouffait peu à peu, prisonnier de son propre corps, submergé, suffoqué par les effluves que dégageait sa chair. Tout son être se tendait vers un chez-lui différent, non pas la ville sacrée mais un lieu hors d'atteinte depuis bien longtemps.

En se réveillant, il se découvrit couvert de délicates pustules vertes, la peau semblable à du cuir maroquiné.

Il passa la journée avec une ligne d'artilleurs improvisés, demi-dieux muets encore capables de manier un fusil.

Les autres – aux mains transformées en griffes déchiquetées, au corps secoué de convulsions, dont les épines dorsales élargies avaient donné naissance à de nouveaux membres – réfléchissaient ailleurs à leur tactique.

Grâce à la communication silencieuse établie avec son dieu, Vale comprenait en partie au moins la situation. Ces métamorphoses, pour naturelles qu'elles fussent, étaient intervenues trop tôt, à cause d'un sabotage perpétré dans le royaume divin.

Ses dieux, quoique puissants, n'étaient pas omnipotents ; malgré leur savoir, ils n'étaient pas omniscients.

Ce qui expliquait qu'ils eussent besoin de son aide.

Il était d'ailleurs heureux de les servir, bien qu'une partie de lui protestât contre sa captivité, qu'il éprouvât de temps à autre une douloureuse nostalgie de son humanité toute simple.

Nul ne parlait, dans la ville sainte, même si le sommeil arrachait encore des cris à quelques-uns de ses habitants. Il semblait qu'ils eussent abandonné le langage dans la forêt, derrière les barricades couvertes de barbelés. Tous les élus abritaient un dieu, et tous les dieux au bout du compte ne faisaient qu'un, alors à quoi bon parler ?

Pourtant, la partie de Vale qui soupirait après son humanité soupirait également après les échos d'une conversation. Le staccato des coups de feu et les claquements de pas résonnaient à travers les avenues de pierre dans un silence mélancolique. Jusqu'à la voix intérieure de l'ancien spirite qui commençait à s'affaiblir, sombrant dans l'incohérence.

Le lendemain, il s'éveilla revêtu d'une peau neuve d'un vert de forêt, d'une luisance de vernis, dont les jointures laissaient cependant encore échapper un fluide blanchâtre.

Il se débarrassa de ses derniers vêtements puants. La pudeur n'avait pas sa place dans la ville sainte.

La faim ne tarda pas à appartenir au passé, elle aussi.

Il aurait besoin de se nourrir, par la suite, et beaucoup, pour compenser les périodes de vaches maigres, mais cela pouvait attendre.

Il lui fallait en revanche boire énormément. Ses frères avaient posé une conduite grossière menant de la rivière à la périphérie de la cité. Là, elle déversait à flot une eau au goût de pierre et de cuivre qui allait se perdre dans la terre alpine des rues défoncées. Les hommes en buvaient tous des seaux entiers.

Si on pouvait encore les qualifier d'hommes. De toute évidence, ils se transformaient en quelque chose de différent. Leur corps changeait radicalement. Certains arboraient à présent une deuxième paire de bras, excroissances courtaudes émergeant de la musculature modifiée de leur cage thoracique, ornées de doigts minuscules qui se crispaient en l'air par réflexe.

Malgré ce qu'il avalait, Vale n'avait aucune envie d'uriner. Son nouveau métabolisme s'avérait plus efficace que l'ancien – heureusement : la nuit précédente, il avait perdu son pénis. Il l'avait découvert reposant sur le matelas tel un pouce gangrené.

Toutefois, l'ancien spirite préférait ne pas trop y penser. Cela interférait avec son euphorie.

L'air automnal était frais, agréable.

Elias Vale avait prédit bien des avenirs, vrais ou faux. Il avait plongé le regard dans bien des âmes, comme à travers un cristal scintillant, pour épier ce qui y flottait. Une capacité qui avait été fort utile aux dieux. Mais il n'avait pu prédire son propre avenir.

Était-ce réellement important ?

Son dieu lui avait un jour promis fortune, vie éternelle, pouvoir. À présent, tout cela lui semblait terriblement futile – consolations offertes à un enfant.

Nous servons pour servir. Une logique fonctionnant en circuit fermé, mais tellement vraie.

Il sentait le puits de la Création battre tel un cœur au plus profond de la ville sainte.

Son visage s'était épluché comme une orange. N'ayant nul miroir où se contempler, il ignorait à quoi il ressemblait.

Son dieu l'entraîna plus loin dans la cité, l'intégra au cercle des gardiens de confiance dispersés autour du dôme central.

Elias Vale s'estima honoré de remplir pareil devoir.

Ce soir-là, il s'endormit dans l'ombre glacée de la coupole, la tête sur un oreiller de pierre. Il se réveilla au son du mortier.

XXXVIII

Guilford Law grimpa sur la crête secouée par les tirs d'artillerie.

Le bruit lui rappelait les dynamitages nécessités par la voie ferrée transalpine. Il n'y manquait que l'ébranlement des chutes de pierres. Contrairement à ce qui se passait lors du creusement des tunnels, cependant, le vacarme perdurait. Les explosions se succédaient avec une irrégularité démente, tels les battements d'un cœur affolé.

Le bois Belleau et les canons allemands…

« Ils savaient sans doute qu'on arrivait.

– Évidemment », acquiesça Tom Compton. Les deux hommes étaient blottis derrière un éboulement. « Ce qu'ils ne savent pas, c'est combien on est. » Il boutonna le col de son vieux manteau brun élimé. « Le démon est optimiste.

– Ils vont peut-être recevoir des renforts.

– Ça m'étonnerait. On a du monde dans toutes les gares et tous les aérodromes à l'est de Tilson.

– On a combien de temps ? »

Il haussa les épaules.

La réponse à cette question comptait-elle vraiment ? Non, bien sûr. La mécanique s'était mise en branle ; rien ne pourrait l'arrêter, ni la modifier.

Une faible clarté effleurait les sommets. De sa colline, Guilford dominait le chaos. La nuit enveloppait toujours la vallée, où des traînées de brouillard blanchissaient les rues. Un groupe d'Anciens, dont Erasmus, était parvenu à s'installer dans des retranchements à portée de feu des premiers bâtiments, au moins. L'aube ne pointait pas encore qu'il avait surpris le campement démoniaque en le pilonnant de ses mitrailleuses, obusiers et mortiers mêlés.

Mais l'ennemi, après s'être ressaisi, exerçait de cruelles représailles sur le flanc ouest des attaquants.

Guilford et deux cents autres Anciens se mirent à descendre la pente abrupte au nord de la cité. Les rochers et les maigres roseaux qui s'y accrochaient n'offraient malheureusement guère de protection. Seul avantage pour les assaillants, le terrain avait rendu difficile l'établissement de fortifications et la pose de barbelés.

Leur véritable objectif se trouvait désespérément éloigné : le dôme du puits, où la conscience avait emprisonné des milliers de démons semi-incarnés. Guilford se rappelait aussi cette guerre passée…

Parce que je suis là, lui souffla la sentinelle.

L'esprit était en lui, à présent. Si Guilford parvenait à l'emmener jusqu'au puits – si l'un quelconque des Anciens parvenait à y emmener son propre esprit –, peut-être les démons seraient-ils à nouveau enchaînés.

Mais à peine avait-il formulé cette pensée qu'un tireur embusqué ouvrit le feu depuis les arbres-mosquées rabougris accrochés à la pente. Un fusil automatique dont les balles déchirèrent les compagnons de l'ancien photographe…

Le déchirèrent, lui.

Il se sentit transpercé. Jeté dans la poussière par la vélocité des projectiles.

À quatre pattes, il gagna l'abri d'un maigre bosquet.

L'avant-garde, qui disposait d'un mortier, s'efforça de venir à bout du tireur. Guilford s'aperçut qu'il regardait fixement les blessures de Tom. L'épaule droite du broussard était creusée d'un grand V, tandis que sous sa côte inférieure gauche s'ouvrait un trou béant.

L'intérieur des plaies ne se composait pas de chair pantelante mais d'une vapeur grotesque aux contours lumineux ; tout le corps était configuré en une sorte de flamme pétrifiée.

Quand on perd un morceau, l'esprit commence à se voir, songea Guilford.

À contrecœur, il baissa les yeux sur son propre corps pour faire l'inventaire.

Il était grièvement blessé. Torse et ventre ouverts, vêtements brûlés. Son buste brillait telle quelque lanterne vénitienne démente. Il eût dû être mort. Peut-être l'était-il. Apparemment, il ne possédait ni sang, ni viscères, ni muscles, rien que cette chaude lumière palpitante.

Des nombres profonds, se surprit-il à penser. *Étranges.*

Bien qu'il ne saignât pas, son cœur battait follement dans sa poitrine en charpie. Ou n'était-ce encore qu'une illusion ? Peut-être était-il mort depuis vingt ans… il le lui avait semblé plus d'une fois. Inspirer, expirer, soulever un marteau, manier une clef ; fuir l'amour, l'amitié, durer…

Des balles s'enfoncèrent parmi les cailloux, à quelques centimètres seulement de son oreille.

Tu savais que ce jour arriverait. Il n'a été que trop repoussé.

« On est en train de se faire massacrer, murmura-t-il.

– Non, répondit Tom. Leur tireur se l'imagine sans doute, mais il a tort. Il faut être mortel pour se faire massacrer. » Il se retourna avec une grimace. « Les dieux qui nous habitent sont en train d'éclore.

– Ça fait mal.

– Je sais. »

Guilford se rappelait trop bien, trop vivement, cette longue matinée.

Il roula sur une haie de barbelés, se prit le pied dans une marcotte de racine-serpent, dégringola quelques mètres supplémentaires et atterrit le fusil au bout de son bras tendu. La pierre rugueuse lui meurtrit la joue. Il avait atteint la périphérie de la cité.

C'était moi. Le bois Belleau ; je me rappelle. Seigneur : le champ de blé rouge de coquelicots, les hommes qui tombaient de tous les côtés, les blessés qu'on laissait en arrière, en espérant que les infirmiers ne se fassent pas faucher, eux aussi, les cris, le rugissement de la fusillade, les gros rouleaux de fumée piquante... Et regardez-moi ça. Près de deux cents Anciens à peine humains le suivaient, dans leurs longs manteaux en peau de serpent, leurs treillis, leurs bonnets – casques dérisoires. Des trous de la taille de pommes s'ouvraient en eux là où ils avaient été touchés. Ils n'étaient pourtant pas immortels, après tout. Le réceptacle de leur corps ne supportait que jusqu'à un certain point la douleur et la magie. Leurs blessures pouvaient se révéler fatales ; plusieurs hommes gisaient sur la pente, aussi morts que ceux du bois Belleau.

Guilford, dépouillé d'une bonne partie de lui-même, boitillait entre des colonnes de pierre usée. Il se rappelait.

Toutes ces années, je lui ai servi de monture.

Mais nous ne sommes qu'un.

Mais nous sommes deux.

Les souvenirs jaillissaient de la cité des démons telle une vapeur surchauffée.

Autrefois, ces constructions à la pierre immaculée comme le marbre avaient abrité une race agressive, immensément puissante, destinée à servir d'instrument à la pénétration de la psivie dans le temps archivé. Ses membres vivaient en insectes, en bâtisseurs sans cervelle. Immergés à l'âge adulte dans le puits de la Création, ils en ressortaient divinités mortelles.

Car le puits ouvrait sur l'ontosphère des Archives. Il existait bien sûr des centaines de passages de ce genre. La psivie était aussi infatigable qu'ingénieuse.

Je les ai déjà vus. J'ai pris peur. Mon Dieu, de quoi peut bien avoir peur un être qui marche parmi les étoiles ?

Je me rappelle Caroline. Lily. Abby et Nicholas.
Le sang mêlé de pluie et de boue.
Le ciel bleu, sous un soleil mort depuis des millions d'années.
Je me rappelle trop de cieux.
Trop de mondes.

Il se rappelait, bien malgré lui, les milliers de Byzance de l'antique Galaxie.

Et il s'enfonçait dans des allées engorgées de pierres, traversait des places que n'atteignait pas même le soleil de midi. Les ombres se jetaient dans des océans d'obscurité.

Serais-je en train de mourir ?

Que signifiait la mort, dans un monde uniquement composé de chiffres ?

Tom le rejoignit, et ils avancèrent côte à côte sur plusieurs mètres.

« Attention, prévint le broussard. Ils sont tout près. »

Guilford ferma les yeux aux étoiles, les rouvrit aux vieilles pierres cubiques.

Cette odeur. Âcre. Comme celle d'un solvant. De quelque chose ayant tourné à un poison terrible. Lorsque la brume se leva, il distingua devant lui les corps luisants et les griffes effilées de l'ennemi.

« Ne te montre pas, murmura Tom. On est trop près du dôme, il ne faut pas risquer une bagarre. »

Dix mille ans plus tôt, à l'aune de l'ontosphère, les démons avaient été emprisonnés dans le puits.

Ils avaient intégré aux gènes de leurs avatars terrestres des codes dangereux, mais les animaux ne représentaient une menace directe pour les Archives que possédés par la psivie. Guilford avait combattu cette dernière en tant que dieu, aussi invisible et puissant que le vent.

Les psions émergeraient de leur prison revêtus des mêmes enveloppes colossales, et les possédés humains entourant le dôme étaient soumis à la même logique moniste ; leur corps cédait à une programmation génétique étrangère.

Plus tôt que les démons ne l'avaient cru. De nouvelles séquences de Turing avaient dérangé la belle ordonnance chronologique de leurs projets. L'ennemi se trouvait handicapé par sa propre métamorphose.

Mais cela ne servirait à rien si aucun germe de conscience n'emmenait d'esprit jusque dans les profondeurs du puits.

Guilford Law ressentait la peur du Guilford mortel ; après tout, elle était sienne. Cette faible réplique de lui-même, devenue par accident l'axe autour duquel tournait le monde, lui faisait pitié.

Courage, petit frère.

La pensée se réverbéra d'un Guilford à l'autre tel un rayon entre deux miroirs imparfaits.

Les possédés des démons, capables ou non de tenir un fusil, représentaient un danger mortel. Malgré ses blessures, Guilford avait conscience de l'incroyable quantité d'énergie dépensée pour le maintenir en vie.

À l'ouest, le bruit de l'artillerie s'était presque éteint. *Les munitions s'épuisent. On va passer au corps à corps.*

Le photographe avait eu de la cité une impression différente, cet hiver où Tom et Sullivan l'y avaient accompagné d'un pas lourd, où s'y étaient élevés des voix humaines et l'aboiement plaintif des serpents à fourrure, où la neige en avait adouci les arêtes. Les trois hommes, ignorants, s'étaient crus dans un monde sain, ordonné.

Guilford évoqua avec tristesse Sullivan, qui s'était efforcé de trouver un sens au miracle darwinien… lequel, après tout, n'était pas un miracle mais le fruit d'une technologie si monstrueusement avancée que nul être humain n'en pouvait trouver le sens ou en reconnaître la signature. *Sullivan n'aurait pourtant pas plus que Preston Finch aimé ce monde des esprits. Il n'est tendre ni pour les sceptiques ni pour les fanatiques.*

Le crachement d'armes de petit calibre retentit non loin de là. Tom, qui avait pris la tête, fit signe à Guilford de longer un mur de pierre foncée encroûté de mousse. Au ciel pur du soir avaient succédé des nuages de plomb désordonnés qui promettaient la pluie. Le corps ravagé du broussard luisait faiblement dans l'ombre – un peu comme la flamme d'une bougie. Ennuyeux pour se battre de nuit. *Autant porter une pancarte,* se dit Guilford. *Achevez-moi. Je ne suis qu'à moitié mort.*

Mais l'ennemi était tout aussi facile à repérer.

Une douzaine de créatures s'avançaient dans l'avenue silencieuse, quelques mètres plus loin. Guilford s'accroupit derrière des décombres pour les regarder passer. Leur dos noueux luisait tel du métal martelé, leur longue tête remuait avec indolence. Ces bipèdes grotesques offraient une parodie quasi volontaire des hommes qu'ils avaient cessé d'être. Des lambeaux de vêtements pendaient encore aux hanches et aux épaules osseuses de certains.

Ce qu'il restait de mortel en Guilford Law était au bord de la panique.

Toutefois, cette partie de lui ravala sa peur.

Il continua à avancer parmi les ruines comme il l'avait fait ce terrible hiver, près d'un demi-siècle plus tôt, se rapprochant du centre de la cité, le dôme du puits, bord bien réel du monde phénoménal.

XXXIX

Le plafonnier était éteint, Matthew Crane assis dans un coin sombre. Seule brillait sa lampe de bureau.

La table de travail avait été débarrassée. Dans le cercle de lumière découpé par l'ampoule reposait un unique objet : un revolver ancien poli, très propre.

Lily le contempla d'un œil fixe.

« Il est chargé », annonça Crane.

Sa voix avait quelque chose de gélatineux, d'imprécis. De gargouillant. Sa secrétaire s'aperçut qu'elle cherchait à évaluer la distance la séparant du bureau. L'atteindrait-elle avant lui ? Devait-elle courir le risque ? Que voulait-il ?

« Ne vous inquiétez pas, petite mouche, reprit Crane.

– Petite mouche ? répéta-t-elle.

– Je pensais au poème. *Les grosses mouches ont sur le dos de petites mouches qui les piquent, les petites mouches en ont de plus petites, et ainsi de suite ad infinitum.* Parce que vous étiez ma petite mouche, n'est-ce pas, Lily ? »

Elle tendit la main vers l'interrupteur.

« Non », lança-t-il d'une voix sèche.

Le bras de Lily retomba.

« Je ne vois pas de quoi vous voulez parler, affirma-t-elle.

– Trop tard. Pour nous deux, j'en ai peur. Moi aussi, j'ai des espions, voyez-vous. La petite mouche en avait une plus petite sur le dos quand elle est allée au musée, hier. »

Je pourrais m'enfuir. Me tirerait-il dessus ? Elle avait du mal à réfléchir. La puanteur chimique l'étourdissait.

« Nous savons ce que nous sommes, poursuivit Crane. Ça simplifie les choses.

– Quelles choses ?

– Quand on pense… », commença-t-il d'une voix mouillée. Il se mit à tousser, se plia en deux mais se redressa avant qu'elle pût profiter de cet instant de faiblesse. « Quand on pense aux années que nous avons passées ensemble, grosse mouche et petite mouche, tout ça pour en arriver à quoi ? Qu'ai-je accompli, Lily ? J'ai détourné quelques cargaisons d'armes, partagé un ou deux secrets d'État, fait mon petit possible pour que le gouvernement se focalise sur diverses guerres ou querelles doctrinales, et voilà que l'heure de la bataille a sonné… » Il eut un geste, peut-être un haussement d'épaules. « Bien loin d'ici. Mon Dieu, pourquoi m'as-tu abandonné ?

– Ce n'est pas drôle.

– En effet. Je suis en train de me transformer, petite mouche, et je ne sais pas pourquoi. »

Se levant, il s'approcha un peu de la lampe – du revolver.

Son long manteau glissa à terre ; la puanteur s'intensifia. Sa chemise déchirée révélait des éruptions de pustules sur ce qui ressemblait à du maroquin. La peau de son visage se déchirait tel du crépon, tandis que les contours de sa tête se modifiaient, sa mâchoire avançant agressivement, sa boîte crânienne se tordant sous des îlots de sang, de cheveux et d'épais protoplasme jaunâtre.

Lily eut un hoquet.

« C'est si affreux que ça, petite mouche ? Je n'ai pas de miroir, mais je suppose qu'en effet, ça doit être horrible. » La main de la visiteuse se leva vers la poignée de porte. « Si vous vous enfuyez, je vous abats. Sans hésiter. J'y mettrai un point d'honneur. Alors autant en faire un jeu. »

Jamais elle n'avait eu aussi peur, pas même cette terrible nuit, à Fayetteville. Là, au moins, l'ennemi avait eu allure humaine. Ce n'était pas le cas de Crane, plus maintenant, malgré la faible lumière tamisée.

« Un jeu ? balbutia Lily.

– Oubliez mon physique, petite mouche. À mon avis, ce n'était pas censé arriver. Du moins, pas si vite. Je n'ai aucun moyen de l'empêcher. Et, bizarrement, mon dieu non plus.

– Quel dieu ?

– Mon dieu absent. Tout le problème est là. La petite voix tranquille s'est tue. Je suppose qu'elle est occupée ailleurs. Des urgences imprévues. L'œuvre de vos amis. Mais ce... *processus*... » Crane leva ses mains pustuleuses. « C'est *douloureux*, petite mouche. Et j'ai beau prier d'être soulagé... personne ne me répond. »

Il s'interrompit afin de tousser, en un long spasme gargouillant. Des gouttes rosâtres aqueuses atterrirent sur le bureau, le tapis, le corsage de Lily.

Maintenant, songea-t-elle. Mais elle resta paralysée.

« D'ici peu, reprit son interlocuteur, je ne serai plus moi-même. On peut dire un tas de choses sur les dieux, mais ils sont affamés. Plus que tout. La survie de Matthew Crane ne leur plairait pas davantage que la vôtre, petite mouche. Alors vous imaginez dans quelle situation je me trouve. »

Il fit un autre pas vacillant. Ses jambes ne se pliaient pas aux bons endroits ; sa chair se déchirait au moindre mouvement ; un liquide jaune suintait sous ses manchettes.

« Je vous propose un concours. Le revolver est chargé et prêt à tirer. Si hideux que soient devenus mes doigts, ils sont encore capables d'appuyer sur une détente. Les vôtres aussi, bien sûr. Je suis moins agile que je ne l'ai été, mais vous-même n'êtes plus jeune, petite mouche. Je dirais que vous en êtes au stade collants à varices et chaussures orthopédiques de la vie féminine ; je me trompe ? Peut-être faites-vous un brin d'arthrite, les nuits humides. Vous n'aimez plus trop courir après votre bus… »

C'était parfaitement exact.

« Voilà le jeu. *La course au revolver.* Je pense que les chances sont plus ou moins égales. Mais n'attendez pas que je dise *feu.* »

Lily n'attendit pas. Elle fonça aussitôt, un pas rageur après l'autre, mais il lui semblait courir dans un rêve ; ses membres étaient des poids morts ; elle se déplaçait sous l'eau.

L'arme reposait dans le cercle de lumière. Son noir luisant tranchait sur l'acajou poli, creux et bosses anguleux émaillés de constellations brillantes par l'éclat de la lampe.

La puanteur accompagnant la transformation emplissait la pièce. Crane émit un son que sa secrétaire entendit à peine, un cri animal suraigu.

Lily effleura la crosse du revolver, qui glissa de quelques précieux centimètres hors de sa portée. Elle sentait à présent la proximité de son supérieur, sa chaleur sulfureuse.

Mais, soudain, l'arme fut à elle. Elle l'emprisonna entre ses doigts.

En reculant, elle trébucha. Elle se retrouva assise sur le tapis ensanglanté, tremblante, le revolver brandi à deux mains tel quelque crucifix de quatre sous.

Matthew Crane – la chose qui avait été Matthew Crane – se dressait devant elle. La lampe de bureau jetait une lumière crue sur son visage couvert de cloques. Ses yeux rouge cerise n'avaient pour pupilles que de minces fentes noires.

« Bien joué, petite mouche ! » s'écria-t-il.

Lily fit feu. Trop bas. La balle fracassa une côte de sa cible, aspergeant le mur opposé d'une substance sanglante. Crane, rejeté en arrière, s'appuya à une étagère chargée de rapports du Congrès. Il contempla un instant sa blessure avant de relever les yeux vers sa secrétaire.

Cette dernière se remit sur ses pieds avec précaution.

Il lui sourit à travers ses chicots – si pareille grimace était censée être un sourire.

« N'en restez pas là, petite mouche, murmura-t-il. Pour l'amour du ciel, n'en restez pas là. »

Elle n'en avait pas l'intention. Elle tira encore et encore, jusqu'à ce que le revolver fût vide, jusqu'à ce que les restes de Matthew Crane fussent immobiles devant elle.

XL

Un spasme de mortier abattit ce qui restait du dôme. De grandes plaques de pierre taillée s'effondrèrent, éclatant en morceaux, soulevant des colonnes de poussière dans le matin d'automne. Guilford s'avança parmi les décombres, le fusil à la main. Il était grièvement blessé, son souffle haletant lui déchirait la poitrine, mais ses membres fonctionnaient, et son esprit était aussi clair que possible compte tenu des circonstances.

Une muraille de nuages venue des montagnes rendait la journée froide et humide. La bruine glaçait la cité, colorait les ruines d'un morne gris huileux. L'ancien photographe se fonça le visage d'une poignée de boue, s'imagina fondu à ces arêtes torturées de pierre brisée. L'ennemi avait renoncé à toute discipline pour traquer les intrus au hasard ou presque – une stratégie qui se révélait efficace, puisqu'il était impossible de deviner d'où allaient surgir les démons. Seule leur puanteur les trahissait.

Passant la tête derrière un mur intact, Guilford découvrit un monstre à moins d'une douzaine de mètres.

Ses origines humaines étaient bien loin, sa transformation presque achevée : il mesurait plus de deux mètres, son crâne arrondi et ses mâchoires coupantes évoquaient ceux du spécimen que Sullivan avait montré à son compagnon au musée des Horreurs. La créature démembrait avec méthode un malheureux tombé entre ses griffes. Guilford ne le connaissait pas personnellement, mais ce n'était qu'une maigre consolation. Après avoir complètement ouvert sa victime, l'être en examinait puis en éliminait tous les organes, un par un. Guilford, refoulant une nausée, visa soigneusement. Il fit feu lorsque le monstre se redressa, les yeux fixés sur une nouvelle pépite de chair humaine.

Joli coup, droit dans le pâle ventre vulnérable. L'horreur tituba, tomba en arrière – blessée, pas morte, mais tout juste capable, semblait-il, d'agiter les griffes. Le tireur se mit à courir à travers l'étendue de poussière granitique, droit vers le dôme effondré, pressé de se remettre à l'abri avant que le bruit n'attirât d'autres créatures.

Il découvrit Tom Compton accroupi derrière un mur dont ne subsistait que la moitié, une main pressée sur la gorge.

« Ces salauds ont failli me décapiter », expliqua le broussard.

Il cracha une salive rouge.

On a encore du sang, alors, observa Guilford. *Comme au bois Belleau. Quand on était humains.*

« Tu peux marcher ? demanda-t-il en empoignant le blessé par le bras.

– J'espère. Je ne vais pas déjà rendre l'esprit. »

Tom parvint à se relever, avec l'aide de son compagnon. Sa plaie à la gorge était terrible, les autres aussi. Une faible clarté palpitait dans son corps en ruine, une magie fragile.

« Attention, plus un bruit », prévint-il.

Ils atteignirent le sommet d'une colline de débris, ultimes restes du dôme qui s'était dressé, plus de dix mille ans durant, dans le silence du continent désert. Au nord et à l'ouest retentissait une fusillade frénétique.

« Baisse la tête », recommanda Tom.

Ils avancèrent centimètre par centimètre, les narines pleines de poussière, la bouche comme tapissée de papier de verre, la gorge semblable à un tuyau rouillé. Guilford se rappelait. Tom

Compton, le sergent-chef qui l'avait traîné vers Château-Thierry à travers le champ de blé, inutilement, puisque son fardeau agonisait… Les deux Anciens rampèrent sur les lames de granite jusqu'à découvrir le puits proprement dit, plus brillant que dans le souvenir de Guilford, étincelant. Deux monstres vigilants, aux yeux animés d'une intelligence féroce, montaient la garde sur les ruines qui l'entouraient.

Elias Vale parvenait encore à manier un automatique, bien que ses doigts, de plus en plus étranges, fussent devenus malhabiles. Il préférait ne pas penser à ses transformations, non plus qu'à celles de ses compagnons, dont certains n'évoquaient plus des hommes, même de très loin. Tout allait bien. Il se tenait près du Puits de l'Ascension afin de remplir une tâche sacrée de la plus grande urgence. Les dieux étaient tout proches, il le sentait.

Sa vision, subtilement altérée, lui permettait de détecter le moindre mouvement dans la lumière tamisée. Ses autres sens s'étaient eux aussi modifiés : il percevait l'odeur de porc salé des assaillants ; la pluie tombait en gouttes agréablement froides sur sa peau maroquinée ; les coups de feu lui parvenaient avec une vigoureuse netteté, tandis que les entrechoquements de pierres composaient une discrète symphonie.

Son sixième sens, qui avait dès l'abord attiré les dieux vers lui – sa capacité d'entrevoir l'âme humaine, de près tout au moins –, s'était également aiguisé. Les attaquants de la ville sainte n'étaient qu'en partie humains – leur autre partie, sans âge, dépassant cela de fort loin – mais il devinait les contours de leur existence, leurs tensions, vulnérabilités secrètes et aspirations. Un talent qui pouvait encore servir.

Son fusil n'était pas sa seule arme.

Blotti derrière un bloc de granite, il regardait deux de ses compagnons à la transformation des plus avancées patrouiller autour du puits. Il percevait – mais c'était indescriptible ! – l'immense énergie vivante de ce lieu, les dieux emprisonnés dans le non-espace, très loin sous terre, tendus vers l'incarnation.

Une armée de dieux.

Il percevait aussi l'approche de deux demi-mortels, au nord.

L'air scintillant lui livra leurs noms : Tom Compton, Guilford Law.

Des âmes âgées.

Il serra son fusil contre son torse pustuleux, les lèvres étirées en un sourire vacant.

« Je vais partir sur la gauche pour les écarter avec quelques coups de feu, décida Tom. Toi, fais ton possible. »

Son compagnon acquiesça puis le regarda s'éloigner en rampant.

Le puits était une poche d'algorithmes incrustée dans l'ontosphère, une piqûre d'épingle ouvrant sur l'architecture profonde des Archives. Le dieu-Guilford ne pouvait y accéder que d'une seule manière : à travers son incarnation. Il avait besoin du Guilford mortel pour l'y transporter, alors que la bataille qui se déroulerait dans les profondeurs, l'emprisonnement des psions, nécessitaient un dieu. *Je suis fatigué,* songea Guilford. *J'ai mal.* Fatigue et souffrance s'accompagnaient d'une nostalgie débilitante ; il évoqua Caroline, avec ses longs cheveux noirs et son regard douloureux ; Lily, fillette de cinq ans fascinée par Dorothy Gale et Tik-Tok ; la patience et le courage d'Abby ; Nicholas, levant vers lui un regard empli d'une confiance qu'il n'avait pas méritée, trop tôt brisée… Il voulait retrouver tout cela. Était-ce la raison pour laquelle les dieux avaient construit leurs Archives, au départ ? Les mortels refusaient toujours de renoncer au passé, de laisser l'amour se déliter en atomes.

Fermant les yeux, il posa la joue sur une saillie de pierre humide. La lumière qui l'habitait vacilla. Le sang jaillit de ses plaies.

Un coup de feu l'éveilla.

Les deux monstres postés près du puits tournèrent la tête en direction du bruit. Tom tira à nouveau, et une des créatures cria, un cri quasi humain de douleur et de rage. Un fluide d'un vert bilieux jaillit de ses viscères sectionnés.

Guilford profita de cette distraction pour progresser de quelques mètres supplémentaires, se glissant entre des colonnes granitiques de taille humaine.

Les deux bêtes avançaient en crabe vers l'endroit d'où partaient les coups de feu, auxquels elles présentaient leur armure dorsale. Peut-être avaient-elles été spécialement désignées comme gardiens en raison de leur masse extraordinaire. Leur marche – bipède, fluide et balancée – paraissait lente, mais Guilford avait appris à se méfier de la vivacité des monstres. Leurs griffes et les mandibules de leurs avant-bras, d'un blanc d'os, luisaient de pluie. Leurs petits bras inférieurs, des couteaux auxiliaires plus que de véritables membres, s'entrechoquaient sans répit.

La bruine s'intensifia jusqu'à devenir averse, ruisselant en rideaux sur la pierre usée, soulevant dans le puits des panaches de vapeur.

Les créatures n'en furent pas affectées. Elles s'immobilisèrent, secouant la tête en un mouvement d'oiseaux mécontents. L'eau donnait à leur peau, leur carapace plutôt, un poli brillant. Des couleurs secrètes y naissaient, une iridescence d'arc-en-ciel qui rappela son enfance à Guilford ; il lavait alors les galets des ruisseaux pour voir émerger leur lustre de la poussière et autres impuretés.

Plus près. La chaleur du puits lui parvenait, sa puanteur d'isolant brûlé.

Tom se découvrit pour tirer, le dernier coup de feu peut-être que lui permît son stock de munitions. Guilford, profitant de la chance que lui offrait son compagnon, s'élança vers le conduit. Il jeta un coup d'œil en arrière. *Sauve-toi,* avait-il envie de crier. Mais la jambe gauche du broussard se tordit soudain. Le blessé tomba sur un genou. Il brandit pourtant son arme, alors que déjà la plus proche des créatures, celle qu'il avait touchée, était sur lui.

Guilford laissa échapper un gémissement lorsqu'elle arracha adroitement la tête de Tom.

La pluie torrentielle lui dissimula la suite. L'air sentait l'ozone et la foudre.

Il n'aurait pas dû s'arrêter. Le deuxième monstre, qui l'avait repéré, se dirigeait à présent vers le puits à une vitesse terrifiante. Ses longues jambes, aussi efficaces que les pattes d'un léopard, ne produisaient aucun bruit dans le sifflement de la pluie. En s'immobilisant, cependant, il relâcha un nuage de vapeurs piquantes, résidu d'une chimie corporelle inimaginable. Ses yeux, curieusement dépourvus d'expression, se fixèrent sur l'intrus.

Ce dernier leva son fusil pour lui tirer dessus à deux reprises.

Les balles hachèrent l'armure luisante de la créature. Peut-être brisèrent-elles une côte car la monstruosité recula, titubante. Guilford pressa la détente, encore et encore, jusqu'à ce que son chargeur fût vide et que la bête reposât, immobile, sur le sol.

Tom.

Mais rien ne pouvait plus guérir le broussard.

Guilford se retourna vers le puits.

Le bord en était proche, l'escalier en spirale intact, quoique dangereux car couvert de débris. Aucune importance. L'intrus n'avait nullement l'intention de l'emprunter. Il allait sauter et laisser la gravité l'emporter : ce terrier n'avait pas de fond, à part la fin du monde. Il se mit à courir.

S'arrêta net quand un homme se dressa trois mètres à peine devant lui.

Non, pas un homme : une malheureuse âme à la destruction moins avancée que celle des autres. Le visage du monstre, notamment, paraissait avoir été détruit bien longtemps auparavant ; on eût dit que les os s'en étaient déplacés, telles des plaques tectoniques, le long de plans de failles.

La chose lutta pour lever son fusil, les bras tremblants de la paralysie due à la transformation.

Guilford prit un autre chargeur à sa ceinture.

« Vous n'avez aucune envie de me tirer dessus », déclara la créature.

Sa voix domina le martèlement de la pluie et les claquements lointains de l'artillerie.

Ne l'écoute pas, conseilla le dieu-Guilford.

« Je ne suis pas seul, Guilford. Il y a avec moi quelqu'un que vous connaissez.

– Vraiment ? Qui ça ? » s'enquit l'interpellé en éjectant le chargeur vide.

La chose se débattait toujours avec son propre fusil. Mauvaise tremblote. Autant la faire bavarder.

Non, insista le soldat.

Elle ferma les yeux.

« Papa ? »

Guilford se figea.

Non.

« Papa, c'est toi ? Je n'y vois rien… »

Il restait paralysé, malgré l'ardente prière de la sentinelle.

« Papa, c'est moi, Nick ! »

Non, ce n'est pas Nick. Parce qu'il est…

« Nick ?

– Ne tire pas, papa ! Je suis là, à l'intérieur ! Je ne veux pas mourir une autre fois ! »

Le monstre luttait contre ses convulsions pour lever son arme. Guilford le voyait bien mais ne parvenait pas à donner un sens à la scène. Il se rappelait les roses éclatantes, terribles, dessinées par le sang de son fils.

Soudain, le soldat se dressa à son côté, d'une inconsistance de brume.

Le temps ralentit. Guilford sentait à présent son cœur battre à demi-vitesse, en longues notes de timbales.

La créature agitait son fusil avec une glaçante imprécision.

« Écoute, dit le soldat. Et vite. Ce n'est pas Nick.

– Que deviennent les morts ? Les démons les emportent ?

– Pas toujours. Et ce n'est pas Nick.

– *Qu'est-ce que j'en sais ?*

– Tu crois vraiment que je le leur aurais laissé ?

– Tu ne l'as pas fait ?

– Non. Nick est avec moi, Guilford. Avec *nous.* »

La sentinelle tendit les mains en un geste caressant. Une seconde – une merveilleuse et terrible seconde –, Nick fut là, les yeux clos, endormi dans la sérénité de ses douze ans.

« C'est pour ça, commenta le soldat. Pour ces vies.

– Je suis fatigué… soupira Guilford. Nick ? »

Mais le garçon avait disparu.

« Tire », ordonna le dieu, sévère.

Guilford obtempéra.

La créature l'imita.

Il sentit les balles le transpercer. Cette fois, la douleur fut brutale. Ce qui n'avait aucune importance. Plus près. Il tira, encore et encore, jusqu'à ce que le malheureux au visage détruit fût éparpillé à terre.

Guilford traîna alors jusqu'au puits son propre corps en ruine.

Fermant les yeux, il se laissa tomber. La douleur diffusa dans la brume. Il était libre, à présent, comme une goutte de pluie. *Hé, Nick, regarde.* La présence somnolente du garçon s'imposa à lui. La sentinelle n'avait pas menti. Nick dormirait jusqu'à la fin de l'ontosphère, blotti dans le non-temps, flottant au gré des eaux scintillantes des Archives, nombres plus profonds que le plus profond des océans, aussi chauds qu'une brise d'été.

Guilford cligna des yeux. Le dieu jaillit de lui, être de lumière qui avait été Guilford Law avant de mourir sur un champ de bataille français, de s'abreuver à la conscience, de devenir l'égal des dieux, dieu lui-même, tout de clarté et de couleur sauvages, ange vengeur emprisonnant les démons qui rugirent de frustration devant les limites lointaines, de plus en plus floues, du monde.

Interlude

Ils restèrent un long moment immobiles sur une colline dominant la cité en ruine des démons. Quoique le ciel fût semé d'étoiles, une vive lumière baignait toute chose.

« Et maintenant ? demanda enfin Guilford.

– On attend », répondit la sentinelle, infiniment patiente.

D'autres hommes entreprenaient l'escalade de l'éminence. La ville désertée était redevenue silencieuse. Guilford reconnut les arrivants : des Anciens, parmi lesquels Tom et Erasmus, intacts, souriants. Il s'étonna de les distinguer aussi nettement à pareille distance.

« On attend quoi ?

– La fin de toutes les guerres.

– Non, protesta-t-il, secouant la tête avec sévérité.

– Comment ça, non ?

– Je ne veux pas. Je veux ce qu'on ne m'a pas laissé avoir. » Guilford jeta au soldat un regard dur. « Une vie.

– Tu auras toute la vie que tu veux… au bout du compte.

– Je parlais d'une vie humaine. Je veux être un homme complet, vieillir avant de mourir. Juste… humain. »

La sentinelle resta un long moment silencieuse.

J'ai surpris un dieu, pensa son compagnon.

« Il est peut-être en mon pouvoir de t'accorder ce que tu demandes, déclara-t-elle enfin. Tu es bien sûr que c'est ce que tu veux ?

– C'est tout ce que j'ai jamais voulu. »

Celui qui avait été Guilford hocha la tête. Il comprenait – du moins, la plus ancienne partie de lui.

« Mais la douleur…, reprit-il.

– Oui, acquiesça Guilford d'une voix neutre. La douleur aussi. »

Épilogue
Fin de l'été 1999

En revenant de sa promenade matinale, Karen apprit à Guilford qu'une énorme roue de mer s'était échouée sur la plage. Après le repas (des sandwiches dont il ne parvint à avaler qu'une bouchée), pris sous la véranda, il partit jeter un coup d'œil à ce prodige marin.

Décidé à épargner ses forces, il suivit sans hâte le chemin qui s'enfonçait dans les fougères denses, sous les arbres-cloches dégouttants de nectar. Ses jambes devinrent presque aussitôt douloureuses, et il arriva en vue de la grève hors d'haleine. La côte d'Oro Delta bénéficiait d'un climat aussi doux que possible pour la Darwinie, mais l'été, fort chaud, y était souvent d'une humidité débilitante. Les nuages, tels les grands palais de marbre ou les cathédrales de l'Europe disparue, s'amoncelaient sur la Méditerranée, où ne passait pas un souffle de vent.

La tempête de la nuit précédente avait abandonné la roue de mer très haut sur les galets, à la limite de la plage. Guilford s'en approcha d'un pas hésitant. Elle était immense, au moins deux mètres de diamètre, non pas circulaire mais ellipsoïdale, brisée et d'un blanc tacheté ; extraordinairement semblable, pour le reste, à une roue de chariot, épave de quelque caravane sous-marine.

Il s'agissait en fait d'un végétal, une sorte d'algue des profondeurs typiquement darwinienne dans sa symétrie caverneuse.

Qu'elle se fût échouée là, embellissant la plage sous la maison de Guilford, ne laissait pas de surprendre ce dernier. Quelle force, marée ou courant sous-marin, avait bien pu la détacher de son lit ? Mais peut-être fallait-il voir dans son apparition une preuve supplémentaire de la lutte qui opposait les écologies terrestre et darwinienne, jusque dans l'intimité benthique des océans.

Sur la terre ferme, les plantes à fleurs des vieux continents commençaient à dominer leurs homologues darwiniennes, aux cycles plus longs. Guilford avait découvert peu de temps auparavant, au bord de la route de Tilson, un carré de clianthes d'un bleu estival. Toutefois, certaines espèces darwiniennes retournaient la politesse ; la dentelle-squelette et les fausses anémones étaient, disait-on, de plus en plus répandues au sud de la ligne Mason-Dixon.

La roue de mer, dans sa fragilité, aurait noirci et pourri dès le lendemain midi. Guilford fit demi-tour, prêt à repartir, mais la douleur habituelle l'empoigna derrière les côtes, le décidant à se reposer un instant. Il trempa son mouchoir dans une flaque puis s'en essuya le visage, goûtant la piqûre du sel sur ses lèvres. Son souffle laborieux ne le surprenait pas. La semaine précédente, à Tilson, le praticien de la clinique lui avait montré sur ses radios les ombres, malheureusement faciles à interpréter, qui maculaient son foie et ses poumons. Guilford avait refusé chirurgie et thérapie de la dernière chance aux rayons. Il était trop vieux pour ça.

Contraint de s'asseoir, il admira la roue de mer, sa parfaite altérité. *Rejetée sur une terre étrangère ; ma foi, je sais quel effet ça fait.*

L'orage de la nuit avait purifié l'atmosphère. La mer vitreuse renvoyait son bleu au ciel. Le vieil homme sifflota entre ses dents jusqu'au moment où il se sentit de taille à entreprendre le trajet du retour.

Karen devait l'attendre. Quoiqu'il ne lui eût pas répété ce qu'avait dit le médecin, du moins pas tout, elle se doutait visiblement de quelque chose. Elle réagirait bien, mais Guilford craignait les coups de téléphone amis, peut-être surtout celui, inévitable, de Lily, avec son cortège de conséquences : une dernière visite, durant laquelle reproches et chagrins du passé resteraient suspendus au-dessus de leurs têtes tels des oiseaux muets. Non qu'il n'eût pas aimé la revoir, mais Lily elle-même était fragile, à présent. Au moins, il ne lui survivrait pas. *C'est toujours ça.*

Étant donné ces sombres pensées, il ne fut pas surpris, lorsqu'il se leva, de découvrir en se retournant la sentinelle qui l'attendait sur les galets.

Guilford s'approcha de l'esprit en toute amitié, le trouvant maigre et enfantin. Ce n'était plus son double, non. C'était quelqu'un d'autre, plus jeune et plus âgé à la fois.

« Dis-moi, demanda Guilford, décidé à tester le visiteur, tu n'en as pas assez de ce vieil uniforme en loques ?

– Ce sont mes derniers vêtements humains. Je me sentirais tout drôle avec autre chose. Et sans rien, je serais trop voyant.

– Ça fait un bail.

– Trente ans, énonça le dieu. À peu près.

– Alors, c'est comme dans les films ? Tu arrives pour me dérouler le tapis rouge jusqu'au paradis ? Je me lève de mon lit de mort, et je monte dans les nuages au son des violons ?

– Non, je veux juste te raccompagner chez toi. Si ça ne te dérange pas.

– Tu n'as rien de particulier à faire par ici ? Ce n'est pas une tournée des bas-fonds ? Je suis bien content de te voir, mais…

– Je voudrais te poser une question. Mais pas tout de suite. On y va ? Je réfléchis mieux sur mes deux pieds. »

Ils parlèrent de tout et de rien en suivant le sentier forestier. Quoique la sentinelle ne lui inspirât aucune crainte, Guilford éprouvait une certaine excitation nerveuse. Il se retrouva à disserter sur la Darwinie, sur les changements du continent, civilisé par les villes, le rail, l'aviation, même s'il y restait encore plus qu'assez de terres vierges pour ceux qui voulaient s'y perdre… comme si son compagnon n'avait pas été au fait de tout cela.

« Tu préfères vivre sur la côte », remarqua l'esprit.

C'était vrai. Guilford se plaisait là. Peut-être parce que des éléments opposés s'y rencontraient et s'y mêlaient : l'ancien et le nouveau monde ; la terre et l'eau ; le passé et l'avenir.

La sentinelle l'écoutant patiemment, il se laissa bercer un moment, jusqu'à ce qu'une pensée le frappât :

« C'est la première fois, hein ? demanda-t-il.

– La première fois que quoi ?

– Que tu me fais une visite d'amitié. Tu viens voir le vieux avant qu'il lâche la rampe.

– Ce n'est pas une visite d'amitié.

– Alors pourquoi… ?

– Réfléchis. Il y a trente ans, Guilford, je t'ai proposé une vie comme la mienne.

– Après la victoire, acquiesça l'interpellé. Quand on était tous les deux morts.

– Tu te rappelles ce que tu m'as répondu ?

– Vaguement. »

Il mentait. Il se le rappelait mot pour mot.

« Tu m'as dit : "Je veux ce qu'on ne m'a pas laissé avoir. Je veux vieillir avant de mourir."

– Mmh.

– Ça n'a pas été facile. Tirer des os de la poussière. De la chair de l'air. Un véritable corps humain.

– Je dois admettre que j'ai été ressuscité d'entre les morts plus souvent que la majorité des gens de ma connaissance.

– Je suis venu te demander si ça en valait la peine.

– C'est ça, ta question ? Le but de cette petite visite ? »

Ils approchaient de la maison. Le soldat resta en arrière, sous le couvert, comme pour s'y cacher. Dans la pénombre profonde, qui l'effaçait presque, il avait réellement l'air d'un pur esprit, à peine plus tangible que la brise.

« Je suis né humain, reprit-il, mais je n'ai pas été *uniquement* humain depuis la jeunesse des étoiles. Toi, tu as fait ce que je n'ai jamais fait. Tu es devenu vieux. Tu as *choisi* de le devenir. Alors dis-moi. Est-ce que ça en valait la peine ? »

Guilford hésita. L'idée de réciter son propre panégyrique lui déplaisait fort. Mieux valait laisser à d'autres certaines choses, surtout sa nécrologie. Il évoqua cependant sa vie depuis l'emprisonnement des démons, le cours général de son existence mais aussi les événements ponctuels qui l'avaient marquée – il avait appris à connaître Lily ; épousé Karen et bâti avec elle un foyer ; regardé le flux et le reflux des naissances, des morts, des gens s'inventant en permanence à leur manière douloureuse, désespérée. *Je suis né en 1898. Il y a plus d'un siècle.*

Ça ne représentait peut-être pas grand-chose pour un dieu, mais lui en était impressionné.

À question simple, réponse simple.

« Bien sûr que ça en valait la peine. »

Il pivota vers la sentinelle, mais cette dernière avait disparu ; on aurait dit qu'il n'y avait jamais rien eu sous les frondaisons de plus substantiel que la lumière du soleil et les ombres.

Karen se mit à pleurer en apprenant ce qu'avait annoncé le médecin, mais au soir, Guilford sécha ses larmes et elle se reprit. Après tout, comme elle le dit elle-même, il n'était pas encore mort. À l'entendre, la mort évoquait le billet à ordre d'un tricheur invétéré : nul ne réclamerait peut-être le paiement de la dette.

Il aimait son côté dur, qui lui rappelait l'acidité croquante d'une pomme. Elle produisit le whiskey des Territoires réservé aux grandes occasions, la bouteille mariages &

enterrements – suivant sa propre expression, qu'elle n'employa cependant pas ce soir-là –, dont elle vida une bonne partie avant d'aller se coucher d'une démarche incertaine. Guilford l'aimait de toutes ses forces. Jamais il ne l'avait autant aimée.

Mais le sommeil le fuyait.

Il alla s'asseoir sous le porche pour contempler la nuit.

Ce point à l'horizon n'était-il pas la planète rouge ? Le vieil homme ne connaissait pas grand-chose aux corps célestes. L'astronomie avait été un des dadas de Sullivan. Le botaniste, lui, aurait repéré Mars sans hésiter.

Mars qui ne tarderait pas à avoir des problèmes, bien que la sonde photographique envoyée l'hiver précédent n'en eût donné qu'une mince idée. Sur Mars, les psions, libérés de leurs puits, étaient en train de réduire en esclavage les indigènes – une race quasi humaine, très douce, Guilford le savait, bien qu'il ne comprît pas d'où lui venait cette connaissance. Les malheureux allaient avoir besoin d'aide. Il faudrait infliger d'autres emprisonnements avant la fin du monde, une fin qui restait mystérieuse. Les dieux mêmes ignoraient comment elle surviendrait.

Les Martiens avaient besoin d'aide, mais Guilford ne pouvait leur en apporter. Cette bataille se ferait sans lui.

À moins que la douleur qui bourgeonnait dans sa poitrine ne fût une sonnerie de clairon, un genre de coup de trompette. En mourant, peut-être retrouverait-il Nick, Caroline et Abby (si elles se parlaient), ainsi que Tom Compton… peut-être parcourrait-il la longue route menant du bois Belleau aux étoiles et deviendrait-il un dieu, un de ces dieux obligés de se battre, ce qui signifierait…

Il soupira, tendit l'oreille aux insectes qui bourdonnaient dans la nuit. Les massetiques tournaient autour de la lampe du porche ; ils vivaient moins d'un jour, générations successives se perdant telles des flèches dans le noir. *Tous les tor-*

rents vont à la mer, et la mer ne déborde pas, disait l'Ecclésiaste.

La mer déborde de vie, songea Guilford.

Il n'avait pas le temps d'être triste – il y avait trop à faire ; juste un instant pour se reposer, fermer les yeux, dormir.

DANS LA MÊME COLLECTION

Peter S. Beagle, *La Dernière licorne*

Edmond Hamilton, *Les Loups des étoiles*

Christopher Priest, *eXistenZ*™

René Reouven, *La Partition de Jéricho*

Barbara Sadoul présente *Le Bal des loups-garous*

Lisa Tuttle & George R. Martin, *Elle qui chevauche les tempêtes*

Cet ouvrage
a été transcodé
et achevé d'imprimer
sur Roto-Page
en février 2000
par l'Imprimerie Floch
à Mayenne.

D.L., février 2000.
Éditeur, n° 9306.
Imprimeur, n° 47510.

Imprimé en France